Crônicas Brasileiras: Nova Fase

View of Rio de Janeiro from Corcovado (photo courtesy of Varig Airlines)
Statue of Christ the Redeemer, Bay of Guanabara,
Sugar Loaf Mountain, Botafogo Beach

Crônicas Brasileiras: Nova Fase

Edited by

Richard A. Preto-Rodas
University of South Florida

Alfred Hower
University of Florida

Charles A. Perrone
University of Florida

University of Florida Center for Latin American Studies

University Press of Florida
Gainesville/Tallahassee/Tampa/Boca Raton
Pensacola/Orlando/Miami/Jacksonville

Copyright © 1994 by the Board of Regents of the State of Florida
Printed in the United States of America on acid-free paper ∞
All rights reserved

06 05   8 7 6 5 4

Revised edition of *Crônicas Brasileiras: A Portuguese Reader*

Permissions to reprint copyrighted material are acknowledged in
the "Authors and Texts" section of the book, p. 225.

Library of Congress Cataloging-in-Publication data appear on the
last printed page of the book.

The University Press of Florida is the scholarly publishing agency for the State University
System of Florida, comprised of Florida A & M University, Florida Atlantic University,
Florida International University, Florida State University, University of Central Florida,
University of Florida, University of North Florida, University of South Florida, and
University of West Florida.

University Press of Florida
15 Northwest 15th Street
Gainesville, FL 32611
http://www.upf.com

Contents

.

Acknowledgments

In preparing the original edition of this reader, we were privileged to have the advice and aid of Paulo Rónai, distinguished Brazilian essayist and scholar who for many years was a professor of languages at the Colégio Pedro II in Rio de Janeiro and who served as a visiting professor of Brazilian and French literatures at the University of Florida in 1967. Professor Rónai's personal acquaintance with many of the writers represented in the first edition of this book facilitated our obtaining their permission to utilize their works, for which we should like to express our deep gratitude to him. We especially thank all of the authors who appear here (or their heirs) for permission to allow their works to be used.

We are further grateful to Professor Rónai for permission to include both an original narrative concerning his own introduction to the Portuguese language and an informative essay in which he concisely analyzes the nature of the *crônica,* stressing the particular contributions made by its leading practitioners, including the *cronistas* represented in this volume. For advanced classes, Professor Rónai's essay could well serve as an introduction to this book, for it raises the provocative question: Is the *crônica* a new literary genre? Rónai's account about his problems in learning Portuguese will be an enjoyable experience and, we hope, an inspiration to students and teachers alike.

Many people have provided assistance in the preparation of the two editions of this annotated reader. For suggestions regarding various aspects of Brazilian usage we are indebted to Professor Rónai, his wife Dr. Nora Tausz Rónai, and their daughters Cora and Laura. John V. D. Saunders and Julia Vissotto Saunders (now at Mississippi State University) were also helpful in the elaboration of the first edition.

For careful readings, pedagogical advice, and native consultation in the preparation of this second, revised edition, we would like to recognize the contribution of Marília Longo Painter of the University of Florida. For editorial suggestions, we thank Professor Randal Johnson and Professor Amelia Simpson, also at the University of Florida, as well as Professor Irwin Stern at Columbia University. Thanks are also due to the staff of the Latin American Division of the Library of Congress, who facilitated obtaining primary sources. For aid on certain problems in the text we express our gratitude to José Neistein of the Brazilian-American Cultural Institute and to the personnel of the Cultural Section at the Brazilian Embassy in Washington D.C., especially Tarcísio Zandonade, who was quite helpful in the permissions stage. For assistance in acquiring photographic illustrations, we thank Graziella Cabrera at Varig Airlines, Miami. We are especially grateful to Professors Amelia Simpson, Roy C. Craven, Jr., Larry Crook, and Kent Redford at the University of Florida for their gracious donations of photographs.

We acknowledge once again financial support received from the Center for Latin American Studies at the University of Florida, Professor Terry McCoy, director. Finally we note that this new edition would not have been possible without the encouragement and support of the staff of the University Press of Florida, who have been involved in the preparation of the volume from the outset.

Richard A. Preto-Rodas
Alfred Hower
Charles A. Perrone

Preface to the Nova Fase

The first edition of *Crônicas Brasileiras* was published in 1970 and has been so well received by teachers and students of Portuguese that several reprintings were needed over the years. The publishers and original editors decided, however, that the advent of many new excellent *cronistas* in Brazil and various changes in Brazilian life and attitudes during the past twenty years made it advisable to produce a new edition of the book. The new edition was to retain many of the *crônicas* that have proved to be especially popular and successful and to add newer ones that more adequately reflect aspects of contemporary Brazilian reality. A new essay concerning the evolution of the *crônica* since the late 1960s has been added to complement the piece written by Paulo Rónai for the first edition.

In this second edition, therefore, two-thirds of the *crônicas* from the first edition have been retained, although in most cases exercises have been added or considerably revised. The remaining one-third of the readings in this edition are new. It is hoped that teachers and students will find them equally informative, interesting, and lively. It was decided to forgo four *crônicas* by Carlos Drummond de Andrade in this edition only because a volume devoted solely to his works is now available for classroom use (*Carlos Drummond de Andrade: Quarenta Historinhas e Cinco Poemas,* Gainesville: University of Florida Press, 1985).

This revised edition of *Crônicas Brasileiras* includes an account by Paulo Rónai of his first adventures with Portuguese in his native land, Hungary. While not strictly speaking a *crônica,* it has many of the elements of one, and we trust that its charm, human interest, literary and historical significance, as well as its relevance to the study of Portuguese, will endear it to teachers and students alike, just as they have endeared it to the (three) editors themselves.

For this new, revised edition — *Crônicas Brasileiras: Nova Fase* — the original editors are pleased to welcome Professor Charles A. Perrone as co-editor and to benefit from his editorial energy, considerable experience, and knowledge in the selection of readings, the preparation of notes and exercises, and the revision of materials from the original edition.

Richard A. Preto-Rodas
Alfred Hower
Charles A. Perrone

We dedicate this volume to the memory
of our friends and colleagues

Alfred Hower and Paulo Rónai

Grandes e saudosos amigos do Brasil.
Saravá!

R. A. P-R.   C. A. P.

Introduction

This book was designed primarily to assist students of Portuguese in developing a reading, speaking, and writing knowledge of the language as it is used in present-day Brazil. The texts utilized have not been simplified — they appear just as they were written for mature Brazilian readers — but they have been annotated so that they can be used by students who have only completed the study of an introductory grammar.

The word *crônica* has no exact equivalent in English. Somewhat similar to our newspaper column, it is a short composition, often humorous in tone, that may at times resemble a short story or an essay while commenting on almost any subject that interests the author. The choice of *crônicas* rather than short stories or formal essays for this reader was prompted by the fact that they provide extraordinarily good examples of the urban, middle-class Portuguese spoken and written in Brazil's major cities. Moreover, no other literary genre permits such a wide spectrum of lively vignettes and perceptive comments relating to modern life and manners in Latin America's largest nation. Of limited length and varied theme, *crônicas,* with their inherent qualities of spontaneity and immediacy, should prove as entertaining for the English-speaking student of Portuguese as they have for the millions of Brazilians who have avidly read them in magazines, newspapers, and, in recent years, in an ever-increasing number of published anthologies. Further enhancing the appeal attendant on their engaging contents are their linguistic character and a variety of moods, ranging from exasperation and humor to wistful elegy.

We have attempted to take advantage of the *crônica*'s intrinsic diversity by presenting as wide an array of topics, tones, and styles as possible. The result, it is hoped, will not only be a collection of entertaining readings but also an informative introduction to urban society in modern Brazil, including such aspects as domestic life, patterns of behavior, the bittersweet awareness that accompanies cultural changes, the everyday problems of living in the country's burgeoning cities, and the complications caused by an ofttimes convoluted bureaucracy.

While timely, the *crônica* is not ephemeral when appraised from an artistic point of view, as the essays by Paulo Rónai and Richard A. Preto-Rodas make clear. Among the eighteen modern authors we have included, some are relative newcomers, others are highly regarded in Brazilian literary circles, and a few are among the most distinguished writers of the century. Several have been primarily or equally important in other fields: Paulo Mendes Campos and Affonso Romano de Sant'Anna as poets and Rachel de Queiroz, Fernando Sabino, and João Ubaldo Ribeiro as novelists. All succeed in their *crônicas* in distilling universal significance from a particular situation, thereby conferring lasting value on their deceptively casual essays. That there is an enormous difference between the *crônica* and a newspaper article is no less evident in our examples by Rubem Braga than in the selection written over ninety years ago by Machado de Assis, the dean of Brazilian letters and the only noncontemporary writer included here. Indeed, the collection could very profitably be used in a course devoted to the study of contemporary Brazilian literature. For all these reasons — colloquial character, thematic and linguistic variety, and literary significance — the *crônica* has long seemed to us to provide an ideal format for encouraging the development of language competence, cultural insight, and literary appreciation.

We have annotated each *crônica* in this reader in an endeavor to explain unusual terms, constructions, and references to Brazilian life and customs that may be unfamiliar or mystifying to the foreigner although readily comprehensible to most urban, middle-class, Brazilian readers. All annotations are in English, since it was considered impractical to tax further the beginning student's limited Portuguese vocabulary. We have added two nineteenth-century Brazilian poems mentioned in the body of one *crônica* as well as a modern poem in the annotations of another.

Each *crônica* is followed by questions and exercises based on or suggested by the text. Student's retention of content and vocabulary is tested by means of a group of questions to be answered in Portuguese. Instructors may wish, of course, to vary the questions or add others of their own. In the section called *Certo ou errado?* students' comprehension of the reading is verified in a way calculated to elicit responses couched in the language of the *crônica* itself. As with the questions, this exercise is best done with books closed. Students called upon should repeat the true/false declaration if it is true; if it is false, they should say what would be correct. Questions based on the readings require more original responses than do the *Certo ou errado?* sections.

With the exception of the final pair of *crônicas,* questions testing comprehension are followed by exercises that involve practicing specific grammatical constructions exemplified in the text. We have attempted to recapitulate and consolidate such major aspects of the language as contractions, agreement, the use of pronouns, verb tenses, and especially the different uses of the subjunctive. To the extent possible, these exercises are contextualized by the *crônicas* themselves. Since exercises vary in level of difficulty from simple applications of principles of basic grammar to more active interpretations of syntax and creative sentence writing based on a few essential elements, instructors may wish to modify or deemphasize supplemental materials according to the course in which the book is used. Specific sets of vocabulary items, idioms, and other expressions are also included in a third of the units. This series of exercises encourages students to create original sentences using words, phrases, or idioms extracted from the reading. Before writing such sentences, students should examine the way selected items are used in each *crônica.* Sets of sentences in English for translation into Portuguese should also aid less advanced students in the comprehension of the *crônicas.* These exercises stress lexical and grammatical items that appear in or are closely related to the text. Suggestions for discussion or composition are offered for half of the readings. Instructors and students may work together to suggest additional activities.

Our intention has been to design a flexible tool for developing students' mastery of Portuguese by providing as many lexical items, phrases, and constructions as can be naturally included in the context of each reading. The result should be increased proficiency in a Portuguese-speaking milieu and growing awareness of the cultural elements comprising such a milieu. Lastly, and here we return to our point of departure, it is hoped that students will in addition develop an appreciation for current writing from Brazil that may serve to whet their appetites for more of that country's rich literature.

Grammatical Points Reviewed
in Exercises
(by number of *crônica*)

1. Formation of diminutives; present and preterite conjugations
2. Preterite conjugation; plural of adjectives and nouns; simple vs. compound past perfect
3. Contractions of prepositions and articles; exclamations
4. Reflexive pronouns and present, preterite, and future conjugations; plural of adjectives and nouns
5. Formation and use of imperfect subjunctive
6. Present conjugation of irregular and stem-changing -*er* and -*ir* verbs; pluperfect subjunctive after *se;* expression of elapsed time with *há*
7. Variants of the imperative; expression of elapsed time with *há, havia,* or *faz, fazia*
8. Direct object personal pronouns; diminutives of affection
9. Imperfect tense; distinction of indicative and subjunctive in noun clauses
10. Direct and indirect object pronouns; personal infinitive with plural subjects
11. Present participle (gerund) to express condition, manner, or means; imperfect subjunctive after *como se*
12. Indirect object pronouns; subjunctive in noun clauses
13. Past participle as substitute for clauses
15. Present subjunctive in noun clauses; *estar com/sem* for *ter/ não ter*
16. Reflexive construction for passive; future, present, and imperfect subjunctive with conjunctions and indefinite antecedents
17. Formation of adverbial couplets; use of *se* as indefinite subject;

sentence formation with *sem que*

18. Direct object pronouns after infinitive; prepositional personal pronouns
19. Passive voice; distinction of passive (with *ser*) and result of passive (with *estar*)
20. Present subjunctive in noun clauses
21. Negation; plural subjects with personal infinitive
22. Present subjunctive in noun clauses of doubt and emotion; absolute superlatives
23. Present participle to express condition, manner, or means; indirect object pronouns; sentence formation involving hypotheses and contrary-to-fact situations
24. Optative subjunctive
25. Subjunctive in noun clauses; contractions of prepositions and articles; preterite vs. imperfect
26. Present participle for clause; future and imperfect subjunctive after *se*
27. Subjunctive with *talvez;* comparisons
28. Subjunctive vs. indicative in noun clauses; personal infinitive, singular and plural; sentence formation involving personal infinitive
29. Future and imperfect subjunctive with *se* and temporal expressions
30. Imperatives; subjunctive with *há quem*
31. Personal infinitive for clauses

1

O Pessoal

— Rubem Braga —

Chega o velho carteiro e me deixa uma carta. Quando se vai afastando[1] eu o chamo: a carta não é para mim. Aqui não mora ninguém com este nome, explico-lhe. Ele guarda o envelope e coça a cabeça um instante, pensativo:

5   — O senhor pode me dizer uma coisa? Por que é que agora há tanta carta com endereço errado? Antigamente isso acontecia uma vez ou outra. Agora, não sei o que houve[2] . . .

E abana a cabeça, em um gesto de censura para a humanidade que não se encontra mais,[3] que envia mensagens inúteis para en-
10 dereços errados.

Sugiro-lhe que a cidade cresce muito depressa, que há edifícios onde havia casinhas, as pessoas se mudam mais que antigamente. Ele passa o lenço pela testa suada:

— É, isso é verdade . . . Mas reparando bem[4] o senhor vê que o
15 pessoal anda muito desorientado.[5] O pessoal anda muito desorientado . . .

E se foi com seu maço de cartas, abanando a cabeça. Fiquei na janela, olhando a rua à toa numa tristeza indefinível. Um amigo me telefona, pergunta como vão as coisas. E não consigo resistir:
20   — Vão bem, mas o pessoal anda muito desorientado.

(O que, aliás, é verdade).

(from *Ai de Ti, Copacabana!*)

---

(1)   Quando se vai afastando — As he is drawing away
(2)   o que houve — what has happened
(3)   a humanidade que não se encontra mais — people who are no longer in touch with themselves/each other
(4)   reparando bem — if you observe carefully
(5)   o pessoal anda muito desorientado — folks are very confused

1

Exercícios

A. *Responda em português às seguintes perguntas:*
1. O que deixou o velho carteiro, e por que o autor o chamou?
2. Segundo o carteiro, que problema existe hoje com respeito às cartas que não existia antigamente?
3. Por que o carteiro censura a humanidade?
4. Que diz o autor sobre o crescimento da cidade?
5. Qual é a opinião do carteiro sobre o pessoal?
6. Que fez o autor depois que o carteiro se foi?
7. Que perguntou o amigo que telefonou para o autor, e que respondeu este?
8. Qual é o plural de "uma mensagem inútil"?
9. Para que uma carta chegue ao destinatário, o que é preciso que o envelope indique?
10. Você conhece alguma família que tenha se mudado recentemente?

B. *Certo ou errado? Se a declaração estiver certa, repita-a; se estiver errada, corrija-a.*
1. O jovem carteiro chega e deixa muitas cartas.
2. O autor coça a cabeça porque as cartas não são para ele.
3. O carteiro acha que há muitas cartas agora com endereço errado.
4. A cidade cresce muito depressa e as pessoas se mudam mais que antigamente.
5. O carteiro e o autor andam muito desorientados.
6. O amigo que telefona para o autor quer saber como vão as coisas.
7. O autor responde que as coisas vão bem porque ninguém anda desorientado.

C. *Complete os períodos que seguem, como no exemplo:*
Exemplo: Uma casa pequena é uma *casinha*.
1. Uma carta curta é uma _____.
2. Janelas pequenas são _____.

2

3. A cabeça de uma criança é uma _____.

4. Os amigos da infância são _____.

5. Um gesto que quase não se vê é um _____.

D. *Redação: Escreva orações (a) no presente e (b) no pretérito com os sujeitos dados e os verbos indicados.*

Exemplo: cronista (observar/escrever)

O cronista observa a vida e escreve crônicas.

O cronista observou a vida e escreveu crônicas.

1. carteiro (deixar/afastar-se)   5. eu (sugerir/conseguir)
2. eu (chamar/dizer)   6. a humanidade (encontrar-se/enviar)
3. as pessoas (mudar-se/andar)   7. nós (pensar/coçar)
4. amigo (telefonar/perguntar)   8. alunos (ler/pensar/aprender)

E. *Traduza em português:*

1. This letter is not for me; it's for you.
2. Can you tell me something?
3. The city is growing rapidly.
4. I scratched my head.
5. People move more now than before.
6. He wiped his forehead with a handkerchief.
7. Nobody with that name lives here.
8. Folks are confused.
9. She shook her head.
10. Things are going well.

F. *Sugestões para redação ou para exposição oral:*

1. Conte o episódio do ponto de vista do carteiro. (Por exemplo: Eu cheguei à casa do Sr. Braga e deixei uma carta com ele. Mas ele me chamou e disse que . . .)
2. Descreva o telefonema do ponto de vista do amigo do autor. (Por exemplo: Eu telefonei para o meu amigo, o autor Rubem Braga, e perguntei . . .)

2

O Padeiro

— Rubem Braga —

Levanto cedo,[1] faço minhas abluções, ponho a chaleira no fogo para fazer café e abro a porta do apartamento — mas não encontro o pão costumeiro. No mesmo instante me lembro de ter lido alguma coisa nos jornais da véspera sobre a "greve do pão dormido."[2] De resto não é bem uma greve,[3] é um *lock-out*, greve dos patrões, que suspenderam o trabalho noturno; acham que obrigando o povo a tomar seu café da manhã com pão dormido conseguirão não sei bem o que[4] do governo.

Está bem. Tomo o meu café com pão dormido, que não é tão ruim assim. E enquanto tomo café vou me lembrando de um homem modesto que conheci antigamente. Quando vinha deixar o pão à porta do apartamento ele apertava a campainha, mas, para não incomodar os moradores, avisava gritando:

— Não é ninguém, é o padeiro!

Interroguei-o uma vez: como tivera a idéia de gritar aquilo?

— "Então você não é ninguém?"

Ele abriu um sorriso largo. Explicou que aprendera aquilo de ouvido.[5] Muitas vezes lhe acontecera[6] bater a campainha de uma casa e ser atendido por uma empregada ou outra pessoa qualquer, e ouvir uma voz que vinha lá de dentro perguntando quem era; e ouvir a pessoa que o atendera dizer para dentro: "não é ninguém, não

---

(1) Levanto cedo — I get up early (The author might also have written "Eu me levanto" or "Levanto-me," but the reflexive pronoun is often omitted in colloquial style.)

(2) pão dormido — stale bread

(3) não é bem uma greve — it's not really a strike

(4) conseguirão não sei bem o que — they will obtain some thing or another

(5) de ouvido — by ear

(6) lhe acontecera — he had happened to

senhora, é o padeiro". Assim ficara sabendo[7] que não era ninguém
. . .

    Ele me contou isso sem mágoa nenhuma, e se despediu ainda
25 sorrindo. Eu não quis detê-lo para explicar que estava falando com
um colega, ainda que menos importante. Naquele tempo eu também,
como os padeiros, fazia o trabalho noturno. Era pela madrugada que
deixava a redacão de jornal, quase sempre depois de uma passagem
pela oficina[8] — e muitas vezes saía já levando na mão um dos
30 primeiros exemplares rodados, o jornal ainda quentinho da máquina[9]
como pão saído do forno.

    Ah, eu era rapaz, eu era rapaz naquele tempo! E às vezes me jul-
gava importante porque no jornal que levava para casa, além de
reportagens ou notas que eu escrevera sem assinar, ia[10] uma crô-
35 nica ou artigo com o meu nome. O jornal e o pão estariam bem
cedinho na porta de cada lar; e dentro do meu coração eu recebi a
lição de humildade daquele homem entre todos útil[11] e entre todos
alegre; "não é ninguém, é o padeiro!"

    E assobiava pelas escadas.[12]

(from *Ai de Ti, Copacabana!*)

---

(7)   ficara sabendo — he had come to learn

(8)   depois de uma passagem pela oficina — after passing through the
      pressroom

(9)   quentinho da máquina — hot off the press

(10) ia — there would be

(11) entre todos útil — most useful

(12) assobiava pelas escadas — ambiguous: he *or* I would go whistling down
      the stairs

Exercícios

A. *Responda em português:*
1. Que faz o autor depois de levantar-se?
2. Por que põe a chaleira no fogo, e por que abre a porta do apartamento?
3. De que é que ele se lembra?
4. Por que os patrões suspenderam o trabalho noturno?
5. Enquanto o autor toma o café com pão dormido, de quem é que se lembra?
6. Quando o padeiro apertava a campainha, o que gritava? Por quê?
7. Como é que ele tinha aprendido essa expressão?
8. O que fazia o autor depois de deixar a redação de jornal?
9. Com que o autor compara o jornal quentinho da máquina?
10. Por que o autor se julgava importante quando era rapaz?
11. Onde estariam o jornal e o pão bem cedinho?
12. Que lição o autor recebeu do padeiro?

B. *Certo ou errado? Se o período estiver certo, repita-o; se estiver errado, corrija-o.*
1. O autor levantou tarde e fez suas abluções.
2. Encontrou seu pão costumeiro quando abriu a porta do apartamento.
3. Os patrões suspenderam o trabalho noturno.
4. Enquanto o autor tomava o seu café ele ia se lembrando do velho carteiro.
5. O padeiro ficou sabendo de ouvido que não era ninguém.
6. Quando era rapaz o autor nunca trabalhava de noite.
7. O autor nunca se julgou importante.
8. Ele só escrevia reportagens.
9. Ele recebeu do padeiro uma lição de humildade.
10. O autor acha que o trabalho do padeiro era de pouca utilidade.

C. *Acrescentando "ontem" a cada período, mude para o pretérito. Repita o exercício usando* (a) *nós,* (b) *os jornalistas.*

Exemplo: Dirijo o carro.   Ontem dirigi o carro.
Ontem nós dirigimos o carro.
Ontem os jornalistas dirigiram o carro.

1. Levanto cedo.
2. Faço minhas abluções.
3. Ponho a chaleira no fogo.
4. Abro a porta.
5. Não encontro o pão.

6. Tomo café sem pão.
7. Vou me lembrando.
8. Ouço uma voz.
9. Recebo lições.
10. Saio de casa.

D. *Ponha no plural todos os substantivos e pronomes nos períodos que seguem e faça as modificações necessárias:*

Exemplo: O homem deixou o paletó novo.
Os homens deixaram os paletós novos.

1. O professor recebeu uma carta anônima.
2. Ele já esteve aqui alguma vez.
3. Você sentiu uma sensação indefinível?
4. Este instrumento musical não é útil.
5. Esta lição é fácil.

E. *Na conversa prefere-se o mais-que-perfeito composto à forma simples. Qual é a forma mais comum dos verbos que seguem?*

Exemplo: Ele insinuara. Ele tinha insinuado.

1. Eu tivera. Eu _____ .
2. Eles aprenderam.
3. A coisa acontecera.
4. Nós ficáramos.
5. Ela escrevera.

6. Eu aceitara.
7. O senhor quisera.
8. Vocês puseram.
9. Ele entregara.
10. Nós víramos.

F. *Traduza em português:*

1. He got up early and put the kettle on the fire.
2. He remembers having read about the strike in the newspapers.
3. The bosses suspended night work, but I really don't know why.
4. I did not want to bother anyone.

5. When I rang the bell I said, "It's nobody."
6. The young reporter received a lesson in humility from the bread man.
7. The mailman left the letter and left, whistling (note the difference between *deixar* — to leave something behind — and *ir-se* — to leave, as in to go away or to go out).

3

Novas Galerias dos Estados

— Márcio Cotrim —

Lá vai o novo morador de Brasília. Ainda embasbacado com[1] os enormes espaços em volta de sua cabeça, segue trôpego pelo Eixinho.[2]

A pé numa cidade em que as vias públicas são desprovidas de
5 equipamentos urbanos para o pedestre e cuja vocação é receber apenas o pneu,[3] onde a sola do sapato positivamente não tem vez.

Nosso amigo acaba de chegar. Não tem carro, não conhece ninguém. Remexe papéis nos bolsos, são miúdas anotações, referências de pessoas que podem ajudá-lo. Tem que ir daqui para ali, loco-
10 mover-se. Então, caminhar, e muito. Mas, coitado, ele se sente zonzo, desorientado com tanta consoante nas placas de sinalização[4] e com o trânsito velocíssimo de Brasília, até parece um autorama.

Perplexo, vai andando e matutando pelo lado de cá do Eixinho. Tem que passar para o outro lado, lá em cima, tarefa aparentemente
15 simples mas que o assusta. São seis horas da tarde, há um lusco-fusco extraordinário sob o céu de vermelhos inenarráveis e centenas, milhares de automóveis passam fluvialmente, compactamente diante de seu nariz. Ocupam a larguíssima pista de subida do Eixão, atra-

---

(1) Ainda embasbacado com — still gaping in wonder at
(2) Eixinho — a lesser avenue parallel to the "Eixão," the main thoroughfare across the capital city, mentioned below
(3) receber apenas o pneu — literally, just to receive tires, i.e. for cars only
(4) tanta consoante nas placas de sinalização — so many consonants on the street signs; in Brasília street names and addresses are coded by the alphabet, points of the compass, and sectors; typical addresses might have SQS (super quadra sul) or SB (setor bancário)

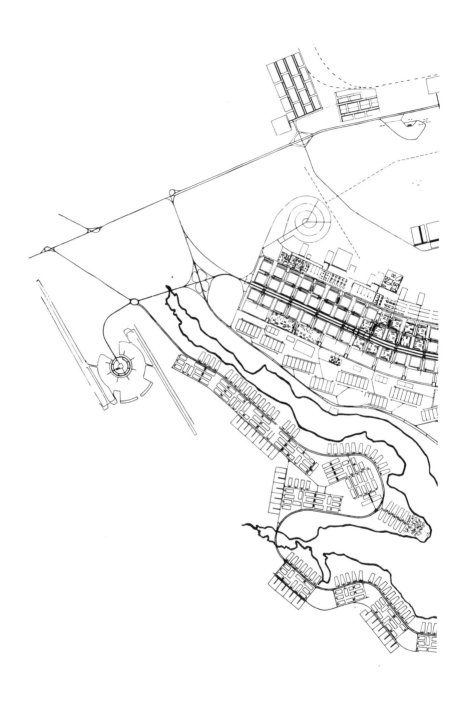

Brasília's pilot project (courtesy of VASP Airlines)

vessar nem pensar.[5] O jeito é desistir ou — idéia louca —, quem
20 sabe pegar um ônibus ou um táxi que o leve para o outro lado.
Não, não é possível. Mas como é que as pessoas fazem aqui?
Será que se atiram no meio do trânsito e arriscam a vida? Metido
nessas elocubrações, nosso amigo caminha devagar pela grama rente
ao meio-fio e vai pensando no grotesco problema que tem para re-
25 solver quando, de repente, vê a salvação: a poucos metros de seus sapatos há uma espécie de túnel, parece uma passagem subterrânea.
Aproxima-se, pergunta a um distraído sujeito que está por ali e obtém
a estupenda confirmação. Prevalece a lógica, uma das tão conhecidas
características de Brasília. É isso mesmo, ali em frente está a pro-
30 videncial passagem subterrânea que o levará ao outro lado. O informante faz uma cara meio esquisita, como que estranhando[6] aquela
opção aparentemente óbvia. Nosso amigo percebe mas, preocupado e
apressado, nem pensa duas vezes. Mergulha no túnel.

(from *O Outro Lado do Concreto Amado*)

Exercícios

A. *Responda em português:*
1. Qual a reação do novo morador aos enormes espaços de Brasília?
2. Como ele se locomove na cidade? Por quê?
3. Por onde ele vai andando e aonde tem que chegar?
4. Qual é o problema que encontra para atravessar a avenida?
5. Que idéia louca lhe ocorre? Por que será que não é possível?
6. Em quê ele vê a salvação?
7. O que ele pergunta a um sujeito que está por ali?
8. Por que o informante faz uma cara meio esquisita?
9. Qual é uma das características de Brasília?
10. Brasília foi planejada com os pedestres em mente?

---

(5) atravessar nem pensar — Cross? Forget it/no way
(6) como que estranhando — as if he found [that option] strange

B. *Certo ou errado? Se certo, repita; se errado, corrija.*
  1. O novo morador ainda está embasbacado com os espaços de Brasília.
  2. Ele segue pela calçada de uma avenida muito seguro de si.
  3. Nosso amigo acaba de chegar mas ele conhece várias pessoas na cidade.
  4. Ele tem referências de pessoas que podem ajudá-lo.
  5. O novo morador tem que passar para o outro lado do Eixinho.
  6. O trânsito de Brasília vai muito devagar, especialmente à tarde.
  7. O homem que tem que atravessar a avenida pensa em pegar um táxi.
  8. A sua salvação será uma passagem subterrânea para pedestres.
  9. O informante acha perfeitamente normal a pergunta do novo morador.
  10. As vias públicas de Brasília têm muitos equipamentos para o pedestre.

C. *Dê as contrações necessárias para completar os seguintes períodos.*
  Exemplo: A sola _____ sapato positivamente não tem vez.
  A sola do sapato positivamente não tem vez.

  1. O novo morador segue trôpego _____ Eixinho.
  2. Ele remexe papéis _____ bolsos.
  3. Não vê ninguém andando _____ ruas.
  4. Quem entende tanta consoante _____ placas de sinalização?
  5. Eles se atrevem a atirar-se _____ meio _____ trânsito.
  6. Evitando o tráfego ele caminha _____ grama rente _____ meio-fio.
  7. O túnel vai levá-lo _____ outro lado.
  8. Ele não fica _____ dúvida e se lança _____ aventura.
  9. Mergulha _____ túnel sem pensar _____ conseqüências.

D. *Mostre a admiração ou o horror implícitos nos períodos que seguem.*

Exemplo: O exame é difícil.
Como o exame é difícil! ou
Que exame (tão) difícil!
O trânsito anda louco.
Como o trânsito anda louco!

1. A idéia é louca.
2. Os espaços são grandes.
3. Ele caminha devagar.
4. O sujeito está distraído.
5. Ele se sente zonzo.
6. O estilo dos edifícios é arrojado.
7. Ele faz uma cara esquisita.
8. O pessoal é indiferente.
9. A cidade tinha um jeito impressionante.
10. Eles andam desorientados.

E. *Traduza para o português:*

1. Our friend has just arrived in the capital for the first time; he doesn't have a car and doesn't know anybody.
2. He has to get around on foot in a modern city that was made for cars, not for pedestrians.
3. Thousands of speeding cars make him feel dizzy.
4. He wants to cross from one side of the avenue to the other, but he is afraid of risking his life.
5. As he keeps on walking on the grass close to the curb, he has the crazy idea of taking a bus or a taxi to get to the other side.
6. Suddenly he sees his salvation, a logical solution to the problem: a subterranean passage; without giving it a second thought he ducks into the tunnel.

F. *Sugestões para exposição oral ou escrita.*

1. Conte as dificuldades do novo morador do ponto de vista do "informante."
2. Discuta os problemas do trânsito na sua cidade e no seu campus. É fácil se movimentar na cidade, atravessar a rua, estacionar? Como

14

você chega ao campus ou a seu trabalho? (a pé? a cavalo? de bicicleta? de ônibus? de helicóptero? nadando?) O sistema de transporte público tem algum problema?

Brasília, commercial center by night

4

Cem Cruzeiros a Mais

— Fernando Sabino —

Ao receber certa quantia num guichê do Ministério, verificou que o funcionário lhe havia dado cem cruzeiros a mais. Quis voltar para devolver, mas outras pessoas protestaram: entrasse na fila.[1]

Esperou pacientemente a vez, para que[2] o funcionário lhe fe-
5 chasse na cara a janelinha de vidro:

— Tenham paciência, mas está na hora do meu café.

Agora era uma questão de teimosia. Voltou à tarde, para encontrar fila maior — não conseguiu sequer aproximar-se do guichê antes de encerrar-se o expediente.[3]

10 No dia seguinte era o primeiro da fila:

— Olha aqui: o senhor ontem me deu cem cruzeiros a mais.

— Eu?

Só então reparou que o funcionário era outro.

— Seu colega, então. Um de bigodinho.

15 — O Mafra.

— Se o nome dele é Mafra, não sei dizer.

— Só pode ter sido o Mafra. Aqui só trabalhamos eu e o Mafra. Não fui eu. Logo . . .

Ele coçou a cabeça, aborrecido:

20 — Está bem, foi o Mafra. E daí?

O funcionário lhe explicou com toda urbanidade que não podia responder pela distração de Mafra:

— Isto aqui é uma pagadoria, meu chapa. Não posso receber, só posso pagar. Receber, só na recebedoria. O próximo!

25 O próximo da fila, já impaciente, empurrou-o com o cotovelo. Amar o próximo como a ti mesmo! Procurou conter-se e se afastou,

---

(1)   entrasse na fila — (the others told him to) get in line
(2)   para que — only to have
(3)   antes de encerrar-se o expediente — before office hours came to an end

indeciso. Num súbito impulso de indignação — agora iria até o fim — dirigiu-se à recebedoria.

— O Mafra? Não trabalha aqui, meu amigo, nem nunca 30 trabalhou.

— Eu sei. Ele é da pagadoria. Mas foi quem me deu os cem cruzeiros a mais.

Informaram-lhe que não podiam receber: tratava-se de uma devolucão, não era isso mesmo? e não de pagamento. Tinha trazido a 35 guia? Pois então? Onde já se viu pagamento sem guia? Receber mil cruzeiros a troco de quê?

— Mil não: cem. A troco de devolução.

— Troco de devolução. Entenda-se.

— Pois devolvo e acabou-se.[4]

40 — Só com o chefe. O próximo!

O chefe da seção já tinha saído: só no dia seguinte. No dia seguinte, depois de fazê-lo esperar mais de meia hora, o chefe informou-lhe que deveria redigir um ofício historiando o fato e devolvendo o dinheiro.

45 — Já que o senhor faz tanta questão de devolver.

— Questão absoluta.

— Louvo o seu escrúpulo.

— Mas o nosso amigo ali do guichê disse que era só entregar ao senhor[5] — suspirou ele.

50 — Quem disse isso?

— Um homem de óculos naquela seção do lado de lá. Recebedoria, parece.

— O Araújo. Ele disse isso, é? Pois olhe: volte lá e diga-lhe para deixar de ser besta. Pode dizer que fui eu que falei. O Araújo sempre 55 se metendo a entendido![6]

— Mas e o ofício? Não tenho nada com essa briga,[7] vamos fazer logo o ofício.

---

(4) Pois devolvo e acabou-se.— Well, I'll return (the money) and that will put an end to the problem.

(5) era só entregar ao senhor— it would only be necessary to hand (the money) over to you

(6) sempre se metendo a entendido — always behaving as if he knew it all

(7) não tenho nada com essa briga — I have nothing to do with that quarrel

— Impossível: tem de dar entrada no protocolo.

Saindo dali, em vez de ir ao protocolo, ou ao Araújo para dizer-lhe que deixasse de ser besta, o honesto cidadão dirigiu-se ao guichê
60 onde recebera o dinheiro, fez da nota de cem cruzeiros uma bolinha, atirou-a lá dentro por cima do vidro e foi-se embora.

(from *A Companheira de Viagem*)

Exercícios

A. *Responda em português:*

1. O que é que o homem verificou ao receber certa quantia num guichê do Ministério?
2. Por que não pôde voltar para devolver o dinheiro imediatamente?
3. Por que o funcionário lhe fechou na cara a janelinha?
4. Quando voltou à tarde, por que não conseguiu chegar ao guichê?
5. No dia seguinte, como sabia o funcionário que era o Mafra quem tinha dado os cem cruzeiros a mais ao homem?
6. Por que este funcionário não pôde receber o dinheiro?
7. O que fez o próximo da fila para mostrar a sua impaciência?
8. Por que o nosso herói se conteve e não empurrou o próximo?
9. Por que o funcionário na recebedoria não aceitou o dinheiro?
10. No dia seguinte, quanto tempo o nosso amigo teve que esperar para falar com o chefe da seção, e o que este lhe informou?
11. Qual é a opinião que o chefe tem do Araújo?
12. Descreva o jeito que o honesto cidadão deu para resolver o problema. Foi uma boa solução?

B. *Certo ou errado? Se certo, repita o período; se errado, corrija-o.*

1. Primeiro o sujeito pensou ficar com o dinheiro, mas depois mudou de idéia.
2. Fez questão de devolver a cédula porque se tratava duma soma muito grande.

3. Não conseguiu aproximar-se do guichê devido à fila.
4. No dia seguinte o funcionário, que não era o mesmo, não aceitou o dinheiro por desconfiança.
5. Na recebedoria não quiseram aceitar porque não era pagamento.
6. O chefe atendeu-lhe com prontidão e gentileza.
7. O pessoal do Ministério se dá muito bem.
8. Para contar o caso num ofício era preciso passar pelo protocolo.
9. Pode-se dizer que o cidadão chegou ao fim da sua teimosia.
10. Achou uma maneira muito genial para devolver a cédula.

C. *Modifique os seguintes períodos conforme os nomes ou pronomes entre parênteses:*

> Exemplo: Ele procurou conter-se e se afastou. (eu)
> Eu procurei conter-me e me afastei.

1. Dirigiu-se à recebedoria. (nós)
2. Não conseguiu sequer aproximar-se do guichê. (vocês)
3. Acabou-se. (Todos os problemas)
4. O Araújo sempre está se metendo a entendido. (os funcionários)
5. Foi-se embora. (os próximos da fila)
6. O Mafra se sentou e esperou o primeiro cliente. (o chefe e eu)
7. O expediente se encerrará às cinco. (As portas)
8. A que hora o Jorge se levantou? (O Edison e o Sérgio)
9. Não se esqueça de lavar-se bem e enxugar-se na toalha. (nós)
10. Ela se contém muito bem nos momentos difíceis. (eu)

D. *Preencha os espaços com o plural das palavras sublinhadas, como no exemplo:*

> Exemplo: O autor quer um <u>governo estável</u> e se refere a vários
> _____ _____.
> O autor quer um governo estável e se refere a vários governos estáveis.

1. Não só o Brasil é um <u>interminável canteiro</u>. Há muitos _____ _____ semelhantes.
2. Só há uma coisa mais chata do que um <u>país</u> perpetuamente em <u>construção</u>: são os _____ onde as _____ são

perpétuas.

3. A <u>regra normal</u> é de acabar; porém, aqui não há _____ _____.

4. O meu <u>aluguel</u> é incerto; afinal, todos os _____ são incertos.

5. Devo uma <u>devolução</u>. Esta é a seção das _____?

6. Esse jogador é <u>alemão</u>. A equipe é alemã. Eles são todos _____.

7. Um <u>pagamento mensal</u> é muito. Não tem outra modalidade?
   — Sinto muito, aqui só aceitamos _____ _____.

8. Meu <u>avô</u> é japonês. A avó da Laura é portuguesa. Os dois _____ são velhos.

9. Um <u>bom pão francês</u> é uma delícia. Só esta padaria vende mais de mil _____ _____ _____ por dia.

10. Não gosto da <u>cor</u> deste <u>lápis</u>. Não tem _____ de outras _____?

E. *Escrevam períodos originais empregando as palavras sublinhadas e mantendo o significado que elas têm nos exemplos.*

1. Tem fila e eu terei que esperar <u>a</u> minha <u>vez</u>.
2. Fecho a janela porque <u>está na hora</u> do meu café.
3. Tanta gente! <u>Não</u> conseguiu <u>sequer</u> aproximar-se.
4. O funcionário distraído me deu cem cruzeiros <u>a mais</u>.
5. Eu digo ao bancário que <u>se trata de</u> uma devolução.
6. O chefe da seção gosta de <u>meter-se a entendido</u>.
7. O honesto cidadão <u>faz questão</u> de devolver o dinheiro.

F. *Sugestões para exposição oral ou escrita:*

Conte esta história do ponto de vista (1) do homem que recebeu os cem cruzeiros a mais, (2) do Araújo, (3) do chefe da seção.

5

A Mulher Vestida

— Fernando Sabino —

Eu estava num centro comercial de Copacabana e era sábado, pouco depois de meio-dia. Às tantas comecei a ouvir uma martelação de ensurdecer.[1] O dono de uma lojinha de sapatos para senhora chegou-se à porta e me interpelou, assustado:

5   — Que será isso?

E saiu pelo corredor a investigar. Caminhávamos na mesma direção e logo descobrimos que o ruído vinha de uma sala fechada, um curso de ginástica.[2] Batiam[3] desesperadamente na porta, lá dentro — com um halteres, no mínimo.

10   — Que está acontecendo? — o sapateiro gritou do lado de cá.

Uma voz chorosa de mulher explicou que a porta estava trancada, ela não podia sair.

— Quedê[4] a chave? — berrou o homem.

— O professor levou — respondeu a voz.

15   — Que professor?

— O professor de ginástica.

— Espera, que eu vou chamar o zelador — arrematou o homem, solícito. E se voltou para mim:

— O senhor podia fazer o favor de procurar o zelador para soltar

20 a mulher? Não posso abandonar minha loja sem ninguém.

Assim, ele ia tirar a castanha com a mão do gato.[5] Não tive

---

(1)   uma martelação de ensurdecer — a deafening pounding

(2)   curso de ginástica — fitness center

(3)   Batiam — Someone was knocking

(4)   Quedê — O que é de? (onde está?). Also *cadê*.

(5)   ele ia tirar a castanha com a mão do gato — he was going to let somebody else pull his chestnuts out of the fire (i.e., get someone else to do his work for him). A variant of this expression is *tirar a sardinha com a mão do gato*.

outro jeito senão sair à procura do zelador.

Encontrei-o à porta do prédio chupando uma tangerina. Era um pau-de-arara[6] delicado e solícito, mas infelizmente não podia fazer
25 nada: não tinha a chave da sala.

Voltei ao corredor, vencendo a tentação de cair fora de uma vez, deixar que a mulher se arranjasse.[7] A bateção recomeçara, ela parecia disposta a botar a porta abaixo:

— Abre essa porta! Pelo amor de Deus!
30 — Calma, minha senhora — berrei do lado de cá: — Vamos ver se a gente dá um jeito.[8]

No corredor ia-se juntando gente, e várias sugestões eram aventadas: abrir um buraco na parede, chamar o Corpo de Bombeiros, retirá-la pela janela.
35 — Deve ser uma mulher forte pra chuchu.

— Eu se fosse ela aproveitava e quebrava tudo lá dentro.

Pensei em transferir a alguém mais a tarefa que o sapateiro me confiara, não encontrei ninguém que parecesse disposto a aceitar a responsabilidade: todos se limitavam a fazer comentários jocosos,
40 estavam é se divertindo com o incidente. De súbito me ocorreu perguntar à mulher o número do telefone do professor. Foi um custo fazê-la cantar de lá a resposta, algarismo por algarismo. Saí para a rua à procura de um telefone — tive de andar um quarteirão inteiro até uma farmácia, onde fiquei aguardando na fila. Chegou afinal a
45 minha vez. Atendeu-me uma voz de criança — certamente filha do professor. Que ainda não havia chegado em casa, pelo que pude entender:[9]

— Escuta, meu benzinho, diga para o papai que tem uma mulher

---

(6) pau-de-arara — a migrant from the Northeast. Originally a type of covered truck in which migrants from the economically depressed Northeast of Brazil traveled to the big cities of the central and southern parts of the country in search of jobs, by extension the term came to refer to the migrants themselves.

(7) vencendo . . . se arranjasse — overcoming the temptation to walk out, leaving the woman to take care of herself

(8) dá um jeito — See *crônica* 18.

(9) Que ainda não . . . entender — From what I could understand, he had not yet arrived at home

trancada na sala lá do curso dele, está me entendendo? Repete
50 comigo: uma mulher trancada . . .

Não havendo mais nada a fazer, resolvi tomar o caminho de
casa — mas a curiosidade me arrastou mais uma vez até o centro
comercial, para uma última olhada sem compromisso.

O interesse conquistava todo o andar, espalhava-se aos demais,
55 ganhava a rua: gente se acotovelava diante do prédio, agora era uma
multidão de verdade que acompanhava os acontecimentos.

— Por que não arrombam a porta de uma vez?

— O que é que a mulher está fazendo lá dentro?

— Dizem que ela está nua.

60 A palavra mágica correu logo entre a multidão: nua, uma mulher
nua! e cada vez juntava mais gente, ameaçando interromper o tráfego:

— Mulher nua. Mulher nua! — gritavam os moleques.

Dois soldados da polícia militar passaram correndo, cassetete em
riste,[10] sem saber para onde se dirigir. A multidão se abriu, precavi-
65 damente. Um homem de ar decidido pedia licença e ia entrando pelo
centro comercial a dentro, como quem vai resolver o problema. Devia
ser algum comissário de polícia.

Era o professor, que comparecia com a chave, não sei se mercê do
meu recado. Em pouco a porta do curso de ginástica se abriu e a
70 mulher saiu, ressabiada — completamente vestida. Era baixinha e
meio gorda, estava mesmo precisando de ginástica.[11]

(from *Quadrante 2*[12])

---

(10)   cassetete em riste — with clubs ready for action
(11)   *estava mesmo precisando de ginástica* — she really did need exercise
(12)   Revised version for this collection supplied by the author.

Exercícios

A. *Responda em português:*

1. Onde estava o senhor Sabino um sábado? A que horas?
2. De onde vinha o ruído que ele e o sapateiro ouviram?
3. O que explicou a mulher que estava trancada na sala fechada?
4. Por que o sapateiro não queria ir chamar o zelador?
5. Por que o zelador não pôde abrir a porta?
6. Que sugestões ofereceram algumas pessoas?
7. O que o autor disse pelo telefone à filha do professor?
8. Qual foi a palavra mágica que correu logo entre a multidão?
9. Como é que a mulher pôde sair afinal?
10. Por que ela precisava mesmo de ginástica?

B. *Certo ou errado? Corrija, se errado; repita, se certo.*

1. O episódio se passa numa rua movimentada no centro do Rio.
2. Quem ouviu a martelação primeiro foi uma moça que fazia compras.
3. O barulho vinha duma sala que servia para o ensino de ginástica.
4. O professor trancara uma aluna por ela não querer pagar.
5. Conforme o tempo ia passando, o número de curiosos ia crescendo.
6. Cada pessoa tinha uma sugestão diferente para libertar a mulher.
7. Não se podiam encontrar nem o zelador nem o professor.
8. A mulher estava preocupada porque tinha outro encontro marcado.
9. Na conclusão o autor nos dá a refutação completa do que se dizia lá fora.
10. Esta crônica mostra a fome insaciável da gente pelo escândalo.

C. *Complete os períodos de maneira lógica com um dos seguintes verbos: esperar, ter, procurar, abrir, avisar, trazer, resolver, subir, compreender, ficar, dar, arranjar-se:*

> Exemplo: O sapateiro pediu à mulher trancada que _____ .
> O sapateiro pediu à mulher trancada que esperasse.

1. O sapateiro pediu que o autor _____ o zelador.
2. Ele não ia deixar que ela _____ sozinha.

3. Ela gritou que as pessoas _____ a porta.
4. O cidadão pediu à prisioneira que _____ calma.
5. O autor disse à filha do professor que _____ o recado ao pai.
6. A multidão estava gritando ao guarda que ele _____ o dilema.
7. A moça queria que a mulherzinha _____ à janela.
8. A coitada da mulher esperava que lá em casa o marido _____ o problema.
9. O médico mandou ao menino que _____ quietinho.
10. A criança quis que os pais lhe _____ mais chocolates.

D. *Empregue as palavras sublinhadas em períodos originais:*

1. A mulher trancada terá que arranjar-se sozinha.
2. De súbito me ocorreu perguntar o número de telefone.
3. Todos se limitavam a fazer comentários.
4. Não havendo mais nada a fazer, retiramo-nos.
5. O interesse espalhava-se aos demais andares.
6. Ela estava precisando mesmo de ginástica.

E. *Para traduzir em português:*

1. The door was locked and the woman could not open it.
2. The janitor couldn't do anything because he didn't have the key.
3. "For heaven's sake, open this door!" the woman cried.
4. "Be calm, ma'am," the man replied. "Let's see if we can find a solution."
5. He had to walk a whole block to find a telephone and then he had to wait in line; finally his turn came.
6. The kids in the crowd yelled that the woman locked in the room was nude.
7. But when the professor opened the door she came out completely dressed.

6

Tempo Perdido

— Luís Martins —

Considero-me um homem razoavelmente ocupado, um desses indivíduos obrigados a contar no relógio os minutos do dia que vive, para poder dar conta do seu recado cotidiano.[1] Cada manhã estabeleço o programa das minhas atividades, e à noite, ao me deitar,
5 verifico com melancolia e irritação, não ter feito metade do que programara. Na conta corrente[2] que mantenho comigo mesmo, o *deficit* de compromissos adiados[3] vai crescendo assustadoramente e, no fim da semana, vejo que me acho mais ou menos nas condições[4] do Brasil: há um débito colossal a se transferir para o exercício
10 seguinte.[5]

Deixo sempre para amanhã o que não posso fazer hoje, e para depois de amanhã o que certamente amanhã não farei. Mas que recursos tenho eu para debelar a crise,[6] numa terra em que os telefones estão sempre ocupados, as pessoas nunca estão onde
15 deviam estar, os automóveis enguiçam, os ônibus não têm horário, e se o relógio pára, não tem o poder mágico de interromper o curso inflexível do tempo?

Há dez dias telefono,[7] sistematicamente, a uma determinada

---

(1) dar conta do seu recado cotidiano — to take care of daily business
(2) Na conta corrente . . . comigo mesmo — In the current account I maintain for myself. (The author humorously uses bookkeeping terms here and in the next few lines.)
(3) compromissos adiados — commitments postponed
(4) nas condições — in the condition. (The plural of many words is often used where English uses the singular.)
(5) o exercício seguinte — the next fiscal year
(6) que recursos . . . a crise — what resources do I have to overcome the crisis (i.e., of my deficit, my falling behind in my commitments)
(7) Há dez dias telefono — For ten days I have been phoning. (This

hora, para um determinado cidadão, com o qual tenho um deter-
20 minado negócio a resolver. E há dez dias, a reposta invariável é:
— Ele não está no momento.
Há uma semana, procuro um outro, a quem preciso pedir um
obséquio para um terceiro.[8] E há uma semana, o resultado dessa
procura é sempre o mesmo:
25 — Ele acabou de sair. Se o senhor tivesse chegado um minutinho antes . . .
Deixo para o dia seguinte o telefonema e a visita. Mas no dia
seguinte já há outras visitas e outros telefonemas; há uma carta que
chega pedindo um favorzinho à-toa,[9] mas que consome tempo; há
30 um encargo de trabalho imprevisto, que é necessário satisfazer; há
um telegrama de pêsames a passar; há um cheque a receber;[10] há
três contas a pagar; há o amigo que chega de fora e faz questão absoluta de me ver; há um caso que necessita da minha presença para ser
solucionado; há um papel que preciso assinar; e há ainda os meus
35 afazeres obrigatórios, normais, cotidianos, que eu não posso
esquecer, nem delegar a outrem o trabalho de realizar . . .
E, no meio disso tudo, vou tomar um ônibus, o ônibus não vem;
mando chamar um táxi, não há táxi no ponto; vou pegar um
lotação,[11] o lotação passa cheio; vou telefonar, a linha está ocupada;
40 consigo fazer a ligação, a pessoa não está; corro de um lado para
outro — e chego sempre atrasado. E há as filas,[12] os funcionários

---

construction can also be expressed as "Há dez dias que telefono" or
"Telefono há dez dias." Note similar constructions in the next few lines:
"há dez dias, a resposta é" — for ten days the answer has been; "Há uma
semana procuro" — for a week I have been looking for.)

(8)　um terceiro — a third person, a third party, someone else

(9)　um favorzinho à-toa — some little favor or other

(10)　um cheque a receber — a check to cash (*cobrar, trocar,* and *descontar*
can also be used to express "to cash")

(11)　lotação — a small bus that made fewer stops, charged more, and speeded
more than the ordinary buses that have replaced them in recent years

(12)　as filas — the waiting lines (at banks, the post office, government offices,
bus stops, etc.)

desatentos, o figurão que foi tomar um cafezinho,[13] o amigo que
marca encontro para as cinco e chega às sete . . .

45 Se conto todas essas coisas, é que esse drama não é meu apenas,
mas de toda gente. Para se ganhar a vida — como se perde tempo!

(from *Futebol da Madrugada*)

Exercícios

A. *Responda em português:*

1. Que é que o autor verifica cada noite ao se deitar? Verifica-o com alegria?
2. Que é que ele deixa para amanhã? E para depois de amanhã?
3. Segundo o autor, que problemas há no Brasil com os telefones, as pessoas, os automóveis, e os ônibus?
4. Que é que o autor faz há dez dias, e qual é a resposta invariável?
5. Por que é que o autor procura um outro indivíduo há uma semana, e qual é o resultado dessa procura?
6. No dia seguinte, que problemas novos trazem ao autor uma carta, um encargo de trabalho imprevisto, um telegrama, um cheque, umas contas, um amigo, um caso, um papel?
7. O que é que acontece quando ele quer tomar um ônibus, quando manda chamar um táxi, quando vai pegar um lotação, e quando vai telefonar?
8. Por que não encontra o figurão, e por que não vê o amigo às cinco?
9. O que é que se perde para se ganhar a vida?

---

(13) um cafezinho — a small cup of coffee, usually drunk black and with lots of sugar; "tomar um cafezinho" is the equivalent of taking a coffee break.

B. *Certo ou errado? Se certo, repita; se errado, corrija.*

1. O autor se considera um homem razoavelmente desocupado.
2. Cada manhã ele estabelece o programa de suas atividades.
3. Ele prefere deixar para o mês que vem o que não pode fazer hoje.
4. Ele fica contente porque as pessoas sempre estão onde devem estar.
5. Os automóveis nunca enguiçam e os telefones nunca estão ocupados.
6. Quando o autor telefona para um determinado cidadão, este responde imediatamente.
7. O autor tem cheques a receber, contas a pagar e papéis a assinar.
8. Ele conta todas essas coisas porque o drama é apenas dele.
9. Para se ganhar a vida, perde-se muito tempo.

C. *Responda às seguintes perguntas com as frases entre parênteses:*

Exemplo: Há quanto tempo você telefona para ele?   (dez dias)
Há dez dias (que) telefono para ele.

1. Há quanto tempo você procura uma colocação?   (uma semana)
2. Há quanto tempo vocês se conhecem?   (três anos)
3. Há quanto tempo ela não tem férias?   (mais de um ano)
4. Há quanto tempo que você espera uma carta dele?   (um mês)
5. Há quanto tempo que ele está chegando tarde no escritório? (cinco dias)

D. *Redija os períodos que seguem de modo que eles expressem condições que não se realizaram no passado.*

Exemplo: Se o senhor chega um minutinho antes, pode conseguir a entrevista.
Se o senhor tivesse chegado um minutinho antes, poderia ter conseguido a entrevista.

1. Se ela me diz isso, eu dou uma boa resposta.
2. Se o aluno vê a data, sabe que é feriado.
3. Se o comerciante fecha o negócio, ganha uma fortuna.
4. Se nós fazemos o nosso dever, não temos que enfrentar uma crise.
5. Se o diretor estabelece um programa, todo mundo verifica o progresso.

E. *Usando os verbos que seguem, escreva orações originais no tempo presente contrastando suas atividades ("eu") com as de um amigo com quem fala ("você"), como no exemplo.*

Exemplo: Estabelecer
Eu estabeleço o programa das atividades, mas você não estabelece nada.

1. consumir
2. manter
3. conseguir

4. pedir
5. poder
6. perder

F. *Traduza em português:*

1. He considers himself a reasonably busy man.
2. He didn't do half of what he had planned.
3. Never leave for tomorrow what you can do today.
4. My automobile stalled and my clock stopped.
5. The doctor isn't in at the moment; he just went out.
6. I insist on seeing him.
7. I made an appointment for five o'clock but I arrived at five-thirty.
8. In order to earn a living, one wastes a great deal of time.
9. I have been phoning for fifteen minutes but the line is always busy.
10. If you had arrived a moment earlier, you would have seen him.

7

No Cinema

— Flávio Cardozo —

Faz uns trinta anos que eles vão ao cinema.[1] Desde os encalorados tempos em que só se entrava no Cine São José de paletó, lembram-se? Há trinta anos que um bom filme é a diversão dos dois. Entram de mãos dadas, sentam-se, depois soltam as mãos, depois
5 juntam as mãos, e largam, e juntam, e assim vão, mais ou menos de acordo com o andamento das emoções na tela. Às vezes a dela está entre as dele, noutras a dele está entre as dela e às vezes chegam a se permitir, nostalgicamente, pequenos assanhamentos.
O filme está ótimo. Em certo momento, ele faz o que sempre fez:
10 joga a mão no colo da mulher e dá-lhe um leve aperto na coxa.
— Vagabundo! — ela grita, desfechando violento tapa[2] que ressoa pela sala mergulhada em silêncio. Todas as cabeças se voltam para o lugar onde acontece aquele drama ao vivo. O homem vira a sua também: mas o que é isto?
15 — Vagabundo, o que é que está pensando? Rafael, Rafael!
Ele custa a entender[3] que foi vítima duma rotina de trinta anos. Àquela noite, teve de ir sozinho ao cinema e a força do hábito traiu-o miseravelmente. A reação da vizinha é compreensível: bateu e agora chama pelo marido que, por falta de lugar, teve de ir sentar-se lá adi-
20 ante.
— Rafael, Rafael! — continua ela, levantando-se, ao mesmo tempo em que uma imensa montanha se ergue e vem vindo — Rafael, esse tarado aí botou a mão em mim.
— Calma, calma — vai tentando dizer o homem, ao lado do

---

(1) cinema — Remember that many words ending in -*ma* are masculine: *o problema, o tema, o programa, o sistema,* etc.
(2) desfechando violento tapa — letting loose a violent blow/smacking him
(3) custa a entender — takes a while to catch on

25 casal, a caminho da sala de espera. — Calma, calma, eu explico, foi um acidente, eu pensei que estava com minha mulher, há trinta anos que a gente vem ao cinema, hoje ela não pôde vir, nem me dei conta de que não era ela, foi uma distração, a senhora me perdoe, o senhor me perdoe, como é que foi me acontecer uma barbaridade dessas?

30 Dá para sentir[4] que Rafael está furioso, que tem dentro do corpo um demônio disposto a se libertar, a qualquer instante, na forma de devastadores trompaços. Vê-se, entretanto, que é um sujeito dono de si. Com voz controlada, pede ao outro que chame ali a mulher.

— Mas ela está com enxaqueca.

35 Não interessa. Que venha, quer fazer uma acareação,[5] quer saber se de fato estão casados há trinta anos como ele falou. O homem então telefona: que ela venha logo, de qualquer jeito, sim, sim é coisa séria, que o filho a traga, depressa. E a mulher aparece, morta de dor, · e o medo é que a infeliz, tendo a cabeça naquele estado, não 40 atine com a situação e não responda direito. Felizmente, ela consegue dizer: trinta anos, sim, trinta anos.

Rafael compreende, perdoa.

O outro sai aloprado: que bobeira! Mas vai pensando que podia ter sido bem pior: e se, em vez da mulher, estivesse ao lado um 45 marmanjo? Hein? Alguém ia acreditar que foi o que foi? Ia?

(from *Beco da Lamparina*)

Exercícios

A. *Responda em português:*

1. Há quantos anos o marido e a mulher vão ao cinema?
2. Como eles se comportam durante os filmes?

---

(4) Dá para sentir — One can tell / It is possible to feel
(5) Não interessa. Que venha, quer fazer uma acareação. — That doesn't matter. Have her come down, he wants to compare what the two say.

3. Nesta ocasião, o que ele fez em certo momento?
4. Por que a mulher ao lado grita e desfecha um tapa nele?
5. Depois de bater no vizinho, a quem ela chama? Onde ele estava e por quê?
6. Quem foi vítima duma rotina? Por quê?
7. Como se explica o que o homem fez à vizinha?
8. O que Rafael pede para o outro fazer? Por quê?
9. Quando a mulher chega, de que é que o marido tem medo?
10. Como se resolveu a situação?

B. *Certo ou errado?*

1. Eles vão ao cinema há quarenta anos.
2. Juntam e largam as mãos conforme as emoções na tela.
3. Ele aperta em certo momento a coxa da mulher sentada ao lado.
4. Como sempre ele estava sentado ao lado da esposa dele.
5. A mulher que ele tocou grita e bate nele.
6. Embora haja muitas pessoas na sala, ninguém repara no que acontece.
7. Ele tinha ido sozinho à sessão porque a esposa estava com dor de cabeça.
8. O marido da vizinha é um homem pequeno e fraco, e se assusta facilmente.
9. Rafael manda o homem telefonar para que sua esposa venha ao cinema.
10. Ela responde mal às perguntas de Rafael por estar muito doente.

C. *Repare nas várias maneiras de pedir e de mandar que a crônica revela e complete o parágrafo.*

O pobre marido casado há trinta anos diz à senhora sentada ao lado "Me (perdoar) _____." E o marido dela insiste, "(Chamar) _____ a sua mulher!" Aí ele liga para a casa e diz à mulher, "(vir) _____ logo" e ao filho "(trazer) _____ a sua mãe." Aos dois ele pede "Não (demorar) _____ no caminho!" E como não têm outro carro, que (procurar) _____ um táxi e que (pedir) _____ ao chofer que (correr) _____. Até eles chegarem ele pede à senhora e seu marido que (ter) _____ paciência e que não o (julgar) _____ precipitadamente.

D. *Empregue as expressões sublinhadas em períodos originais que demonstrem o sentido delas.*
   1. Ele <u>custa a</u> entender que foi vítima de uma rotina.
   2. Nem <u>me dei conta de</u> que não era minha esposa.
   3. <u>Dá para</u> sentir que Rafael está furioso.
   4. Vê-se que é sujeito <u>dono de si</u>.
   5. Quer saber se <u>de fato</u> estão casados.
   6. Juntam as mãos <u>de acordo com</u> o andamento das emoções.

E. *Responda usando "haver" ou "fazer."*
   Exemplo: Havia quanto tempo que eles iam ao cinema quando ele foi sem
   a esposa?
   Havia trinta anos que eles iam ao cinema quando ele foi sem ela
   uma noite.
   1. Fazia muito tempo que eles estavam casados?
   2. Fazia muito tempo que eles se conheciam quando se casaram?
   3. Em 1990, quanto tempo fazia que você morava no mesmo lugar?
   4. Você estuda português há muito tempo?
   5. Você está estudando esta lição há muito tempo?
   6. Há quanto tempo é que o Brasil é um país independente? (1822)
   7. Quando foi que você começou a estudar português?

F. *Traduza para o português:*
   1. They have been going to the movies for some thirty years, always holding hands.
   2. Their best entertainment was to see a good film.
   3. Last night at the movie theater, as always, he put his hand on his wife's lap.
   4. All heads turned when she screamed and called for her husband to come.
   5. The man forgot that he had gone out alone because his wife had a migraine and had stayed at home.
   6. Rafael pardoned the man when he explained why he did what he had done.

8

Disque Amizade

— Flávio Cardozo —

Excitado, procurou o número no guia. Discou com dedos
trêmulos: 145. Estava mais que excitado: estava muito nervoso.

— Alô, alô!

— Calma, gatinho[(1)] . . . — disse uma voz feminina, muito
5 feminina. Uma voz repousada, de alguém feliz, de alguém que,
àquela hora da noite, parecia estar muito de bem com o mundo.[(2)]
Fazia tempo que ele não ouvia uma voz tão meiga. Não, não, nunca
ouviu uma voz tão meiga. Nem a da mãe era assim, que Deus a
tenha.[(3)] Mas a verdade é que estava nervoso, nervosíssimo.

10 — Alô! Escuta, aqui é . . . aqui é . . . .

— Calminha, gato — repetiu a mulher, botando todo o veludo de
que era capaz na palavra calminha e um pouco de unha comprida, de
felina sensualidade na palavra gato. Poxa, pensou ele, como essas
moças vão, sem mais nem menos, falando com os desconhecidos!
15 Mas estava nervoso, nervosíssimo. Fazia tempo que não ficava tão
nervoso na vida.

— Senhorita,[(4)] eu . . .

— Senhorita? Ai, meu Deus do céu, que gracinha de homem!
Me chamar de senhorita . . . Por que essa cerimônia, doçura?
20 Quantos anos a minha doçurinha tem, quantos?

— Senh . . . escuta, eu . . .

— Ah, vamos combinar: me chama de Açucena, certo? Açucena.
Vou te chamar de Lírio. Estou te sentindo tão puro, tão assustado,

---

(1) gatinho — diminutive of *gato,* slang for cute guy, honey; naturally it has
flirtatious connotations

(2) estar muito de bem com o mundo — to be at peace with the world

(3) que Deus a tenha — may God rest her soul

(4) Senhorita — This formal second-person pronoun for Miss has largely
fallen into disuse.

35

mas tão misterioso . . . Tua voz tem um calor gostoso, sabia?

25 Calor gostoso? Pois sim, calor gostoso . . . Aquilo o estava deixando por demais aflito. Queria dizer duma vez o que tinha a dizer, mas o diabo vinha acariciar-lhe o ouvido com a voz mais perturbadora que já escutou um dia e aí é que perdia mesmo o domínio e

30 o rumo da conversa. Sempre foi assim, um enleado. Na escola primária já era o Babão, no ginásio era o Papa-mosca, no Técnico de Contabilidade era o Pamonha. Agora, aposentado, era Seu Neno, o Devagar.[5] O que já fez de força para corrigir aquele jeito reticencioso de dizer as coisas, aquela incompetência para completar uma

35 frase, a incapacidade de resistir à mínima interrupção da outra parte, de impor sua palavra, largar seu pensamento! Não era à-toa que estava ali solitário, sem mais o que fazer da vida além de ir para a janela olhar a vida passar.

— Senhorita, aqui na minha rua . . .

40 — Sim, gatinho . . .

De pouco valeu. Até Açucena explicar que aquele era o 145, o telefone do Disque Amizade, um telefone que a TELESC[6] botou para as pessoas se descobrirem, quem sabe até se amarem, até dizer que o telefone dos bombeiros não era aquele, era o 193, e que ele era

45 um gatinho muito atrapalhado, a casa vizinha de Seu Neno foi ardendo, ardendo, ardendo.

Conseguiu dominar a agitação que todo incêndio provoca e dormiu com lúbricas chamas por trás dos olhos e uma quente mão afagando-lhe as orelhas. Uma tal de Açucena chamou-o de gato.

50 Fazia tempo (quanto tempo mesmo?) que Seu Neno não dormia tão de bem com o mundo.

(from *Beco da Lamparina*)

---

(5) Each of these nicknames is depreciative meaning dummy, jerk, fool. "Seu" is a short form of *senhor* frequently used with first and/or last names.

(6) TELESC — Telecomunicações de Santa Catarina, the phone company in that southern state

Códigos especiais de serviços.

Números que não constam na lista	102	
Reclamações de defeitos	103	
Solicitações de serviços	104	
Hora certa	130	
Tele-Loteca	131	
Tele-Horóscopo	133	
Telegrama fonado	135	
Tele-Piadas	137	
Programação de cinema	139	

From the Florianópolis telephone directory (courtesy of TELESC)

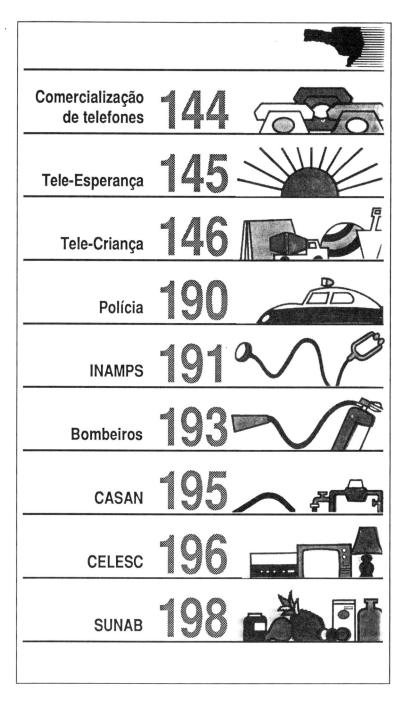

Comercialização de telefones	**144**
Tele-Esperança	**145**
Tele-Criança	**146**
Polícia	**190**
INAMPS	**191**
Bombeiros	**193**
CASAN	**195**
CELESC	**196**
SUNAB	**198**

Exercícios

A. *Responda:*

1. Como é que estava o homem ao discar o número de telefone?
2. Como era a voz da pessoa que atendeu?
3. Que palavra usada por ela incomoda o homem que ligou?
4. Por que ela pergunta quantos anos ele tem?
5. Que dificuldade Seu Neno tem tido desde menino?
6. Que número ele pensa ter discado? Por que queria esse número?
7. O que Açucena explicou para ele?
8. Qual é a função de Disque Amizade?
9. Enquanto eles falavam ao telefone o que acontecia na casa vizinha à de Seu Neno?
10. Por que Seu Neno dormiu de bem com o mundo aquela noite?

B. *Certo ou Errado?*

1. O homem discou 154 com dedos seguros.
2. A pessoa que atendeu tinha uma voz áspera e feia.
3. A mãe do homem que ligou está morta.
4. A mulher que atendeu o telefone achou que ele tivesse perdido seu gato.
5. Ela acha muito formal ele tratá-la de senhorita.
6. O que Açucena dizia o deixava aflito.
7. Seu Neno sempre foi capaz de expressar-se com força e convencer a todos.
8. Ele está só na vida mas tem muito que fazer todos os dias.
9. Finalmente Açucena explicou o que era Disque Amizade.
10. Avisaram os bombeiros, que vieram rápido apagar o fogo na casa vizinha.

C. *Em lugar dos substantivos sublinhados, empregue um pronome.*

Exemplo: Que Deus tenha <u>a vovó</u> em paz.
Que Deus a tenha em paz.

1. A moça chamou <u>Seu Neno</u> de gato.
2. O incêndio está deixando <u>os bombeiros</u> nervosos.

3. Escutou a moça com interesse.
4. O sussurro da moça acariciou os ouvidos do velho.
5. Ele era incapaz de completar a frase.   COMPLETA - LA
6. Eu vi as casas arderem.
7. Procure o número nos guias.
8. Conheci o vizinho no ginásio.
9. Parecia que uma mão quente afagava as orelhas.
10. Conseguiu dominar a agitação.

D. *Como é que um casal carinhoso na sua lua de mel usaria as expressões sublinhadas que seguem?*

> Exemplo: Vamos voltar à nossa casa.
> Vamos voltar à nossa casinha.

1. Ela para ele: meu gato, você é tão bom.
2. Ele para ela: calma, bem . . .
3. Ele lhe dá um presente e ela exclama, "Que graça!"
4. Ele quer acordar a esposa e chama, "Oh, doçura . . . "
5. Ele bate a cabeça contra a porta e ela lhe pergunta se tem uma dor.
6. Os dois ficam extasiados com a jovem que lhes traz o café da manhã e observam: "Moça mais meiga!"
7. Ele quer sair, mas ela não está pronta e diz: "Devagar, meu leão."
8. Ele que é João para ela é só . . .
9. Ele vai demorar na garagem um pouco.
10. Ele procura um papel para lhe deixar um recado.

ATENDER

E. *Traduza em português:*
1. Dial that number and the soft voice of a woman will answer.
2. If you are a very nervous and excited man she will say, "Calm down, honey."
3. That is the "Call for Friendship" number, for people to discover each other or perhaps to fall in love. APAIXNAREM
4. If you want to call the fire department, you must dial the right number.
5. He made efforts to correct his reticent manner of saying things and

the inability to let his thoughts go.

6. After calling 145 instead of 193, Mr. Neno slept very well, at peace with the world.

7. He dreamed that a hot feminine hand was caressing his ears and that a sensual voice was calling him "honey."

F. *Sugestões para exposição oral ou escrita.*

1. Conte este episódio do ponto de vista de Açucena.

2. Discuta as funções e a utilidade dos números especiais dos sistemas telefônicos.

3. Identifique os números públicos especiais mais importantes (veja quadro).

From the Florianópolis telephone directory (courtesy of TELESC)

9

Os Jornais

— Rubem Braga —

Meu amigo lança fora, alegremente, o jornal que está lendo e diz:
— Chega![1] Houve um desastre de trem na França, um acidente
de mina na Inglaterra, um surto de peste na Índia. Você acredita
nisso que os jornais dizem? Será o mundo assim, uma bola confusa,
5 onde acontecem unicamente desastres e desgraças? Não! Os jornais
é que falsificam[2] a imagem do mundo. Veja por exemplo aqui: em
um subúrbio, um sapateiro matou a mulher que o traía. Eu não afirmo
que isso seja mentira.[3] Mas acontece que o jornal escolhe os fatos
que noticia.[4] O jornal quer fatos que sejam notícias, que tenham
10 conteúdo jornalístico. Vejamos a história desse crime. "Durante os
três primeiros anos o casal viveu imensamente feliz . . . " Você sabe
disso? O jornal nunca publica uma nota assim:
    "Anteontem, cerca de 21 horas,[5] na rua Arlinda, no Méier,[6] o
sapateiro Augusto Ramos, de 28 anos, casado com a senhora
15 Deolinda Brito Ramos, de 23 anos de idade, aproveitou-se de um
momento em que sua consorte erguia os braços[7] para segurar uma

---

(1) Chega! — That's enough!
(2) Os jornais é que falsificam — It's the newspapers that falsify
(3) não afirmo que isso seja mentira — I won't say it's a lie
(4) acontece que o jornal escolhe os fatos que noticia — the fact is that the
newspaper selects the facts it reports (cf. the noun *notícia*)
(5) 21 horas (vinte e uma horas) — 9:00 P.M. In Brazil, as in most other countries and in the U.S. military, the hours between noon and midnight are
expressed as 13 (1:00 P.M.) through 24.
(6) Méier and (a few lines below) Encantado are working-class sections of
Rio de Janeiro.
(7) sua consorte erguia os braços — his wife was raising her arms (Note that
the author intentionally imitates journalese style, using high-sounding
words like "consorte" and (later) "libações" and "alcoolizado" instead of
more usual terms like *mulher, bebidas,* and *bêbedo.*

42

lâmpada para abraçá-la alegremente, dando-lhe beijos na garganta e
na face, culminando em um beijo na orelha esquerda. Em vista disso,
a senhora em questão voltou-se para o seu marido, beijando-o lon-
20 gamente na boca e murmurando as seguintes palavras: "Meu amor",
ao que ele retorquiu: "Deolinda." Na manhã seguinte, Augusto
Ramos foi visto saindo de sua residência às 7,45 da manhã, isto é, 10
minutos mais tarde do que o habitual, pois se demorou, a pedido de
sua esposa, para consertar a gaiola de um canário-da-terra de pro-
25 priedade do casal."
　　A impressão que a gente tem, lendo os jornais — continuou meu
amigo — é que "lar" é um local destinado principalmente à prática
de "uxoricídio." E dos bares, nem se fala.[8] Imagine isto:
　　"Ontem, cerca de 10 horas da noite, o indivíduo Ananias Fon-
30 seca, de 28 anos, pedreiro, residente à rua Chiquinha, sem número, no
Encantado, entrou no bar Flor Mineira, à rua Cruzeiro, 524, em companhia de seu colega Pedro Amâncio de Araújo, residente no mesmo
endereço. Ambos entregaram-se a fartas libações alcoólicas e já se
dispunham a deixar o botequim quando apareceu Joca de tal,[9] de
35 residência ignorada, antigo conhecido dos dois pedreiros, e que também estava visivelmente alcoolizado. Dirigindo-se aos dois amigos,
Joca manifestou desejo de sentar-se à sua mesa, no que foi
atendido.[10] Passou então a pedir rodadas de conhaque, sendo servido
pelo empregado do botequim, Joaquim Nunes. Depois de várias
40 rodadas, Joca declarou que pagaria toda a despesa. Ananias e Pedro
protestaram, alegando que eles já estavam na mesa antes. Joca, entretanto, insistiu, seguindo-se uma disputa entre os três homens, que
terminou com a intervenção do referido empregado, que aceitou a
nota que Joca lhe estendia. No momento em que trouxe o troco, o
45 garçom recebeu uma boa gorjeta, pelo que[11] ficou contentíssimo, o
mesmo acontecendo aos três amigos que se retiraram do bar alegremente, cantarolando sambas. Reina a maior paz no subúrbio do En-

---

(8)　dos bares, nem se fala — as for bars, it goes without saying
(9)　Joca de tal — a certain Joca (nickname for Joaquim); "de tal" is used to
　　show that the speaker did not know the man's last name.
(10)　no que foi atendido — in which he was accommodated (or: to which they
　　agreed)
(11)　pelo que — for which reason

cantado, e a noite foi bastante fresca, tendo dona Maria,[12] sogra do
comerciário Adalberto Ferreira, residente à rua Benedito, 14, senhora
50   que sempre foi muito friorenta, chegado a puxar o cobertor, tendo
depois sonhado que seu netinho lhe oferecia um pedaço de goiabada."
       É, meu amigo:[13]
       Se um repórter redigir essas duas notas e levá-las[14] a um secre-
tário de redação, será chamado de louco. Porque os jornais
55   noticiam tudo, tudo, menos uma coisa tão banal de que ninguém se
lembra: a vida . . .

(from A Borboleta Amarela)

Exercícios

A. *Responda em português:*

  1. Que catástrofes (f.) houve na França, na Inglaterra e na Índia?

  2. O que é que os jornais falsificam?

  3. O que fez um sapateiro, e por quê?

  4. O que diz o jornal sobre os três primeiros anos do casal, e por que é
    que ninguém sabia disso?

  5. Onde é que o sapateiro Augusto deu beijos à sua mulher Deolinda,
    e ela a ele?

  6. Na manhã seguinte, por que Augusto saiu da casa dez minutos
    mais tarde do que o habitual?

---

(12)   tendo dona Maria . . . chegado a puxar o cobertor — Dona Maria . . .
    having found it necessary to pull her blanket over her

(13)   É, meu amigo — Yes, my friend. ("É" is one of the most useful of
    Portuguese words: it can be used as the equivalent of "O.K.," "I agree,"
    "That's right," "Of course," "Yes indeed," etc., etc.)

(14)   redigir . . . levá-las — Both verbs are future subjunctives used after "se";
    therefore *as levar* might be preferred for the second phrase to avoid
    confusion with an infinitive having an attached pronoun.

7. A que horas entraram Ananias e Pedro no bar Flor Mineira, e o que é que fizeram ali? Quem entrou depois?
8. Por que começou uma disputa no bar?
9. Como terminou a disputa, e por que ficou contente o garçom?
10. Por que é que dona Maria puxou o cobertor, e o que é que ela sonhou?
11. Por que é que um repórter seria chamado de louco se ele redigisse as duas notas e as levasse a um secretário de redação?

B. *Certo ou errado? Se certo, repita; se errado, corrija.*

1. O jornal diz que houve um desastre de avião e um surto de peste na China.
2. Durante os três primeiros anos o casal viveu imensamente feliz.
3. Augusto deu a Deolinda beijos nas mãos e na face.
4. No bar Flor Mineira dois amigos se entregavam a fartas bebidas alcoólicas.
5. Eles não permitiram que Joca se sentasse à mesa deles.
6. Os três pediram rodadas de leite, sendo servidos pelo dono do bar.
7. Houve uma disputa porque ninguém queria pagar a conta.
8. O empregado não ficou contente com a gorjeta que recebeu.
9. Os três amigos se retiraram do bar cantarolando o Hino Nacional do Brasil.
10. Dona Maria sonhou que seu marido lhe ofereceu um pedaço de goiabada.
11. Conforme a crônica, os jornais noticiam tudo na vida.

C. *Começando cada período com "Antigamente," passe os seguintes períodos para o imperfeito:*

Exemplo: Eu assisto a muitos filmes.
Antigamente eu assistia a muitos filmes.

1. Os jornais falsificam a imagem do mundo.
2. O editor diz que quer fatos.
3. A impressão que a gente tem é que não se lê.
4. O repórter redige a crônica e a leva à redação.
5. É verdade, mas não fica bem.

D. *Substitua "diz" por "prefere" e faça a modificação necessária:*

Exemplo: O jornalista diz que a vida é sensacional.
O jornalista prefere que a vida seja sensacional.

1. O jornalista diz que há acontecimentos importantes.
2. O jornalista diz que vocês sabem disso.
3. O jornalista diz que nós pedimos rodadas de conhaque.
4. O jornalista diz que o garçom traz o troco.
5. O jornalista diz que o artigo cabe na primeira página.

E. *Repita o exercício C, colocando os períodos no passado:*

Exemplo: O jornalista dizia que a vida era sensacional.
O jornalista preferia que a vida fosse sensacional.

1. O jornalista dizia que havia acontecimentos importantes.
2. O jornalista dizia que vocês sabiam disso.
3. O jornalista dizia que pedíamos rodadas de conhaque.
4. O jornalista dizia que o garçom trazia o troco.
5. O jornalista dizia que o artigo cabia na primeira página.

F. *Sugestões para redação ou para exposição oral:*

1. A vida do casal Augusto e Deolinda Ramos.
2. O episódio dos três amigos no bar.
3. Será verdade que os jornais falsificam a imagem do mundo?

10

Éramos Mais Unidos aos Domingos
— Sérgio Porto —

As senhoras chegavam primeiro porque vinham diretas da missa para o café da manhã. Assim era que, mal davam as 10, se tanto, vinham chegando[1] de conversa, abancando-se na grande mesa do caramanchão. Naquele tempo pecava-se menos, mas nem por isso elas se descuidavam. Iam em jejum para a missa, confessavam lá os seus pequeninos pecados, comungavam e depois vinham para o café. Daí chegarem mais cedo.[2]

Os homens, sempre mais dispostos ao pecado, já não se cuidavam tanto. Ou antes, cuidavam mais do corpo do que da alma. Iam para a praia, para o banho de sol, os mergulhos, o jogo de bola. Só chegavam mesmo — e invariavelmente atrasados — na hora do almoço. Vinham ainda úmidos do mar e passavam a correr pelo lado da casa, rumo ao grande banheiro dos fundos, para lavar o sal, refrescarem-se no chuveiro frio, excelente chuveiro, que só começou a negar água do Prefeito Henrique Dodsworth pra cá.[3]

O casarão, aí por volta das 2 horas, estava apinhado. Primos, primas, tios, tias, tias-avós e netos, pais e filhos, todos na expectativa, aguardando aquela que seria mais uma obra-mestra da lustrosa negra Eulália. Os homens beliscavam pinga, as mulheres falando, contando casos, sempre com muito assunto. Quem as ouvisse não diria que estiveram juntas no domingo anterior, nem imaginaria que estariam juntas no domingo seguinte. As moças, geralmente, na varanda da frente, cochichando bobagens. Os rapazes no jardim, se

---

(1) Mal davam as 10, se tanto, vinham chegando . . . — scarcely did it strike 10, if that, when they began arriving, conversing.

(2) Daí chegarem mais cedo — Hence their arriving earlier

(3) do Prefeito Henrique Dodsworth pra cá. — from the time of Mayor Henrique Dodsworth to the present. (Water shortages in Rio began with rapid growth of the city during the Dodsworth administration, 1937–45.)

mostrando. E a meninada, mais afoita, rondando a cozinha, a rou-
25 bar pastéis, se fosse o caso de domingo de pastéis.

De repente aquilo que Vovô chamava de "ouviram do Ipiranga as
margens plácidas".[4] Era o grito de Eulália, que passava da copa para
o caramanchão, sobraçando uma fumegante tigela, primeiro e único
aviso de que o almoço estava servido. E então todos se misturavam
30 para distribuição de lugares, ocasião em que pais repreendiam filhos,
primos obsequiavam primas e o barulho crescia com o arrastar de
cadeiras, só terminando com o início da farta distibuição de calorias.

Impossível descrever os pratos nascidos da imaginação da gorda
e simpática negra Eulália. Hoje faltam-me palavras, mas naquele
35 tempo nunca me faltou apetite. Nem a mim nem a ninguém na mesa,
onde todos comiam a conversar em altas vozes, regando o repasto
com cerveja e guaraná, distribuídos por ordem de idade. Havia sempre um adulto que preferia guaraná, havia sempre uma criança
teimando em tomar cerveja. Um olhar repreensivo do pai e aderia
40 logo ao refresco, esquecido da vontade. Mauricinho não conversava,
mas em compensação comia mais do que os outros.

Moças e rapazes muitas vezes dispensavam a sobremesa, na ânsia
de não chegarem atrasados na sessão dos cinemas, que eram dois e,
tal como no poema de Drummond,[5] deixavam sempre dúvidas na
45 escolha.

---

(4) "ouviram do Ipiranga as margens plácidas" — These are the opening
words of the Brazilian national anthem. Grandpa humorously likened
Eulália's cry that lunch was ready to the "Grito do Ipiranga" that symbo-
lized Brazil's declaration of independence from Portugal ("Independência
ou Morte!"), uttered by Prince Dom Pedro on September 7, 1822, on the
banks of the Ipiranga River in São Paulo. The first two lines of the national
anthem (Hino Nacional) refer to this event: "Ouviram do Ipiranga as
margens plácidas, de um povo heróico o brado retumbante" (The placid
banks of the Ipiranga heard the resounding cry of a heroic people).

(5) Carlos Drummond de Andrade (1902-87), outstanding Brazilian poet and
cronista, one of whose *crônicas* appears in this book. See also *Carlos
Drummond de Andrade: Quarenta historinhas e cinco poemas* (Gainesville: University of Florida Press, 1985), edited by Richard A. Preto-Rodas
and Alfred Hower. The poem referred to above ("Indecisão do Méier") is a
brief one, describing the "humilde perplexidade" and the "tortura" of the

48

A tarde descia mais calma sobre nossas cabeças, naqueles longos domingos de Copacabana. O mormaço da varanda envolvia tudo, entrava pela sala onde alguns ouviam o futebol pelo rádio, um futebol mais disputado, porque amador, irradiado por locutores menos
50   frenéticos.[6] Era grande a família e poucas as redes, daí o revezamento tácito de todos os domingos, que ninguém ousava infringir.

E quando já era de noitinha, quando o último rapaz deixava sua namorada no portão de casa e vinha chegando de volta, então começavam as despedidas no jardim, com promessas de encontros du-
55   rante a semana, coisa que poucas vezes acontecia porque era nos domingos que nos reuníamos.

Depois, quando éramos só nós — os de casa — a negra Eulália entrava mais uma vez em cena, com bolinhos, leite, biscoitos e café. Todos fazíamos aquele lanche,[7] antes de ir dormir. Aliás, todos não.
60   Mauricinho sempre arranjava um jeito de jantar o que sobrara do almoço.

(from *A Casa Demolida*)

---

residents of the suburb of Méier having to decide which of two competing movie houses to attend when each one features "a melhor artista e a bilheteira mais bela"

(6)   *Futebol* (soccer) is the favorite sport of Brazilians, who support their favorite professional teams with intense emotion. The announcers of the games are notoriously excitable and scream out a prolonged and frenzied "Go-o-o-o-o-l!" when a goal is made.

(7)   aquele lanche — a great or special snack or light meal (Although the word comes from the English "lunch" or "luncheon," the meaning is different in Portuguese. As the "almoço" starting at 2 o'clock was the big meal of the day, only a "lanche" was needed in the evening.)

Exercícios

A. *Responda em português:*

1. Por que as mulheres vinham primeiro?
2. Em vez de irem à missa, aonde iam os homens e o que faziam lá?
3. Quem estava no casarão aí por volta das 2 horas?
4. Quem é a negra Eulália? Enquanto todos aguardavam "a obra-mestra" dela, o que faziam todos?
5. Quais são as primeiras palavras do Hino Nacional Brasileiro?
6. Como sabiam todos que o almoço estava servido?
7. Para descrever os pratos inventados por Eulália, que falta ao autor agora e que não lhe faltou naquele tempo?
8. O que bebiam os adultos e as crianças?
9. Em vez de conversar, o que fazia Mauricinho?
10. Por que muitas vezes as moças e os rapazes dispensavam a sobremesa?
11. O que alguns ouviam pelo rádio? Como eram os locutores?
12. Por que não se reuniam muito durante a semana?
13. Quando eram só os de casa, o que trazia Eulália, e o que faziam todos antes de ir dormir?

B. *Certo ou errado? Se certo, repita o período; se errado, corrija-o.*

1. Todos eram devotos, tanto os homens quanto as mulheres.
2. Ajuntavam-se todos os parentes na varanda.
3. A família guardava uma reserva respeitosa própria do dia.
4. Observavam-se certa etiqueta e comportamento cerimonioso à volta da mesa.
5. Depois do almoço cada um ia para a sua casa.
6. De um domingo para outro procuravam ser justos na distribuição das redes.
7. Depois de um almoço tão grande, não comiam mais até o dia seguinte.

C. *Em lugar dos substantivos sublinhados, empregue pronomes:*

> Exemplo: Quem ouvisse <u>as mulheres</u> não diria que estiveram juntas no domingo anterior.
> Quem as ouvisse não diria que estiveram juntas no domingo anterior.

1. As moças ficavam na <u>varanda</u> olhando <u>os rapazes</u>.
2. O mais velho distribuiu <u>as redes</u> <u>aos parentes</u>.
3. Todos os parentes regavam <u>o repasto</u> com <u>cerveja</u>.
4. Você já deu cerveja <u>à criança</u>?
5. Os mais apressados preferem dispensar <u>a sobremesa</u>.
6. Os homens sempre discutiam <u>futebol</u> depois do conhaque.
7. O empregado vai arrumar <u>os quartos</u> para <u>os hóspedes</u>.

D. *Diga no plural, seguindo o modelo:*

> Exemplo: Ele saía correndo na ânsia de não chegar tarde.
> Eles saíam correndo na ânsia de não chegarem tarde.

1. A mãe mandou o filho ao banheiro para lavar o sal.
2. Ela vinha da igreja; daí chegar mais cedo.
3. Eu pedi à cozinheira para trazer os pratos.
4. O rapaz pediu para eu vir mais cedo.
5. Você disse para o estudante decorar a leitura?
6. Antes de me sentar à mesa, lavei as mãos.
7. Eu trouxe uma cadeira para ela ficar mais à vontade.
8. Depois de almoçar, a senhora foi ao cinema.
9. Sem pensar bem no que dizia, a moça contou o caso.
10. Minha esposa achou melhor eu não beber mais cachaça.

E. *Traduza em português:*

1. We used to meet on Sundays, never on Saturdays.
2. The ladies always arrived at 10:00 A.M. for breakfast.
3. The men arrived at 1:30 P.M. for lunch.
4. They had been together on the previous Sunday and would be together again on the following Sunday.
5. The cook (*f.*) cried out: "Lunch is served".
6. Some children wanted beer but the adults gave them *guaraná*.

7. The boys and girls used to do without dessert in order not to arrive late at the movies.
8. Mauricinho ate more than the others; he was always hungry.

11

É Domingo, e Anoiteceu

— Rubem Braga —

Chego cansado e empoeirado ao hotel melhorzinho da cidade e peço um quarto para passar a noite. Tomo um banho, janto com tédio na saleta de mau gosto e saio para dar uma volta.

Não tenho nada para fazer, e não conheço ninguém. Estou por
5 acaso nesta cidadezinha do Estado do Rio como poderia estar em qualquer outra. É domingo, e anoiteceu.[1] As moças da terra fazem o mesmo que milhões de moças brasileiras estão fazendo neste domingo de verão, nas cidades do interior: tomaram um banho à tarde, jantaram, foram ainda uma vez ao espelho ver os cabelos e os
10 lábios e saíram para passear na praça. Muitas irão ao cinema, sessão das oito;[2] outras ficarão girando lentamente, em grupos, em volta desses canteiros floridos, até a hora de ir para casa.

"Hoje não tem domingueira no Ideal".[3] Ouvi por acaso essa informação: a sede do clube está em obras,[4] o salão vai ser me-
15 lhorado para o carnaval.

No Rio também as moças passeiam em muitas praças, ao longo das praias, ou em volta dos jardins de bairro; mas esse passeio dominical das moças, nesta cidade do interior, é um rito austero e delicado, e tão antigo que eu já nem me lembrava mais. Limpas e
20 arrumadinhas em seus vestidos claros, elas passam entre os rapazes que as olham, parados a um lado e outro da calçada. Os rapazes às vezes também circulam; elas, porém, nunca param à margem da

---

(1) anoiteceu — it has grown dark (Remember that the Portuguese preterite tense may express present perfect as well as simple past tense.)
(2) sessão das oito — the 8 o'clock show
(3) não tem domingueira no Ideal — there isn't any Sunday affair (probably a dance) at the Ideal Club (Note impersonal use of "tem" instead of "há" — this is normal in Brazil.)
(4) está em obras — is under repair, is being remodeled

calçada: ou estão passeando ou sentadas em um banco, um desses bancos oferecidos à comunidade pela "Panificação Real" ou pelas
25 "Casas Pernambucanas".[5]

Aparentemente as moças não tomam conhecimento desses grupos de rapazes que as vigiam. Vá que cumprimentem[6] os conhecidos na primeira passada — e os cumprimentam discretamente, com um leve gesto de cabeça e a voz baixa. Mas na segunda vez já passam
30 olhando em frente, murmurando uma para outra seus pequenos segredos.

Certamente este senhor melancólico, este cansado forasteiro que de longe contempla a cerimônia municipal, não sabe seus mistérios. Mal se lembra que ele também em outros tempos, em outra cidade do
35 interior, foi um desses rapazes endomingados. Há trocas de olhares — às vezes tão leves, tão aparentemente ocasionais, que o moço ou a moça não fica sabendo se esse olhar teve algum sentido — e espera, para saber, uma outra volta. São poucos minutos até que os passos lentos façam o contorno da pracinha; ela ainda olhará como dis-
40 traída e encontrará os olhos dele? Passará conversando com a amiga sem nada ver, ou como se nada visse? Ou ele não estará mais ali, ou não voltará a cabeça?

E o desfile continua. É um desfile só para jovens: a moça que chega aos 26, 27 anos[7] sem, ao fim de tantas voltas à praça, através
45 daquela doce e lenta cerimônia, encontrar o moço que há de passear a seu lado (noivo) antes de poder lhe dar o braço (casado), essa[8] já deixa de vir ao *footing,* como se fosse inútil ou ficasse feio; apenas virá um domingo ou outro, no mais[9] ficará em casa tomando conta dos sobrinhos, quando a irmã casada for ao cinema com o marido.
50 A campainha do cinema atraiu uma boa parte dos que passeavam.

---

(5) "Panificação Real" — Royal Bakery; "Casas Pernambucanas"— a chain of stores that sell cloth and fabrics

(6) Vá que cumprimentem— It's okay for them to greet

(7) a moça que chega aos 26, 27 anos — the meaning of this passage is that the girl who after so many turns around the square reaches the age of 26 or 27 without finding the boy who will walk beside her (as her fiancé) . . . stops coming to the "footing" — that is, the path or strolling ground.

(8) essa — refers to the "moça"

(9) no mais — most of the time

Consigo um lugar em um banco e fico ali, num vago tédio lírico, vendo as pessoas. Noto que duas moças me olham e cochicham. Quando me levanto para ir para o hotel vejo que elas me espreitam, como hesitando em me falar. Aproximo-me, indago se querem me

55 perguntar alguma coisa.

— O senhor não é da família Morais, de Niterói?

Não, pobre de mim; não sou de Niterói, nem Morais. Elas pedem muitas desculpas.

(from *Ai de Ti, Copacabana!*)

Exercícios

A. *Responda em português:*

1. Como chega o autor ao hotel, o que pede, e o que faz depois?
2. Que é que fazem as moças brasileiras das cidades do interior aos domingos?
3. Que é que fazem as moças no Rio de Janeiro?
4. Que é que fazem os rapazes durante o passeio das moças? Onde param?
5. De que é que o autor mal se lembra?
6. Descreva as trocas de olhares entre uma moça e um moço.
7. Por que as moças de 26 ou 27 anos já não vêm ao desfile?
8. O que fazem essas moças aos domingos?
9. O que acontece quando o autor se levanta para ir para o hotel?
10. Por que é que o autor diz "pobre de mim"?

B. *Certo ou errado? Se certo, repita o período; se errado, corrija-o.*

1. O autor conhecia muitas pessoas na cidade.
2. Era uma grande cidade do interior do Estado da Bahia.
3. O salão do cinema ia ser melhorado para o carnaval.
4. No Rio de Janeiro muitas moças passeiam ao longo das praias.

5. Os rapazes ficam parados na calçada e nunca circulam.
6. As moças param freqüentemente à margem da calçada.
7. Quando era jovem, o autor também era um desses rapazes endomingados naquela cidade.
8. O desfile era para velhos e jovens.
9. O autor se chama Antônio Morais.
10. As duas moças eram amigas dele.

C. *Responda às perguntas juntando os dois períodos como se vê no exemplo:*

Exemplo: Como andam eles? Olham em frente.
  Eles andam olhando em frente.

1. Como passam? Conversam com as amigas.
2. Como foi que ele nos cumprimentou? Fez um gesto.
3. Como ficou depois de ver o moço? Soube que gostava dela.
4. Como fiquei sentado? Eu via as pessoas.
5. Como ficava em casa? Tomava conta dos sobrinhos.

D. *Termine os seguintes períodos com a forma correta do verbo da primeira frase, como no exemplo.*

Exemplo: Ela não é feia, mas ficará em casa como se _____ feia.
  Ela não é feia, mas ficará em casa como se fosse feia.

1. Ele não quer falar, mas fala como se _____.
2. Nós não estamos cansados, mas andamos como se _____.
3. Você vê alguma coisa, mas fica como se nada _____.
4. Eu não tenho vontade de ir, mas vou como se _____.
5. Ela não sabe nada, mas pontifica como se _____ muita coisa.
6. João lê pouco, mas está tão bem informado como se _____ muito.
7. Eles não vêm ao casamento, mas será como se _____.
8. Vocês nunca trazem comida, mas comem como se _____.

E. *Traduza em português:*

1. I arrived at the hotel tired and asked for a room.

56

2. I took a bath, dined, and went out to take a walk.
3. I didn't know anybody and had nothing to do.
4. I saw many girls and boys strolling in the square.
5. The girls, clean and neat in their bright dresses, exchanged slight glances with the boys.
6. Two girls were looking at me; when I approached they asked me if I was (a member) of the Morais family from Niterói.
7. Poor me! I'm not from Niterói, nor a Morais.
8. They begged (my) pardon and went to the 8 o'clock show of the movies.

12

Férias Conjugais

— Paulo Mendes Campos —

Na primeira vez em que apareceu sozinho os amigos repetiram a cansada malícia:

— Então, solteiro, hein!

Mas ele sorriu enigmático e puro como se houvesse recuperado a
5 virgindade.

Durante uma semana, viveu venturoso como um rei. Sentia-se dono de um poder extraordinário e não queria gastá-lo.

Deixava-se embalar na volúpia da liberdade. Podia chegar tarde, levantar a qualquer hora, jogar cinza no tapete, ouvir a vitrola no
10 máximo, bebericar com os amigos depois do trabalho, tudo . . .

Funcionou durante uma semana essa tranqüilidade régia.[1] Depois, as providências tomadas pela mulher começaram a falhar. A geladeira esvaziou e começou a pingar água. Deu dinheiro à empregada para comprar novas provisões, e ela abarrotou a casa com
15 um desperdício de alimentos. As frutas apodreciam. O jornaleiro, por falta de pagamento, deixou de levar-lhe os jornais. O telefone, também por falta de pagamento, foi cortado. Uma velhinha, que vendia biscoitos, levou a manhã inteira conversando com ele. Cúmulo do azar,[2] a empregada desapareceu. Teria morrido atrope-
20 lada?[3] Teria levado as jóias? Não havia ninguém para atender a porta. Não tinha camisa limpa, a tinturaria não trazia o seu terno. Foi fazer café e queimou a mão. Doido de fome, quis fritar um pedaço de lingüiça e o fogão explodiu.
25 Seu reinado foi entrando rapidamente no crepúsculo. Estava

---

(1) Funcionou durante uma semana essa tranqüilidade régia. — That royal tranquility lasted one week.

(2) Cúmulo da azar — The height of misfortune

(3) Teria morrido atropelada? — Could she have been run over and died? (Note the use of conditional perfect to express conjecture in the past.)

ilhado e feroz entre as coisas que se desmantelavam.

    Outro dia, finalmente, acordou cercado de água por todos os lados. Tinha na véspera deixado a torneira aberta, caso a água chegasse enquanto dormia.[4]

30   Trocou de roupa, meteu os pés na água, contratou com o garagista a drenagem[5] da casa, bateu apressado para a primeira agência de Correios e Telégrafos: "Morto de saudade volte o mais breve possível ponto beijos".[6]

(from Quadrante)

Exercícios

A. *Responda em português:*

1. Por que o homem se sentia dono de um poder extraordinário?
2. Que coisas ordinariamente proibidas podia o marido fazer durante a ausência da mulher?
3. Quanto tempo durou a tranqüilidade dele?
4. O que esvaziou e começou a pingar água?
5. Por que ele deu dinheiro à empregada, e o que ela fez com o dinheiro?
6. Por que ele não recebeu mais o jornal, e por que foi cortado o telefone?
7. Por que não havia ninguém para atender a porta?
8. Que problemas tinha ele com camisas e com o seu terno?

---

(4)   caso a água chegasse enquanto dormia — in case the water should be turned on while he slept (a reference to water shortages and rationing in Rio de Janeiro; faucets would be left open in tubs to collect as much water as possible before it was turned off again)

(5)   contratou com o garagista a drenagem — hired the garage man to drain

(6)   "Morto de saudade . . . ponto beijos." — Dying with "saudade" (i.e., Miss you terribly) come back soon as possible stop kisses."

9. O que aconteceu quando foi fazer café e quando quis fritar um pedaço de lingüiça?
10. Por que acordou cercado de água por todos os lados?
11. O que ele fez na agência de Correios e Telégrafos?

B. *Certo ou errado? Se certo, repita; se errado, corrija.*
1. O marido ficou triste quando a esposa partiu em viagem.
2. A primeira semana lhe pareceu uma nova libertação.
3. Quando a esposa estava, ele fazia o que queria.
4. Ele era completamente responsável pelo bem-estar da primeira semana.
5. A empregada era pouco cuidadosa.
6. Ele sabia tomar conta de si mesmo.
7. Esgotou-se a paciência quando a casa ficou inundada.
8. Ele tinha deixado a torneira aberta de propósito.
9. Por fim decidiu telefonar para a mulher.
10. Deve-se interpretar o telegrama no seu sentido literal.

C. *Substitua as frases sublinhadas pela forma indireta do pronome objetivo:*
    Exemplo: O jornaleiro deixou de levar os jornais a ele.
    O jornaleiro deixou de levar-lhe os jornais.
1. O velhinho queria vender biscoitos a elas.
2. A tinturaria devia trazer o terno a mim.
3. A empregada trouxe uma camisa branca ao Eduardo.
4. Resolveu mandar um telegrama à esposa.
5. Eles achavam boa idéia oferecer uma vitrola a nós.
6. Os seus amigos vão repetir a cansada malícia a você.
7. O patrão pensava confiar o dinheiro à empregada.
8. O garagista contou a triste notícia aos dois irmãos.
9. Os colegas deram um presente de despedida a vocês?
10. O guarda atencioso indicou o caminho ao motorista.

D. *Preencha os espaços com a forma correta, como no exemplo:*

Exemplo: Deixou a torneira aberta caso (chegar) _____ a água.
Deixou a torneira aberta caso chegasse a água.

1. É possível comunicar-se contanto que você (ir) _____ a Correios e Telégrafos.
2. Isso não impede que você (pegar) _____ um jornal na esquina.
3. O amigo estranhou que eu não (saber) _____ onde ficava a tinturaria.
4. O homem exige que a empregada (trazer) _____ provisões.
5. Minha esposa vivia insistindo para que eu (ser) _____ mais aplicado.
6. É raro que não (haver) _____ garagista neste prédio.
7. Embora já (ser) _____ tarde, a água continuava chegando.
8. Preferia que ela (fazer) _____ tudo sozinha.
9. Não acho que ele (ser) _____ capaz de organizar-se.
10. Se você quiser que ele (ficar) _____ em casa, é só dizer.

E. *Para traduzir em português:*

1. For lack of payment the newsboy stopped bringing him the papers and the telephone was cut off.
2. The maid disappeared but she had not taken the jewels.
3. There was nobody to answer the door, he didn't have any clean shirts, and the cleaners did not bring his suit.
4. He dropped ashes on the rug, the refrigerator began to drip, and the stove exploded.
5. He left the faucet open one night; he woke up surrounded by water everywhere.
6. He wanted his wife to come back as soon as possible.

F. *Sugestão para exposição oral ou escrita.*

Imagine que você é a mulher do homem da crônica e que recebeu o telegrama dele. Faça cinco conjeturas sobre o que teria acontecido em casa (veja nota 3).

13

Crônica do Mandiocal

— Dinah Silveira de Queiroz —

Quem me conta esta é o primo muito querido, Rodrigo de
Queiroz Lima. Aconteceu em Belo Horizonte, com um padre que
trouxe das profundezas de Goiás um indiozinho bem pequenino,
jamais saído de sua taba.[1] Dentro dela, a vida era sempre igual: a
5 pesca dos homens, a caça e o cuidado geral de todos os membros da
tribo com a mandioca. A mandioca era o alimento, a fortuna, o bem-
estar social de todo o grupo, significava o grande interesse da
pequena coletividade. O indiozinho viu a formosa Belo Horizonte,[2]
· portanto, pela mão do bom padre. Conheceu até o Mineirão.[3] Viu
10 suas arrojadíssimas construções modernas, os cinemas, os bancos, as
praças e tudo viu sem fazer perguntas, sem mostrar maior curiosidade. Ao sacerdote, aquela atitude do menino parecia incompreensível, pois esperava que o curumim tão pequenino, que jamais havia
saído de sua taba, tivesse um choque até excessivo diante das mara-
15 vilhas que ele lhe mostrava pacientemente. Por fim, aquilo foi
ficando monótono para o padre. Ele dizia:
— Nesta casa só há cento e vinte "malocas", isto é, cento e vinte
apartamentos.
O indiozinho olhava, prestava atenção naquela grande casa onde
20 o homem civilizado agregava as suas malocas — umas sobre as
outras. Não sorria, não se admirava. Parecia até mesmo que todo
aquele mundo de edificações, toda aquela deslumbrante e feérica
realização que é Belo Horizonte, não despertasse no pequeno silví-

---

(1) jamais saído de sua taba — who had never left his Indian village
(2) Belo Horizonte — One of Brazil's major cities and capital of the state of
Minas Gerais. Its current progress is symptomatic of the rich mineral
resources indicated by the very name of the state.
(3) Mineirão — nickname of Belo Horizonte's huge soccer stadium, which
seats about 180,000; literally, "the big *mineiro*."

A young Indian (photo by and courtesy of Kent Redford)

cola senão um bocejo e a espera de algo melhor para ver. Depois de
25 mais de quarenta minutos pela cidade, vista de dentro de um
carro — o padre ia na direção[4] — foi que o garoto disse a primeira
frase de impaciência:
— Meu padim (era assim que chamava o padre amigo) —
quando é que a gente vai visitar o mandiocal deste povo? Você
30 mostra tudo, mas onde é o mandiocal?
Todo interesse é ligado à vida de cada um.[5] A grande cidade não
valia aos olhos do curumim porque não tinha um "mandiocal".

(from *Café da Manhã*)

Belo Horizonte (photo courtesy of Varig Airlines)

---

(4)   ia na direção — was at the wheel (i.e., driving)
(5)   Todo interesse — translate as plural (All of our interests are linked to the
lives we lead.)

Exercícios

A. *Para responder em português:*
1. Como é que a autora sabe do caso narrado na crônica?
2. Onde foi que se passou?
3. Como era a vida dos índios na taba?
4. Qual era o maior interesse da comunidade indígena?
5. Como é Belo Horizonte?
6. Como o indiozinho foi vendo a cidade?
7. O que esperava o sacerdote?
8. O que foi que o sacerdote lhe mostrou para impressioná-lo?
9. Como estavam andando pela cidade?
10. O que o menino queria ver?

B. *Certo ou errado?*
1. Foi um professor quem trouxe o menino para a cidade.
2. A vida dos silvícolas é muito variada.
3. A caça é a base do bem-estar dos índios.
4. O menino ficou doido de entusiasmo ao ver a civilização.
5. O padre e o menino estavam visitando a cidade num ônibus duma agência de viagens.
6. Quem mostrou impaciência primeiro foi o índio.
7. O menino queria era visitar o mandiocal da capital.
8. A mandioca tem a mesma importância na cidade que tem na selva.
9. Diante das maravilhas da cidade o menino bocejava.
10. Cada um vê o mundo através dos seus próprios valores.

C. *Substitua as frases sublinhadas pelo particípio passado.*

    Exemplo: O padre trouxe um indiozinho que jamais tinha saído de sua
    taba.
    O padre trouxe um indiozinho jamais saído de sua taba.

1. Uma piada que se conta assim não tem nenhuma graça.
2. Depois de comprarem a casa, fizeram uma grande festa.

Another young Indian (photo by and courtesy of Kent Redford)

3. Depois que leu o livro, escreveu a sua crítica.
4. Como já fizemos as contas, podemos pagar a dívida.
5. Depois de quarenta minutos pela cidade, que viram de dentro de um carro, voltaram ao hotel.

D. *Empregue em períodos originais as palavras sublinhadas:*

1. Era um índio jamais saído de sua taba.
2. A mandioca significa o grande interesse de todos.
3. Teve um choque diante das maravilhas.
4. Tudo viu sem fazer perguntas.
5. A grande cidade não valia nada aos olhos do índio.

E. *Para traduzir em português:*

1. The one who told me the story was a very dear friend.
2. The child was a little Indian boy, really quite small.
3. All the members of the tribe took care of the manioc patch.
4. The new buildings were very daring constructions.
5. He expected the child to have a shock when he saw all those apartments in just one building.
6. However, the sight had no effect except for a yawn.
7. "When are we going to visit the theaters, the banks, and the squares?" he asked with impatience.
9. The interest we show is related (linked) to our own lives.
10. Without fortune and a good car, we feel there can be no well-being.

14

A Companheira de Viagem

— Fernando Sabino —

A moça vai para a Europa de navio e um amigo que lá se
encontra lhe encomendou . . .[1] um macaco. Para que ele quer um
macaco, não cheguei a ficar sabendo,[2] e creio que nem ela mesma.
Em todo caso, como sua viagem será de navio, comprou o macaco,
5 conforme a encomenda: um macaquinho desses pequenos, quase um
sagüi, de rabo comprido, que coçam a barriga e imitam a gente.
Meteu-o numa gaiola e lá se foi para legalizar a situação do seu companheiro de viagem.

Não precisou propriamente de um passaporte para ele: precisou
10 de atestado de saúde, de vacina, disso e daquilo — além do competente visto em cada um dos consulados dos países que pretende
percorrer até chegar ao seu destino. Depois foi à companhia de
navegação da qual será passageira, cuidar da licença para ter o bichinho consigo a bordo.

15 O funcionário que a atendeu, sem querer criar dificuldades, fez-
lhe ver que até então não estava previsto o transporte de macacos
juntos com os passageiros nos navios daquela frota.

— A senhora não me leve a mal,[3] mas olhe aqui.

E mostrou-lhe um impresso no qual se estipulava que os pas-
20 sageiros teriam de pagar um acréscimo de quatrocentos cruzeiros na
passagem para carregar consigo aves, oitocentos para gatos e dois
mil e oitocentos para cachorros.

— Macaco é a primeira vez que ocorre, por isso até hoje não foi

---

(1) lhe encomendou — asked her to bring him
(2) Para que ele quer . . . sabendo — What he wants a monkey for, I haven't
     managed to find out.
(3) A senhora não me leve a mal — Don't get the wrong idea

68

incluído na tabela. Mas não se preocupe: ele poderá viajar como
25 cachorro.

O que significava que ela teria de pagar dois mil e oitocentos cruzeiros pela viagem do macaquinho.

— Como cachorro? — protestou: — E por que não como gato?

— Porque a incluí-lo em alguma categoria, me parece que a
30 mais aproximada seja a dos cachorros.

— Por quê?

— Porque entre um macaco e um cachorro . . .

— Não vejo semelhança nenhuma entre um macaco e um cachorro.

35 O funcionário coçou a cabeça, no que foi logo imitado pelo macaquinho, preso na sua gaiola:

— Bem, mas também não acho que ele se pareça com um gato.

— Eu não disse que ele se parece com um gato — insistiu ela: — Só não vejo por que hei-de pagar por ele segundo a tabela mais
40 cara. Para mim ele podia ir até como ave. Já não está numa gaiola?

O homem começou a rir:

— Quer dizer que basta meter dentro de uma gaiola que é ave?[4] Ave tem duas pernas, macaco tem quatro.

— Quer dizer que eu sou ave, porque também tenho duas
45 pernas — retrucou ela.

— É uma questão de tamanho . . . — vacilou ele.

— De tamanho? E a diferença entre uma avestruz e um beija-flor?

Os outros funcionários se aproximaram, interessados na con-
50 trovérsia.

— Na minha opinião ele pode ir perfeitamente como gato — sugeriu um deles, conquistando logo um sorriso agradecido da dona do macaco: — Gato sobe em árvore, macaco também . . .

— Gato mia — tornou o homem: — Macaco mia?

55 — Não mia nem late, essa é boa.[5]

---

(4) Quer dizer que basta . . . ave? — Do you mean that it's enough to put (it) inside a cage for it to be a bird?

(5) essa é boa — that's a good one (sarcastically)

— Ah, é? Basta latir para ser cachorro? Então au! au! au! Agora eu sou um cachorro.

— Eu não disse que bastava latir para ser cachorro — o outro funcionário respondeu, agastado: — Você disse que ele se parece
60 mais com um cachorro. Eu disse que ele pode ir como cachorro ou como gato, tanto faz[6] — a semelhança é a mesma.

— Ou como ave — acrescentou a dona do macaco.

— Não: como ave também não.

Outro passageiro, que aguardava a vez de extrair sua passagem,
65 resolveu entrar na conversa:

— Me permitem uma sugestão?

Todos se voltaram para ele, interessados.

— A seguir esse critério de semelhança, vocês não chegam a resultado nenhum. Ave é ave, gato é gato, cachorro é cachorro.
70   — Macaco é macaco. E daí?

— Daí que os senhores têm de criar para ele uma categoria nova, eis tudo — encerrou o homem.

— Então vai pagar mais ainda que cachorro.

— Absolutamente.[7] Macaco é o bicho que mais se assemelha
75 ao homem. Esse macaquinho podia perfeitamente viajar como filho dela, por exemplo.

— Como filho meu? — protestou ela, indignada. — Tem cabimento o senhor vir dizer uma coisa dessas?[8] Ele pode parecer é com o senhor,[9] e com toda sua família, não comigo.
80   — Perdão — voltou-se o homem, muito delicado: — Não quis ofendê-la. Uma criancinha do tamanho deste macaco não pagaria nada, viajaria de graça. Era lá que eu queria chegar.

A essa altura resolveram consultar o gerente da companhia. Ele ouviu com silencioso interesse a explanação que lhe fez o fun-
85 cionário, olhou para o macaquinho, para a dona dele, para os circunstantes.

— Vai como gato — decidiu peremptoriamente, encerrando a discussão.

---

(6)   tanto faz — it makes no difference; it's all the same
(7)   Absolutamente — Absolutely not
(8)   Tem cabimento. . .dessas? — How dare you say a thing like that!
(9)   Ele pode parecer é com o senhor — He might look like you

Não sem antes acrescentar, em tom mais discreto:

90   — Aliás, devo dizer, a bem da verdade,[10] que não se trata de um macaco, mas de uma macaca.

(from *A Companheira de Viagem*)

Pygmy marmoset (seated) on a visitor's hand
(photo by and courtesy of Kent Redford)

---

(10)   a bem da verdade — to tell the truth

Exercícios

A. *Responda em português:*

1. Por que é que a moça compra o macaco?
2. Descreva o macaco.
3. De que é que ela precisou para ele viajar?
4. O que é que o funcionário da companhia de navegação mostrou a ela?
5. Por que macaco não estava incluído na tabela?
6. Por que ela prefere que o macaco viaje como gato e não como cachorro?
7. O que fez o macaco quando o homem coçou a cabeça?
8. Por que a moça diz que o macaquinho poderia ir até como ave, e por que o homem começou a rir quando ouviu isto?
9. Como é que um dos outros funcionários ganhou um sorriso agradecido da moça?
10. Como prova um dos homens que para ser cachorro não basta latir?
11. Quem resolveu entrar na conversa?
12. Segundo ele, por que o macaquinho podia perfeitamente viajar como filho da moça?
13. A moça gosta desta idéia? O que ela diz sobre o homem e a família dele?
14. Como provou o homem que ele não quis ofender a moça?
15. O que é que o gerente da companhia decidiu, e o que acrescentou depois?

B. *Certo ou errado?*

1. Como a moça ia para a Europa de navio, um amigo de lá pediu que ela levasse um macaquinho.
2. Não era preciso nenhuma documentação para levar o bichinho.
3. Embora muita gente viaje com gato ou cachorro, é raro acompanhar-se de macaco.
4. O problema era estipular a quantia que a moça teria de pagar para carregar consigo o macaco.

5. Para o funcionário era tudo igual: macaco, gato ou cachorro.
6. Cada um que se metia na controvérsia adotava um critério diferente para classificar o bichinho.
7. O outro passageiro queria colocar o macaco na categoria de filho da moça para ofendê-la.
8. O gerente da companhia deliberou com muito cuidado antes de dar sua decisão.
9. Afinal de contas, houve uma confusão de outro tipo desde o começo da discussão.

C. *Discussão zoológica. Comente as seguintes afirmações:*
1. Uma avestruz é maior que um macaquinho.
2. Um gato late e um cachorro mia.
3. Os cachorros gostam de subir em árvores.
4. O bicho que mais se parece com o homem é o macaco.
5. As aves têm menos pernas do que os cachorros.
6. Os beija-flores gostam de beijar as flores.
7. As avestruzes correm mais rapidamente do que os gatos.
8. Um avião se parece com uma ave porque ambos voam.
9. O cachorro é o melhor amigo do homem.
10. Os cachorros gostam dos gatos.

D. *Empregue em períodos originais as palavras sublinhadas:*
1. Comprou o macaco <u>conforme</u> a encomenda.
2. Você acha que um macaco <u>se parece com</u> um gato?
3. <u>Basta</u> metê-lo numa gaiola para ser ave.
4. A sua opinião não <u>tem cabimento</u>.
5. <u>A seguir</u> esse critério, vocês não chegam a resultado nenhum.
6. <u>Além do</u> visto, precisa de atestado de saúde.

E. *Sugestões para exposição oral ou escrita.*
Faça um resumo deste episódio do ponto de vista (1) da moça, (2) do outro passageiro, (3) do gerente da companhia, (4) da macaca.

15

Raconto de Natividade

— Helena Silveira —

— Senhor doutor, estou aqui no bolso com um milhão de cruzeiros[1] de uma boiada que vendi e quero lhe comprar aquelas suas
terras para cima do ribeirão. Pago à vista.

O médico mediu de alto a baixo seu interlocutor.[2]

5   Era moço, feições de caboclo, vestido com decente modéstia.

— Um milhão de cruzeiros, à vista, pelas terras? Pois o que
lastimo é que elas não sejam minhas. O senhor se enganou. São de
um meu primo advogado. O nome é parecido com o meu. Eu sou
médico.

10   Com fala mansa, o visitante pediu ao médico interviesse no
negócio. Tinha urgência em comprar as terras. Não pagava muito,
mas pagava à vista.[3] O dinheiro estava ali no bolso. Houve uma
telefonada e o dono das terras disse que não queria vender as mesmas. Nem por um, nem por dois milhões. O outro coçou a ca-
15   beça, triste. Da segunda vez que viu o rapaz, o médico estava em seu
hospital. Era o único bom hospital da zona. Nessa ocasião, o caboclo
vinha acompanhado da esposa, que esperava o primeiro filho. O
médico ofereceu um quarto pequeno, sem banheiro, com diária
razoável, mas o moço abanou a cabeça. Para a patroa, queria outra
20   coisa. Foram vendo os apartamentos maiores, até que o rapaz in-

---

(1) Estou aqui no bolso com um milhão de cruzeiros — I have a million
cruzeiros here in my pocket. (The value of the *cruzeiro* has varied
tremendously over the years because of inflation and devaluations. At the
time of this story, one *cruzeiro* may have been worth about half a cent.)

(2) O médico ... interlocutor — the doctor looked his interlocutor (i.e. the
person with whom he was speaking) up and down

(3) Não pagava muito, mas pagava à vista. — He wouldn't pay much, but he
would pay cash. (Note the use of the imperfect tense in place of the
conditional.)

dagou, com certa impertinência, se não havia nada melhor do que aquilo tudo.

— Há. Mas é um apartamento de grande luxo. Quase nunca está ocupado. Da última vez que serviu, foi para a nora do coronel
25 Quinzinho.

Sim, aquele, sim, servia. Duas salas com tapetes e rádio, com terraço e até gaiola de passarinho, para não falar no telefone[4] e no quarto de banho. Chegando a casa, o médico relatou o fato à esposa.

— Você veja. Aqui em Goiânia tem gente de dinheiro que nem
30 se suspeita.[5] O apartamento de grande luxo foi ocupado por uma moça acaboclada, mulher do homem que me procurou, não faz muito tempo, com um milhão de cruzeiros no bolso . . .

A esposa do médico estava regando sua lata de gerânios. Suspendeu a operação e disse:

35 — Eu vi quando aquele moço veio. Ninguém dava nada por ele.[6] E com um milhão no bolso!

O parto foi difícil, mas o médico era hábil. A parturiente teve a melhor assistência. Dez dias depois de ter ela dado à luz um menino forte, o pai, muito contente, procurou o diretor do hospital. Iriam em-
40 bora ao dia seguinte.[7] Acontecia que estava lá embaixo, com o carro, um irmão seu e a mulher começara a chorar com saudades de casa. Não fazia diferença que fossem àquela tarde e não na manhã seguinte?

Claro que não fazia diferença. A cliente e a criança estavam pas-
45 sando muito bem. Mas o diabo era o moço havia esquecido em casa seu talão de cheques. O médico sorriu:

— Pois a coisa é assim. O parto vai lhe custar muito menos que um milhão. Vá embora para casa, sossegado, e venha amanhã saldar sua conta.

---

(4) para não falar no telefone — not to mention the telephone
(5) Aqui em Goiânia tem gente de dinheiro que nem se suspeita — Here in Goiânia there are people with money you wouldn't even suspect (of having any); Goiânia — capital city of Goiás state
(6) Ninguém dava nada por ele — No one would think he was worth anything
(7) Iriam embora ao dia seguinte — (He said that) they were going to leave the following day (This sentence and the next few are in indirect discourse, relating what the two men said to each other.)

50   Nem em uma semana nem em duas o estranho rapaz apareceu. Ao fim desse tempo, o médico foi procurar na ficha o endereço da cliente. Tomou seu carro e rodou para lá. Fora da cidade, localizou o caboclo, de manga arregaçada, lavrando um mofino campo.

— Que é isso, rapaz? Você se esqueceu da conta?

55   O outro retrucou, manso, que não se esquecera. Nem da conta, nem de toda a gentileza de que sua esposa fora alvo. Apenas não podia pagar nem um tostão, pelo menos naquela dura época do ano. Talvez, depois da colheita, se Deus ajudasse, ele saldaria pelo menos a quinta parte da dívida. E prosseguia olhando a sua terra mesquinha.

60   — Mas não posso entender! O senhor é um homem à míngua de recursos! Como é que ainda outro dia tinha um milhão no bolso?

— Ter um milhão, eu não tinha, seu doutor.[8] O que tinha era vontade que meu primeiro filho nascesse em quarto de gente rica e minha patroa fosse tratada a modo de mulher de fazendeiro. Por isso,

65 maquinei aquela história das terras. Agora a criança nasceu, se o senhor quiser me prender, me prenda.

O médico estava furioso quando tornou a casa e contou o fato à mulher. Por coincidência, ela regava os mesmos gerânios. Estacou no gesto. Ouviu o relato inteiro e começou a chorar:

70   — Se você puser aquele pobre homem na cadeia, eu rasgo seu diploma de médico. Nunca ouvi história mais bonita em toda a minha vida!

Eu também não. E é por isso que a passo aos leitores, à guisa de crônica de Natividade.

(from *Sombra Azul e Carneiro Branco*)

---

(8)   Ter um milhão, eu não tinha — As for having a million, I didn't

Exercícios

A. *Responda em português:*

1. O que é que o moço diz que tem no bolso?
2. O que é que ele diz que vendeu e o que quer comprar?
3. Por que o médico não pode vender as terras ao moço?
4. Que disse o dono das terras quando o médico telefonou?
5. Onde é que o médico viu o rapaz pela segunda vez, e de quem estava acompanhado o rapaz?
6. Que esperava a esposa do caboclo?
7. Que disse o caboclo quando o médico lhe ofereceu um quarto pequeno, sem banheiro, com diária razoável?
8. Descreva o apartamento de grande luxo que o caboclo aceitou para a esposa.
9. Foi fácil o parto? Que assistência teve a mulher do caboclo?
10. Dez dias depois do parto, que disse o caboclo ao médico?
11. Por que o médico permitiu que o caboclo e a mulher saíssem naquele dia sem pagar a conta?
12. O que fez o médico duas semanas depois, quando viu que o rapaz ainda não tinha pago a conta?
13. Quando poderia o rapaz pagar a conta?
14. Por que tinha maquinado a história das terras?
15. O que disse a mulher do médico que faria se ele prendesse o rapaz? Por quê?

B. *Certo ou errado? Repita, se certo; corrija, se errado.*

1. O moço afirma que ele tem milhões de cruzeiros no bolso.
2. As terras que ele pretende comprar são do médico.
3. O moço queria o melhor quarto do hospital para a esposa.
4. O médico estranhou que o caboclo pudesse pagar pelo quarto.
5. O jovem pai quer levar a mulher para casa sem pagar na hora.
6. O médico achou o rapaz administrando uma grande fazenda.
7. O moço pede umas semanas para saldar a conta.
8. A mulher do médico passa a vida regando plantas exóticas.
9. O médico aceita a verdade com resignação.

10. A esposa do médico ficou comovida ao ouvir a conclusão da história.

C. *Acrescente o verbo dado e construa os períodos, como no exemplo:*

Exemplo: (Lastimo)   Elas não são minhas.
Lastimo que elas não sejam minhas.

1. (Sinto) Elas estão sem dinheiro.
2. (Prefiro) O senhor não se engana.
3. (Querem) O quarto tem ar condicionado.
4. (O médico manda) Ela não trabalha muito no campo.
5. (O advogado duvida) Um caboclo pode ter tanto dinheiro.
6. (O marido deseja) O quarto é bem bom.
7. (Peço) O senhor me dá um prazo mais longo.
8. (Não faz diferença) Eles pretendem sair pela tarde.
9. (Temo) O casal não quer pagar a conta.
10. (Não acho) As terras valem tanto.

D. *Substitua "ter" ou "não ter" por "estar com" ou "estar sem" nos períodos que seguem:*

Exemplo: Aqui no bolso tenho um milhão de cruzeiros.
Aqui no bolso estou com um milhão de cruzeiros.

1. Você tem a chave da garagem?
2. A menina não tinha o endereço da amiga.
3. O caçula tinha cinco anos apenas.
4. O Maurício não tinha problema algum.
5. Claro que o médico tinha razão.
6. Depois de lavrar o dia todo, tenho muita fome.
7. A nora do coronel sempre tem pressa.
8. Como não paguei a conta, não tenho telefone este mês.
9. Lamento não poder ir; porém, tenho dor de cabeça.
10. Como a irmã não tinha dinheiro, eu paguei a conta dela.

E. *Traduza em português:*

1. He said that he would pay cash.
2. He is a doctor; a cousin of his is a lawyer.
3. The owner didn't want to sell the land, not even for two million.
4. The young man's wife gave birth to a boy.

5. He had forgotten his checkbook but it didn't make any difference.
6. The doctor looked in his files for his client's address.
7. The young man said, "I made up the story. Now if you want to arrest me, arrest me."
8. The doctor's wife had never heard a more beautiful story in her whole life.
9. She said that if he put that poor man in jail she would tear up his doctor's diploma.

Caboclo family (photo by and courtesy of Larry Crook)

16

Quando Se Falava o Economês

— Lindolfo Paoliello —

Quem se der o trabalho de observar a linguagem falada e escrita de um povo, em um dado período, com o fim de conhecer minúcias de como andavam as coisas naquele tempo, vai sempre perceber coisas interessantes.

5 No Brasil, o predomínio da tecnocracia nas duas últimas décadas[1] trouxe à tona uma terminologia toda própria que se convencionou chamar "economês". Muito injusto para com os economistas: generalizou-se, no "economês", o modismo do linguajar técnico, que, na verdade, assolou todas as categorias profissionais e que, em parte,
10 pode-se identificar como um símbolo de dominação, um instrumento de subjugação do leigo para que "se pusesse em seu lugar".

E assim nasceu o "economês", como também surgiram o "engenheirês" e o "medicinês", através do que os privilegiados egressos das universidades mostravam aos comuns dos mortais[2] com quem
15 estavam falando.

Os economistas pagaram o pato[3] porque denominavam a ponta do processo, estavam no governo, apareciam mais. E foi entre economistas que se colheram pérolas como esta, de um técnico de uma estatal, dirigida ao garçom que servia em uma reunião:
20 — Esta água aí está ociosa?[4]

Ou esta, dirigida ao copeiro de outra estatal, que preparava um misto quente:[5]

---

(1) nas duas últimas décadas — i.e., 1965–85

(2) comuns dos mortais — mere mortals

(3) pagaram o pato — paid the piper, i.e. had to take the blame/credit

(4) Esta água aí está ociosa — is that water idle? using a typical Department of Labor term

(5) misto quente — grilled ham and cheese sandwich

— Para quando é a decolagem desse projeto?

Mas todo mundo entrou no delírio tecnicista, como foi o caso da-
25 quele rapazinho que teve seu primeiro emprego na agência de uma
empresa aérea. Logo percebeu que estava se relacionando com pessoas de nível bem superior ao seu e, para não ficar por baixo, achou
de recorrer ao arsenal das expressões técnicas.

Para quem tem reserva para um vôo e não compareceu ao embar-
30 que, a palavra é *no-show;* ao contrário, quem não tem e comparece, é
go-show. E aconteceu que um senhor, muito distinto, procurou um
dia a agência para reclamar que não havia conseguido embarcar,
apesar de ter feito reserva, obedecido ao horário etc. O rapazinho,
muito diligente, telefonou para o aeroporto, colocou o problema,
35 ouviu, desligou o telefone e, virando-se para o reclamante com ar de
quem diz "peguei-te",[6] soltou esta:

— Mas, meu amigo, o senhor deu *no-show* no aeroporto!

O senhor distinto, que não ouviu bem, e além de tudo não estava a
par dos chavões das empresas aéreas, entendeu que estava sendo
40 acusado de ter "dado um *show*"[7] no aeroporto e quase pôs abaixo a
loja de passagens.

E aconteceu depois o caso em que uma senhora da alta sociedade
compareceu à agência para retirar a passagem que um dos dirigentes
da empresa aérea lhe havia oferecido. Para esses casos, a palavra-de-
45 ordem é *RIP,* que quer dizer "requisição interna de passagem". E o
jovem funcionário não teve dúvida. Pegou o telefone e avisou ao seu
gerente:

— Tem uma *RIP* aqui!

A madame, que havia entendido "tem uma *hippie* aqui", pôs o
50 dedo na ponta do nariz do rapaz e abriu as comportas:

— O quê? Fique sabendo que você está falando com a esposa do
Dr. Fulano de Tal, que este sapato que estou usando é um legítimo
Teresa Gureg, o vestido é Zoomp e o meu penteado foi feito pelo
Jambert, tá legal?[8]

---

(6) "peguei-te" — (I) gotcha
(7) ter "dado um *show*" — having put on a show, with the possible
implication of having made a scene or behaved scandalously
(8) Gureg, Zoomp, Jambert — luxury consumer items, status symbols; Gureg

55 E o nosso promissor tecnocrata deixou caírem os braços e gritou
para o supervisor da loja:

— Não dá mais,[9] seu Wanderley, eu . . . Pombas! Qual é mesmo
o termo técnico para dizer "desisto"?

(from *O País das Gambiarras*)

Exercícios

A. *Responda:*

1. Quem vai perceber coisas interessantes da linguagem?
2. Quando começou a predominar a linguagem técnica no Brasil?
3. Qual é o nome popular para o linguajar técnico?
4. Esse tipo de linguagem só se emprega em caso de assunto econômico?
5. Segundo o autor, o que representa o "economês" e que função tem?
6. Dê dois exemplos de "economês" relacionados a bebida e comida.
7. Por que o rapaz da empresa aérea emprega também expressões técnicas?
8. Que problema o rapaz criou ao usar um termo técnico inglês?
9. Como é que o jovem funcionário ofendeu uma senhora da alta sociedade?
10. Como a madame quis mostrar que ela não era *hippie*?
11. Ao final, o tecnocrata parece querer seguir usando linguagem técnica?

---

designs high-fashion shoes; Zoomp is a brand of designer jeans; Jambert is
a celebrated hairdresser in Leblon, an upper-class beachfront neighborhood
in Rio.

(9) Não dá mais — That's enough / I can't take any more

B. *Certo ou errado?*

1. Segundo o autor, o predomínio da tecnocracia trouxe à tona o economês.
2. O economês somente é válido em discussões de economia ou comércio.
3. O autor acha que o linguajar técnico é instrumento de subjugação.
4. Os egressos das universidades usam o economês para pagar o pato.
5. O linguajar técnico chama-se "economês" porque apareceu quando os economistas estavam no governo.
6. Todos entraram no delírio tecnicista, inclusive o rapaz da empresa aérea.
7. O rapaz disse que um senhor distinto tinha dado um *no-show* no aeroporto.
8. O senhor distinto quase pôs abaixo a livraria do aeroporto.
9. RIP é acrônimo e uma palavra-de-ordem de empresa aérea.
10. A madame confirmou que ela tinha participado do movimento *hippie*.

C. *Diga de outra maneira as frases sublinhadas. (Atenção à ordem de palavras que pode resultar.)*

Exemplo: O linguajar técnico pode ser identificado como um símbolo de dominação.
O linguajar técnico pode-se identificar como um símbolo de dominação.

1. O modismo foi generalizado no "economês."
2. É instrumento de subjugação do leigo para que ele seja posto em seu lugar.
3. Foi entre economistas que pérolas como esta foram colhidas.
4. Cada dia vários casos de violência são registrados.
5. Numa cultura tradicional a ortografia não é modificada a cada dez anos.
6. A seleção nunca poderia ser feita de uma forma mais imparcial.
7. A luta nunca foi decidida.
8. Da janela o Corcovado é visto.
9. A sua enorme ingratidão foi revelada.
10. Um laço muito frágil entre nós dois foi rompido.

D. *Dê a forma correta dos verbos entre parênteses.*

Exemplo: Quem se (dar) _____ o trabalho de observar a
linguagem de um povo vai perceber coisas interessantes.
Quem se der o trabalho de observar a linguagem vai perceber
coisas interessantes.

1. A consulta poderá começar assim que o economista (vir)

_____.

2. Se eles (assistir) _____ao congresso, sei que vão falar uma
linguagem difícil.

3. O governo vai empregar só quem (ter) _____ a certidão
idônea.

4. Se ela (trazer) _____ os dados estatísticos, será possível
finalizar a análise hoje mesmo.

5. Quem (ir) _____ comigo vai se relacionar com pessoas de
alto nível.

6. Eu acho que ela fará qualquer coisa que nós (indicar)

_____.

7. Se (haver) _____ tempo, vou ao laboratório.

8. Não deixem de mandar um postal sempre que vocês (poder)

_____.

9. Não poderei terminar a pesquisa enquanto a biblioteca (estar)
_____ fechada.

10. Ela pretende comprar uma casa logo que o banco (autorizar)
_____ a hipoteca.

E. *Dê a forma correta dos verbos entre parênteses. O tempo varia de
acordo com a situação.*

Exemplo: Neste salão não há senhora alguma que _____ (ser)
hippie.
Neste salão não há senhora alguma que seja *hippie.*

1. Os assessores que os ministros _____ (escolher) seriam
classificados conforme a sua especialização.

2. O prêmio seria para o aluno que (saber) _____ todas as
respostas.

3. Procurei um repórter que (ter) _____ estado na zona
afetada, mas parece que ninguém avisara os jornais.

4. Existe realmente um lugar onde não (haver) _____ pobreza?

5. Talvez eu (pegar) _____ um táxi que me (levar) _____ para lá.

6. Todo o filme que (conter) _____ cenas escabrosas seria declarado impróprio para menores.

7. Você podia convidar quem melhor lhe (parecer) _____.

8. O rei promete a filha ao cavaleiro que (vencer) _____ o dragão.

9. Hoje não há muitas casas que (estar) _____ ao alcance da classe média.

10. Você tem aí algum livro que eu (poder) _____ levar comigo para ler na praia?

F. *Traduza em português:*

1. The predominance of technology in Brazil has brought to the surface a new terminology called "Economese."

2. Since 1965 technical jargon has become generalized and has ravaged all professional categories; thus were born "Engineerese" and "Medicinese."

3. This terminology is an instrument of subjugation: some use it to put lay people in their places, and privileged people employ it to show mere mortals with whom they are speaking.

4. When ordering a grilled ham-and-cheese sandwich, an economist asked the waiter: "When is that project scheduled to take off?"

5. Everybody has joined in this technocratic madness, even the young fellow who got his first job at an airline agency.

6. A distinguished gentleman, who was not up on airline clichés, thought the young man was accusing him of having put on a show at the airport.

7. When a high-society lady thought the young clerk had called her a hippie, he called his supervisor and asked him for the technical term for "I give up."

17

Brasileiro, Homem do Amanhã

— Paulo Mendes Campos —

Há em nosso povo duas constantes que nos induzem a sustentar que o Brasil é o único país brasileiro de todo o mundo. Brasileiro até demais.[1] Colunas da brasilidade, as duas colunas são:[2] a capacidade de dar um jeito;[3] a capacidade de adiar.

5 A primeira é ainda escassamente conhecida, e nada compreendida, no Exterior; a segunda, no entanto, já anda bastante divulgada lá fora, sem que, direta ou sistematicamente, o corpo diplomático contribua para isso.

Aquilo que Oscar Wilde e Mark Twain diziam apenas por humo-
10 rismo (nunca se fazer amanhã aquilo que se pode fazer depois de amanhã), não é no Brasil uma deliberada norma de conduta, uma diretriz fundamental. Não, é mais, é bem mais forte do que qualquer princípio da vontade: é um instinto inelutável, uma força espontânea da estranha e surpreendente raça brasileira.

15 Para o brasileiro, os atos fundamentais da existência são: nascimento, reprodução, procrastinação e morte (esta última, se possível, também adiada).

Adiamos em virtude dum verdadeiro e inevitável estímulo inibitório, do mesmo modo que protegemos os olhos com a mão ao surgir
20 na nossa frente um foco luminoso intenso. A coisa deu em reflexo condicionado: proposto qualquer problema[4] a um brasileiro, ele reage de pronto com as palavras: logo à tarde, só à noite; amanhã;

---

(1) Brasileiro até demais. — Brazilian to excess.

(2) Colunas da brasilidade, as duas colunas são — The two pillars of Brazilianness are

(3) dar um jeito — to find a solution to a difficult or apparently impossible situation (The next *crônica* deals with this aspect of the Brazilian character.)

(4) proposto qualquer problema — when any problem is posed

segunda-feira; depois do Carnaval; no ano que vem.

Adiamos tudo: o bem e o mal, o bom e o mau, que não se confun-
25 dem, mas tantas vezes se desemparelham.[5] Adiamos o trabalho, o
encontro, o almoço, o telefonema, o dentista, o dentista nos adia, a
conversa séria, o pagamento do imposto de renda, as férias, a reforma
agrária, o seguro de vida, o exame médico, a visita de pêsames, o
conserto de automóvel, o concerto de Beethoven, o túnel para
30 Niterói,[6] a festa de aniversário da criança, as relações com a China,
tudo. Até o amor. Só a morte e a promissória são mais ou menos
pontuais entre nós. Mesmo assim, há remédio para a promissória: o
adiamento bi ou trimestral da reforma,[7] uma instituição sacrossanta
no Brasil.

35 Quanto à morte, não devem ser esquecidos dois poemas típicos
do romantismo: na "Canção do Exílio", Gonçalves Dias[8] roga a
Deus não permitir que ele morra sem que volte para lá, isto é, pra cá.
Já Álvares de Azevedo[9] tem aquele poema famoso cujo refrão é
sintomaticamente brasileiro: "Se eu morresse amanhã!" Como se vê,

---

(5) o bem ... se desemparelham— good and evil, the good and the bad,
 which aren't the same thing, but so often come in unequal doses

(6) Niterói is across Guanabara Bay from the city of Rio de Janeiro. For many
 years there had been talk of building a tunnel or bridge across the bay to
 provide faster transportation than the traditional ferries. A bridge was
 finally completed in 1974.

(7) o adiamento bi ou trimestral da reforma — the bimonthly or quarterly
 deferment of the renewal (of the promissory note)

(8) Gonçalves Dias (1823–64), one of Brazil's outstanding Romantic poets;
 his most famous poem, "Canção do Exílio," was written when he was a
 student at the University of Coimbra in Portugal. The poem (p. 91 below)
 expresses his *saudades* (homesickness, nostalgia, longing) for his native
 land; since he was writing while in Portugal, "cá" refers to that country and
 "lá" refers to Brazil. In the poem he begs God not to let him die without
 returning there, that is, Brazil.

(9) Álvares de Azevedo (1831–52), another of Brazil's leading Romantic
 poets; his poem, "Se Eu Morresse Amanhã" (p. 92 below), reveals a
 melancholy and morbid presentiment of an early death. All of his poetry
 was written between the ages of seventeen and twenty, while he was a
 student at law school; contracting tuberculosis, he died before reaching his
 twenty-first birthday.

40 nem os românticos aceitavam morrer *hoje,* postulando a Deus prazos
mais confortáveis.

Sim, adiamos por força dum incoercível destino nacional, do
mesmo modo que, por obra do fado, o francês poupa dinheiro, o
inglês confia no *Times,*[10] o português adora bacalhau, o alemão
45 trabalha com um furor disciplinado, o espanhol se excita com a
morte, o japonês esconde o pensamento, o americano escolhe sempre
a gravata mais colorida.

O brasileiro adia; logo existe.[11]

A divulgação dessa nossa capacidade autóctone para a incessante
50 delonga transpõe as fronteiras e o Atlântico. A verdade é que já está
nos manuais. Ainda há pouco,[12] lendo um livro francês sobre o
Brasil, incluído numa coleção quase didática de viagens, encontrei no
fim do volume algumas informações essenciais sobre nós e a nossa
terra. Entre endereços de embaixadas e consulados, estatísticas,
55 indicações culinárias, o autor intercalou o seguinte tópico:

Des Mots[13]

Hier: ontem
Aujourd'hui: hoje
Demain: amanhã
Le seul important est le dernier

A única palavra importante é amanhã. Ora, este francês astuto
agarrou-nos pela perna.[14] O resto eu adio para a semana que vem.

(from *O Colunista do Morro*)

---

(10)   The *Times* of London
(11)   O brasileiro adia; logo existe — The Brazilian puts off; therefore he
exists. (A playful variation of Descartes' "Cogito, ergo sum" — I think,
therefore I am.)
(12)   Ainda há pouco — Just a little while ago
(13)   Des Mots — French for "some words." In the list that follows, the
French word is followed by its Portuguese equivalent. The sentence "Le
seul important est le dernier" means "The only important one is the last
one."
(14)   agarrou-nos pela perna — found us out, discovered our weakness (literally: caught us by the leg)

Exercícios

A. *Responda em português:*
1. Qual é o único país brasileiro do mundo e quais são as duas colunas da brasilidade?
2. O que diziam Oscar Wilde e Mark Twain por humorismo?
3. Quais são os atos fundamentais da existência para o brasileiro?
4. Quando se propõe um problema a um brasileiro, como reage ele?
5. Quais são as coisas que os brasileiros adiam?
6. O que é que Gonçalves Dias roga a Deus no poema?
7. Qual é o refrão do poema de Álvares de Azevedo?
8. Cite alguns estereótipos nacionais segundo o autor.
9. Qual é a prova da existência do brasileiro?
10. O que o autor leu num livro francês sobre o Brasil?

B. *Certo ou errado? Se certo, repita o período; se errado, corrija-o.*
1. Segundo o autor, há muitos países brasileiros no mundo.
2. As duas colunas da brasilidade são a capacidade de dar um jeito e a capacidade de adiar.
3. Oscar Wilde e Mark Twain diziam que nunca se deve deixar para depois de amanhã aquilo que se pode fazer amanhã.
4. Segundo o autor, quando se propõe qualquer problema a um brasileiro, ele reage de pronto com as palavras: agora mesmo, imediatamente.
5. Entre as coisas que os brasileiros adiam são o trabalho, o dentista, e o pagamento do imposto de renda.
6. O autor diz que o americano não gosta de gravatas coloridas e que o francês gasta muito dinheiro.
7. Segundo o autor francês, a palavra "amanhã" não tem importância no Brasil.

C. *Nos períodos seguintes preencha o espaço em branco com os advérbios que correspondem aos adjetivos entre parênteses:*

Exemplo: O corpo diplomático não contribuiu _____ para isso.
(direto e sistemático)
O corpo diplomático não contribuiu direta e sistematicamente para isso.

1. Helena disse o que queria _____. (rápido e claro)
2. Nós todos, _____, concordamos. (coletivo e individual)
3. Ele fez _____ o necessário. (único e simples)
4. Você faz o trabalho _____. (eficiente e competente)
5. Jorge freqüentava o bar _____. (aberto e regular)

D. *Re-escreva as orações usando o pronome indefinido* se *em vez das palavras sublinhadas.*

Exemplo: O autor alega que em geral a gente não faz amanhã aquilo que a gente pode fazer depois de amanhã.
O autor alega que em geral não se faz amanhã aquilo que se pode fazer depois de amanhã.

1. Nesse país todo mundo fala português.
2. A gente nunca deve ofender os amigos.
3. Em geral o pessoal trabalha para ganhar o pão de cada dia.
4. Assim é que é possível afirmar que só quem trabalha come.
5. Procuram pouco nesse estado — apenas o indispensável.

E. *Escreva orações originais utilizando os verbos dados e "sem que", como no exemplo.*

Exemplo: permitir/voltar
Deus não permite a morte sem que ele volte para lá.

1. divulgar/contribuir
2. propôr/reagir
3. existir/adiar

4. aceitar/postular
5. estar com/dizer
6. escrever/ver

Canção do Exilio

— Gonçalves Dias —

Minha terra tem palmeiras,
Onde canta o Sabiá;
As aves que aqui gorjeiam,
Não gorjeiam como lá.[1]

Nosso céu tem mais estrelas,
Nossas várzeas têm mais flores,
Nossos bosques têm mais vida,
Nossa vida mais amores.

Em cismar, sozinho, à noite,
Mais prazer encontro eu lá;
Minha terra tem palmeiras
Onde canta o Sabiá.

Minha terra tem primores,
Que tais não encontro eu cá;
Em cismar — sozinho, à noite —
Mais prazer encontro eu lá;
Minha terra tem palmeiras,
Onde canta o Sabiá.

Não permita Deus que eu morra,
Sem que eu volte para lá;
Sem que desfrute os primores
Que não encontro por cá:
Sem qu'inda aviste as palmeiras
Onde canta o Sabiá.

---

(1)   See note 8 in preceding *crônica*.

Se Eu Morresse Amanhã
— Álvares de Azevedo —

Se eu morresse amanhã, viria ao menos
Fechar meus olhos minha triste irmã;
Minha mãe de saudades morreria,
    Se eu morresse amanhã!

Quanta glória pressinto em meu futuro!
Que aurora de porvir e que manhã!
Eu perdera[1] chorando essas coroas,
    Se eu morresse amanhã!

Que sol! que céu azul! que doce n'alva[2]
Acorda a natureza mais louçã!
Não me batera tanto amor no peito,
    Se eu morresse amanhã!

Mas essa dor da vida que devora
A ânsia de glória, o dolorido afã . . .
A dor no peito emudecera ao menos,
    Se eu morresse amanhã!

---

(1)   perdera — translate as conditional (similarly, in later lines, "batera" and "emudecera")
(2)   n'alva — na alva

18

Dar um Jeitinho

— Paulo Mendes Campos —

Escrevi na semana passada que há duas constantes na maneira de ser do brasileiro: a capacidade de adiar e a capacidade de dar um jeito. Citei um livro francês sobre o Brasil, no qual o autor dizia que só existe uma palavra importante entre os brasileiros: amanhã.

5 Pois fui ler também o livro *Brazilian Adventure*, de 1933, do inglês Peter Fleming, marido da atriz Celia Johnson, integrante da comitiva que andou por aqui há trinta anos em busca do Coronel Fawcett.[1] No capítulo dedicado ao Rio, sem dúvida a capital do amanhã, achei este pedaço: "A procrastinação por princípio — a pro-
10 crastinação pela própria procrastinação[2] — foi uma coisa com a qual aprendi depressa a contar. Aprendi a necessidade da resignação, a psicologia da resignação: tudo, menos a resignação em si mesma. No fim extremo, contrariando o meu mais justo aviso, sabendo a fu-tilidade disso, continuei a engambelar, a insultar, a ameaçar, a subor-
15 nar os procrastinadores, tentando diminuir a demora. Nunca me valeu de nada.[3] Não é possível evitá-la. Não há nada a fazer contra isso."

Não é verdade, Mr. Fleming: há uma forma de vencer a intermi-nável procrastinação brasileira: é dar um jeitinho. O inglês apelou

---

(1)   Col. H. C. Fawcett, with his son Jack and another young Englishman, disappeared in 1925 while searching for a fabled lost city in the jungles of the interior of the Brazilian state of Mato Grosso. The mystery of their fate aroused international interest. A few years later, Peter Fleming, an adven-turous young Englishman, took part in an expedition that unsuccessfully searched for the lost men. His book, *Brazilian Adventure,* describes the frustrations he and his party encountered.

(2)   A procrastinação por princípio — a procrastinação pela própria procrasti-nação — "procrastination as a principle — procrastination for the sake of procrastination itself"

(3)   Nunca me valeu de nada — It never did me any good

para a ignorância,[4] a sedução, o suborno. Mas o jeito era dar um
20 jeito.[5]

Dar um jeito é outra disposição cem por cento nacional, inencontrável em qualquer outra parte do mundo. Dar um jeito é um talento
brasileiro, coisa que a pessoa de fora não pode entender ou praticar, a
não ser depois de viver dez anos entre nós, bebendo cachaça co-
25 nosco, adorando feijoada[6] e jogando no bicho.[7] É preciso ser bem
brasileiro para se ter o ânimo e a graça de dar um jeitinho numa
situação inajeitável.[8] Em vez de cantar o Hino Nacional, a meu ver,
o candidato à naturalização deveria passar por uma única prova: dar o
jeitinho numa situação moderadamente enrolada.
30 Mas chegou a minha vez de dar um jeito nesta crônica: há vários
anos andou por aqui uma repórter alemã que tive o prazer de conhecer. Tendo de realizar algumas incursões jornalísticas pelo país, a
moça freqüentemente expunha problemas de ordem prática a confrades brasileiros. Reparou logo, espantada, que os nossos jornalis-
35 tas reagiam sempre do mesmo modo aos *galhos* que ela apresentava:
vamos dar um jeito. E o sujeito pegava o telefone, falava com uma
porção de gente, e dava um jeito. Sempre dava um jeito.

Mas, afinal, que era dar um jeito? Na Alemanha não tem disso
não;[9] lá a coisa pode ser ou não pode ser.
40 Tentei explicar-lhe, sem sucesso, a teoria fundamental de dar um
jeito, ciência que, se difundida a tempo na Europa, teria evitado umas

---

(4) apelou para a ignorância — took recourse to rudeness

(5) o jeito era dar um jeito — the trick was to find a way, to find a solution, to
do something that would help solve the problem, to maneuver, to engineer,
to manage, to contrive . . .

(6) feijoada — a popular Brazilian dish made of black beans (*feijão*) cooked
with pork, sausages, bacon, dried meat, and, in Northeast Brazil, with
various kinds of vegetables.

(7) jogando no bicho — gambling in the *jogo do bicho* — a very popular,
though illegal, lottery or numbers game in which the betting is done on
various kinds of animals (*bichos*).

(8) uma situação inajeitável — an impossible situation, one without any
solution

(9) Na Alemanha não tem disso não — There's no such thing in Germany
(Note the repetition of "não" for emphasis.)

duas guerras carniceiras.[10] A jovem alemã começou a fazer tantas perguntas esclarecedoras, que resolvi passar à aula prática. Entramos na casa comercial dum amigo meu, comerciante cem por cento,
45 relacionado apenas com seus negócios e fregueses, homem de passar[11] o dia todo e as primeiras horas da noite dentro da loja, pessoa inadequada, portanto, para resolver a questão que forjei no momento de parceria com a jornalista.

Apresentei ele a ela e fui desembrulhando a mentira: o pai da
50 moça morava na Alemanha Oriental: tinha fugido para a Alemanha Ocidental; pretendia no momento retornar[12] à Alemanha Oriental, mas temia ser preso; era preciso evitar que o pai da moça fosse preso. Que se podia fazer?

Meu amigo comerciante ouviu tudo atento, sem o menor sinal de
55 surpresa, metido logo no seu papel de mediador, como se fosse o próprio secretário das Nações Unidas. Qual! o próprio secretário das Nações Unidas não teria escutado a conversa com tão extraordinária naturalidade. A par do estranho problema, meu amigo deu um olhar compreensivo para a jornalista, olhou para mim, depois para o teto,
60 tirou uma fumaça no cigarro e disse gravemente: "O negócio é meio difícil . . . é . . . esta é meio complicada . . . Mas, vamos ver se a gente dá um jeito".

Puxou uma caderneta do bolso, percorreu-lhe as páginas, e murmurou com a mais comovente seriedade: "Deixa-me ver antes de
65 tudo quem eu conheço que se dê com[13] o Ministro das Relações Exteriores".

A jornalista alemã ficou boquiaberta.

(from *O Colunista do Morro*)

---

(10) se difundida . . . carniceiras — If Europe had been exposed to it on time, a couple of bloody wars would have been avoided
(11) homem de passar — a man who spends
(12) pretendia no momento retornar — he wished now to return (Note that *pretender* usually means to wish to, to aspire to, to intend to. To express the idea of pretending or feigning, use the verb *fingir*.)
(13) quem eu conheço que se dê com — whom I know who gets along well with (Note subjunctive form "dê" used in the adjective clause because the antecedent "quem" is indefinite.)

Exercícios

A. *Responda em português:*

1. Quais são as duas constantes na maneira de ser do brasileiro, segundo o autor?
2. Quem é Peter Fleming?
3. Como é que ele tentava diminuir a demora que ele sempre encontrava?
4. Segundo o autor, qual é uma forma de vencer a procrastinação brasileira?
5. Para que um estrangeiro possa entender o que é "dar um jeito," quantos anos tem que viver entre os brasileiros e que coisas tem que beber, adorar e jogar?
6. Quando a repórter alemã expunha problemas difíceis a jornalistas brasileiros, como reagiam eles?
7. Segundo o autor, se a "ciência" de dar um jeito tivesse sido difundida na Europa a tempo, que teria evitado?
8. Por que o comerciante não era uma pessoa adequada para resolver o problema que o autor e a jornalista inventaram?
9. Qual era o problema do pai da moça?
10. Que comparação o autor faz entre o comerciante e o secretário das Nações Unidas?
11. O que disse e fez o comerciante depois de ouvir o problema que o autor e a jornalista alemã inventaram?
12. Por que a jornalista alemã ficou boquiaberta?

B. *Certo ou errado?*

1. Segundo o inglês Peter Fleming há várias maneiras de combater a procrastinação brasileira.
2. Uma das duas constantes brasileiras é a solução da outra.
3. Qualquer pessoa pode aprender a utilizar esse talento brasileiro.
4. O autor acha que deve haver uma prova de história nacional para o candidato à naturalização.
5. O caso que ele cita refere-se a uma visitante estrangeira no Brasil.

6. A repórter alemã achava normal a maneira pela qual os confrades brasileiros resolviam os problemas.
7. O autor decidiu dar uma demonstração prática do que é "dar um jeito."
8. Inventaram uma história enrolada antes de entrarem na loja do comerciante.
9. O pacato comerciante espantou-se ao ouvir o problema da moça.
10. O jeito que pretendia dar implicava valer-se dum amigo.

C. *Coloque os pronomes depois do infinitivo:*

    Exemplo: A procrastinação é fatal. Não é possível evitar ____.
                        Não é possível evitá-la.

1. O Brasil é fabuloso. Não deixe de visitar _____.
2. Os problemas eram de ordem prática; ela não sabia expor

    _____.
3. Onde está o candidato? Eu quero ver _____.
4. Anda por aqui uma moça alemã. Você gostaria de conhecer

    _____?
5. Quando o coronel desapareceu, os filhos foram ao Brasil para procurar _____.
6. Se quiser ler o livro do francês terá que comprar _____.
7. Se abrir as caixas, depois terá que fechar _____.
8. Ele é generoso com o dinheiro; sempre está disposto a repartir

    _____.
9. O jeito preciso para isso?! Eu é que sei dar _____.
10. Para evitar a demora deve haver uma forma de vencer

    _____.

D. *Qual é o pronome que deve aparecer nos períodos que seguem?*

    Exemplo: Venha à nossa casa beber cachaça com _____ (nós).
               Venha à nossa casa beber cachaça conosco.

1. Esta é a loja do Alves. Vamos entrar em _____ (ela).
2. Com quem você prefere ir: com _____ (ela) ou com

    _____ (eu)?
3. Uma dessas cadernetas é do Jorge. Qual é a de _____ (ele)?
4. Ela já falou com os alunos, mas ainda não falou com _____

    (eu e Miguel).

5. Mas eu não gosto nem de seu cachorro nem de _____ (os demais).

E. *Traduza em português:*

1. "Dar um jeito," says the author, is a 100 percent Brazilian talent that cannot be found in any other part of the world.
2. To understand it or practice it, it is necessary to be a Brazilian or to live at least ten years among the Brazilians, drinking "cachaça" with them, adoring "feijoada," and gambling in the "jogo do bicho."
3. When a person presents an impossible problem to a Brazilian friend, the latter does not say, "I'm sorry, it's impossible."
4. He says, "The matter is rather difficult, but let's see if we can find a solution."

F. *Sugestão para exposição oral.*

Criar situações difíceis e depois procurar "dar um jeito" nelas, i.e. achar soluções.

19

O Brasileiro, Se Eu Fosse Inglês
— Fernando Sabino —

Fiquei de lhe escrever contando as minhas impressões sobre o
Brasil e os brasileiros. Francamente, não sei por onde começar.
Estou aqui há poucos dias e já deu para viver as experiências mais
extraordinárias. Mesmo que eu ficasse 30 anos neste país, não deixa-
5 ria de me surpreender a cada momento.
Ontem à noite, por exemplo, eu estava num cinema de Copacabana quando faltou luz em meio à sessão das dez. O acontecimento
foi saudado com gritos, vaias, assobios e gargalhadas em plena
escuridão: o povo aqui se diverte com qualquer coisa. O empregado
10 do cinema, um rapazinho com sua lanterna, subiu ao palco e
comunicou que havia falta de energia, a sessão estava suspensa: o dinheiro dos ingressos seria devolvido à saída. Tal informação desen-
cadeou tremenda onda de protestos. Então o rapaz simplesmente
propôs contar o resto do filme, se quisessem. Já tinha visto várias
15 vezes, sabia a história de cor. A sugestão foi aceita em meio à maior
algazarra. Depois todos se calaram e ele começou a narrar o filme, à
luz de sua lanterna, representando diálogos, imitando os atores. Ao
fim, recebeu verdadeira ovação da platéia. À saída, ninguém
reclamou a devolução do dinheiro.
20 Como este, eu poderia contar uma série de casos, para ilustrar o
espírito de solidariedade na improvisação que ainda predomina entre
os brasileiros, apesar dos problemas cada vez maiores que atormen-
tam este país.
Domingo último lastimei junto a um amigo brasileiro por não
25 poder assistir à disputa final do campeonato nacional de futebol no
Maracanã.[1] — Não pode por quê? — ele quis saber. Disse-lhe que

---

(1) Maracanã — Rio de Janeiro's soccer stadium, which accommodates more
than 200,000 spectators, is believed to be the world's largest. One of the
nation's greatest "tragedies" occurred there in 1950, when Uruguay

não tinha ingresso, e àquela altura era humanamente impossível conseguir. — Deixa comigo — ele disse então: — Também não tenho, mas vamos juntos, que lá a gente "dá um jeito".[2]

30 Não creio que haja em inglês expressão correspondente a esta. Significa vencer qualquer barreira, superar qualquer dificuldade, realizar o impossível, mediante um recurso sutil qualquer, no qual de um lado prevalece a persuasão e do outro a transigência, impregnadas ambas de mútua simpatia. Pede-se "uma colher de chá" — o que

35 quer que isso venha ser[3] — e tudo se consegue, mesmo aquilo que é proibido por lei. Há leis que são simplesmente ignoradas, porque, no consenso comum, "não pegaram".[4] São como vacinas: algumas pegam, outras não.

Ao chegarmos, todas as entradas do gigantesco estádio, já super-

40 lotado, estavam cerradas: não cabia mais ninguém. Meu amigo não se perturbou. Dirigiu-se ao portão das autoridades e me apresentou ao porteiro como uma alta autoridade qualquer que não falava o português — e foi me empurrando para dentro. O meu pequeno conhecimento da língua deu para entender o que diziam. — E o senhor,

45 quem é? — perguntou o porteiro. — Eu sou o acompanhante dele — respondeu meu amigo, e foi entrando atrás de mim. Acabamos indo parar, cercados de atenções, na tribuna de honra, onde não havia também um só lugar vago. A não ser os dois mais importantes de todos, reservados ao Presidente da República e sua digníssima

50 esposa, cuja presença, salvo alguma surpresa de última hora — e neste país tudo pode acontecer — não estava prevista. Pois agora pasme! Foi nestes dois lugares que nos sentamos, depois que meu amigo me apresentou aos ilustres presentes como alguém ainda mais ilustre do que eles.

55 Para o brasileiro, as exceções não confirmam a regra: elas constituem a própria regra. É insopitável a sua descrença em relação a qualquer autoridade ou instituição. Mesmo as instituições feitas de

---

defeated the home team for the world title. Since then Brazil has won the World Cup three times (1958, 1962, 1970).

(2) dá um jeito — Compare the following discussion with *crônica* 18.

(3) colher de chá . . . venha ser — literally, a teaspoon; a chance, opportunity, a little help, a hand, something to facilitate . . . whatever that may be

(4) não pegaram — they didn't catch on

papel, como receitas médicas, catálogos de telefones. Preferem sempre consultar um amigo: qual é o número do fulano? Estou sentindo
60 uma dorzinha aqui, que é que devo tomar? Vai passando pela rua, vê uma farmácia, resolve entrar para comprar um medicamento qualquer que lhe disseram ser a última palavra para o rim ou para o fígado — seja xarope, comprimido ou injeção. Formam filas para tomar injeções por causa de um resfriado, uma simples ressaca, ou ape-
65 nas para "reforçar o físico", como eles dizem. E o empregado da farmácia, como um garçom para o cozinheiro no restaurante, grita para seu colega lá dentro, já a postos, seringa hipodérmica na mão: mais uma de cálcio na veia!

Basta referir-se às mais elementares leis da prudência para que
70 eles reajam: desgraça pouca é bobagem; o que não mata, engorda; no fim dá certo — são alguns ditados que costumam invocar a todo momento. E no fim, contrariando todas as leis da ciência e as previsões históricas, tudo acaba mesmo dando certo, porque, dizem eles, Deus é brasileiro.

75 E assim sendo, também sou filho de Deus — não se cansam de repetir, reivindicando um direito qualquer. Que pode ser o de entrar sem ingresso, como aconteceu comigo no futebol, de passar à frente dos outros, ignorar horários e regulamentos. Recentemente vi um cidadão se sentir ofendido quando um guarda de trânsito ameaçou
80 prendê-lo por desacato, porque insistia em praticar uma infração, qual fosse a de deixar o carro sobre a calçada:

— Não me venha com essa história de "está preso" que eu vou-me embora.

Para conseguir alguma coisa em algum lugar, você tem de co-
85 nhecer alguém que conheça alguém que trabalhe lá. — Procure o João no primeiro andar, diga que fui eu que mandei: o João é meu amigo do peito. — Todo mundo é "meu amigo", "meu velho", "meu irmão". Todos se tratam por você no primeiro encontro e se tornam amigos de infância a partir do segundo, com tapas nas costas e abraços em plena
90 rua, para celebrar este extraordinário acontecimento que é o de se terem conhecido.

A maioria dos encontros é casual. A gente se vê por aí, quando puder eu apareço. Têm horror ao compromisso com hora certa.

Mesmo que tenha sido marcado formalmente, com toda a ênfase de
95 quem pretende levá-lo a sério, há uma sutileza qualquer que escapa
aos ouvidos de um estrangeiro como eu, indicando se é ou não para
valer. Até parece que as palavras, entre eles, servem para esconder o
pensamento. "Pois não" quer dizer "sim", "pois sim" quer dizer
"não". "Com certeza, certamente, sem dúvida" são afirmativas de
100 uma mera probabilidade.

E se encontrando ou se desencontrando, como se agitam! Andam
na rua como se obedecessem a irresistível compulsão, não parecem
estar indo a lugar nenhum. Esquinas, portas de cafés e casas de comércio são invariavelmente obstruídas por aglomerações. Discutem
105 futebol, falam com malícia dos ausentes, em meio a uma sucessão de
diminutivos, cuja função é de minimizar a importância de qualquer
decisão: espere um pouquinho, vamos tomar uma cachacinha, ali
pertinho, precisamos ter uma conversinha. E como conversam! Falam, discutem, gesticulam, cutucam-se mutuamente na barriga ou
110 na ilharga, contam anedotas, riem, acenam para alguém do outro lado
da rua, calam-se para ver passar uma mulher, dirigem-lhe gracejos,
voltam a conversar. Tudo isso aos berros — um forasteiro, ao entrar
num restaurante do Rio terá fatalmente a impressão de estar havendo
uma briga ou algum tumulto, tal a gritaria dos fregueses. Ninguém
115 parece estar ouvindo ninguém, todos falam ao mesmo tempo.

E, ao redor, a sinfonia dos ruídos prossegue. Carros buzinam sem
o menor propósito — o sinal jamais se torna verde para alguém sem
que o de trás não comece imediatamente a buzinar. Os vendedores
ambulantes apregoam sua mercadoria. Um alto-falante lança um
120 samba no ar a todo volume. O negrinho engraxate acompanha, batendo
com a escova em sua caixa. Entregadores passam em disparada nas
suas bicicletas, pela contramão, abrindo caminho com assobios
estridentes no pandemônio do tráfego. Batedores de motocicleta
cruzam a cidade com suas sirenes, em cortejos de carros cheios
125 de seguranças, sem que se distinga entre eles nenhum figurão. Por
todo lado cantam serras de construção. De vez em quando se ouve,
não se sabe a que propósito, uma salva de canhões.

Em meio a toda essa balbúrdia, homens silenciosos e sérios se
aproximam um dos outros e se separam pelos cantos e desvãos das

130 portas, trocando misteriosamente uns papeizinhos. São os que mantêm
em funcionamento uma das mais respeitáveis instituições nacionais: o
jogo do bicho.[5]
Até aqui, falei-lhe de maneira um tanto leviana, atribuindo a todos
os brasileiros características superficialmente observadas no Rio
135 de Janeiro, ao risco de perigosas generalizações. No entanto, não há
nada que intrigue mais os sociólogos que se dão ao trabalho de estudar
esta charada que é o Brasil: por mais que cariocas, paulistas, mineiros,
gaúchos, baianos ou nordestinos sejam diferentes uns dos outros, há
qualquer coisa que os identifica em qualquer lugar do mundo como
140 brasileiros: a sua alegre rebeldia, o seu espírito de independência, o
seu apego à liberdade, que um dia acabarão fazendo realmente do
Brasil um grande país. E talvez de maneira inédita, capaz de deixar
perplexos os futuros estudiosos da História.
Só não lhe falei na mulher brasileira. Não me arrisco a tanto. Pre-
145 firo dar por encerrada esta carta, vestir um calção e ir vê-la na praia.
Indescritível. Sugiro a você que tome imediatamente um avião, venha
para cá e faça o mesmo.

(from *Gente*)

Maracanã stadium, Rio de Janeiro

---

(5) jogo do bicho — See note 7 in *crônica* 18.

Exercícios

A. *Responda:*

1. O que é que o autor ficou de fazer?
2. Se o autor ficasse 30 anos no país, o que faria ainda a cada momento?
3. Que acontecimento num cinema surpreendeu o autor?
4. O que prova que todo mundo ficou satisfeito com a atuação do empregado do cinema?
5. Por que o autor pensou que não poderia assistir ao jogo de futebol?
6. Como foi que ele conseguiu entrar no estádio?
7. Em que lugares especiais se sentaram o autor e seu amigo? Como foi isso?
8. O que os brasileiros preferem fazer em vez de consultar "instituições de papel"?
9. Se Deus é brasileiro, quais são algumas conseqüências?
10. Segundo o autor, por que é difícil um estrangeiro no Brasil saber se um compromisso é sério ou não?
11. O que as pessoas fazem em esquinas e portas de cafés e casas de comércio?
12. Por que o autor diz que sua maneira de descrever é "um tanto leviana"?
13. Segundo ele, o que acabará por fazer do Brasil um grande país?
14. Qual é a última sugestão do autor para o destinatário da carta?

B. *Certo ou Errado?*

1. Supostamente o autor ficou de escrever a alguém sobre o Brasil.
2. Ontem à noite faltou luz no cinema e a sessão nunca começou.
3. Todo o mundo protestou porque o empregado do cinema só contou a metade da história do filme.
4. Segundo o autor, não há expressões em inglês equivalentes a "dar um jeito."
5. O amigo do autor conseguiu dar um jeito entrando no estádio cheio.

6. O amigo do autor teve que pagar para sentar no lugar do presidente.
7. Ao autor parece que para os brasileiros as exceções constituem a regra.
8. Conforme a crônica, os brasileiros evitam tomar injeção na farmácia.
9. "No fim dá certo" é um ditado raramente invocado na experiência do autor.
10. Conforme o autor, os brasileiros só se tratam de você após meses de amizade.
11. O autor diz que o jogo do bicho foi importado dos Estados Unidos.
12. O autor atribui ao Rio características observadas no resto do país.
13. O autor acha que algumas coisas identificam brasileiros de diferentes regiões em qualquer parte do mundo.

C. *Passe para a voz passiva, como nos exemplos:*

> Exemplo: O inglês observou os costumes brasileiros.
> Os costumes brasileiros foram observados pelo inglês.
> O dinheiro se devolveria à saída.
> O dinheiro seria devolvido à saída.

1. Aceitou-se a sugestão.
2. A lei proibe tudo.
3. Há leis que simplesmente se ignoram.
4. Ele me apresentou ao porteiro.
5. A secretária tinha marcado o compromisso formalmente.
6. Uma mútua simpatia impregna a persuasão e a transigência.
7. As aglomerações obstruem invariavelmente portas de cafés.
8. A platéia o recebeu de braços abertos.
9. Os agentes já terão vendido as últimas passagens.
10. Muitos advogados preferem esta marca de computador.

D. *Preencha os espaços distinguindo entre a voz passiva (ser + particípio passado) e o resultado de uma passiva (estar + particípio passado). (Havendo mais de uma possibilidade, explique a sua escolha.)*

> Exemplo: Nós _____ cercados pelo exército inimigo.
> Nós fomos cercados pelo exército inimigo.

Não podíamos fugir porque _____ cercados.
Não podíamos fugir porque estávamos cercados.

1. Quando chegamos as portas já _____ cerradas.
2. As portas _____ cerradas por ordem do prefeito.
3. Todos os lugares _____ reservados e não havia modo de entrar.
4. Ao começo da temporada os lugares _____ reservados para o presidente e sua esposa.
5. A janela _____ aberta pelo ladrão.
6. A chuva molhou tudo porque a janela _____ aberta.
7. A crise _____ prevista por todos os assessores mas ninguém tomou as providências precisas.
8. Se uma surpresa _____ prevista não é mais surpresa, não é?
9. Era tarde demais; o dinheiro já _____ gasto.
10. Todo o dinheiro _____ gasto em presentes de Natal.

E. *Traduza:*

1. Writing as if he were an Englishman, the author says that even if he lived in Brazil for thirty years the country would never cease to surprise him.
2. When the power failed in the middle of a movie in a theater in Copacabana, an employee narrated the rest of the film to the audience.
3. When he finished he received an ovation and nobody asked for his/her money back.
4. When I lamented to a friend that I did not have a ticket to the soccer game, he said "Leave it to me, we'll get in, we'll find a way."
5. Upon arriving at the gate, he introduced me as an authority from abroad who didn't speak Portuguese, pushed me in and went in after me.
6. The only empty seats were those reserved for the president and his wife, but that's where we sat down!
7. All the men on street corners or in café doorways will be conversing, gesticulating, laughing, arguing about soccer, and talking at the same time without listening to anyone else.
8. No matter how different natives of the various regions may be from

each other, there is something that identifies them as Brazilians anywhere in the world.
9. God is Brazilian, they say, and thus they are children of God and everything will turn out all right.

F. *Sugestão para exposição escrita:*

Escreva uma carta a um amigo ou uma amiga partindo do pressuposto: o americano, se eu fosse brasileiro, ou, a americana se eu fosse brasileira.

20

A Abobrinha

— Carlos Drummond de Andrade —

Quando a senhora foi descer do lotação, o motorista coçou a cabeça:

— Mil cruzeiros! Como é que a senhora quer que eu troque mil cruzeiros?

5   — Desculpe, me esqueci completamente de trazer trocado.

— Não posso não, madame não leu o aviso — olha ele ali[1] — que o troco máximo é de 200 cruzeiros? — Eu sei, mas que é que hei de fazer agora?[2] O senhor nunca esqueceu nada na vida?

— Quem sabe se procurando de novo na bolsa . . .

10   — Já procurei.

— Procura outra vez.

Ela vasculhava, remexia, nada. Nenhum cavalheiro (como se dizia no tempo de meu pai) se moveu para salvar a situação, oferecendo troco ou se prontificando a pagar a passagem. Àquela

15 hora, não havia cavalheiros, pelo menos no lotação.

— Então o senhor me dá licença de saltar e ficar devendo.

— Pera aí.[3] Vou ver se posso trocar.

Podia. Tirou do bolso de trás um bolo respeitável, foi botando as cédulas sobre o joelho, meticulosamente.

20   — Tá aqui o seu troco. De outra vez a madame já sabe, hein?[4]

---

(1)   olha ele ali — look at it over there (The "aviso" referred to is a notice indicating the largest bill the bus driver was required to change; at the time this *crônica* was written, 200 cruzeiros was worth perhaps fifty cents.)

(2)   que é que hei de fazer — what am I (supposed) to do? (*haver de* + infinitive connotes future, obligation, or probability)

(3)   Pera aí — Popular pronunciation of "Espera aí" (Wait there, hold on). Similarly, the bus driver says later, "Tá aqui" and "Tão vendo," instead of "Está aqui" and "Estão vendo."

(4)   De outra vez a madame já sabe, hein? — Next time you'll know better,

Ela desceu, o carro já havia começado a chispar, como é destino dos lotações, quando de repente o motorista freou e botou as mãos à cabeça:

— A abobrinha!(5) Ela ficou com a abobrinha!

25 Voltando-se para os passageiros:

— Os senhores acreditam que em vez de guardar a nota de mil, eu de burro devolvi com o troco?(6)

Botou a cabeça fora do carro, à procura da senhora, que atravessava a rua, lá atrás:

30 — Dona! Ó dona! A nota de mil cruzeiros!

Ela não escutava. Ele fazia sinais, pedia aos transeuntes que a chamassem, o trânsito entupigaitava-se, buzinas soavam.

— Toca! Toca!(7)

Os passageiros não pareciam interessados no prejuízo, como 35 antes não se condoeram do vexame da senhora.

— Como é que eu posso tocar se perdi mil cruzeiros, gente? Quem vai me pagar esses mil cruzeiros?

Encostou o veículo e, num gesto solene:

— Vou buscar meu cabral. A partir deste momento confio este 40 carro, com todos os seus pertences, à distinção dos senhores passageiros.

— Deixa que eu vou(8) — disse um deles, garoto. E precipitou-se para fora, antes do motorista.

— Será que esse tiquinho de gente consegue?(9)

45 Via-se o garoto correndo para alcançar a senhora, tocando-a pelo

---

won't you?

(5)   a abobrinha — the little gourd, a slang term for the 1,000 *cruzeiro* bill, so called because of its orange-yellow coloring on one side. As the picture of Pedro Álvares Cabral, the Portuguese discoverer of Brazil, appears on the other side, the bill is also called a *cabral,* a term the bus driver uses later in the *crônica.*

(6)   eu de burro devolvi com o troco — like a dumb ass I gave it back with the change

(7)   Toca! — Go on! (Drive on! Get moving!)

(8)   Deixa que eu vou — Wait, I'll go

(9)   Será que esse tiquinho de gente consegue? — Do you suppose that little squirt will succeed?

braço, os dois confabulando. Ela abria de novo a bolsa, tirava objetos, o pequeno ajudava. Enquanto isso, o motorista carpia:

— Esta linha é de morte.[10] Primeiro querem que a gente troque um conto de réis, [11]como se o papai fosse o Tesouro Nacional ou o
50 Banco do Brasil. Depois carregam o troco e o dinheiro trocado, que nem juro.[12] Essa não! E esse garoto que não acaba com a conversa mole, sei lá até se ele volta.[13]

Os passageiros impacientavam-se com a demora da expedição. O guarda veio estranhar o estacionamento e recebeu a explicação de
55 força-maior, quem é que me paga meus mil cruzeiros? o Serviço de Trânsito?

Voltou o garoto, sem a nota. A senhora tinha apenas 987 cruzeiros, ele vira e jurava por ela.

— Toca! Toca!
60 — Tão vendo? Um prejuízo desses antes do almoço é de tirar a fome[14] e a vontade de comer.

Disse isso em tom frio, sem revolta, como simples remate. E tocou. Perto do colégio, o garoto desceu, repetindo, encabulado:

— Pode acreditar, ela não tinha mesmo o dinheiro não.
65 O motorista respondeu-lhe baixinho:

— Eu sei. Já vi que está ali debaixo da caixa de fósforos. Mas se eu disser isso, esse povo me mata.[15]

(from *Cadeira de Balanço*)

---

(10) Esta linha é de morte — This bus line is murder
(11) um conto de réis — a million *réis*, i.e., 1,000 *mil-réis*, i.e. 1,000 *cruzeiros*. At the time of the *crônica*, "um conto" was still a popular term for 1,000 *cruzeiros*, i.e., 1,000 *cruzeiros velhos* or 1 *cruzeiro novo*.
(12) que nem juro — as if it were interest
(13) sei lá até se ele volta — I don't even know if he'll come back
(14) é de tirar a fome — it's enough to make you lose your appetite
(15) se eu disser isso, esse povo me mata — if I tell them that, they'll kill me

Exercícios

A. *Responda em português:*

1. Quando e por que é que o motorista coçou a cabeça?
2. De que é que a senhora se tinha esquecido completamente?
3. Que dizia o aviso?
4. Por que diz o autor que não havia cavalheiros no lotação?
5. Depois que a senhora saltou, por que é que o motorista freou?
6. Quando os passageiros gritaram "Toca! Toca!" o que o motorista disse?
7. Que disse e fez um garoto antes que o motorista pudesse saltar?
8. Que disse o garoto quando voltou?
9. Onde estava a abobrinha?
10. Por que o motorista não explicou isto aos passageiros?

B. *Certo ou errado?*

1. A senhora esperava que o motorista trocasse dois mil cruzeiros.
2. Segundo o aviso, ele não era obrigado a trocar quantias superiores a 100 cruzeiros.
3. A passageira ficou muito indignada.
4. Os passageiros mostravam-se muito atenciosos.
5. O motorista descobriu o troco quando ela ia saltar.
6. Pareceu-lhe que ela tinha guardado a nota de mil.
7. Por sorte ele tinha estacionado num lugar sossegado onde não havia muito trânsito.
8. Um garoto se prontificou a alcançar a senhora.
9. O motorista estava furioso com a suposta perda de dinheiro.
10. O medo o obrigava a queixar-se.

C. *Complete os períodos de maneira lógica com um dos verbos que seguem: trocar, zangar-se, tocar, seguir, começar, pagar, descer, ficar, esquecer-se, desligar, vencer, prontificar-se, ver:*

Exemplo: A senhora quer que eu _____ mil cruzeiros.
A senhora quer que eu troque mil cruzeiros.

1. O garoto pede que o motorista não se _____.
2. Os passageiros querem que o motorista _____.
3. Eu tenho medo de que o carro _____ a chispar.

4. É preferível que ela _____ com uma nota menor.

5. Eu estranho que os outros passageiros não _____ a ajudar.

6. A gente duvida que ela _____ do ônibus aqui.

7. Quer que eu _____ aqui no carro?

8. É preciso que a gente não _____ de trazer dinheiro trocado.

9. No ônibus convém que você _____ o rádio.

10. Você acredita que o bom sempre _____ o mau?

D. *Empregue as expressões sublinhadas em períodos originais.*

1. O senhor me <u>dá a licença</u> de pagar outra vez?

2. <u>Em vez de</u> guardar a nota de mil, ele devolveu-a.

3. Nós passamos o dia <u>à procura do</u> Serviço de Trânsito.

4. Como era uma coisa rara, todo mundo <u>estranhou</u>.

5. Ele não sabia bem o que <u>havia de</u> fazer.

6. Sentindo os olhos de todos dirigidos para ele, ficou <u>encabulado</u>.

E. *Para traduzir em português:*

1. The lady forgot to bring change.

2. The bus driver said he could not change 1,000 cruzeiros.

3. She looked in her purse again.

4. He took some bills out of his back pocket.

5. She got off the bus and crossed the street.

6. The driver sounded the horn and stepped on the brakes.

7. A policeman came and heard his explanations.

8. A boy rushed out of the bus and spoke with the lady, but returned without the bill.

9. He swore that the lady had only 987 cruzeiros.

10. The bus driver no longer felt like eating.

11. If he told them that the money was under the box of matches they would murder him.

F. *Sugestões para exposição oral ou escrita:*

Conte o episódio do ponto de vista (1) do motorista, (2) da senhora, (3) do garoto, (4) de um dos passageiros.

21

O Comício de um Homem Só
— Affonso Romano de Sant'Anna —

Em plena rua de Ipanema ouço uma estranha voz e localizo um mulato forte fazendo um discurso, mas com um megafone montado com copos de papelão de alguma lanchonete. A primeira impressão é a de que é alguém fazendo propaganda de alguma loja ou um desses
5 protestantes que solitariamente querem converter o universo. Mas olho mais atentamente a figura e vejo que sua camisa está toda molhada de suor e algumas pessoas estão prestando atenção em sua fala. No seu corpo estão pregados recortes de jornais e ele gritando desinibidamente: "Quero ser Presidente da República. Quero tambem
10 poder roubar para ficar rico. Quero comer churrasco e beber uísque estrangeiro e viver na mordomia."[1]

Apesar de lermos os jornais todos os dias e estarmos abismados com o baixo nível ético do país, não é todo dia que se ouve isto assim em plena rua. Nas mãos o homem exibia seus documentos e carteiras
15 a demonstrar que era um trabalhador. E continua: "Trabalhei oito anos na Nova América[2] e agora estou desempregado. Dêem-me um emprego qualquer porque não posso mais ver mulher e filhos passarem fome. Não me forcem a ser ladrão. Ou, então, me elejam Presidente da República."

20 Perplexo ainda, pensando em me aproximar do tipo, de repente, uma mulher pobre de meia-idade, com duas crianças, me aborda: "Sou a mulher dele. Não é doido, não. É fome, moço. Aqui estão os meus dois filhos, e deixei outro em casa." Estendeu-me um chapéu onde depositei o dinheiro. E enquanto a mulher dele se desculpava
25 por essa situação, invertendo a cena, comecei a me desculpar ante ela pela situação dela e pela situação do país. Pois este é o absurdo a que

---

(1) mordomia — perks, fringe benefits, spoils of office, privileges; na mordomia — on easy street
(2) Nova América — a textile company in Rio

chegamos: a vítima tem que pedir desculpas por ser vítima, o pobre pede desculpa por passar fome, o desempregado pede desculpa por não lhe darem emprego.

30   O discurso cínico daquele pobre amargurado não despertou o riso em ninguém. As pessoas, ao contrário, estavam invejando a sua desgraçada coragem e em silêncio faziam coro.[3] Aquele homem ali, aparentemente sozinho, era um espetáculo duplo. De um lado era o avesso da alegria e da esperança que milhões de brasileiros vivemos
35 juntos na praça durante a campanha das diretas.[4] Era o comício de um homem só. De alguém que não acredita mais em promessas e assume seu cínico protesto.

    Aquele trabalhador repõe publicamente uma questão fundamental da cultura brasileira. Pois os que tentam explicar o Brasil através das
40 mais variadas teorias têm notado uma diferença fundamental entre a nossa cultura e a americana. Lá, o heroísmo e o individualismo são uma virtude. Estão aí todos os filmes de faroeste e guerra, exibindo o culto do gesto heróico. Ao contrário, assinala-se em nossa formação essa vocação de estar em cima do muro, o gosto de levar vantagem a
45 todo custo, exatamente como está sendo demonstrado no espetáculo aético do leilão de votos e consciências em que as pessoas se vendem aos magotes, conquanto continuem no poder. E assim reforça-se entre nós a dissolução do indivíduo e se incrementa a vocação de invertebrado. Com efeito, essa campanha eleitoral tem sido uma série
50 de marteladas para quebrar a vértebra moral do país a golpes de dinheiro. Querem deslocar vértebras e colunas, que nenhum Nishimura[5] fortuito poderia jamais corrigir.

    — Mas será que somos mesmo um país de invertebrados?

    Aquele anônimo trabalhador não sabe, mas ele é quem nos
55 reanima. Ele descobriu muito bem a sua solução. Botando a boca no

---

(3)   faziam coro — sang a chorus, i.e., repeated or agreed with what the speaker said

(4)   campanha das diretas — popular campaign in 1984 for legislation of direct presidential elections; the first civilian president since 1964 would be elected by a congressional electoral college in 1985 (see note 3 in *crônica* 23).

(5)   Nishimura — a Japanese chiropractor in Brazil who became known after treating former president João Figueiredo

mundo,[6] ele vai recolhendo o dinheiro de que precisa para sobreviver
e pela denúncia faz uma catarse de sua angústia. Desesperado, ele
achou sua solução. E aí está a lição: cada um pode fazer alguma
coisa. Qualquer coisa, menos ficar em pura contemplação do abismo.
60 Se cada um fizer um pequeno gesto que seja, diariamente, para tirar
esse país do pântano, acabará por encontrar eco. O comício de um
homem começa com ele mesmo. Sobe no caixote de sua consciência
e grita. E um grito se junta a outro grito. E, como dizia o poeta João
Cabral: assim como um galo pega no ar o grito de outro galo, todos
65 juntos, na alvorada, irão tecendo a manhã.[7]

(from *A Mulher Madura*)

---

(6) botando a boca no mundo — crying out publicly

(7) João Cabral de Melo Neto (b. 1920) — leading Brazilian poet since 1950
and a career diplomat. The concluding lines of hope above are drawn from
the poem "Tecendo a manhã" (1965) (from *Poesias Completas* 2d ed. Rio
de Janeiro: José Olympio, 1975, p. 20), which reads:

> Um galo sozinho não tece uma manhã:
> ele precisará sempre de outros galos.
> De um que apanhe esse grito que ele
> e o lance a outro; de um outro galo
> que apanhe o grito que um galo antes
> e o lance a outro; e de outros galos
> que com muitos outros galos se cruzem
> os fios de sol de seus gritos de galo,
> para que a manhã, desde uma teia tênue,
> se vá tecendo, entre todos os galos.
>
> E se encorpando em tela, entre todos,
> se erguendo tenda, onde entrem todos,
> se entretendo para todos, no toldo
> (a manhã) que plana livre de armação.
> A manhã, toldo de um tecido tão aéreo
> que, tecido, se eleva por si: luz balão

Exercícios

A. *Responda:*

1. Onde o autor ouviu uma estranha voz? De quem era?
2. Qual é a primeira impressão que o discurso deu? Confirmou-se?
3. O que desejava o homem que falava? Qual era a sua história?
4. Quem abordou o autor? O que foi que ela lhe explicou?
5. Por que o autor se desculpou ante ela?
6. Qual era a reação do público ao discurso do pobre?
7. Segundo o autor, que questão fundamental repôs aquele trabalhador?
8. O individualismo e o heroísmo têm o mesmo valor no Brasil e nos Estados Unidos, na opinião do autor?
9. Quais as conotações da palavra "invertebrado" aqui?
10. Como é que o anônimo trabalhador reanima os brasileiros sem saber?
11. Qual é a lição que o autor percebe no comício desse homem só?

B. *Certo ou errado?*

1. Ouve-se uma estranha voz em plena praia de Copacabana.
2. Alguém está dando um discurso em uma lanchonete.
3. No corpo do homem que fala estão pregados recortes de jornais.
4. Ele quer ser presidente para poder ajudar os ricos e estrangeiros.
5. Ninguém acredita nele porque não tem documentos nem carteira.
6. A mulher e os filhos dele já passaram fome.
7. Quem aborda o autor é muito velha e tem cinco filhos.
8. O discurso do pobre era cínico mas despertou riso em todos.
9. Teorias conhecidas pelo autor distinguem diferenças entre a cultura brasileira e a dos Estados Unidos.
10. Segundo o autor, a campanha eleitoral deu mais força moral ao país.
11. O anônimo trabalhador achou sua solução falando em público.

C. *Responda no negativo como no exemplo:*

>   Exemplo: Ele despertou o riso em alguém?
>   Não, ele não despertou o riso em ninguém.

1. Cada um pode fazer alguma coisa?
2. Alguém ainda acredita em promessas?
3. Será que algumas pessoas estão prestando atenção à sua fala?
4. Você acha que alguém anda fazendo propaganda de alguma loja?
5. Há alguma expressão em inglês correspondente a esta?
6. Houve alguns encontros entre os dois presidentes?
7. Alguém diz que alguma coisa é boa?
8. Você já ouviu alguém falar tupi alguma vez?
9. Você prefere este ou aquele?
10. Alguém alguma vez fez alguma coisa tão desesperada como o homem desta crônica?

D. *Diga no plural como no exemplo:*

>   Exemplo: Apesar de ler o jornal todos os dias, fico surpreso pela corrupção.
>   Apesar de lermos os jornais todos os dias, ficamos surpresos pela corrupção.

1. Apesar de estar abismado pela baixa qualidade dos debates políticos, o meu vizinho sempre vota.
2. Não posso mais ver meu filho passar fome.
3. O desempregado pede desculpa por não lhe dar emprego.
4. Ele manda para eu deixar de ser vítima.
5. Basta eu pedir um aumento para você ajudar os necessitados.
6. Existe uma associação especial para você ajudar os necessitados.
7. Ela vinha da praia; daí chegar mais tarde.
8. Antes de se sentar à mesa, lavou as mãos.
9. Minha esposa achou melhor eu não beber mais cachaça.
10. Traga uma cadeira para ela ficar mais cômoda.

E. *Traduza em português:*

1. Right in the open on a street in Ipanema, I heard a strange voice making a speech with a megaphone made of cardboard.
2. It is the voice of a man whose shirt is wet with sweat and who is shouting: "I want to be able to steal to get rich too!"

3. The unemployed man wants any job he can get because he can no longer bear to see his wife and children go hungry.
4. His wife approaches me and holds out a hat for me to deposit some money in.
5. Soon I am apologizing for her family's absurd condition and for that of the country.
6. The poor man's cynical speech does not make anyone laugh; on the contrary, people envy his courage and his one-man demonstration.
7. Although the author says Brazil seems to be a nation of invertebrates, he sees a lesson in that anonymous worker's protest.
8. If everyone shouts out publicly, or does anything but just contemplate the abyss, he/she will begin to pull the country out of the mire it's in.

F. *Sugestões para exposição oral ou escrita.*

1. Conte o episódio do ponto de vista de (a) o desempregado que faz um discurso, (b) a mulher dele, (c) alguém que o ouve na rua.
2. Imagine que você é um cidadão descontente e com uma série de problemas. Faça um discurso público expondo suas dificuldades e idéias.
3. Discuta aspectos positivos e negativos do Brasil contemporâneo sugeridos nesta crônica.
4. Comente o poema citado de João Cabral de Melo Neto.

22

Aída e o "Tem Que Dar Certo"

— Affonso Romano de Sant'Anna —

Nós, brasileiros, somos desconfiadíssimos de nossa capacidade
de realizar bem as coisas. Simplesmente não acreditamos que as
coisas aqui possam dar certo.[1] Quando dá, achamos que foi um
golpe de sorte ou resultado da atuação excepcional de uma só pessoa.
5 Vejam essa ópera, *Aída*. O teatro cheio. A platéia toda ali para
assistir. Mas se poderia dizer que ela não veio exatamente para
assistir, mas para "conferir", "testemunhar", numa espécie de "ver
pra crer". Há um secreto sentimento de que todos duvidam que uma
ópera monumental com essas características possa dar certo no
10 Brasil. Da mesma forma que se duvida que um país monumental com
essas características possa também dar certo.
No Teatro Municipal, portanto, estão sendo dramatizadas duas
cenas. No palco a estória de Aída — escrava etíope prisioneira no
Egito, que é a paixão de Radamés, o general que derrotou seu povo e
15 aprisionou seu pai. Estamos assistindo, no palco, o drama de Aída
dividida entre o amor ao pai e pátria e o amor ao general egípcio
inimigo. Na platéia, há um outro drama. As pessoas também estão
divididas. Estão também gostando da ópera, dos gigantescos
cenários, do incrível desfile do exército egípcio, com vários cavalos
20 de verdade. Mas, no entanto, estão temerosas de que algo não vai dar
certo, de que alguma coisa vai acontecer, que uma coluna daquelas
vai desabar em cima dos atores, de que um cavalo vai fazer cocô no
meio do palco, de que quando os cenários começarem a se movimentar da esquerda para a direita, vão enguiçar, ou que quando
25 começarem a descer como gigantescos elevadores, os atores vão ficar
esmagados lá embaixo.
O drama é duplo: no palco sabemos que a estória da Aída e

---

(1) dar certo — to turn out right, to run smoothly, to work out

119

Radamés vai terminar mal, os dois ali no túmulo de pedra, conde-
nados. Na platéia, um temor de que nós, brasileiros, não conse-
30 guiremos realizar um bom espetáculo de nível internacional até o fim,
sem que algum desastre ocorra.

Termina o primeiro ato. Todos encantados com a voz de Aprile
Millo[2] e com os cenários. Mas nas conversas a expectativa: será que
vai continuar dando certo? Termina o segundo ato: Radamés já
35 desfilou suas tropas, derrotou os etíopes e agora Aprile Millo deu o
famosíssimo mi bemol.[3] Todos comentam esta efeméride. Fernando
Bicudo está em êxtase com o fato, pois somente a Callas havia
conseguido essa nota há anos no México. Karabtchevsky corrige: a
Callas conseguiu foi um ré.[4] Nossa euforia patriótica está em alta.
40 Se há cem anos Toscanini[5] começou sua carreira aqui no Municipal,
com a *Aída* agora ouvimos um mi bemol (ou ré) de Aprile e poderemos narrá-los aos netos.

Tudo, portanto, está caminhando bem. No entanto, a suspeita de
que alguma tragédia possa ocorrer continua no ar. Termina o terceiro
45 ato com Aída se encontrando com Radamés nas margens do Nilo.
Um ou outro ouvinte mais exigente compara a ópera com Wagner de-
preciando Verdi,[6] mas o espanto de que as coisas estejam dando

(2) Aprile Millo (b. 1958) is a brilliant young American soprano, noted
especially for her roles in Verdi operas.

(3) o famosíssimo mi bemol — refers to the famous interpolated E-flat
(instead of the C-flat in the score) sung by Maria Callas in 1950 in Mexico
City during a performance of *Aida*. Callas (1923–77), American-born
soprano of Greek parentage, is one of the legendary superstars of opera.

(4) Fernando Bicudo and Karabtchevsky are leading figures in the musical
world of Brazil, the former as an opera impresario and the latter as chief
conductor of the Orquestra Sinfônica Nacional in Rio.

(5) Arturo Toscanini (1867–1955) was a distinguished Italian conductor of
opera and symphony. His genius was first recognized in Brazil in 1886
when he was called upon as a last-minute replacement for the scheduled
conductor of *Aida* and proceeded to conduct the opera from memory. He
was nineteen years old at the time.

(6) Richard Wagner (1813–83): German opera composer famous for his
Lohengrin, Tristan und Isolde, The Ring of the Nibelungs, and others.
Giuseppe Verdi (1813–1901): Italian composer of some of the most
popular operas ever written, including *Aida, La Traviata, Rigoletto*, and *Il*

certo continua. Entramos pelo quarto ato, já são umas quatro horas de espetáculo, lá estão os dois na tumba cantando "Morir! si pura e
50 bela! O Terra Addio!"[7] E a ópera vai terminar. Terminou. Pedidos de bis, aplausos, recepção calorosíssima. E em breve estamos todos deixando o teatro espantados de que nada de trágico ou imprevisto tenha ocorrido.

Será que quando um americano vai assistir a *Aída* no Metro-
55 politan julga que as pilastras vão cair em cima dos cantores?[8] Será que um francês ou alemão acham que os cavalos vão relinchar e partir desabalados para cima da orquestra? Quem foi que inoculou no brasileiro essa sensação de incompetência, de que o certo aqui é o descontínuo, a interrupção e o desastre? Lá fora, a sensação que se
60 tem é que ópera, leis ou política são coisas para serem executadas e darem certo. E, no entanto, lá fora, também, nem sempre dão certo. Contudo, eles nos passam a sensação de confiança e até de empáfia.

De onde vem essa falta de auto-estima do brasileiro? Por que, por exemplo, diante da encenação do plano cruzado,[9] do qual par-
65 ticipamos todos, no palco ou na platéia, há mais do que simples desconfiança, mas uma certeza de que não vai dar certo? Por que a expressão "tem que dar certo", que virou lema do atual governo, entre

---

Trovatore. Fervent supporters of Wagner sometimes disparage the works of Verdi and vice versa.

(7)   Radames unwittingly reveals his army's battle plans to the enemy and is sentenced to be entombed alive as a traitor. Astonished to find that Aida has concealed herself in the tomb to die with him, he sings: "Morir! si pura e bella!" (*Morrer tão pura e bela*) and joins her in their final, moving duet: "O terra, addio" (*Oh terra, adeus*).

(8)   On April 28, 1990, during a performance of a Wagner opera at the Metropolitan Opera House in New York, a piece of the stage set did in fact fall and injure the soprano Hildegard Behrens. The American audience probably did not expect that such a mishap would occur.

(9)   plano cruzado — an economic reform package of the Sarney government in 1986 involving devaluation of the currency, price freezes, wage controls, and other measures designed to combat inflation. After an initial enthusiastic response, the plan ran into a series of difficulties, notably lack of cooperation by suppliers of essential products.

nós não é uma frase afirmativa, mas antes a expressão de um desejo, uma esperança apenas e um simples oxalá?

(from *O Homem Que Conheceu O Amor*)

Exercícios

A. *Responda:*

1. Segundo o autor, de que os brasileiros são muito desconfiados?
2. Quando uma coisa dá certo, a que os brasileiros o atribuem?
3. Para que veio a platéia de *Aída* no Rio de Janeiro?
4. Quais as duas cenas que estão sendo dramatizadas no Teatro Municipal?
5. Por que as pessoas do público estão divididas?
6. Que problemas poderiam ocorrer no palco?
7. Qual foi o momento musical mais impressionante do segundo ato?
8. Terminados os primeiros dois atos, tudo andou bem?
9. Qual foi a reação da platéia quando a ópera terminou?
10. Que perguntas a experiência da ópera inspirou no autor?
11. Como o autor quis exemplificar a desconfiança dos brasileiros?

B. *Certo ou errado?*

1. O autor acha que muitos brasileiros não crêem que as coisas vão dar certo.
2. Quando algo dá certo eles acham que foi intervenção de Deus ou do governo.
3. Poucos foram assistir quando *Aída* foi apresentada no Rio de Janeiro.
4. A platéia veio para assistir, conferir e testemunhar.
5. A personagem Aída é uma escrava egípcia no país etíope.
6. No drama, Radamés foi preso pelo pai de Aída.
7. A platéia gosta da ópera mas tem medo de que ocorram acidentes

122

no palco.

8. Após o sucesso do primeiro ato as pessoas ainda duvidam do sucesso final.
9. A euforia patriótica está em alta porque o autor cantou uma nota famosa.
10. A ópera só dura umas três horas.
11. As pessoas saem tristes do teatro porque houve uma tragédia real.
12. O lema "tem que dar certo" se refere ao plano cruzado e ao governo.

C. *Preencha os espaços em branco com a forma certa do verbo entre parênteses:*

Há uma falta de confiança na nossa própria competência. Assim é que não se acredita que as coisas (poder) _____ dar certo. Todo o mundo duvida que os nossos semelhantes (ser) _____ capazes de tomar as medidas necessárias para melhorarmos os problemas nacionais. Ninguém acha que a solução (estar) _____ nas nossas mãos. Contanto que (começar) _____ a assumir as nossas responsabilidades poderemos olhar para o futuro com certo otimismo. Entretanto, vamos adiando os problemas, embora (persistir) _____ a suspeita de que alguma tragédia (poder) _____ ocorrer. Mesmo sabendo que a coisa não (estar) _____ dando certo, não se faz nada sem que algum desastre (ocorrer) _____ . Às vezes fico espantado que a inquietação não (ser) _____ uma condição generalizada. Não parece crível que ainda não (acontecer) _____ nada de trágico. Só fico um pouco consolado que o Brasil não (ser) _____ o único país que sofre deste complexo e de outros parecidos.

D. *Dê a forma do superlativo absoluto das palavras sublinhadas.*

   Exemplo: Esse anel é mais do que caro.
   É caríssimo.

1. Nunca estive numa recepção tão calorosa. Foi _____ .
2. Nestes tempos incertos andamos mais do que desconfiados. Estamos _____ .
3. Era difícil e ninguém atinava com a solução. Era mesmo _____ .

4. É um país sem nenhum recurso. É super-<u>pobre</u>. É _____.
5. Com essa mania de exagerar, ninguém é mais <u>inteligente</u>. Todos são _____.
6. Este país é <u>rico</u>. Muitos diriam que é _____.
7. Que <u>bom</u>! É realmente _____.
8. Todo mundo pode fazer isso. É <u>fácil</u>. De fato, é _____.
9. Foi uma festa <u>agradável</u>. — Claro, foi até_____.
10. Que pão-duro! Gasta <u>pouco</u>, _____ mesmo!

E. *Procure todos os exemplos de presente do subjuntivo no texto e depois escreva orações originais usando as frases verbais dadas:*

Exemplo: Não acreditamos/poder
Não acreditamos que as coisas possam dar certo.

1. duvidam que / correr bem
2. temem / começar
3. suspeitam / acontecer
4. estou espantado / ter ocorrido
5. oxalá / dar certo

F. *Traduza em português:*

1. The author writes that Brazilians are distrustful of their ability to carry things out well and that when things do go right they think it was a stroke of luck.
2. When they attend the opera, they are fearful that one of the columns of the stage set will collapse on top of the actors.
3. During the four acts, the suspicion continued that something unforeseen would happen, and the audience left amazed that all had turned out fine.
4. In other countries, there is a feeling of confidence that things like laws, politics and opera will turn out well, even though that does not always happen.
5. Why, the author wants to know, do some Brazilians have this national lack of self-esteem, this negative certainty that things aren't going to turn out OK?

resumo do enredo da ópera *Aída*.

2. Você acha que o autor está exagerando a desconfiança dos brasileiros? Procure exemplos nas outras crônicas de coisas que dão certo e de coisas que não dão certo.

3. Você já assistiu *Aída* ou alguma outra ópera? Que tipo de música você prefere? (sinfônica? jazz? samba? rock?)

O alienista e os alienados

Cartoon by and courtesy of Flávio Teixeira de Almeida,
originally in *Jornal do Brasil*

23

Nem com uma Flor

— Affonso Romano de Sant'Anna —

"Até hoje só bati numa mulher, mas com singular delicadeza."
— Vinícius de Moraes[1]

Um amigo ia passando pela Avenida Atlântica[2] quando viu um homem batendo numa mulher dentro de um carro estacionado. Resolveu parar e chamar a polícia. Mas iam passando pelo calçadão dois garotões atléticos, que vendo o tumulto pararam também para
5 saber. Meu amigo então lhes explica que o sujeito estava batendo na mulher.

— Mas a mulher não é dele? — indagou o garotão.

— E só porque é dele pode bater? — diz o amigo.

— É, nessa você me pegou, cara.

10 Nesta semana o OAB[3] descobriu que em Imperatriz, no Maranhão, nos últimos cinco anos, maridos mataram 30 mulheres. Mas o fizeram por uma razão muito clara: não queriam pagar pensão nem partilhar os bens na separação. Diante desta estatística da terra de Sarney,[4] os machos da terra de Tancredo ficam humilhados,

---

(1) Vinícius de Moraes (1913–80), poet, diplomat, *cronista,* singer-songwriter, whose best known lyric is "Garota de Ipanema" ("The Girl from Ipanema")

(2) Avenida Atlântica — the beachfront avenue of Copacabana in Rio

(3) OAB — Ordem dos Advogados Brasileiros, the national bar association

(4) terra de Sarney — i.e. the northern state of Maranhão, where José Sarney, president 1985–90, is from; "terra de Tancredo" similarly refers to the state of Minas Gerais. Tancredo Neves (1910–85) was elected president but died before he could assume office; thus vice-president Sarney became chief executive.

15 porque eles só matam mulher por "traição", e, mesmo assim, em
menor escala.

Mas vou lhes contar outra estória: uma amiga estava em São
Paulo numa conversa sobre espancamento de mulheres. De repente,
falou-se de um conhecido professor que havia espancado a mulher
20 (coisa, aliás, que acontece em várias faculdades do país). Reparem
bem, estamos falando de gente fina. Não se trata de cachaceiros na
subida do morro,[5] do sujeito massacrado pela vida que chega em
casa escorraçando as crianças, cães e mulheres. Estamos falando de
gente inteligente, formada, com anel no dedo, que toma coquetéis
25 com a gente e cita Marx, Hegel *et caterva*.[6]

Vai daí, alguém, comentando a razão por que o professor teria
batido na mulher, sendo ele uma pessoa célebre, indaga: — Mas,
afinal, ele é ele, e ela quem é?

Na primeira estorinha vocês viram que um acha que a mulher é
30 propriedade privada do marido, e por isto pode apanhar. Quer dizer: é
igual quando a gente tem um cavalo ou cão. Já na segunda narrativa,
a titulação acadêmica ou a importância hierárquica justifica a
violência sobre o mais fraco. E a mulher, do ponto de vista muscular,
é geralmente mais fraca que o homem. Por isto faz muito sen-
35 tido quando na favela ao lado ouço as mulheres que apanham gritar:
"Covarde! vai bater num homem." E um garotão esclarecido, que
estuda lutas marciais, ao ouvir a estória do professor espancador,
observou: "Eu queria ver esse professor crescer para cima de mim."[7]

As estorinhas como essas são intermináveis. Lá vai outra. Uma
40 amiga estava dando uma entrevista à televisão e o assunto era exata-
mente o espancamento de mulheres e a necessidade de se criar uma
delegacia especial no Rio, como Franco Montoro criou em São
Paulo,[8] só para atender mulheres. E lá ia explicando o bê-a-bá da

---

(5)   cachaceiros na subida do morro — drunkards in the *favela,* hillside
      shantytowns.

(6)   *et caterva* — Latin, used in place of etc. to connote a certain negative tone
      in what is enumerated

(7)   crescer para cima de mim — (colloq.) take me on

(8)   In August 1985, during the administration of Governor Franco Montoro,
      the city of São Paulo opened the nation's first police station specially
      designed to deal with the problems of violence against women (Delegacia

violência dos homens sobre as mulheres, lembrando que, quando uma
45 mulher é violentada ou espancada, nas delegacias comuns têm que
passar por vexames e cantadas, que os homens vêem a vítima como
culpada, porque nossa sociedade nos convenceu de que a mulher é
sempre uma Eva pecadora. Lembrava que em alguns países, além das
delegacias para mulheres, há associações estruturadas para escon-
50 derem as vítimas, porque sabem que se muitas delas voltarem para
casa serão até assassinadas. E foi explicando que em alguns lugares
dos Estados Unidos existe um tratamento para maridos violentos, em
sessões comuns, uma espécie de Associação de Alcoólatras Anônimos (os Espancadores Anônimos), que se curam e se tratam em
55 grupo, porque isto é uma doença pessoal e social.

Mas enquanto minha amiga dava a entrevista, os câmeras estavam
indóceis. Parecia que o assunto era com eles.[9] E aí, não agüentaram,[10] interromperam a entrevista e um disse: — a gente trabalha na
rua o dia inteiro, chega em casa cansado e a comida não está
60 pronta, o que que há? Ela está querendo apanhar! E a amiga tentou
explicar: — então é só você que trabalhou? Ela não batalhou por aí
em dupla jornada? Imagine se toda mulher fosse bater em marido que
traz pouco ou nenhum dinheiro para casa?

Os câmeras continuaram resmungando durante a entrevista. Não
65 sei o que aconteceu quando eles chegaram em casa. Mas se houvesse
na cidade uma delegacia para defender o direito das mulheres certamente pensariam duas vezes. Talvez não chegassem em casa sobraçando flores. Mas seguramente chegariam menos arrogantes.

(from *A Mulher Madura*)

---

de Polícia de Defesa da Mulher). By February 1986, such stations existed
in ten other states. By July 1989, some seventy stations had opened nationwide.

(9)   o assunto era com eles — the matter concerned them

(10)   E aí, não agüentaram — and then they couldn't take it any longer

Exercícios

A. *Responda:*

1. Onde um amigo do autor viu uma cena violenta?
2. O que o amigo resolveu fazer?
3. Que pergunta o amigo fez a um garoto atlético? O que motivou a pergunta?
4. Que fato descobriu a OAB? Qual a explicação daqueles que cometeram os crimes?
5. Por que os homens da terra de Tancredo ficam "humilhados"?
6. Por que admira o caso do professor espancador?
7. Como se "justificam" os casos de espancamento de mulher?
8. Por que há necessidade de criar uma delegacia só para atender mulheres?
9. Que tratamento especial há nos Estados Unidos para maridos violentos?
10. Por que alguém interrompeu a entrevista de uma amiga na televisão?
11. Como a amiga mostrou a falácia do argumento do câmera?
12. Quais seriam algumas conseqüências, segundo o autor, se houvesse na cidade uma delegacia para defender o direito das mulheres?

B. *Certo ou errado?*

1. Na Avenida Atlântica um amigo viu uma mulher batendo no marido.
2. O amigo resolveu chamar dois garotões atléticos.
3. Um dos garotos perguntou se a mulher não era a do amigo.
4. Descobriu-se que num estado maridos mataram 30 mulheres em 5 anos.
5. Segundo o autor, mulher só é morta na terra de Tancredo em caso de traição.
6. O professor espancador era cachaceiro e morava na favela.
7. Alguém sugeriu que o professor bateu na mulher porque ela lia Marx.

8. O autor já ouviu mulheres da favela gritarem "Covarde!"
9. Um garoto que ouviu a história do professor queria que este o desafiasse.
10. Criou-se a primeira delegacia de mulheres na terra de Sarney.
11. O câmera implicou que pode bater na mulher porque ele trabalha o dia inteiro e merece ser servido.
12. A entrevistada disse que já tinha batido no marido por ele trazer pouco dinheiro para casa.

C. *Responda às perguntas utilizando o gerúndio (i.e., a forma -ndo) e as sugestões entre parênteses.*

> Exemplo: Por onde ia seu amigo? (Ele passava pela Avenida Atlântica)
> Meu amigo ia passando pela Avenida Atlântica.

1. O que foi que viu? (Um homem que batia numa mulher)
2. O que ficaram fazendo dois garotões? (Viam o tumulto e queriam saber o que havia)
3. Como chega em casa o sujeito massacrado pela vida? (Ele escorraça todo o mundo)
4. Como o professor cria escândalo? (Bate na mulher)
5. O que é que ia fazendo a amiga da entrevista? (Ela explicava as causas da violência e lembrava a triste sorte das vítimas)
6. Como passam o tempo os maridos violentos? (Eles se curam e se tratam em grupo)
7. Durante a entrevista como continuaram os câmeras? (Eles resmungavam)
8. Aquela noite como chegaram em casa? (Eles sobraçavam flores)
9. Como é que a vítima vai ao advogado? (Ela se queixa que é muito caro)
10. Como ficam o leitores depois de lerem esta crônica? (Eles pensam que o mundo anda muito atrasado)

D. *Substitua as palavras sublinhadas por um pronome.*

> Exemplo: Vou contar outra estória <u>aos amigos</u>.
> Vou lhes contar outra estória.

1. Nossa sociedade convenceu <u>a gente</u> de que a mulher é sempre uma Eva pecadora.
2. Eu vou pedir perdão <u>à senhora</u>.

3. Ofereceu proteção à filha.
4. Eu prometo entregar todos os dados a vocês.
5. Ela ia explicando a situação aos câmeras.
6. Se quiser, eu explico o caso a você.
7. Escreva um postal para a gente assim que descobrir os fatos.

E. *Baseando-se nos elementos dados, construa períodos originais expressando* (a) *situações hipotéticas e resultados ou conseqüências e* (b) *situações potenciais com referência ao futuro, como nos exemplos:*

> Exemplo: haver / delegacia / chegar
> Se houvesse uma delegacia de mulher, os homens chegariam em casa menos arrogantes.
> homens / ler / compreender
> Se os homens lerem a crônica, compreenderão melhor o problema.

1. professor / bater / levar preso
2. as vítimas / poder / dizer
3. você e eu / ser forte / fazer
4. garotão / pôr a mão / queixar-se
5. eu / saber / trazer

F. *Traduza para o português:*

1. Thirty husbands in one city killed their wives because they didn't want to pay them alimony nor share their property with them upon separation.
2. Some husbands beat their wives because they consider them their private property.
3. When a well-known professor beat his wife, somebody tried to justify the violence saying that he is a celebrity and she, after all, is nobody.
4. In an interview on television, a friend (*f.*) said that when a woman is raped or beaten some men look upon her as the culprit.
5. A man is arrogant if he thinks his wife is asking for a beating if dinner is not ready when he gets home from work tired.
6. Imagine if a wife who works all day should beat her husband because he doesn't bring any money home.

7. If you see a man beating a woman, will you stop to ask if she is his wife? Will you try to help her? Will you call the police?

G. *Sugestões para exposição oral ou escrita:*

1. Expor razões por que devem existir delegacias especiais para a mulher.
2. Encenar um debate entre um senhor esclarecido e um homem que defenda posições machistas.

Apartment buildings, Copacabana (photo by Jonas Berger courtesy of Varig Airlines)

24

Aula de Inglês

— Rubem Braga —

— Is this an elephant?

Minha tendência imediata foi responder que não; mas a gente não
se deve deixar levar pelo primeiro impulso. Um rápido olhar que
lancei à professora bastou para ver que ela falava com seriedade, e ti-
5   nha um ar de quem propõe um grave problema. Em vista disso,
examinei com a maior atenção o objeto que ela me apresentava.

Não tinha nenhuma tromba visível, de onde uma pessoa leviana
poderia concluir às pressas que não se tratava de um elefante. Mas se
tirarmos a tromba a um elefante, nem por isso deixa ele de ser um
10   elefante; e mesmo que morra em conseqüência da brutal operação,
continua a ser um elefante; continua, pois, um elefante morto e, em
princípio, tão elefante como qualquer outro. Refletindo nisso, lem-
brei-me de averiguar se aquilo tinha quatro patas, quatro grossas patas, como costumam ter os elefantes. Não tinha. Tampouco conse-
15   gui descobrir o pequeno rabo que caracteriza o grande animal e que,
às vezes, como já notei em um circo, ele costuma abanar com uma
graça infantil.

Terminadas[1] as minhas observações, voltei-me para a professora, e disse convictamente:
20   — No, it's not!

Ela soltou um pequeno suspiro, satisfeita: a demora de minha
resposta a havia deixado apreensiva. Imediatamente me perguntou:

— Is it a book?

Sorri da pergunta: tenho vivido uma parte de minha vida no meio
25   de livros, conheço livros, lido com livros, sou capaz de distinguir um
livro à primeira vista no meio de quaisquer outros objetos, sejam eles
garrafas, tijolos ou cerejas maduras — sejam quais forem.[2] Aquilo

---

(1)   Terminadas — Having finished (or, after finishing)
(2)   sejam — be they; sejam quais forem — whatever they may be

não era um livro, e mesmo supondo que houvesse livros encaderna-
dos em louça, aquilo não seria um deles: não parecia de modo al-
30 gum um livro. Minha resposta demorou no máximo dois segundos:
— No, it's not!
Tive o prazer de vê-la novamente satisfeita — mas só por alguns
segundos. Aquela mulher era um desses espíritos insaciáveis que
estão sempre a se propor questões, e se debruçam com uma curio-
35 sidade aflita sobre a natureza das coisas.[3]
— Is it a handkerchief?
Fiquei muito perturbado com essa pergunta. Para dizer a verdade,
não sabia o que poderia ser um *handkerchief:* talvez fosse hipoteca
... Não, hipoteca não. Por que haveria de ser hipoteca? *Hand-*
40 *kerchief!* Era uma palavra sem a menor sombra de dúvida antipática;
talvez fosse chefe de serviço ou relógio de pulso ou ainda, e muito
provavelmente, enxaqueca. Fosse como fosse,[4] respondi impávido:
— No, it's not!
Minhas palavras soaram alto, com certa violência, pois me repug-
45 nava admitir que aquilo ou qualquer outra coisa nos meus arredores
pudesse ser um *handkerchief.*
Ela então voltou a fazer uma pergunta. Desta vez, porém, a
pergunta foi precedida de um certo olhar em que havia uma luz de
malícia, uma espécie de insinuação, um longínquo toque de desafio.
50 Sua voz era mais lenta que das outras vezes; não sou completamente
ignorante em psicologia feminina, e antes de ela abrir a boca eu já tinha a certeza de que se tratava de uma pergunta decisiva.
— Is it an ash-tray?
Uma grande alegria me inundou a alma. Em primeiro lugar por-
55 que eu sei o que é um ash-tray: um ash-tray é um cinzeiro. Em segundo lugar porque, fitando o objeto que ela me apresentava, notei
uma extraordinária semelhança entre ele e um *ash-tray.* Sim. Era um
objeto de louça de forma oval, com cerca de 13 centímetros de comprimento.
60 As bordas eram da altura aproximada de um centímetro, e nelas

---

(3)   que estão sempre a se propor questões — who are always posing questions
to themselves; se debruçam ... sobre a natureza das coisas — delve into
the nature of the things with a worried curiosity

(4)   Fosse como fosse — Whatever it might be

havia reentrâncias curvas — duas ou três na parte superior. Na depressão central, uma espécie de bacia delimitada por essas bordas, havia um pequeno pedaço de cigarro fumado (uma bagana) e, aqui e ali, cinzas esparsas, além de um palito de fósforos já riscado. Respondi:

65 — Yes!

O que sucedeu então foi indescritível. A boa senhora teve o rosto completamente iluminado por uma onda de alegria; os olhos brilhavam — vitória! vitória! — e um largo sorriso desabrochou rapidamente nos lábios havia pouco franzidos[5] pela meditação triste e

70 inquieta. Ergueu-se um pouco da cadeira e não se pôde impedir de estender o braço e me bater no ombro, ao mesmo tempo que exclamava, muito excitada:

— Very well! Very well!

75 Sou um homem de natural tímido,[6] e ainda mais no lidar com mulheres. A efusão com que ela festejava minha vitória me perturbou; tive um susto, senti vergonha e muito orgulho.

Retirei-me imensamente satisfeito daquela primeira aula; andei na rua com passo firme e ao ver, na vitrina de uma loja, alguns belos

80 cachimbos ingleses, tive mesmo a tentação de comprar um. Certamente teria entabulado uma conversação com o embaixador britânico, se o encontrasse naquele momento. Eu tiraria o cachimbo da boca e lhe diria:

— It's not an ash-tray!

85 E ele na certa ficaria muito satisfeito por ver que eu sabia falar inglês, pois deve ser sempre agradável a um embaixador ver que sua língua natal começa a ser versada pelas pessoas de boa fé do país junto a cujo governo é acreditado.[7]

(from *Um Pé de Milho*)

---

(5) nos lábios havia pouco franzidos — on her lips that shortly before had been wrinkled

(6) de natural tímido — timid by nature

(7) do país junto a cujo governo é acreditado — of the country to whose government he is accredited

Exercícios

A. *Responda em português:*

1. Qual foi a tendência imediata do senhor Braga quando a professora perguntou se o objeto era um elefante?
2. Como sabia que não era um elefante?
3. O que é que ele já tinha notado em um circo?
4. Por que o autor sorriu quando a professora perguntou se o objeto era um livro?
5. Por que a pergunta "Is it a handkerchief?" perturbou o autor?
6. Mesmo antes que a professora fizesse a pergunta "Is it an ashtray?", como sabia o autor que se tratava de uma pergunta decisiva?
7. Que semelhança extraordinária havia entre o objeto e um cinzeiro?
8. Qual foi a reação da boa senhora quando o autor respondeu que sim?
9. O que é que o autor viu na vitrina de uma loja, e que tentação teve?
10. Se o autor tivesse encontrado o embaixador britânico naquele momento, que teria acontecido?

B. *Certo ou errado?*

1. O aluno está aprendendo a tocar piano.
2. Ele sabe muito bem como é um elefante.
3. O aluno acha que *handkerchief* é uma palavra de som muito agradável.
4. O cinzeiro era um objeto de vidro de forma quadrada com cerca de 20 centímetros de comprimento e 6 de largura.
5. A professora é muito reservada e sabe guardar a distância.
6. A reação do aluno mostra que o que é para uns uma libertação de formalidade social é para outros uma coisa perturbadora.
7. Ao retirar-se da sala o aluno quer esquecer a lição imediatamente.
8. A conversa que teria com o embaixador britânico seria muito longa.

C. *Repare no uso do subjuntivo nas expressões que seguem; depois completo os períodos de forma semelhante.*

> Exemplo: Eu sou capaz de distinguir um livro no meio de quaisquer outros objetos, <u>sejam</u> eles garrafas, <u>sejam</u> tijolos.

> Exemplo: O que seria um <u>handkerchief</u>? Podia ser muita coisa. Bem, <u>fosse</u> o que <u>fosse</u>, respondi.

> Exemplo: Não sei como o futuro vai ser nem o que há de acontecer amanhã; porém, <u>seja</u> como <u>for</u>, <u>aconteça</u> o que <u>acontecer,</u> ficaremos amigos, <u>sejam</u> quais <u>forem</u> os obstáculos.

1. Um macaco é sempre um macaco no meio de quaisquer outros animais, (ser) _____ cachorros, (ser) _____ gatos.
2. Todo mundo tem o direito de entrar neste hospital, (ser) _____ rico, (ser) _____ pobre.
3. Ela não compreendeu bem como foi a resposta; contudo, (ser) _____ como (ser) _____, ficou muito perturbada.
4. Vai haver tristeza e vai haver felicidade, mas (haver) _HAJA___ o que (haver) _HOUVER_, sempre haverá vida.
5. Não admito, nem admitirei malícias e insinuações, (vir) _VENHAM_ donde (vir) _VIEREM_.
6. O secretário não vai deixá-lo ficar, (ser) _SEJA___ quem (ser) _FOR___.
7. A Marta pretende comprar esse casaco de peles, (custar) _CUSTE_ o que (custar) _CUSTAR_.
8. (Ser) _FOSSE_ como (ser) _FOI___, senti vergonha e muito orgulho ao mesmo tempo.
9. (Ser) _SEJA__ como (ser) _FOR___ sentirei vergonha mas também orgulho.
10. Ela não vai acreditar você, (dizer) _DIGA__ o que (dizer) _DIZER_.

D. *Empregue em períodos originais as expressões sublinhadas:*
1. <u>Lancei um olhar</u> rápido à professora. GLANCING
2. Uma pessoa podia concluir <u>às pressás</u> que não era isso. IN A HURRY
3. <u>Tratava-se de</u> um assunto muito delicado.
4. Ele é tão indolente: <u>deixa-se</u> levar pela vida.
5. Mesmo quando ele for adulto, não <u>deixará de</u> ser a mesma pessoa.

UM TIPO DG

6. Sem saber ao certo o que é, vejo que é <u>uma espécie de</u> máquina.

E. *Traduza em português:*

1. Being timid by nature, he never lets himself be carried away by his first impulse.
2. If you take away a monkey's tail it does not for that reason stop being a monkey.
3. He smiled at the question because the object by <u>no means</u> resembled <u>a</u> book.
4. To tell the truth, he didn't know <u>what the object was.</u>
5. The teacher extended her arm and patted him <u>on</u> the shoulder.
6. The ambassador would certainly be very pleased to <u>see</u> that he knew how to speak English.

F. *Sugestão para exposição oral.*

Conte o episódio do ponto de vista da professora.

→ PARECE / LEMBRAVA

① DEXEITO NENHUM

② O QUE ERA O OBJETO

③ E BATEU NO OMBRO DELGC

④ FICARIA FELIZ

138

25

Abaixo a Pichação

— Marcelo Cerqueira —

Sem essa de ficar pichando por aí.[1] Deu moda de escrever na parede dos outros. Nada escapa, do muro anônimo aos monumentos. O Teatro Nacional, o Museu de Belas-Artes, a Biblioteca Nacional, o prédio do antigo Supremo Tribunal Federal, a Câmara de Verea-
5 dores. Igrejas já sofreram atos de vandalismo, selvageria de nefandos pichadores.

E pensar que a pichação já teve sua função no passado e que mesmo algumas hoje feitas guardam semelhança com as de ontem, mantém a mesma pureza. Antigamente era ocupação séria, ainda que
10 fortuita. Não era fácil fabricar a resina de alcatrão, misturar com breu, sair pelas ruas com baldes e pincéis. Sujava as mãos, lambu-zava a roupa e era arriscado, que tal atividade estava confinada a grevistas ou decididos contestadores.[2] Ou era, em época eleitoral, recurso de candidato pobre, sem dinheiro pro cartaz ou propaganda
15 de mão, que papel foi sempre artigo caro. Em tempos de autorita-rismo, pichar a palavra de ordem,[3] a liberdade grafada como a lembrar melhores tempos: a acender esperanças!

Penso que o advento do *spray* generalizou esse curioso tipo de comunicação; e ao generalizar armou a mão dos bárbaros, perverteu
20 o instrumento, facilitou a grafia abjeta.

Com razão, pois, as autoridades da Tijuca, Vila Isabel, Grajaú[4] e adjacências em sua campanha para coibir o insuportável abuso. O Administrador Regional, o Delegado da 19.ª DP,[5] o Comandante do

---

(1) Sem essa de ficar pichando por aí. — Enough of that (spray painting) graffiti around town!
(2) decididos contestadores — those who firmly contest policies or positions
(3) palavra-de-ordem — slogan, rallying cry; more recently, buzzword
(4) Tijuca, Vila Isabel, Grajaú — neighborhoods in Rio de Janeiro
(5) DP = Delegacia de Polícia; BPM = Batalhão de Polícia Militar

A wall at the Catholic University, São Paulo (photo by and courtesy of Amelia Simpson)

6.º BPM, o Comandante do Quartel do Corpo de Bombeiros de Vila
25 Isabel, além de representantes da Associação Comercial e do Juizado
de Menores, resolveram dar um *chega pra lá*[6] nos pichadores.
Providência por todos os títulos tão recomendável que é de espantar a
ausência, no grupo antipichação, dos representantes das Associações
de Moradores locais. Olha que podem pichar as autoridades
30 pela lacuna[7] . . .
Eles estão certos, a pichação está demais. É palavrão e borrão por
todo lado. Até aviso de desafeto: "Alexandre, mude-se" — está
grafado na Muda da Tijuca; sem faltar o SAI DA LAMA, JACARÉ[8]
encontrável em toda a cidade.
35 A campanha mal começou e já ganhou adeptos. Mesmo quem a
usava[9] pra inocentes recados de amor, que a timidez impedia a abor-

---

(6) dar um *chega pra lá* — to try to make them quit
(7) pela lacuna — for the oversight
(8) sai da lama, jacaré — come out of the mud, alligator; an expression that
became popular with graffiti artists, perhaps roughly equivalent to "corta
essa" (get outta here, cut it out, come on)
(9) quem a usava — the one who practiced it [i.e., spray painting]

A residential street in São Paulo (photo by and courtesy of Amelia Simpson)

dagem direta. A grafia noturna o aproximava da amada, fazia as vezes[10] do contato. E a cada novo amor, renovada pichação. E assim, foi sucessivamente grafada a Laura, Terezinha, Marly, Irene,
40 Deir, Leny, Chica, Ana Maria, que Álvaro Luís apaixona-se com rara facilidade. Devo dizer que Álvaro Luís é codinome emprestado de morador do Grajaú, sobrinho do Jurumelo e do Perdição, genro do Kid; e isso porque é prenome mais apropriado do que Germano ou Gaudêncio, ou mesmo nomes menos adustos como Milton, Rogério,
45 Evandro, Nelson, Paulo Alberto. O nome dúctil compõe melhor a idéia do nosso herói a perambular pelas noites tijucanas, tímido e reservado, a ver as amadas nos muros, a sublimação perfeita, o amor esparramado, a saudade riscada.

Mas nosso herói de preservado anonimato empolgou-se pela
50 campanha. Saía todas as noites a admoestar pichadores. Entregar à repressão não entregava,[11] era questão de princípios, mas impedia,

---

(10) fazia as vezes — played the role of, took the place of
(11) entregar à repressão não entregava — as for turning anyone in to the authorities, he didn't

Photo by and courtesy of Amelia Simpson.

levava um papo, dissuadia. Mas exagerou na campanha e foi sua
primeira vítima.

— Afinal pegamos em flagrante um pichador — furibundo, o
55 Delegado exultava — que é que ele estava escrevendo?, perguntou à
patrulha, e o guarda respondeu:

— Abaixo a pichação!

(from *O Jeito do Rio*)

Exercícios

A. *Responda.*

1. Que moda se deu na cidade do Rio?
2. Onde as pessoas picham?
3. Quem fazia pichação no passado? Com que o faziam e com que
   fim?

Photo by Amelia Simpson.

4. O que generalizou esse tipo de comunicação?
5. Quem está fazendo uma campanha contra a pichação?
6. Que organização está ausente do grupo antipichação?
7. Que mensagens se escrevem nas paredes?
8. Quantos amores teve Álvaro Luís? Como se sabe?
9. O que Álvaro Luís fazia pelas noites da Tijuca?
10. Depois que o nosso herói entrou na campanha, o que fazia à noite?
11. O que estava escrevendo quando o pegaram?

B. *Certo ou errado?*

1. Deu moda de escrever nas paredes e nos monumentos.
2. As igrejas nunca sofreram atos de pichação.
3. Algumas pichações atuais se parecem com as de ontem.
4. Antigamente era muito fácil pichar.
5. O advento do vídeo generalizou a comunicação via pichação.
6. As autoridades de vários bairros fazem campanha para coibir pichadores.
7. A Associação de Moradores não participa do grupo antipichação.

8. A grafia noturna aproximava um pichador das amadas.
9. O nosso herói entregava outros pichadores às autoridades.
10. O delegado foi preso em flagrante escrevendo "Viva a pichação!"

C. *Dê as contrações necessárias para completar os seguintes períodos.*

Exemplo: Deu moda de escrever _____ parede _____
outros.
Deu moda de escrever na parede dos outros.
(Às vezes existe mais de uma possibilidade.)

1. A pichação teve a sua função _____ passado.
2. Não era fácil sair _____ ruas com baldes e pincéis.
3. Ele não gostava _____ cartazes.
4. Esse tipo de comunicação armou a mão _____ bárbaros.
5. Podem até pichar as autoridades _____ lacuna.
6. Ele é sobrinho _____ prefeito _____ cidade.
7. Quer ver o nome _____ namorada _____ muros.
8. Eu me empolguei _____ campanha.
9. Não, não me entrego _____ repressão.
10. Não exagerou _____ que disse.

D. *Pretérito: perfeito ou imperfeito?*

Não sei o que é que (haver) _____ mas (dar) _____
moda de escrever na parede dos outros. A pichação já (ter)
_____ sua função no passado, mas antigamente (ser)
_____ ocupação séria, já que não (ser) _____ fácil
conseguir o que se (precisar) _____ nas campanhas eleitorais.
Como o papel (custar) _____ muito, candidato pobre às vezes
(recorrer) _____ a tal atividade. Mas (ser) _____ o
spray que (generalizar) _____ esse tipo de comunicação e
assim (armar) _____ a mão dos bárbaros e (facilitar)
_____ a grafia abjeta. Porém as autoridades (resolver)
_____ acabar com esse abuso. No passado nunca (ameaçar)
_____ o asseio da cidade, mas agora parece não ter limites.
No futuro as autoridades poderão dizer: "(refrear) _____ o
ardor dos namorados que (fazer) _____ alarde do seu amor
por tudo que (ser) _____ muro ou parede."

144

E. *Preencha os espaços com a forma correta do verbo.*

Exemplo: As autoridades querem proibir que a gente (escrever)
_____ nas paredes.
As autoridades querem proibir que a gente escreva nas paredes.

1. E possível que a cidade (ficar) _____ limpa contanto que todos (obedecer) _____ às léis.
2. A timidez impede que o namorado (deixar) _____ recado de amor.
3. O delegado estranhou que o pichador (escrever) _____ "Abaixo a pichação!"
4. Os pais deviam exigir que os filhos (ter) _____ mais respeito pela propriedade alheia.
5. É difícil que (haver) _____ um guarda em cada esquina.
6. Embora (ser) _____ tarde, sempre podemos lançar uma campanha a favor da limpeza.
7. Os guardas preferiam que os moradores locais (fazer) _____ mais para acabar com a pichação.
8. Não é verdade que só o *spray* (explicar) _____ esse curioso tipo de comunicação.
9. O prefeito deseja que o povo (ligar) _____ para a campanha.
10. Duvido que o município (poder) _____ resolver o problema sem a colaboração de todo mundo.

F. *Traduza em português:*

1. Writing on public walls used to be a serious occupation, an activity for strikers or, in times of elections, for poor candidates without money for posters.
2. The advent of spray paint generalized this curious type of communication and has given arms to barbarians who have perverted the instrument.
3. Now there is an excess of graffiti with obscenities, warnings, innocent messages of love everywhere — on buildings, monuments, churches, even the Museum of Fine Arts.
4. A police patrol finally caught a graffiti writer in the act; and what was he writing?: "Down with graffiti!"

G. *Sugestões para exposição escrita e oral:*

1. Escrevam pichações imaginárias no quadro negro de sua sala de aula e depois façam críticas coletivas.
2. Comentar os exemplos de pichação nas fotografias.

26

O Flagelo do Vestibular

— Luis Fernando Veríssimo —

Não tenho curso superior.[1] O que eu sei foi a vida que me
ensinou, e como eu não prestava muita atenção e faltava muito,
aprendi pouco. Sei o essencial, que é amarrar os sapatos, algumas
tabuadas e como distinguir um bom *Beaujolais* pelo rótulo. E tenho
5 um certo jeito — como comprova este exemplo — para usar frases
entre travessões, o que me garante o sustento. No caso de alguma
dúvida maior, recorro ao bom senso. Que sempre me responde da
mesma maneira: "Olha na enciclopédia, pô!"

Este naco de autobiografia é apenas para dizer que nunca tive que
10 passar pelo martírio de um vestibular.[2] É uma experiência que
jamais vou ter, como a dor do parto. Mais isto não impede que todos
os anos, por esta época, eu sofra com o padecimento de amigos que
se submetem à terrível prova, ou até de estranhos que vejo pelos jornais chegando um minuto atrasados, tendo insolações e tonturas,
15 roendo metade do lápis durante o exame e no fim olhando para o
infinito com aquele ar de sobrevivente da Marcha da Morte de
Batan.[3] Enfim, os flagelados do unificado.[4] Só lhes posso oferecer

---

(1) Não tenho curso superior. — I never went to college.

(2) vestibular — discipline-specific college entrance exams; since space is
limited in the universities, only the top percentile qualifies for acceptance,
especially in the larger cities.

(3) Marcha da Morte de Batan — refers to the episode in 1942 when the then
victorious Japanese forced 70,000 U.S. and Filipino prisoners of war to
march some sixty miles across the Bataan Peninsula in the Philippines;
starved, parched, suffering from malaria, and brutally treated by the
Japanese guards, only 54,000 survived. The Japanese commander responsible for the infamous death march was tried by a U.S. military commission in 1946 and executed.

(4) os flagelados do unificado — those tormented by standardized college-

a minha simpatia. Como ofereci a uma conhecida nossa que este ano esteve no inferno.

20   — Calma, calma. Você pode parar de roer as unhas. O pior já passou.

— Não consigo. Vou levar duas semanas para me acalmar.

— Bom, então roa as suas próprias unhas. Essas são as minhas ...

25   — Ah, desculpe. Foi terrível. A incerteza, as noites sem sono. Eu estava de um jeito que calmante me excitava. E quando conseguia dormir sonhava com escolhas múltiplas, a) fracasso, b) vexame, c) desilusão. E acordava gritando, Nenhuma destas! Nenhuma destas! Foi horrível.

30   — Só não compreendo porque você inventou de fazer vestibular a esta altura da vida . . .

— Mas quem é que fez vestibular? Foi meu filho! E o cretino está na praia enquanto eu fico aqui, à beira do colapso.

Mãe de vestibulando. Os casos mais dolorosos. O inconsciente
35 do filho às vezes nem tá, diz pra coroa que cravou coluna do meio em tudo[5] e está matematicamente garantido. E ela ali, desdobrando fila por fila o gabarito.[6] Não haveria um jeito mais humano de fazer a seleção para as universidades? Por exemplo, largar todos os candidatos no ponto mais remoto da floresta amazônica e os que
40 voltassem à civilização estariam automaticamente classificados? Afinal, o Brasil precisa de desbravadores. E as mães dos reprovados, quando indagadas sobre a sorte do filho, poderiam enxugar uma lágrima e dizer com altivez:

— Ele foi um dos que não voltaram . . .

---

entrance exams (In the 1980s many universities began giving their own exams rather than use the standardized tests.)

(5) nem tá, diz pra coroa que cravou coluna do meio em tudo — "nem tá", apocopation of "não está nem aí", is (metaphorically) dead to the world, out to lunch, or could not care less; diz pra coroa . . . tudo — tells the old lady that he marked the middle column on everything.

(6) desdobrando fila por fila o gabarito — unraveling line by line the answer sheet. Humorous allusion to a well-known poem by early twentieth-century writer Coelho Neto, one of whose lines reads "Ser mãe é desdobrar fibra por fibra o coração", to be a mother is to unravel one's heart fiber by fiber.

45   Em vez de:

— É um burro!

Os candidatos à Engenharia no Rio de Janeiro poderiam ser postos a trabalhar no Metrô dia e noite, quem pedisse água seria desclassificado. O Estado acabaria com poucos engenheiros novos

50   — aliás, uma segurança para a população — mas as obras do Metrô progrediriam como nunca.[7] Na direção errada, mas que diabo.

O certo é que do jeito que está não pode continuar. E ainda por cima, há os cursinhos pré-vestibulares. Em São Paulo os cursinhos estão usando helicópteros na guerra pela preferência dos vestibulan-

55   dos que terão que repetir tudo no ano que vem. Daí para o napalm, o bombardeio estratégico, o desembarque anfíbio e, pior, uma visita do Kissinger para negociar a paz, é um pulo.[8] Em São Paulo há cursinhos tão grandes que o professor, para se comunicar com as filas de trás, tem que usar o correio. Se todos os alunos de cursinhos no

60   centro de São Paulo saíssem para a rua ao mesmo tempo, ia ter gente caindo no mar em Santos.[9] O vestibular virou indústria. E os robôs que saem das usinas pré-vestibulares só têm dois movimentos: marcar cruzinha e rezar.

O filho da nossa nervosa amiga chegou em casa meio pessimista

65   com uma das suas provas.

— Sei não. Acho que tubulei.[10] O Inglês não estava mole.

— Mas meu filho, hoje não era Inglês! Era Física e Matemática!

— Oba! Então acho que fui bem.

(from *O Gigolô das Palavras*)

---

(7)   obras do Metrô — work on extensions of Rio's subway lines has proceeded notoriously slowly

(8)   napalm . . . Kissinger — the author compares the "war" for acceptance into college to jungle warfare in Vietnam; Henry A. Kissinger was head of the National Security Council and secretary of state under President Nixon; for his efforts in negotiating a peace settlement in the Vietnam War, he was awarded a share of the Nobel Peace Prize in 1973.

(9)   Santos — port city of São Paulo

(10) tubulei — (colloq.) I blew it; cf. idiomatic expression *entrar pelo cano,* to go down the drain.

Exercícios

A. *Responda:*

1. Por que o autor diz que aprendeu pouco?
2. O que garante o sustento dele?
3. O que é que é o vestibular?
4. Como o autor conhece o vestibular embora nunca tenha feito?
5. Como é que ele demonstra o padecimento de uma conhecida sua?
6. Como o inconsciente do filho pensou garantir matematicamente o resultado do exame de múltipla escolha que ele fez?
7. Que idéias humorísticas o autor tem para fazer a seleção para as universidades?
8. Quais seriam as vantagens dessas provas?
9. Quais são alguns dos problemas dos cursinhos pré-vestibulares?
10. Como se sabe que o filho da amiga nervosa está distraído?

B. *Certo ou errado?*

1. O autor nunca foi à universidade mas ganha a vida escrevendo.
2. Ele não entrou na faculdade porque reprovou seu exame vestibular.
3. Ele conhece pessoas que tiveram que passar pela prova do vestibular.
4. Uma conhecida dele sofria muito porque o marido ia fazer exame.
5. O autor propõe que os candidatos à faculdade sejam largados na praia.
6. Ele acha que o Metrô progrediria se os candidatos à Engenharia tivessem que trabalhar nas obras.
7. Ele diz que em São Paulo os cursinhos pré-vestibulares usam helicópteros.
8. Em um cursinho o professor comunica-se com alunos através de megafone.
9. O filho da amiga chegou em casa todo otimista.
10. Segundo a mãe, ele tinha feito o exame de Química.

C. *Substitua a frase sublinhada utilizando o gerúndio (a forma do verbo em -ndo) como no exemplo:*

Exemplo: <u>Se você estudasse</u>, não seria reprovado.
Estudando, você não seria reprovado.

1. <u>Se você não souber</u> a resposta, crava coluna no meio em tudo.
2. <u>Se voltarem</u> à civilização, estarão automaticamente classificados.
3. <u>Quando se trata</u> de uma mãe aflita, prefiro não falar com ela.
4. <u>Quando chegar</u> o dia do exame, vai haver um pânico.
5. <u>Como é</u> estudante, ela tem direito a um ingresso mais barato.
6. Aprende-se a falar português <u>se a gente fala</u> português.
7. <u>Se você dormisse menos e trabalhasse mais</u>, hoje você não estaria tão nervoso.
8. Ela conseguiu pegar o ônibus <u>porque correu</u> até a esquina.
9. <u>Se a gente poupar</u> dinheiro agora, a gente não ficará dependente de ninguém mais tarde.
10. <u>Quando eu tenho</u> uma dúvida maior, recorro ao bom senso.

D. *Repita as seguintes orações expressando* (a) *a possibilidade no futuro (futuro do subjuntivo/futuro)* (b) *a impossibilidade no presente (imperfeito do subjuntivo/condicional).*

Exemplo: Se vocês não (chamar) ___ os bombeiros, a casa (arder) ___.
(a) Se vocês não chamarem os bombeiros, a casa arderá (vai arder).
(b) Se vocês não chamassem os bombeiros, a casa arderia.

1. Se ela (estar) _____ com enxaqueca, (ficar) _____ em casa.
2. Se ele (imitar) _____ o inglês, não (ser) _____ mais brasileiro.
3. Eu (contar) _____ a intriga do filme se vocês (querer) _____.
4. Você (ganhar) _____ um prêmio se (saber) _____ a resposta.
5. Se ela (voltar) _____ para casa, (ser) _____ até assassinada.
6. Se a cozinheira não (estar) _____ no domingo, eu (ter) _____ que comer num restaurante.

7. Se ela o (ver) _____ nalguma parte, não lhe (falar)
   _____.
8. Se você me (dizer) _____ a verdade, meu bem, eu
   (entender) _____.
9. O nosso time (vencer) _____ se (haver) _____ jogo
   amanhã.
10. Se nós (ir) _____ a Santa Catarina, (ver) _____ as
    lindas praias de Florianópolis.

E. *Traduza para o português:*

1. The author never had to undergo the martyrdom of a college-entrance exam, but that does not prevent him from sharing the suffering of friends who submit themselves to that terrible test.
2. A nervous lady friend said that she would dream of such multiple
   choices as "(a) failure, (b) shame, (c) disappointment" and that she
   would wake up screaming "None of the above!"
3. Although her son was the one who was going to take the test, he
   was enjoying himself on the beach while she was on the verge of
   collapse.
4. A more humane way of making selections for the universities
   would be to release all the candidates in a remote point of the
   Amazon forest and to accept those who managed to return to
   civilization.
5. The mothers of the ones who flunked could say proudly "My son
   was one of those who didn't return" instead of having to say "He's
   a dummy."
6. In one entrance-exam prep course in São Paulo, the professor had
   to use the mail to communicate with the students in the back rows.

F. *Sugestões para exposição oral ou escrita:*

1. Explique o que são SAT, GRE, TESOL e LSAT para um aluno
   brasileiro que pretenda entrar num programa de graduação ou pós-
   graduação nos Estados Unidos.
2. Fazendo o papel de uma mãe de vestibulando, exponha suas
   angústias.
3. Discuta a necessidade e a utilidade dos vestibulares.

27

Carta de um Editor Português

— Rachel de Queiroz —

"... A necessidade que se impõe para uma edição
portuguesa de obras de autores brasileiros, de certas
e inofensivas alterações, como sejam a deslocação
de pronomes[1] (em certos casos), harmonização da
ortografia com as determinações do Acordo Luso-
Brasileiro[2] — que em Portugal é cumprido — e
uma ou outra substituição de termos pouco usados
em Portugal ou que tenham sentido diferente
daquele que o autor lhes quis dar."

O trecho que acima transcrevo são palavras de uma carta em que

---

(1)   como sejam a deslocação de pronomes — as, for example, shifting the
position of pronouns (Just as British English and American English differ
in various ways, so do continental Portuguese and Brazilian Portuguese;
one of the differences concerns the placing of object pronouns [before or
after verbs] in which Brazilians, particularly in their speech, are much
more permissive than the Portuguese. Editorial differences such as those
described in this *crônica* are less likely to occur today than when it was
written.)

(2)   o Acordo Luso-Brasileiro — the agreement between Portugal and Brazil
to reform the spelling of the Portuguese language. Portugal adopted a
simplified system of orthography in 1940 (eliminating most silent letters
and double consonants, dropping *k, w,* and *y,* replacing *ph* by *f,* etc.) and in
1943 Brazil adopted substantially the same system. Not all Brazilians
writers and publishers, however, abide by all of the new rules; Rachel de
Queiroz, for example, prefers to retain that spelling of her name instead of
"Raquel de Queirós," which would be the reformed spelling. Since 1943
there have been additional reforms. Currently (1990) a definitive reform
awaits approval by the seven Portuguese-speaking nations.

ilustre editor[3] português me faz a gentileza de solicitar permissão para publicar livros meus; parece que só mediante tais condições é que autores brasileiros podem ser editados no Portugal europeu e ultramarino.

15   Pois a resposta que tenho a dar ao prezado editor português é a mesma que já lhe deu, tempos atrás, meu editor e meu amigo José Olympio: — Muito obrigada, mas assim, não.

A primeira interrogação que nos ocorre diante de tal projeto de "alterações," é esta: será verdade, realmente, que o público português 20 não entende a língua portuguesa do Brasil, tal como a falamos?

Não haverá, na idéia dessas alterações, mais uma questão de prestígio que de necessidade? Convivo com grande número de portugueses, tenho a felicidade de contar portugueses entre amigos e parentes, e nunca nos desentendemos por incompreensão de palavras 25 ou de modismos. E a língua falada, com as diferenças de sotaque e pronúncia, é muito mais difícil de entender que a língua escrita.

O Brasil é grande, todos o sabemos. E os sessenta milhões de brasileiros falamos e escrevemos[4] de inúmeras maneiras a língua que nos deu Portugal. Compare-se um texto de Simões Lopes a outro 30 de José Lins do Rego[5] e notar-se-ão as infinitas diferenças que separam os dois, no vocabulário e na sintaxe. Mas ousaria um editor do Norte ou do Sul propor alterações nas páginas do paraibano para que o entendessem os gaúchos, ou nas do gaúcho para que o entendessem os paraibanos?

---

(3)   editor — This word usually means "publisher" but may also mean someone who prepares texts or supervises preparation of texts for publication, i.e. "editor"; normally to express the English word "editor," one uses *redator,* which may also refer to a copy editor; the plural *redatores* means editorial staff.

(4)   os sessenta milhões de brasileiros falamos e escrevemos — we 60 million Brazilians speak and write (This *crônica* was written in 1955; Brazil's estimated population in 1990 is 150 million.)

(5)   João Simões Lopes Neto — (1865–1916) wrote regional stories about his native state of Rio Grande do Sul (whose inhabitants are called *gaúchos*). José Lins do Rego (1901–57), born in Paraíba, is one of the important novelists of the Brazilian Northeast, particularly noted for his "Sugar-Cane Cycle" of novels.

35   Meu caro amigo português, talvez essa idéia o irrite, mas a verdade é que, hoje, a sua língua é um patrimônio tanto nosso quanto seu. Sei que o trabalho de formá-la, assim bela e nobre, foi dos portugueses. Mas, também, já há quatrocentos anos que a amamos e a apuramos ao nosso modo. Nem tinha ele mais idade quando a usou
40   Camões.[6] Vocês no-la deram,[7] como nos deram tudo o mais com que se fez o Brasil. E hoje ela faz parte essencial da nossa vida de povo, tal como faz parte da sua. Por nós tem sido enriquecida e fecundada. Se em Portugal acham que a maltratamos e a desfiguramos, é porque cada um tem a sua maneira de amar e, nessas ques-
45   tões, o que é ortodoxia para uns é heresia espantosa para os outros.

    Não, não me venha dizer que em Portugal não entendem o que escrevemos. E, fosse esse o caso, bastaria a aposição de um glossário no fim de cada livro para resolver as dúvidas. Mas o que nos propõe é outra coisa: é correção, é conserto de pronomes, é a revisão do
50   caçanje brasileiro que fere o bom ouvido peninsular.

    Acontece entretanto, meu caro amigo, que esse caçanje, que esses pronomes mal postos, que essa língua que lhes revolta o ouvido, é a nossa língua, é o nosso modo normal de expressão, é — ouso dizer — a nossa língua literária e artística. Já não temos outra e,
55   voltar ao modelo inflexível da fala de Portugal, seria para nós, a esta altura, uma contrafação impossível e ridícula.

    Digo mais: não acredito de modo nenhum que esse tal sistema de

---

(6)   Luís Vaz de Camões (1524–80), Portugal's greatest epic and lyric poet; his masterpiece is the epic poem *Os Lusíadas* (1572), which centers on the voyage of Vasco da Gama to India as a basis for proudly relating the whole story of Portuguese exploits in navigating "por mares nunca de antes navegados" and in reaching all four corners of the earth ("se mais mundo houvera, lá chegara" — i.e., if there had been any more world, Portugal would have reached there, too).

(7)   no-la deram — "a deram a nós" in standard Brazilian speech. In classical Portuguese, when the third-person object pronouns *o, os, a, as* are attached to verbal or pronominal forms ending in *-r, -s,* or *-z,* this final letter is dropped and the pronouns assume the forms *-lo, -los, -la, -las.* This is most commonly seen with the infinitive, e.g., *dá-lo, vendê-las, pô-lo.* Brazilians may also write, for example, *reunimo-nos* for *nos reunimos* (p. 191, l. 60) or *fê-lo* (p. 198, l. 11) for *o fez.*

nos corrigir primeiro os livros para os entregar depois ao público
português, represente um serviço à aproximação das duas culturas.
60 Acho, ao contrário, que tal prática serve apenas para cultivar
diferenças e marcar distâncias. Pode acariciar o vosso orgulho, mas
fere fundo as nossas suscetibilidades, sem falar no quanto afeta a integridade e harmonia da nossa obra literária. Pois o que Portugal fica
conhecendo, assim, não é a literatura brasileira na sua forma espontâ-
65 nea e genuína, mas obra mutilada e remendada, necessariamente
grotesca. Que sobrará de um texto meu, por exemplo, depois de ter os
seus pronomes recolocados à portuguesa, depois de me trocarem as
palavras próprias por outras "de mais fácil compreensão" — mas
alheias? Talvez os escritos daqueles colegas muito mais importantes
70 que me citou na sua carta, e que se submeteram às correções,
resistissem galhardamente à cirurgia. Eles são tão grandes, tão ricos
que, por mais que lhes tirem, sempre fica riqueza suficiente para
encantar a qualquer um. Mas, eu, coitadinha, que será feito de mim se
me cortam e me deturpam a pouca pobreza? Que restará? Não sou
75 escritor de imaginação que componha bonitos enredos, nem traço o
retrato de uma época, nem sou capaz de profundezas de psicologia,
nem criei nada de novo ou importante na ficção nacional.[8] A
pequena graça que me podem achar é neste jeito descansado de
mulher do campo, que conta histórias do que conhece e do que ama. E
80 como pode, de repente, essa sertaneja de fala cantada, desandar a
trocar língua em puro alfacinha?[9]

Portugal cometeu um erro trágico quando, à volta de D. João VI

---

(8)   nem criei nada de novo ou importante na ficção nacional — the author is
       too modest here; her novels are important contributions to Brazilian
       literature, particularly her first one, *O Quinze* (1930), written before she
       was 20, which treats of the effects of the calamitous drought of the year
       1915 in her native state of Ceará. In 1977 she became the first woman to be
       elected to the Academia Brasileira de Letras.

(9)   essa sertaneja . . . puro alfacinha — *sertanejos* are the people of the *sertão,*
       the backlands of Brazil, particularly of the Northeast; the speech of the
       Northeasterners has a lilting cadence that makes it seem a "fala cantada";
       "alfacinha" is a nickname for natives of Lisbon (and their speech).

156

ao reino,[10] não quis reconhecer ao Brasil o seu estado de adulto e
tentou devolvê-lo à menoridade. Por culpa desse erro, rompeu-se a
85 união luso-brasileira. De dois países irmãos e unidos que poderíamos
ser, passamos a dois estranhos. Atravessada a crise de Independência,
restou-nos, o que não é pouco, o patrimônio comum da cultura e da
língua. Mas é preciso que haja respeito e consideração recíprocos,
para que tal patrimônio se mantenha indiviso e perfeito. Que haja
90 igualdade de tratamento, de parte a parte. Nunca a um de nós
ocorreria "adaptar" ao escrever e ao falar brasileiro, a obra do mais
humilde escritor português. Que Portugal faça o mesmo conosco,
procure nos entender e nos amar tais como somos, como nos fez o
tempo e o gênio português transplantado às terras da América.
95 Afinal, o Brasil não é um filho bastardo de Portugal. É seu filho
legítimo e, mais que isso, é o seu morgado — com todos os direitos e
privilégios que estão inerentes à primogenitura.

(from *100 Crônicas Escolhidas*)

---

(10)   à volta de D. João VI ao reino — The reference is to the following
involved sequence of events: When Napoleon's troops invaded Portugal in
late 1807 the Portuguese royal family fled to Brazil and established its
court in Rio in early 1808; in 1815 Brazil was raised from the status of
colony to that of kingdom on a par with Portugal in a *Reino Unido*; in 1820
a liberal revolution in Portugal established a constitutional monarchy and
forced the return of the king, Dom João VI, to Portugal in 1821; the
Portuguese attempted to reduce Brazil to the status of colony, but the
king's older son, Dom Pedro, who had remained in Brazil, declared
Brazil's independence on September 7, 1822, with his famous *Grito do
Ipiranga*. (See the *crônica* "Éramos mais unidos aos domingos," note 4.)

Exercícios

A. *Para responder em português:*

1. Por que o editor português escreveu a carta à Sra. Rachel de Queiroz?
2. O que é que ele diz na carta?
3. Por que a autora acha que as "alterações" não são necessárias?
4. Por que menciona Simões Lopes e José Lins do Rego?
5. Quantos anos há que os brasileiros falam português?
6. Quantos anos antes de Camões começaram os portugueses a falar português?
7. O que você sabe sobre Luís de Camões?
8. Por que o sistema de "corrigir" os livros brasileiros antes de publicá-los em Portugal não representaria um serviço à aproximação das duas culturas?
9. O que diz a autora sobre as suas obras e a sua maneira de escrever?
10. Que erro cometeu Portugal, segundo a autora?

B. *Certo ou errado?*

1. O editor português gostaria de publicar os livros da autora em Portugal.
2. Ele procura impor umas alterações de gramática como condição de publicação.
3. A autora concorda que tais alterações são necessárias para que o público português entenda o português como se fala e escreve no Brasil.
4. Entre os escritores brasileiros não há muitas diferenças de vocabulário e sintaxe.
5. Segundo a escritora, uma língua pertence ao povo que a fala.
6. Uma língua falada por mais de um povo deve se desenvolver conforme o uso no país de origem.
7. Uma obra alterada não seria mais uma obra genuína, como o autor a compôs.
8. Certos comentários da autora mostram que ela é modesta.

9. Depois da Independência do Brasil não restou nada da antiga relação entre o Brasil e Portugal.
10. A autora deseja que haja igualdade de tratamento entre Portugal e o Brasil.

C. *Preencha os espaços em branco seguindo os exemplos:*

Exemplo: Talvez essa idéia o irrite.
Talvez essa idéia o irritasse, se a considerasse.

1. Talvez ele (ter) _____tenha_____ o troco exato agora mesmo.
2. Se me fizesse a proposta, talvez eu (permitir) _____ a publicação do livro.
3. Talvez ele já (ter) ___tehtla___ vindo sem nós sabermos.
4. Se lhe pedissem o livro, talvez ele o (trazer) _____.
5. Se me dessem um ordenado maior, talvez nós (poder) _puséssemos_ comprar uma editora.

D. *Faça comparações juntando os períodos como nos exemplos:*

Exemplo: João fala muitas línguas. Maria fala um número igual.
João fala tantas línguas como Maria. (or: quanto Maria).

Exemplo: A língua escrita é difícil de entender. A língua falada é mais difícil de entender.
A língua falada é mais difícil de entender (do) que a língua escrita. *Fala-se menos línguas do que fala-se português*

1. Simões Lopes tem muitos leitores. Lins do Rego tem mais leitores.
2. Fala-se japonês em um país. Fala-se português em sete países.
3. Cultiva-se muito açúcar no Brasil. Cultiva-se menos açúcar em Cuba.
4. O Rafael tem uma biblioteca muito grande. Eu tenho um número igual de livros.
5. O Brasil tem 150 milhões de habitantes. Portugal tem 10 milhões.
6. Lena é muito jovem. Hilda é ainda mais jovem.
7. Esse filme é fascinante. O que nós vimos ontem é mais fascinante.
8. A casa do Luís é velha. A casa de Gueda foi construída no mesmo ano.
9. O médico tem muitos cachorros. O advogado tem um número igual.

10. Esta sala é agradável. A outra é menos agradável.

E. *Empregue em períodos originais as expressões sublinhadas:*

1. O senhor só publica o livro <u>mediante</u> condições?
2. O editor me <u>faz a gentileza</u> de pedir permissão.
3. A língua <u>faz parte essencial da</u> cultura dum povo.
4. Esse tal sistema <u>serve para</u> marcar diferenças.
5. Já há quatrocentos anos que a falamos <u>ao nosso modo</u>.

F. *Traduza em português:*

1. The spoken language is much more difficult to understand than the written language because there are so many differences in accent and pronunciation.
2. There are innumerable differences of vocabulary and syntax that separate the works of "gaúcho" writers and "paraibano" writers, but a publisher in the South of Brazil would not dare to propose alterations before publishing the works of a writer from the North.
3. The Portuguese may not like the Brazilian way of speaking Portuguese, but the Brazilians have been speaking it for 400 years.
4. For 400 years they have loved the language and refined it in their own way.
5. Today it is an essential part of their lives, just as English is an essential part of American life.
6. It is possible that the Portuguese and the English may think that the Brazilians and the Americans have mistreated Portuguese and English, but the truth is that they have enriched those languages.

G. *Sugestão para exposião escrita:*

Escreva duas respostas possíveis do editor português a Rachel de Queiroz (a) mudando de opinião e aceitando os livros dela exata-mente como ela os escreveu e (b) repetindo a sua decisão de não aceitá-los sem alterações.

28

Grilos Gramaticais
— João Ubaldo Ribeiro —

Claro que estou ficando velho e, por conseguinte, começando a ter caturrices.[1] (Pretendo, aliás, ser um velho altamente caturra, embora tomando ousadia com as moças amigas de minhas netas.) Mas, descontando a caturrice, estou certo de que vocês reagem de forma parecida a uma porção de coisas, não é possível que eu seja o único incomodado. Por exemplo, vocês já notaram que, depois do advento da Nova República,[2] só se usa sujeito duplo? Antigamente era apenas um recurso estilístico — meio rebarbativo, tipo concurso de oratória de centro acadêmico de faculdade de Direito, mas recurso. Agora, não. Agora é norma, começando pelo Dr. Sarney e descendo pela hierarquia abaixo. Nenhum deles diz "a democracia é", todos dizem "a democracia, ela é". Se fosse só com democracia, até daria para atribuir ao natural acanhamento deles em relação a essa palavra, mas é com tudo mais: "O governo, ele não tem", "a Aliança Democrática, ela não pretende", "o Nordeste, ele se dispõe" e assim por diante. Como o homem é da Academia e é chegado a uma canetada, fico com medo de que vire regra baixada por decreto-lei.[3]

Nem o futebol é mais sagrado. Não existe mais goleiro, só goleirão. Duvido que um de vocês consiga ouvir uma referência ao goleiro que não seja goleirão. O que, aliás, talvez se deva à ação de

---

(1)   a ter caturrices — to be grouchy, grumpy, cantankerous; cf., *ser caturra*.

(2)   Nova República — historical phase commencing in 1985 with the end of the authoritarian military regime that had seized power in 1964. Sarney was the first civilian president, cf. note 3 in "Nem com uma Flor", *crônica* 23.

(3)   Academia ... decreto-lei — "Academia" is the Brazilian Academy of Letters, of which Sarney is a member; é chegado a canetada — likes to exercise his pen; baixada por decreto-lei — determined by executive decree

um dos muitos movimentos que, a meu paranóico ver, se organizam
para modificar a linguagem. No caso seria o Movimento Aumentativo-Superlativo, que é muito forte entre nós. Só vale atacar de
hipérbole. Ninguém diz que alguma coisa é boa. Ou é maravi-
25 lhosa (às vezes depende do substantivo acompanhante, "público", por
exemplo; público é sempre ma-ra-vi-lho-so), ou fantástica, ou
fabulosa etc. Até o advérbio "demais", que costumava dar idéia de
excesso, passou a querer dizer apenas "muito": "eu gosto demais de
você", "amei demais o filme". Tudo é obra-prima, todo mundo
30 é gênio, todo artista é estrela. Esse movimento tem prosperado
extraordinariamente e daqui a pouco necessitaremos de superlativos
para superlativos, a fim de expressarmos apenas um superlativo.

Outro movimento, não tão expressivo, mas crescendo dia a dia, é
o Movimento da Pronúncia-como-se-escreve. Maluquice, pois supõe
35 que a palavra escrita é anterior à falada, e, depois que aprisiona a fala
em símbolos aproximados, tem prioridade sobre ela (esse pessoal ia
ficar doido em países cujas línguas não têm alfabeto, como a China).
No futebol, há um exemplo ótimo. Não tem mais "um a um". Tem,
não sei por que cargas d'água,[4] uma expressão esquisita, mais ou
40 menos "umaúm".[5] Resolveram que o "m" final do primeiro "um" se
pronuncia (pois, afinal, se escreve) e até se liga com a palavra que se
segue. Nunca ouvi ninguém falar "umavião" em vez de "um avião"
ou "umamor" em vez de "um amor", para não falar nas confusões que
ocorreriam quando alguém dissesse "umalho" e ninguém sou-
45 besse se era "um alho" ou "um malho". Mas em futebol é "umaúm" e
"umazero".

Nesse mesmo setor de pronunciar como se escreve, há exemplos
extremos, como do "muito" que outro dia eu ouvi várias vezes num
comercial. O camarada devia ser membro radical do Movimento,
50 porque dizia "múi-to", sem nasalizar o ditongo. Não tem coisa mais
estranha do que falar "muito" sem nasalizar o "ui" — parece que a
pessoa está tendo uma crise de sinusite — , mas ele não viu nem til
nem "n" ali e, portanto, o certo é como está escrito, é "ui". Outros,

---

(4) por que cargas d'água — for what strange reason
(5) um-a-um . . . "umáum" — the confusion arises because "um" normally
     represents only a nasalized "u" (/ũ/), where there is no /m/.

talvez menos gravemente comprometidos com o Movimento, têm
55 hábitos quiçá não tão desagradáveis, mas certamente algo ridículos,
tais como falar "pô-uco" em vez de "pouco", criando praticamente
um hiato, isto porque o "o" e o "u" estão escritos e, por conseguinte,
devem ser claramente enunciados por toda pessoa alfabetizada.

Uma das alas mais ativas e bem-sucedidas desse movimento é a
60 Ala pela Eliminação da Vogal Átona.[6] Outro dia uma moça bonita,
num comercial de tevê, estava dizendo "eu sofria com os homens" e
eu demorei para saber se ela queria dizer que padecia com os homens
ou que tinha outras preferências ("eu sou fria"), já que ela falou como
se escreve: "eu sô-fria". Em Portugal não haveria este problema,
65 porque os portugueses indicam a atonicidade praticamente engolindo
a vogal: "eu s'fria". Mas hoje quem falar "sufria", que era mais ou
menos como se indicava essa atonicidade em muitas partes do Brasil,
corre o risco de passar por analfabeto. E, se deixarem, a Ala vai
extinguir a distinção entre "de" e "dê", "do" e "dou", "ê" e "e", "sé",
70 "se" e "sê" e por aí vai, a depender da região do país onde se esteja.
Antigamente, nordestino não falava "sóbrinho" e "té- lhado", como
hoje a gente ouve, em contraposição aos centro-sulistas "sô-brinho" e
"tê-lhado". Falava "subrinho" e "tê-lhado" mesmo. Mas aí chegou o
nortês da Rede Globo[7] (onde o pessoal da Ala tem uma influência
75 quase absoluta) e até os nordestinos se convenceram de que o certo é
dizer "só-brinho", que é como se escreve. A única diferença entre o
escrito e o falado que se admite é a de que todo nordestino tem de
abrir a vogal e todo centro-sulista tem de fechar, em absolutamente
todos os casos — outra doidice completa, mas que já levou atores de
80 novelas a pronunciar "vó-cé", em vez de "você", a fim de mostrar
como faziam bem sotaque nordestino.

E, finalmente, cabe mais uma vez o registro, inútil mas indispen-

---

(6) Ala pela Eliminação da Vogal Átona — Wing for the Elimination of
Unstressed Vowels
(7) Rede Globo — the major television network in Brazil (and the fourth
largest private network worldwide), whose nationwide programming has
influenced speech habits in recent years. The most popular programs are
the *novelas,* mentioned below, prime-time soap operas or teledramas, often
based on classical works of Brazilian and Portuguese literature.

Announcements on the side of a newsstand in Rio
(photo by and courtesy of Amelia Simpson)

sável, da perniciosa permanência de "penalizar",[8] substituindo asininamente os respeitáveis "punir" e "prejudicar", que não têm mais vez e tenderão a desaparecer da língua, se as coisas continuarem como estão. A preposição "em" e suas combinações já desapa-

---

(8) penalizar — neologism for "to penalize"; likely derived from "pênalti" in soccer language.

receram, substituídas por "a nível de", que, por alguma razão misteriosa, parece emprestar ao discurso ares de erudição e gravidade. E, *last, not least,* registremos o exuberante uso da palavra "transparência": de repente, é impossível fazer qualquer pronunciamento ou dar qualquer opinião, sem utilizá-la. É, estou ficando caturra mesmo. Para mim, a única coisa que transparece nisso tudo é burrice.

90

(from *Sempre aos Domingos*)

Exercícios

A. *Responda:*

1. Por que o autor está começando a ter caturrices?
2. O que ele notou depois do advento da Nova República?
3. Qual a diferença entre o emprego atual do sujeito duplo e o uso antigo?
4. Que dois movimentos para modificar a linguagem há na imaginação do autor?
5. Quais são alguns exemplos do que praticam os movimentos?
6. Que problema não haveria em Portugal?
7. Se deixarem a Ala bem sucedida, que distinções serão extintas?
8. Como a fala nordestina foi afetada, conforme o autor, pela televisão?
9. Que palavras respeitáveis foram substituídas pelo neologismo "penalizar"?
10. O que é impossível evitar ao fazer qualquer pronunciamento hoje?

B. *Certo ou errado?*

1. O autor acha que é o único que se incomoda com "uma porção de coisas".
2. Nunca se usou sujeito duplo antes da Nova República.

3. Todo o mundo, inclusive o presidente, é capaz de dizer "o governo, ele é."
4. No Movimento Aumentativo-Superlativo, só vale atacar de hipérbole.
5. Conforme o autor não é maluquice pronunciar palavras como se escrevem.
6. Pronunciar "muito" sem nasalizar o ditongo soa estranho ao autor.
7. O autor demorou a saber o que queria dizer uma moça que falava num comercial de rádio.
8. A televisão tem tido influência na maneira de pronunciar dos nordestinos.
9. Nenhum brasileiro poderia pronunciar mal a palavra tão comum "você."
10. Para o autor, burrice só "transparece" nas modificações da linguagem do futebol.

C. *Complete as orações, conforme o contexto, como no exemplo:*

Exemplo: Duvido que você (conseguir) _____ ouvir uma referência.
Duvido que você consiga ouvir uma referência.

1. Fico com medo de que você (reagir) _____ de forma parecida.
2. Estou certo de que ele (conseguir) _____ pronunciar a palavra.
3. A pronúncia varia conforme a região do país onde se (estar) _____.
4. Quem vai se entender se as coisas (continuar) _____ como estão?
5. Talvez essa burrice (virar) _____ regra. Eu sei lá!
6. Acredito que (haver) _____ uma expressão como esta.
7. Quero um medicamento qualquer que me (curar) _____, (ser) _____ xarope, comprimido, ou injeção.
8. Eu conheço alguém que (conhecer) _____ alguém que (trabalhar) _____ lá.
9. Não há nada que (intrigar) _____ mais os sociólogos.
10. Por mais que cariocas e paulistas (ser) _____ diferentes, todos são bem brasileiros.

D. *Nas frases que têm infinitivo pessoal, se for singular, faça-a plural, e vice-versa, como nos exemplos:*

Exemplo: Só vale ele atacar de hipérbole.
Só vale eles atacarem de hipérbole.

O certo é dizermos tudo.
O certo é eu dizer tudo.

1. É importante você ter boa pronúncia.
2. Foi impossível fazermos tudo.
3. João estranha ele dizer a palavra sem nasalizar o ditongo.
4. Nunca ouvi os locutores falarem "umavião."
5. Necessitaremos de superlativos para superlativos para expressarmos um simples superlativo.

E. *A partir dos elementos dados, componha orações originais contendo um infinitivo pessoal. Varie os sujeitos dos infinitivos (p. ex. nós, alguém, os alunos).*

Exemplo: convém / prestar atenção
Convém vocês prestarem atenção à crítica dele.

1. ser possível / compreender
2. ouvir / pronunciar
3. expressar / sem + verbo
4. apesar de + verbo / conseguir
5. valer a pena / ter lido

F. *Traduza em português:*

1. Formerly the double subject was used just as a stylistic device, but now it has become the norm.
2. Instead of saying, "the government is" and "democracy is," people are saying "the government, it is" and "democracy, it is."
3. Nobody says that something is "good" anymore; it has to be "marvelous," "fantastic," or "fabulous."
4. Some people try to pronounce words as they are written; this is nonsense since the spoken word came before the written.
5. You hear radical members of the movement pronounce "muito" without the nasal diphthong.
6. When a pretty young woman on TV spoke, he wasn't sure whether

she was saying "I used to suffer with men" or "I am cold with men."

7. If things continue this way, respectable words like "punir" and "prejudicar" will disappear from the language.

8. For the author, asininity is the only thing that is transparent in all these movements to modify the language spoken in Brazil.

G. *Sugestões para exposição oral ou escrita:*

1. Quem determina a maneira "correta" de pronunciar uma língua?

2. Por que será que algumas pessoas acham que devem modificar o seu sotaque?

29

Pai, Filho, Neto

— Luís Martins —

I

O Pai.

Corte,[1] 27 de Janeiro de 187 . . .

Exmo Sr.[2] Conselheiro:

    Conceda-me V. Mercê a honra de lhe apresentar o meu dileto
5   amigo Sr. Francisco António de Oliveira Mascarenhas, correligionário nosso e dedicado servo de V. Mercê, o qual é candidato a uma
das vagas de amanuense que se abriram, por Decreto Imperial de 12
do corrente, na Secretaria de Estado de que V. Mercê é digno
ministro. O Sr. Mascarenhas é homem de toda confiança, que co-
10 nheço há muitos anos, chefe de família numerosa, honradíssimo,
temente a Deus e obediente cumpridor de seus deveres.
    Muito grato ficaria a V. Mercê este seu humilde criado,[3] caso se
dignasse acolher com benevolência este pedido, ditado pela amizade
e pela muita necessidade em que se encontra aquele meu amigo, pelo
15 qual respondo e me responsabilizo integralmente.
    Deus guarde a V. Mercê.
    a)[4] Luis Monteiro de Albuquerque Botelho, Barão da Maracan-

---

(1)   Corte — Rio de Janeiro was the seat of the court of the Empire of Brazil
      (1822-1889) under its two emperors, Dom Pedro I and Dom Pedro II.
(2)   Exmo Sr. — Excelentíssimo Senhor (similarly: *Il.^mo Sr.* — Ilustríssimo
      Senhor.) Other abbreviations used in this *crônica* are: *V. Mercê* — Vossa
      Mercê (old polite form of address that became contracted to *vosmecê* and
      você); *S. Ex.ª* — Sua Excelência; *DD.* — Digníssimo; *T.˙C.^el* — Tenente
      Coronel (Lt. Col.); *V. Ex.* — Vossa Excelência
(3)   este seu humilde criado — your humble servant
(4)   a) — abbreviation for *assinado* (signed). This very formal nineteenth-

galha. A S. Ex.ª Sr. Conselheiro José Joaquim Barbosa de Sousa e Almeida, DD. Ministro da . . .

II

20 *O Filho.*

Distrito Federal,[5] 15 de maio de 190 . . .
Distinto cidadão T.ᵗᵉ-C.ᵉˡ Dr. Manuel Melo Ferraz da Fonseca Júnior, DD. Ministro da . . .
    Tenho o prazer de lhe apresentar o honrado cidadão, meu amigo
25 e nosso correligionário político, Sr. F. A. de Oliveira Mascarenhas Filho, que deseja um lugar no Ministério que V. Ex.ª com tão destacado espírito republicano dirige. Conheço-o de longa data. Positivista,[6] liberal, republicano histórico, coronel honorário da Guarda Nacional, prestou assinalados serviços ao regime e à Pátria, que
30 ainda não o recompensou como devia.
    Pode ficar certo V. Ex.ª de que o Sr. Mascarenhas Filho é um cidadão patriota, capaz de se sacrificar pelos nossos ideais e de combater de armas nas mãos, se necessário, a miserável conspiração dos nossos adversários politicos.
35 Saúde e fraternidade.
    a) J. Campelo de Medeiros.

---

century letter was thus written by "Luis Monteiro de Albuquerque Botelho" and addressed to "José Joaquim Barbosa de Sousa e Almeida." (Traditional Portuguese names, long and complicated, often included the mother's family name as well as the father's; the names in the second letter of this *crônica* are also typically Portuguese.)

(5) Distrito Federal — similar to our District of Columbia. (Established at Rio de Janeiro after Brazil became a republic in 1889, the Federal District was moved to the state of Goiás when Brasília became the capital in 1960.)

(6) Positivista — The positivists (followers of Auguste Comte's philosophy of Positivism, which rejected metaphysics and placed reliance on scientific evidence and sensory experience) were influential in the establishment of the Republic of Brazil. The motto "Ordem e Progresso," which appears on the Brazilian flag, is positivist in origin, as are the expressions "cidadão" and "Saúde e fraternidade" that appear in this *crônica*. Many young members of the military were positivists.

III

O Neto.

Rio, 21 de setembro de 195 . . .

Exmo Sr. Dr. A. W. Karvinshisck,[7] DD. Ministro da . . .

40 Prezado amigo. O portador desta é aquele excelente rapaz de que lhe
falei ontem pelo telefone, o meu caro amigo Mascarenhas Neto, para
o qual você ficou de ver se dá um jeito na vida.[8] Veja se lhe arruma
uma comissão na Europa, ou pelo menos um encosto qualquer numa
das autarquias que você governa, porque o rapaz já vive de "pendu-
45 ras," devendo em tudo que é "boîte" e botequim.[9] Que diabo, de que
vale a amizade? O Mascarenhas é um grande "praça"[10] e estou certo
de que você vai gostar muito dele. Além de ser um "papo" fabuloso,[11] conhece todas as "pequenas"[12] que adornam a fulgurante
vida noturna da nossa maravilhosa Capital e adjacências . . .

---

(7)   Karvinshisck — a name obviously made up by the author to resemble that
of Dr. Juscelino Kubitschek, a physician who was president of Brazil from
1956 to 1961 and whose grandfather was a Czechoslovakian immigrant.
This name and that of the writer of the letter, "Chico Bonaventi"
(presumably Italian), are used to show the growing importance in the
twentieth century of individuals of non-Portuguese origin in Brazil. It
should be remembered that, like the United States, Brazil is a melting pot
of nationalities. (Much more than the United States, or almost any other
country, Brazil is also a melting pot of races.)

(8)   você ficou de ver se dá um jeito na vida — you agreed to see if you could
do something for him (to help him along in life)

(9)   o rapaz já vive de "penduras," devendo em tudo que é "boîte" e
botequim — the kid has lots of debts, owing money in all the night clubs
and bars (*boîte*, a French word, may also be spelled as it is pronounced:
buate)

(10)   é um grande "praça" — he's a great guy

(11)   um "papo" fabuloso — a fabulous talker, one who has the gift of gab (cf.
bater papo — to chat, converse, chew the fat, shoot the breeze; *um bate-
papo* — a friendly conversation, a bull session)

(12)   "pequenas" — girls (also frequently used to mean girlfriends or
sweethearts at the time of the *crônica*)

50 Não deixe de olhar com carinho o meu pedido.

Um abraço[13] do

a) Chico Bonaventi.

(from *Futebol da Madrugada*)

Exercícios

A. *Para responder em português:*

1. Qual é a data da primeira carta? da segunda? da terceira?
2. Quem são os autores e os destinatários das três cartas?
3. Como se chamam o pai, o filho e o neto?
4. Quais são as boas qualidades do Sr. Mascarenhas, segundo a primeira carta?
5. Quais são as boas qualidades do Sr. Mascarenhas Filho, segundo a segunda carta?
6. Quais são as qualidades do Mascarenhas Neto, segundo a terceira carta?
7. Como é que o autor da crônica mostra a importância da aristocracia brasileira durante o Império do Brasil, a importância dos militares durante os primeiros anos da República, e a importância dos descendentes dos imigrantes não portugueses no Brasil do século vinte?

B. *Certo ou errado?*

1. O assunto das três cartas é um pedido político.
2. Na primeira o funcionário ideal devia ser um sujeito respeitável na opinião duma sociedade conservadora.
3. A extensão do nome do pai reflete o valor atribuido à tradição.

---

(13) Um abraço — literally, a hug; regards, cordially (in letters or conversation)

172

4. A terceira carta indica que tanto o ministro como o escritor continuam sendo membros da velha classe luso-brasileira.
5. O emprego que a terceira carta menciona exige uma preparação especializada própria dos tempos modernos.
6. O avô se escandalizaria com a franqueza com que se descreve o caráter do neto.
7. O neto é um candidato merecedor de toda confiança em qualquer situação.
8. As três cartas exemplificam como é que as coisas, por mais que mudem, ficam essencialmente iguais.

C. *Preencha os espaços em branco com o futuro ou o imperfeito do subjuntivo, conforme o contexto, como nos exemplos:*

Exemplo: Ele ia-me dizer quando (arrumar) _____ uma colocação .
Ele ia-me dizer quando arrumasse uma colocação.

Exemplo: Ele me dirá quando (arrumar) _____ uma colocação.
Ele me dirá quando arrumar uma colocação.

1. Quando nós (chegar) _____, Lulu avisará a secretária.
2. Se o senhor não (poder) _____ satisfazer o pedido, ficaria muito grato se me (dizer) _____.
3. Calma, meu filho: o papai comprará as balas para você quando (ir) _____ à cidade.
4. (Mais tarde): Mamãe, parece que papai não foi à cidade, porque ele prometeu comprar balas quando (ir) _____ e não trouxe nada.
5. Assim que vocês (refrescar-se) _____ , desçam para o jantar.
6. Se (haver) _____ algum contratempo no caminho, enviarei um telegrama para vocês não ficarem preocupados.
7. O que é que houve? Você disse que enviaria um telegrama se (haver) _____ algum contratempo no caminho.
8. Vocês pretendem ficar aqui enquanto os meninos (precisar) _____ de sua ajuda?
9. Então, vocês não disseram que iam ficar enquanto os meninos (precisar) _____ de sua ajuda?
10. O Alexandre ficou de despachar o pacote assim que (adquirir) _____ os livros. Será que não os adquiriu?

D. *Empregue em períodos originais as expressões sublinhadas:*

1. Não há mais <u>vagas</u> para candidatos com a sua aptidão.
2. O pai <u>se responsabiliza</u> por tudo quanto o filho disser.
3. Você <u>ficou de</u> ver se pode ajudá-lo.
4. <u>De que vale</u> a amizade se os amigos não podem se ajudar?
5. <u>Tenho o prazer</u> de lhe apresentar o meu amigo.

E. *Para traduzir em português:*

1. Dear friend: The bearer of this letter is Chico Medeiros, the young man I spoke to you about yesterday on the telephone.
2. See if you can get him a good job.
3. I have known him for many years and I am sure you'll like him a lot.
4. He is God-fearing, an honest citizen, a fabulous talker, and a great guy.
5. It is true that he has lots of debts and that he spends a great deal of time in night clubs and bars.
6. But what the hell, what is friendship for?
7. Don't fail to talk with him and introduce him to the Minister.
8. I will be very grateful to you if you get him a commission in Europe.
9. If I were a positivist I would end this letter by saying "Health and fraternity," but I am not, so I'll say only "Cordially."
10. The three letters in this *crônica* show certain aspects of the historical and social development of Brazil during the nineteenth and twentieth centuries.

F. *Para exposição escrita:*

Escreva uma carta original apresentando um/uma colega que vai ao Brasil a um tio seu que trabalha lá como diretor de uma empresa.

30

O Padre Cícero Romão Batista
— Rachel de Queiroz —

Os jornais anunciam que será comemorado este mês o centenário do santo do Juazeiro[1] — o Padre Cícero Romão Batista — nascido na cidade do Crato, província do Ceará, a 24 de março de 1844.

* * *

Ele era feio, baixinho, corcunda. Parecia um desses santos de pau
5   que a gente venera nas igrejas antigas, feitos grosseiramente pelo
artista rústico, a poder de fé e engenho. A cabeça enorme descaía no
ombro sungado e magro, a batina surrada acompanhava em dobras
amplas o corpo diminuto. Só a carne do rosto, muito alva, lhe dava
aspecto de vivo; o rosto e os olhos azuis, límpidos e místicos, que se
10 cravavam na gente, penetrantes como uma chama.

O artista que o fez em bronze, na estátua erguida na praça
principal do Juazeiro, mostra-o diferente: está ali ereto, acadêmico
— uma estátua como há muitas. Quem sabe apanhar a semelhança é
mesmo o santeiro anônimo que lhe esculpe religiosamente o vulto
15 num palmo de raiz de cajazeira.

Megalomaníaco, paranóico, gerador de fanatismo, protetor de
cangaceiros,[2] explorador da credulidade sertaneja — de tudo isso foi
ele acusado por teólogos, médicos e sociólogos que juntos lhe
fizeram o diagnóstico. Senhores teólogos, senhores médicos, quão
20 longe já andais dos belos tempos da fé antiga! Pois quem poderá ser
um bom santo sem ser ao mesmo tempo um bom doido — e a melhor
definição de um santo não será "um doido de Nosso Senhor"? Tanto
o santo como o doido despe a roupa na rua, abandona casa e família,

---

(1)   Juazeiro — i.e., Juazeiro do Norte, city in the interior of Ceará

(2)   cangaceiros — social bandits who wandered the backlands of Northeastern Brazil until the 1930s

Poesia de Cordel   RAIMUNDO SANTA HELENA
Coleção EPOPÉIA DA VIDA - Livreto 1-6
DUELO DO PADIM CIÇO
COM O PAPA

Flagelados das Secas Pág. 7 e 8.. Na Lama da Droga Pág. 9 e 10
O Caçador Página 11............. A Última Caçada Capa 3

Autor : ABRAÃO BATISTA
O NASCIMENTO DO PADRE
CÍCERO

Xilogravura do Autor

Chapbooks about Padre Cícero

vai comer raízes bravas e pregar à turba ignara qualquer ardente
25 mensagem que lhe consome o coração. E só a essência dessa mensagem e a extensão do seu êxito é que estabelecem a diferença.

Por mim, quero crer que o padre Cícero, "Meu Padrinho" como o
chamávamos todos, foi um santo. Como santo obrava milagres, dava
luz aos cegos, matava as pragas das roças, achava coisas perdidas,
30 valia os navegantes no mar.

Houve gente que sarou ferida tocando na chaga uma medalha
benta com a efígie de Meu Padrinho. Há até o caso de uma moça
roubada, perdida três dias no mato. Ela se valeu do Padre Cícero, que
a batizara, e depois dos três dias o homem que lhe fizera mal veio
35 chorando se ajoelhar aos pés do padre, pedindo confissão e casamento.

Tudo isso anda na boca do povo, nos versos dos cantadores,[3] na

---

(3)   cantadores — folk singers or bards of the Northeast who sing epic deeds or
improvise verse in "duels"; also called *violeiros* for the string instrument

Ex-votos in church in Juazeiro do Norte
(photo by and courtesy of Larry Crook)

lembrança de cada um — e afinal, não é nessas mesmas fontes que se colhem os feitos ilustres, contados mais tarde nos florilégios? E em
40 que outro lugar se abebera a história? Em documentos? Mas há tanta carta narrando os milagres de Meu Padrinho! Daqui a alguns anos essas cartas estarão amarelas e roídas de traça, e os estudiosos as manusearão nas bibliotecas, e serão também chamadas documentos ... Até estas linhas que escrevo, ou outras que escrevi sobre o
45 mesmo assunto, há uns oito anos, não serão consideradas documentos, lidas em velhos jornais pelos pesquisadores de 1970 ou 80?

O Padre Cícero começou sua vida de sacerdote lá mesmo no Juazeiro, recém-saído do seminário. Aliás, custou-lhe muito ser padre; quase o não ordenam. Os mestres alegavam que o rapaz era
50 esquisito e mentia. Mas quem sabe se mentia realmente? As histórias do céu sempre parecem mentiras a quem só pensa na terra. E

(*viola*) on which they accompany themselves

Ex-votos (photo by and courtesy of Larry Crook)

depois, dentro da alma de um homem, quem tem poder para traçar o limite entre a verdade e a mentira?

De qualquer modo ele foi para o Juazeiro, assim menino, men-
55 tiroso e angélico. Tão precário era o seu rebanho que aos domingos cabia todo na capelinha da fazenda e vivia inteiro em seis casas de taipa e alguns casebres.

Lá o encontrou a seca de 77 — e então nesse tempo de dor e miséria começaram os seus milagres. Inteligência, altruísmo, astúcia
60 (ou, quem sabe, apenas o singelo, o humílimo e sempre miraculoso amor?) — foram as suas armas. "Socorrer quem padece, alumiar quem pede luz, perdoar quem erra . . ."

Da fazenda humilde nasceu a cidade. As seis casas se multipli-
caram, e cinqüenta anos depois já abrigavam sessenta mil almas.
65 Lá por 1890, a meio do seu apostolado, sucedeu o caso de Maria de Araújo — uma das suas ovelhas: quando a beata recebia a hóstia das mãos do oficiante, tinha um êxtase, e na sua boca a partícula se cobria de sangue.[4] O Padre Cícero curvou-se ante o milagre: não

---

(4)   tinha um êxtase . . . sangue — she would fall into an ecstatic trance and in

178

Cover of FUNARTE (National Arts Foundation) LP
of songs about Padre Cícero

fora criado e ensinado na crença dos prodígios, na fé cega nos
70   poderes do Alto? E na mesma fé o acompanhou a multidão já imensa
dos seus devotos.

Logo chegou a comissão de teólogos e médicos a fim de pesquisar: e — é estranho, mas é verdade — no primeiro momento confes-
saram todos o milagre. Depois, tornando à capital, admoestados pelos
75   superiores, os padres se desdisseram. Mas não contavam com os
poderes de Meu Padrinho e da beata Maria de Araújo. Monsenhor
Monteiro, que dissera batendo no peito: "Se eu negar o que vi,

---

her mouth the particle (small host distributed to the laity at communion)
would become covered with blood

ceguem meus olhos!"[5] — ficou cego, e cego morreu. E sina triste e
morte aflita tiveram todas as testemunhas do prodígio que mais tarde
80 o renegaram.
Punindo a rebeldia do Padre Cícero, que a despeito da opinião das
autoridades continuava a ver na beata uma santa, o bispo o proibiu de
ministrar sacramentos na freguesia do Juazeiro, exceto em artigo de
morte. E imediatamente, na cidade inteira, quem casava estava
85 sempre *in extremis,*[6] menino só se batizava para não morrer pagão,
comunhão só a pediam os agonizantes. A verdade é que na sua
totalidade os moribundos saravam. Mas que admirava isso?[7] Eram
apenas novos milagres obrados por Meu Padrinho.
Nem missa podia ele celebrar dentro dos limites do Juazeiro.
90 Então o padre e seu povo resolveram construir a igreja do Horto,
situada fora da zona interdita, num alto de pedregulhos nus iguais aos
do Calvário. E quando as paredes do Horto já se erguiam grandes e
espessas como muralhas de fortaleza, o bispo também interditou a
obra. O padre era humilde e crente, submeteu-se e abandonou a
95 igreja. Mas não a abandonaram os romeiros, devotos apenas, de seu
padrinho. E ainda hoje os pés feridos dos peregrinos deixam nas lajes
do adro os seus rastros sangrentos; alguns de fé mais heróica, sobem
de joelhos o morro, e é o sinal dos seus joelhos chagados que marca
dois círculos de sangue no pavimento de pedra. Ao lado da igreja
100 inacabada, a "Casa dos Milagres" vivia cheia de ex-votos. Viam-se lá
cabeças de doido, pulmões roídos de tísico, ventres enormes de
hidrópicos, pernas e braços abertos em chagas, olhos cegos, corações
feridos — feitos de madeira, de cera, atestando curas miraculosas
operadas por intercessão de Meu Padrinho e Nossa Senhora das
105 Dores. Ainda devem existir esses milagres, acrescidos de muitos
outros depois do tempo em que os vi, enchendo paredes e prateleiras,
pendendo do teto, atulhando o chão, pois o galpão imenso já não os
comportava. Ou possivelmente foram destruídos como objetos de
idolatria pelos salesianos herdeiros do sítio. Não sei.

---

(5) "Se eu negar o que vi, ceguem meus olhos!" — If I deny what I saw, may
my eyes go blind!

(6) quem casava estava sempre *in extremis* — everyone who was getting
married was on the verge of death

(7) Mas que admirava isso? — But what was surprising about that?

Statue of Christ the Redeemer, Corcovado (photo courtesy of Varig Airlines)

Statue of Padre Cícero (photo by and courtesy of Larry Crook)

* * *

110 Quando o conheci, Meu Padrinho tinha mais de oitenta anos; já não parecia um ente humano, mas uma imagem animada, com aquela "fala diferente" a que se refere um cantador; exprimia-se numa linguagem arcaica, preciosa — a mesma linguagem que aprendera no seminário, que deveria ter falado em Roma quando lá foi justificar
115 perante os Doutores da Lei a sua crença nos milagres de Maria de Araújo.

> Viva o santo Juazeiro
> Que é o nosso Jerusalém!

diz o cantador que já citei.

120 Realmente — Meca, Jerusalém, Benares, a todas essas cidades foi Juazeiro comparada; e a elas se assemelhava, pois era a capital de um culto, a residência permanente de um santo, e em torno desse santo girava toda a vida daqueles milhares de homens. Nem a cidade era outra coisa senão um imenso arraial de romeiros, de peregrinos,
125 vindos dos quatro cantos do sertão, de todos os Estados do Nordeste, e até de Goiás, até do Amazonas e do Acre.

Dizem que os paroaras ricos, nos bons tempos da borracha,[8] davam esmolas de dez, vinte contos, para as caridades do padre. Davam-lhe sítios, casas, roçados; os pobres, que nada tinham,
130 davam-lhe o seu trabalho. E depois da bênção matinal, Meu Padrinho fazia a distribuição dos voluntários, que se agrupavam aos centos à sua porta: "Os José vão para a roça de Logradouro, os Antônio vão trabalhar com Casimiro, os Francisco se apresentem a José Inácio nas Porteiras, os de outro nome vão para as obras do orfanato . . ." E
135 a turba de homens se trançava, cada José, cada Antônio, cada Francisco, procurando disciplinadamente o seu grupo homônimo, para dar de esmola ao santo o seu dia de serviço.

E recebendo tanto dinheiro — sendo tão rico que o seu testamento transcrito num livro enche vinte e cinco páginas — Meu

---

(8) os paroaras ricos, nos bons tempos da borracha — the men who became rich recruiting rubber workers, in the good times of rubber (i.e., during the rubber boom in the Amazon area when Brazil was the chief world source of rubber, until around 1913)

140 Padinho nada possuía de seu. Usava uma batina que de tão velha já
era verde, recortada de remendos, curta e humilde como o burel dos
beatos esmoleres. Comia apenas leite e arroz, dormia numa rede,
morava numa casa de telha-vã. Era unicamente o intermediário das
esmolas, o traço entre a mão do doador e a mão do socorrido. Ainda
145 há muita gente viva que disso pode servir de testemunha e não me há
de deixar mentir.

*
* *

Quando era a hora da bênção, ele surgia à janela de sua casa,
defronte da turba que enchia mais de um quarteirão. Cada um lhe
contava aos gritos as suas mágoas, os seus erros, os pavores. Um
150 criminoso lhe atirava aos pés o punhal com que matara e confessava
o pecado, banhado em pranto. E o Padre escutava, consolava, dava
absolvição e remédio. Depois, fazendo o sinal-da-cruz num gesto
largo, com a mão trêmula, abençoava a multidão enorme que, ajoe-
lhada, batia nos peitos. E sobre o silêncio, sobre a contrição dos ro-
155 meiros, ouvia-se a voz do velho, quebrada e lenta:
— Quem matou não mate mais,[9] quem roubou não roube mais,
quem tomou mulher alheia entregue a mulher alheia e faça penitência
. . . Não briguem, não bebam, não façam desordem, meus filhos, que a
Luz de Nosso Senhor não gosta de assassinos nem de desordeiros . . .
160 Ouvindo isso foi que Luís Padre e Sinhô Pereira, criminosos de
muitas mortes, gente que bebia sangue como os outros bebem água,
"viram a Luz de Meu Padrinho", resolveram mudar de vida e foram
esconder seus pecados e seus arrependimentos nas campinas distantes
de Goiás, lá vivendo em penitência.

*
* *

165 Quando o Padre Cícero morreu,[10] muita gente pensou que
chegara o fim do mundo. Houve quem ficasse doido varrido,[11] e
saísse para a rua, uivando como cachorro danado — loucos de medo,

---

(9)   Quem matou não mate mais — Let him who has killed kill no more
(10) Quando o Padre Cícero morreu — in 1934, at the age of 90
(11) Houve quem ficasse doido varrido — There were some who went stark
      raving mad

de desamparo. Lampião,[12] que adorava o Padre, e jamais atacara casa que tivesse quadro com a imagem de Meu Padrinho, ou cristão
170 que usasse no peito a sua medalha, obrigou toda criatura que encontrava a pôr um crepe na roupa, de luto pelo santo. Mais de oitenta mil pessoas acompanharam o enterro. O caixão, arrancado ao carro, foi conduzido nos braços da multidão que se carpia aos gritos, como uns órfãos.
175 Alguns dizem, que o Padre está debaixo do chão; os incréus, os materialistas. Porque a gente que tem fé conta que Meu Padrinho, vendo a choradeira do povo, ressuscitou ali mesmo, sentou-se no caixão, sorriu, deu bênção, depois deitou-se outra vez e seguiu viagem dormindo, até à igreja do Perpétuo Socorro. Ficou morando lá,
180 naquela igreja que os padres nunca quiseram benzer. De noite sai de casa em casa, curando os doentes, consolando os aflitos. E se ninguém o vê, na rua ou na igreja, é porque as asas dos anjos, rode-ando-o todo, o encobrem dos olhos dos viventes.[13]

(from *A Donzela e a Moura Torta*)

---

(12)   Lampião — nickname of Virgolino Ferreira da Silva, the most famous of the *cangaceiros* of the Northeast; along with ten of his outlaw band, including his girl friend, Maria Bonita, he was shot to death and then beheaded in 1938. Rachel de Queiroz wrote a play, *Lampião,* in 1953, dealing with his last days. See: Billy Jaynes Chandler, *The Bandit King: Lampião of Brazil* (College Station: Texas A&M University Press, 1978).

(13)   The extraordinary hold of Padre Cícero over his followers was still evident in late 1969 when a gigantic new statue of him was inaugurated in Juazeiro do Norte. It is the second largest monument in Brazil, exceeded in size only by the statue of Christ the Redeemer in Rio de Janeiro. On the extensive folk literature surrounding Padre Cícero, see Candace Slater, *Trail of Miracles: Stories of a Pilgrimage in Northeast Brazil* (Berkeley: University of California Press, 1986).

Exercícios

A. *Para responder em português:*

1. Onde e quando nasceu o Padre Cícero?
2. Como era ele? Descreva-o.
3. De que foi acusado por teólogos, médicos e sociólogos?
4. Que semelhanças há entre um santo e um doido, segundo a autora?
5. Por que a autora quer crer que "Meu Padrinho" foi um santo?
6. Que documentos iriam ler os pesquisadores de 1970 e 80?
7. Qual é a importância da seca de 1877 na vida do Padre Cícero?
8. Descreva o caso da beata Maria de Araújo que sucedeu lá por 1890.
9. Descreva o caso da comissão de teólogos e médicos que foram ao Juazeiro a fim de pesquisar o caso da beata Maria de Araújo.
10. Qual foi a rebeldia do Padre Cícero e como a puniu o bispo?
11. Por que o padre e seu povo resolveram construir a igreja do Horto, e por que a abandonou o Padre Cícero?
12. Quem não abandonou a igreja do Horto? O que fazem os fiéis ainda hoje?
13. O que é a "Casa dos Milagres"?
14. Como era "Meu Padrinho" quando a autora o conheceu?
15. Como é que Juazeiro se assemelhava a Jerusalém, Meca e Benares?
16. Era rico o Padre Cícero? Explique isto.
17. O que dizia ele à multidão na hora da bênção?
18. O que pensou muita gente quando o Padre Cícero morreu? Descreva o enterro dele.
19. Como mostrava Lampião que adorava "Meu Padrinho"?
20. Onde está agora o Padre Cícero, segundo a gente que tem fé nele? E segundo a gente que não tem essa fé?

B. *Certo ou errado?*

1. A crônica foi escrita em março de 1944.
2. O Padre Cícero era alto e ereto como a estátua dele que se vê no Juazeiro.
3. Nestes tempos de diagnósticos científicos o Padre é considerado

um doido mesmo pelos teólogos.

4. A moça roubada ficou internada num convento.
5. As lendas de hoje se transformam nos documentos históricos de amanhã.
6. A fama do Padre data desde uma grande seca quando o Padre valeu aos pobres.
7. Foi muito fácil para o Padre Cícero fazer-se padre.
8. O bispo decidiu auxiliar o Padre Cícero na sua obra espiritual.
9. No fim da sua vida o padre estava riquíssimo.
10. O povo pensa que o Padre foi transportado ao céu logo depois de morrer.

C. *Dê a forma dos imperativos como nos exemplos:*

    Exemplo: Quem matou, não (matar) _____ mais.
                Quem matou, não mate mais.

1. Quem roubou, não (roubar) _____ mais.
2. Quem tomou mulher alheia, (entregar) _____ a mulher.
3. Para ser absolvido, (fazer) _____ penitência.
4. (Pedir) _____ a ajuda do Padre Cícero.
5. Filhos de Deus, não (brigar) _____ mais!
6. Antônio, (ir) _____ trabalhar com José.
7. (Chegar) _____ todos mais perto do altar!
8. (Vir) _____ me ver quando tiver feito penitência.
9. Edson, (ver) _____ só, é milagre!
10. Não (atacar) _____ casa que tenha imagem do Padre Cícero.

D. *Note o uso do subjuntivo nos exemplos, depois preencha os espaços em branco:*

    Exemplo: Há quem fique doido varrido em momentos como esse.
            Houve quem ficasse doido varrido em momentos como aquele.

1. Há quem (dizer) _____ isso, mas eu não acredito.
2. Há quem (poder) _____ fazê-lo sem aprender primeiro.
3. Havia quem o (desmentir) _____, porém, não convencia os crentes.
4. Havia quem (desconfiar) _____ dele.

E. *Empregue em períodos originais:*

1. Daqui a cinco dias a casa estará pronta.
2. Custou-me muito acabar o curso sem reprovação.
3. Logo chegou a comissão a fim de pesquisar.
4. A despeito da opinião das autoridades, o povo continuava a venerá-lo.
5. Em torno do santo girava a vida de toda a cidade.
6. O Padre aparecia defronte da turba.
7. Ele só sai de noite.

F. *Para traduzir em português:*

1. Padre Cícero was born in 1844 and died in 1934 when he was 90 years old.
2. He was ugly, short, and hunchbacked, with an enormous head and a diminutive body, but his blue eyes, limpid and mystical, were penetrating like a flame.
3. The backlanders consider him a saint who worked miracles.
4. Lampião, the most famous of the bandits of the Northeast, adored Padre Cícero and never attacked any house that had his picture or any person who wore his medal.
5. When Padre Cícero died many people thought the end of the world had come.
6. There were some who went stark raving mad and rushed out into the street, howling like mad dogs.
7. More than 80,000 persons accompanied his funeral.
8. The faithful say that he still dwells in the church and that at night he goes from house to house, consoling the afflicted and curing the sick.
9. Others — theologians, doctors, sociologists, materialists, and unbelievers — say that he was a megalomaniac, a paranoid, a generator of fanaticism, a protector of bandits, and an exploiter of the credulity of the backlanders.

31

A Revolução de 1930

— Eneida —

Realmente quase eu ia esquecendo aquela noite. Não fosse uma *enquête* de jornal, a pergunta feita por um repórter, e eu jamais ressuscitaria esse episódio de minha vida: uma noite com tantas tintas de tragédia e tão vistosas cores de comédia.

5 Éramos um bando alegre de criaturas irresponsáveis, porque jovens. Morávamos numa casa muito bela, de dois andares, florida e elegante, a única elegante e florida de uma rua triste, com um capim rebelde crescendo até o meio-fio. A Prefeitura de minha terra, — como de muitas e várias terras — nunca se preocupou com a lim-
10 peza das ruas; sempre deixou que o capim crescesse em liberdade e que o sujo tomasse conta das estátuas.

De nossa casa víamos o grande terreno do Quartel-General do Exército, seu palácio imponente dominando uma praça, seus campos destinados a não sei que treinamentos, pois nunca fui entendida nem
15 entusiasta de assuntos militares. Éramos, por assim dizer, vizinhos, o Quartel-General e nós. Não será necessário dizer que tudo isso e o que ainda vai ser narrado, ocorreu em Belém do Pará,[1] a minha tão e sempre amada cidade natal.

Antes, numa manhã — ah! as maravilhosas manhãs de Amazô-
20 nia, tão claras, tão claras — tinham vindo prender em nossa casa meu irmão mais velho, que me contara, sob promessa de absoluto e total silêncio, sob terrível juramento de guardar segredo, que estava conspirando contra o governo Washington Luís e aderira à Aliança Liberal.[2] Expusera longamente as razões de sua atitude tão ines-

---

(1) Belém do Pará — Belém, capital of the state of Pará, is the chief port of the northern region known as Amazônia.

(2) Washington Luís . . . Aliança Liberal — The "Liberal Alliance" was a coalition that opposed Washington Luís Pereira de Sousa (1870-1957), tenth president of Brazil, who had been elected for the term 1926-30 but

25 perada num mocinho gostando de dançar, namorar e fazer esporte.
Analisou para meus ouvidos atônitos a situação política local e do
país inteiro. Falou demoradamente em assuntos que pensei não
entendesse, contou casos de opressão e de desregramentos governa-
mentais. Ouvi tudo sem proferir palavra e — confesso — naquele
30 momento, conhecendo a família de moleques que éramos, o fato não
me causou a menor emoção, apenas sentida depois, quando o jovem
querido foi preso.

Preso meu irmão, comecei a sentir muita aflição, principalmente
porque criados em pleno sol e alegria da Liberdade, nunca supor-
35 tamos jugos, cerceamentos, escravizações e, por isso mesmo, cadeia.
Os dias corriam agora dando-nos obrigações novas: visitávamos
fielmente o preso, que se comportava com bravura e dignidade, se
bem que sempre se declarasse faminto, exigindo comidas feitas em
casa, especiais quitutes. Mantinha, porém, seu bom humor constante,
40 contava ou inventava estórias engraçadíssimas da prisão, de tudo se
aproveitando, como até hoje o faz, para criar anedotas e piadas.

Uma noite — creio que dois ou três de outubro — saíra o chefe da
família, e dentro de nossa casa bonita estávamos apenas quatro
crianças, duas empregadas e eu. Já estávamos preparados para dor-
45 mir quando sentimos estranho movimento na rua, geralmente
silenciosa e triste: gente correndo, cornetas tocando, nosso vizinho
fardado num vaivém agitadíssimo, automóveis indo e vindo, ordens
dadas em vozes altas e ríspidas. Que teria havido?[3] Chegamos todos
à janela. Estava acontecendo alguma coisa importante, isso não havia
50 dúvida, mas que seria? Apenas eu sabia — sempre gostei de saber
coisas da política — que se esperava um movimento insurrecional em
todo o país, que aqui e ali muitos focos da revolução haviam já
explodido. Sabia da existência da Aliança Liberal e de seus desejos.

Achei mais prudente fecharmos a casa, esperar a volta do

---

was deposed in October 1930 by the revolution led by Getúlio Vargas (see
note 8 below). Bradros], "Rui" [Barbosa], etc. The "patriarch of
Brazilian independence" is known as "José Bonifácio" [de Andrada e
Silva]).

(3) Que teria havido? — What could have happened?

55 ausente, mas um tiro soou. O primeiro, outro mais, e então reco-
lhemo-nos a um dos compartimentos da casa, aquele onde se
enfileiravam meus livros, minha mesa e usava o título pomposo de
escritório. Ali, principalmente, eu construía ingênuos sonhos literá-
rios.

60 Reunimo-nos no escritório, pequenina peça que até hoje, tantos
anos decorridos, posso descrever ainda e rever em detalhe: numa
parede o grande retrato de minha mãe sorria.

Os tiros se sucediam, secos a princípio, parecendo sem direção,
mas localizados em cima de nossa casa, quebrando vidraças e vidros,
65 espelhos e louças, furando móveis e paredes. De todos os seres
agasalhados naquela saleta, apenas eu sentia a gravidade da situação.
Para as crianças, aquilo parecia um grande e maravilhoso espetáculo.
Meu filho pequenino se encarregara da classificação de cada um dos
tiros:

70 — Viram como esse foi gordo? Coitadinho deste, magrinho, feio!
Ih! que beleza esse grandão!

Era um menino que jamais imaginara fossem tão bonitinhos os
tiroteios. A menina, minha filha sempre agarrada aos livros, já com
um bruto sentido de responsabilidade pelas coisas da vida, pergun-
75 tava a todo momento:

— O que é que eles querem?

Minha irmã, nos seus maravilhosos dez anos de idade, muito
ponderada — guardou esse tom até morrer — protestava:

— Não vejo por que tu ris;[4] o caso é muito sério, precisamos
80 fazer alguma coisa. Pensa! E se puséssemos um lenço branco?

As empregadas, tristes, mudas, esmagadas, não compreendiam
que eu ria para não causar perturbação às suas inconsciências, para
não preocupar as crianças, esforçando-me para ficar ao nível destas
últimas,[5] tão corajosas, tão ingênuas, desconhecendo a realidade da
85 situação. Não lembro se as empregadas rezavam; creio que sim, mas

---

(4) tu ris — In the speech of Pará, as in Portugal, the second-person pronoun
tu and all its verbal and pronominal forms (*te, ti, contigo, teu, tua*, etc.) are
still normally employed among family members and close friends. In other
Brazilian dialects, the object and possessive pronouns for *tu* are often used
in conjunction with *você*.

(5) destas últimas — of the latter (i.e., the "crianças")

recordo que não causaram o menor atropelo ao nosso heroísmo, inconsciente nas crianças, forçado em mim.

Estávamos bloqueados. O dono da casa não pudera voltar porque no momento em que tentara alcançar a rua fora impedido pelo "não 90 se passa" de soldados armados de carabinas e baionetas. O tiroteio continuava. Uma coisa eu sentia: todas as vezes que acendíamos as luzes, ele se tornava mais intenso. Mas como não acendê-las muitas vezes, se as crianças queriam água, leite ou ir ao *toilette*? Na escuridão, apenas minorada pelo clarão dos tiros (haviam sido 95 apagados os tristes lampiões da rua) não poderíamos continuar por muito tempo, tínhamos sempre que recorrer à luz.

Percebi que o tiroteio era dirigido contra nossa casa; pensei que todo aquele ódio era devido a meu irmão, "revolucionário". (Que ele me perdoe as aspas.)

100 — Sabes — dissera-me ele no momento da confidência — vamos ficar na História neste ano de 1930. Eu sou um "revolucionário". Meu pai, pensava eu, um revolucionário com um coração daquele tamanho, será que pode?[6] Depois mudei de opinião, mas naquele momento eu era uma mocinha cheia da alegria de viver. Queria 105 ter apenas direito a sonhar.

O tiroteio continuava, as horas corriam e meu irmão mais moço sofria: estava com treze anos e depois de muita luta conseguira me convencer que devia sair das roupas infantis para usar calças compridas. O terno — a primeira indumentária adulta — chegara na 110 quela tarde; houvera uma verdadeira festa. Aquele menino, tão amigo, lançava sua proclamação adulta. Com que orgulho exibira suas calças compridas, com que alegria comunicara a todas que agora, sim, agora era um homem!

Dono de uma alegria contagiante, enquanto as balas choviam, ele 115 ia declarando:

— Fizeram esta revolução só por causa de minhas calças novas. Gente ruim, acontecer isso no dia em que o alfaiate mandou minha roupa de gente.[7] Ah! se eles furarem minhas calças ...

---

(6) Meu pai, pensava eu ... será que pode? — My goodness, I thought to myself, a revolutionary with a heart that size (i.e., so young a revolutionary), can it be possible?

(7) roupa de gente — adult clothes

E saía de gatinhas a todo momento para ir ao quarto onde, no
120 guarda-roupa se perfilava, solene, aquele terno que iria marcar uma
nova fase na sua vida.

Às seis da manhã a campainha da porta de entrada vibrou fortemente. As crianças depois de uma noite tão cruel de vigília, dormi-
tavam no grande divã da saleta. Com a campainha e cessado o tiroteio,
125 descemos todos. Agora batiam à porta com as coronhas de carabinas.
Abri.

Não posso lembrar quantos homens fardados entraram no pequenino "hall", mas sei que o mais graduado (perdoai, jamais soube intitular homens pelos galões que trazem no braço ou no quepe) pergun-
130 tou por meu irmão. Naturalmente tive um espanto: — então não
sabiam que ele estava preso havia uns quinze dias?

— Pois o senhor não sabia?

Mas nisso ele viu um quepe na chapeleira. Avançou sobre o pobre
chapéu militar, agitando-o no ar. Gritou:
135 — Onde está ele?

— Ele quem?

— O Magalhães Barata.

Aí compreendi tudo. Com as proezas de meu irmão mais velho
nascera o boato de que em nossa casa estava instalado o quartel-gene-
140 ral dos revolucionários de 1930 em Belém do Pará, e que o chefe do
movimento estava escondido naquele palacete tão calmo. O homem
avançou para o cabide; meu irmão mais moço declarou forte:

— Cuidado, não suje o meu quepe de Ginásio . . .

Expliquei que jamais vira o chefe revolucionário, o que não impe-
145 diu que a casa fosse vasculhada, invadida, numa busca infrutífera.

— Sairão daqui com a escolta.

Ordem seca, que julguei de grande ridículo: aquele ser fardado e
soberbo estava prendendo quatro crianças, o mais velho com treze
anos, duas esmagadas domésticas e eu em plena juventude. Que mal
150 poderíamos estar causando?

Saímos para a rua. Espanto geral, protestos, à medida que atraves-
sávamos a cidade como heróis, achando tudo engraçadíssimo. Pessoas
amigas ou apenas conhecidas vinham para as janelas, enquanto aquela
escolta ladeava os terríveis prisioneiros. Subitamente fomos deixados
155 numa rua. Atrás de nós dezenas de curiosos vinham naturalmente

querendo saber o nosso destino. Depois um amigo recolheu-nos, abrigou-nos, pois tínhamos ordem de não voltar para a casa bombardeada, o que não poderíamos fazer mesmo que quiséssemos: as balas haviam deixado marcas terríveis.

160   Mas o dia quatro de outubro — creio — foi uma festa: meu irmão em liberdade, aplaudido como líder, nós também saudados como se heróis fôssemos. Dias mais tarde naquele querido *Estado do Pará,* jornal que abrigou meus primeiros trabalhos, eu escrevia arrogantemente um artigo, declarando: "essa revolução não é a minha". (Até
165 hoje me espanto como naquele momento — tão jovem — eu pude ver longe ou melhor prever o futuro.)[8]

   É essa a lembrança que tenho da revolução de 1930, se bem que guarde, como o melhor dela, o terem sido respeitadas as calças compridas de meu irmão. Quando ele afinal as vestiu, bem merecia, pois
170 defendeu-as como um herói na noite trágica.

   A revolução de 1930 para mim é a estória das primeiras calças compridas do mais amado e do melhor irmão do mundo.

(from Aruanda)

---

(8)   prever o futuro — The author means that she "foresaw" that the revolution was not the one she was hoping for, because Getúlio Vargas eventually assumed dictatorial powers and his government became more oppressive than the one it had replaced. Vargas ruled as dictator for fifteen years until he fell from power in 1945. In 1950 he returned to power when he was elected president, but as a consequence of a political and military crisis he committed suicide in 1954. Eneida was herself imprisoned at various times between 1932 and 1945 for political reasons.

Exercícios

A. *Responda em português:*

1. Onde morava a autora e a sua família?
2. O que podiam ver de sua casa?
3. Que tinha contado o irmão mais velho à autora sob promessa de silêncio?
4. Por que a atitude dele era inesperada?
5. Como se portava o irmão na cadeia?
6. Quantas pessoas estavam na casa na noite de dois ou três de outubro?
7. O que sentiram na rua quando já estavam preparados para dormir?
8. Ao ouvirem os tiroteios, qual foi a reação das crianças?
9. Por que ria a autora?
10. Por que o dono da casa não pôde voltar?
11. Por que era um dia muito importante para o irmão mais moço?
12. O que aconteceu às seis da manhã?
13. Que boato tinha nascido com as proezas do irmão mais velho?
14. Quem eram "os terríveis prisioneiros" e onde foram deixados?
15. Por que o dia quatro de outubro foi uma festa?
16. O que a autora escreveu dias mais tarde no jornal?
17. Por que o irmão mais moço bem merecia vestir as calças compridas?
18. Para a autora, o que é a revolução de 1930?

B. *Certo ou errado?*

1. A autora escreveu a crônica para satisfazer um pedido de jornal.
2. O episódio ocorreu num subúrbio de uma pequena cidade do Sul.
3. Os tempos eram de muita inquietação devido a discórdias por todo o país.
4. Uma noite, estando só mulheres e meninos, a casa foi atacada pelos habitantes do edifício vizinho.
5. Vai sem dizer que ficaram todos aflitíssimos.
6. Um dos bloqueados temia que entre os prejuízos causados pelos tiros se contassem umas calças furadas.

7. Os tiros começaram a chover ainda mais quando ficou dia.

8. Os soldados vinham prender o irmão da autora, o qual tinha escapado da cadeia.

9. Quando o equívoco foi resolvido, os soldados pediram desculpas e e se foram embora.

10. Por toda a crônica vê-se que a autora é uma mulher que acha romântica a vida militar.

C. *Escreva de novo as seguintes orações utilizando o infinitivo pessoal, como se vê nos exemplos:*

> Exemplo: Achei mais prudente que fechássemos a casa.
> Achei mais prudente fecharmos a casa.
> Vou fazer o jantar antes que venham.
> Vou fazer o jantar antes de virem.

1. O mais bonito foi que as alunas cantaram o hino escolar.

2. É recomendável que se recolham no escritório.

3. Antes que fossem anunciadas as notícias, o irmão foi preso.

4. A irmã pediu aos meninos que apagassem as luzes.

5. Sinto que não tenhamos chamado a polícia.

6. A empregada arranjou um sofá para que o hóspede se deitasse.

7. O ataque foi planejado sem que soubéssemos nada.

8. Só depois que saíram ela viu que a casa estava terrivelmente marcada.

9. Temo que seja um dos soldados do quartel.

10. A lembrança que guardo é que as calças compridas de meu irmão foram respeitadas.

D. *Empregue as frases verbais sublinhadas em períodos originais:*

1. A Prefeitura deixou que o sujo <u>tomasse conta</u> das estátuas.

2. Ele <u>se aproveitava de</u> tudo para criar piadas.

3. Depois de dois tiros, <u>recolhemo-nos</u> a um quarto.

4. Meu filho <u>se encarregara</u> de classificar os tiros.

5. O tiroteio <u>se tornava</u> mais intenso.

E. *Traduza em português:*

1. In October 1930 Eneida was living in her native city of Belém in an elegant two-story house.

2. One bright morning some soldiers came to arrest the older of her two brothers who was conspiring against the government.
3. She visited him in jail and brought him home-cooked food; he told her funny stories about the prison.
4. One night when she was at home with her two children, her ten-year-old sister, her thirteen-year-old brother, and two servants, they heard strange movements in the street: people running, bugles blowing, automobiles coming and going. Something important was happening.
5. Some shots began to sound; many of them pierced the walls and furniture of the house, breaking window panes, mirrors, and china.
6. Her younger brother was worried about his new suit that was in the wardrobe in the bedroom.
7. He was afraid that one of the bullets might put a hole in them (might pierce them).
8. Two days later everybody was happy; the older brother was free, and the younger brother was able to wear his first long pants.

32

Abílio e Schopenhauer

— Machado de Assis[1] —

Guimarães chama-se ele; ela Cristina. Tinham um filho, a quem puseram o nome de Abílio. Cansados de lhe dar maus tratos, pegaram do filho, meteram-no dentro de um caixão e foram pô-lo[2] em uma estrebaria, onde o pequeno passou três dias, sem comer nem
5 beber, coberto de chagas, recebendo bicadas de galinhas, até que veio a falecer. Contava dous anos de idade. Sucedeu este caso em Porto Alegre, segundo as últimas folhas, que acrescentam terem sido os pais recolhidos à cadeia, e aberto o inquérito. A dor do pequeno foi naturalmente grandíssima, não só pela tenra idade, como porque
10 bicada de galinha dói muito, mormente em cima de chaga aberta. Tudo isto, com fome e sede, fê-lo passar "um mau quarto de hora", como dizem os franceses, mas um quarto de hora de três dias; donde se pode inferir que o organismo do menino Abílio era apropriado aos tormentos. Se chegasse a homem, dava um lutador resistente; mas a
15 prova de que não iria até lá, é que morreu.
Se não fosse Schopenhauer, é provável que eu não tratasse deste caso diminuto, simples notícia de gazetilha. Mas há na principal das obras daquele filósofo um capítulo destinado a explicar as

(1) Joaquim Maria Machado de Assis (1839–1908) is Brazil's foremost writer of all time. A mulatto of humble origin, and largely self-taught, his novels, short stories, poetry, *crônicas,* and other writings brought him fame and honor in his lifetime. He was elected the first president of the Academia Brasileira de Letras in 1897. His most noted works are *Memórias Póstumas de Brás Cubas, Quincas Borba, Dom Casmurro,* and "O Alienista" (translated into English, respectively, as *Epitaph of a Small Winner, Philosopher or Dog?, Dom Casmurro,* and "The Psychiatrist"). See Susan Sontag's foreword to the new edition of *Epitaph* (New York: Noonday Press, 1990).

(2) "pô-lo" and below "fê-lo": See note 7 of "Carta de um Editor Português."

causas transcendentes do amor. Ele, que não era modesto, afirma que
20   esse estudo é uma pérola. A explicação é que dous namorados não se
escolhem um ao outro pelas causas individuais que presumem, mas
porque um ser, que só pode vir deles, os incita e conjuga. Aplique-
mos esta teoria ao caso Abílio.[3]

       Um dia Guimarães viu Cristina, e Cristina viu Guimarães. Os
25   olhos de um e de outro trocaram-se, e o coração de ambos bateu
fortemente. Guimarães achou em Cristina uma graça particular,
alguma cousa que nenhuma outra mulher possuía. Cristina gostou da
figura de Guimarães, reconhecendo que entre todos os homens era um
homem único. E cada um disse consigo: "Bom consorte para
30   mim!" O resto foi o namoro mais ou menos longo, o pedido da mão
da moça, as formalidades, as bodas. Se havia sol ou chuva, quando
eles casaram, não sei; mas, supondo um céu escuro e o vento
minuano, valeram tanto como a mais fresca das brisas debaixo de um
céu claro. Bem-aventurados os que se possuem, porque eles possui-
35   rão a terra. Assim pensaram eles. Mas o autor de tudo, segundo o
nosso filósofo, foi unicamente Abílio. O menino, que ainda não era
menino nem nada, disse consigo logo que os dous se encontraram:
"Guimarães há de ser meu pai, e Cristina há de ser minha mãe; não
quero outro pai nem outra mãe; é preciso que nasça deles, levando
40   comigo, em resumo, as qualidades que estão separadas nos dous". As
entrevistas dos namorados era o futuro Abílio que as preparava; se
eram difíceis, ele dava coragem a Guimarães para afrontar os riscos,

---

(3)   Arthur Schopenhauer (1788–1860), German philosopher born in Danzig.
Chapter 44 of Volume II of Book IV of Schopenhauer's *The World as Will
and Representation* is entitled "The Metaphysics of Sexual Love." In this
chapter we read: "For all amorousness is rooted in the sexual impulse
alone . . ." and "The true end of the whole love-story, though the parties
are unaware of it, is that this particular child may be begotten; the method
and manner by which this end is attained is of secondary importance."
Further on in the same passage we read: "The growing attachment of two
lovers is in itself in reality the will-to-live of the new individual, an
individual they can and want to produce. Its new life, indeed, is already
kindled in the meeting of their longing glances, and it announces itself as a
future individuality, harmonious and well constituted." See the Falcon
Wing Press edition, trans. E. F. J. Payne, 1958, pp. 533–36.

e paciência a Cristina para esperá-lo. As cartas eram ditadas por ele. Abílio andava no pensamento de ambos, mascarado com o rosto dela,

45 quando estava no dele, e com o dele, se era no pensamento dela. E fazia isso a um tempo, como pessoa que, não tendo figura própria, não sendo mais que uma idéia específica, podia viver inteiro em dous lugares, sem quebra de identidade nem de integridade. Falava nos sonhos de Cristina com a voz de Guimarães, e nos de Guimarães

50 com a de Cristina, e ambos sentiam que nenhuma outra voz era tão doce, tão pura, tão deleitosa.

Enfim, nasceu Abílio. Não contam as folhas cousa alguma acerca dos primeiros dias daquele menino. Podiam ser bons. Há dias bons debaixo do sol. Também não se sabe quando começaram os

55 castigos, — refiro-me aos castigos duros, os que abriram as primeiras chagas, não as pancadinhas do princípio, visto que todas as cousas têm um princípio, e muito provável é que nos primeiros tempos da criança os golpes fossem aplicados diminutivamente. Se chorava, é porque a lágrima é o suco da dor. Demais, é livre, — mais livre

60 ainda nas crianças que mamam, que nos homens que não mamam.

Chagado, encaixotado, foi levado à estrebaria, onde, por um desconcerto das cousas humanas, em vez de cavalos, havia galinhas. Sabeis já que estas, mariscando, comiam ou arrancavam somente

65 pedaços da carne de Abílio. Aí, nesses três dias, podemos imaginar que Abílio, inclinado aos monólogos, recitasse este outro de sua invenção: "Quem mandou aqueles dous casarem-se para me trazerem a este mundo? Estava tão sossegado, tão fora dele, que bem podiam fazer-me o pequeno favor de me deixarem lá. Que mal lhes fiz eu

70 antes, se não era nascido? Que banquete é este em que o convidado é que é comido?"

Nesse ponto do discurso é que o filósofo de Dantzig, se fosse vivo e estivesse em Porto Alegre, bradaria com a sua velha irritação: "Cala a boca, Abílio. Tu não só ignoras a verdade, mas até esqueces

75 o passado. Que culpa podem ter essas duas criaturas humanas, se tu mesmo é que os ligaste? Não te lembras que, quando Guimarães passava e olhava para Cristina, e Cristina para ele, cada um cuidando de si, tu é que os fizeste atraídos e namorados? Foi a tua ânsia de vir a este mundo que os ligou sob a forma de paixão e de escolha

80 pessoal. Eles cuidaram fazer o seu negócio, e fizeram o teu. Se te saiu

mal o negócio, a culpa não é deles, mas tua, e não sei se tua somente
... Sobre isto, é melhor que aproveites o tempo que ainda te sobrar
das galinhas, para ler o trecho da minha grande obra, em que explico
as cousas pelo miúdo. É uma pérola. Está no tomo II, livro
85 IV, capítulo XLIV... Anda, Abílio, a verdade é verdade ainda à hora
da morte. Não creias nos professores de filosofia, nem na peste de
Hegel..."[4]

E Abílio, entre duas bicadas:

— Será verdade o que dizes, Artur; mas é também verdade
90 que, antes de cá vir, não me doía nada, e se eu soubesse que teria de
acabar assim, às mãos dos meus próprios autores, não teria vindo cá.
Ui! ai![5]

— 16 de junho de 1895

Exercícios

A. *Responda:*

1. Onde Cristina e Guimarães meteram seu pequeno filho e por quê?
2. Como foi a experiência dele lá? Aonde foram parar os pais?
3. Por que a dor do pequeno foi tão grande?
4. O que motivou o autor a tratar deste caso?
5. Segundo a teoria de Schopenhauer, por que se escolhem dois namorados?
6. Aplicando as idéias do filósofo, como o autor imagina que Abílio influenciou o namoro dos futuros pais?
7. Ainda conforme a aplicação da teoria, o que Abílio teria se

---

(4) nem na peste de Hegel — nor in that nuisance of a Hegel (Georg Friedrich Wilhelm Hegel (1770–1831). German philosopher.

(5) Ui! ai! — Ow! ouch!

perguntado na estrebaria?

8. Na recriação do autor, qual teria sido a intervenção de Schopenhauer?

9. Qual teria sido a resposta do pequeno moribundo?

B. *Certo ou errado:*

1. O filho de Abílio e Cristina se chama Guimarães.
2. Guimarães e sua esposa meteram o filho num caixão para enterrá-lo.
3. As galinhas devoraram o pequeno filho, que contava três anos de idade.
4. Sucedeu este caso no Rio de Janeiro, onde os pais foram recolhidos à cadeia.
5. Este caso diminuto inspirou um capítulo de uma obra de um filósofo alemão.
6. Segundo Machado de Assis, Schopenhauer era modesto demais.
7. Aplicando a teoria de Schopenhauer, Guimarães e Cristina pensaram em Abílio ao se verem por primeira vez.
8. Num monólogo imaginário, Abílio agradece aos pais o terem tirado deste mundo cheio de dores e sofrimento.
9. Schopenhauer teria protestado ante Abílio por ter dado idéias absurdas a Machado de Assis.
10. Em sua resposta, Abílio diz que não teria vindo a este mundo se tivesse sabido que os pais haveriam de tormentá-lo.

C. *Traduza em português:*

1. When Abílio's parents got tired of mistreating him, they put him in a box and left it in a stable.
2. The little fellow, covered with sores, spent three days there without food or drink and was pecked at by chickens until he died.
3. This news item made the author think about Schopenhauer's theory that two lovers choose each other because another being, who can only come from them, incites and unites them.
4. According to this theory, Abílio, who was not yet a child or anything, had said to himself: "I want him to be my father and her to be my mother."

5. We do not know when the beatings began, but if he cried it was because tears are the juice of pain.
6. The philosopher would have roared out: "Shut up, Abílio! It's your fault because you are the one who brought your parents together and made them fall in love."
7. We can imagine Abílio answering, between pecks: "If I had known my parents would mistreat me like this, I would not have come into this world."

D. *Sugestões para exposição oral ou escrita:*

1. Há casos de crianças maltratadas hoje em dia? Por que será que certos pais maltratam os seus filhos?
2. Conte este caso desde o ponto de vista de (a) Abílio (b) Schopenhauer.
3. Discuta como esta crônica é diferente ou não das modernas.
4. Especule por quê Machado de Assis escreveu esta crônica.

33

Como Aprendi o Português

— Paulo Rónai —

Professor recém-formado, eu ensinava latim e italiano num ginásio de Budapeste. Uma vez por semana freqüentava um café onde se reuniam meus amigos lingüistas. Um deles estudava o sogdiano, outro preparava um ensaio sobre os pronomes voguis, um terceiro
5 acabara de publicar dois grossos volumes de contos tcheremissos.[1]
Só interessados em idiomas exóticos, tinham verdadeira paixão pelas línguas difíceis e desprezavam minhas modestas excursões no domínio neolatino.

— Mas, afinal, você sabe espanhol? — perguntei certo dia a um
10 deles, perito em lingüística fino-úgrica.

— Ora essa! — respondeu-me.

— Mas sabe mesmo? — insisti.

— Ainda não experimentei — replicou altivo.

Calei-me, humilhado. Realmente o espanhol não se comparava
15 com nenhum daqueles dialetos fabulosos. De mais a mais, era falado por um número excessivo de pessoas, e os meus amigos só apreciavam idiomas extintos ou, quando muito, falados por meia dúzia de pescadores analfabetos.

Assim, nem tive coragem de relatar-lhes que principiara a apren-
20 der o português — tanto mais que essa língua me parecia, de início, fácil demais: um desses começos de namoro em que tudo corre bem e nada faz prever as atrapalhações subseqüentes.

Lembro-me ainda do dia em que o primeiro livro português me

---

(1) sogdiano, voguis, tcheremissos — Sogdian, an ancient Persian tongue; Vogul and Cheremiss, languages of the Finno-Ugric family; these "idiomas exóticos" are so rare that they do not even appear in *Novo Dicionário da Língua Portuguesa* by Aurélio Buarque de Holanda Ferreira, Brazil's most complete dictionary, popularly known as *Novo Aurélio*.

veio ter às mãos. Foi a antologiazinha *As Cem Melhores Poesias*
25 *Líricas da Língua Portuguesa,* de Carolina Michaëlis.[2]
O livrinho chegou-me às nove da manhã num dia das férias de
Natal. Às dez, já eu tinha descoberto o único dicionário português
existente nas livrarias de Budapeste, o de Luísa Ey, com tradução
alemã. Atirei-me então às poesias com sôfrega curiosidade. Às três
30 da tarde, o soneto "Sonho Oriental", de Antero,[3] estava traduzido
em versos húngaros; às cinco, aceito por uma revista, que o publica-
ria pouco depois.
De todos os escritores húngaros que eu conhecia, Desidério
Kosztolanyi era o único que se aventurara a abordar o estudo do por-
35 tuguês. Certa vez falou-me nesta língua, que lhe parecia alegre e doce
como um idioma de passarinhos. A mim, sob seu aspecto escrito,
dava-me antes a impressão de um latim falado por crianças ou
velhos, de qualquer maneira gente que não tivesse dentes. Se os
tivesse, como haveria perdido tantas consoantes? E olhava espantado
40 para palavras como *lua, dor, pessoa, veia,*[4] procurando apanhar o
que nelas restava das palavras latinas, cheias e sonoras.
Era aliás justamente a pronúncia que me causava algum medo.
As nasais, tão numerosas, arrepiavam-me, tanto mais que a
gramática, arranjada não sei onde, as cercava do maior mistério. É
45 impossível, diziam Gaspey, Otto e Sauer,[5] explicar a pronúncia de
tais sons; a única maneira de aprendê-la era pedir a um natural do
país que os pronunciasse grande número de vezes. Mas como ia eu
arranjar em Budapeste um natural de Portugal? E entrei a meditar
sobre enigmas fonéticos, como, p. ex., os diversos valores do *x,* que
50 em húngaro nem existe e mesmo nas outras línguas não passa de uma

---

(2) Carolina Michaëlis de Vasconcelos (1851–1925), German scholar (married to a Portuguese linguist) noted especially for her works on medieval
Portuguese literature

(3) Antero — Antero Tarqüínio de Quental (1842–91), one of Portugal's most
important poets and influential intellectual leaders

(4) From the Latin *luna, dolor, persona,* and *vena*; Portuguese, as it evolved,
often dropped intervocalic *n* and *l.*

(5) Gaspey, Otto e Sauer — editorial directors of a series of foreign-language
manuals published in Germany

letrinha à-toa, ao passo que em português se encarnava de quatro maneiras diferentes.[6]

Foi com certa impaciência que acolhi ilogismos que o novo idioma me oferecia, totalmente esquecido dos que engolia sem pro-
55 testos, a cada instante, na minha própria língua. Não queria admitir que nomes tão franceses como *chapéu* ou *paletó* pudessem ser incorporados ao português sem mais nem menos. Mas reconhecia com alvoroço palavras cuidadosamente guardadas da velha estirpe latina e que outros idiomas românicos tinham malbaratado: *lar e ônus*
60 vinham familiares, embelezados pela longa tradição. Vozes em que reencontrava vestígios da formação latina, como *bebedouro* e *nascedouro,* e mesmo *horrendo* e *nefando,* sorriam-me. Os vocábulos de origem árabe se apresentavam solenes, muito mais presos à origem do que realmente são; parecia-me até impossível que um *al-*
65 *faiate* cortasse paletós e calças pelo modelo inglês, em vez de só fazer *albornozes.*

Não somente o vocabulário: fenômenos sintáticos também me provocaram reações sentimentais. A descoberta do infinitivo pessoal foi uma surpresa e abalou-me bastante o orgulho patriótico, pois jul-
70 gava-o riqueza exclusiva do húngaro. Afeiçoei-me logo às formas mesoclíticas dos verbos: *falar-te-ei, lembrar-nos-íamos*[7] apresentavam-me como que em corte anatômico palavras já irreparavelmente fundidas no francês ou no italiano, e faziam supor dotes de análise e síntese em todos os que as empregavam. Admirei também a sábia
75 economia que se manifestava em expressões compostas de dois advérbios, como *demorada e pacientemente,* só imagináveis numa língua que teimasse em não se afastar de suas raízes etimológicas.

Aos poucos, sem ainda saber ler em voz alta, ia adivinhando no português uma melodia nova e diferente, e continuava familiari-
80 zando-me com o volumezinho das cem poesias.

---

(6) Remember the different phonetic values of orthographic *x*, i.e. $x = /\check{s}/$ ("sh") as in *lixo; x= /ks/* as in *nexo; x= /s/* as in *próximo; x= /z/* as in *exemplo.*

(7) As the examples demonstrate, the grammatical term *mesóclise* indicates placement of pronouns between the root and the ending of verbal forms of the future and conditional.

Meu primeiro livro brasileiro foi uma *Antologia de Poetas Paulistas*. Era um volumezinho, de apresentação péssima, muito mal organizado. Continha os retratos horrorosos de trinta poetas de São Paulo e uma poesia de cada um deles, geralmente um soneto. As
85 dificuldades começavam pelo título, pois o *Wörterbuch* de Luísa Ey, naturalmente, não continha a palavra *paulista*.

Se não cheguei a entender a maioria dos poemas, adivinhei o sentido de alguns e acabei traduzindo um poemeto de Correia Júnior,[8] que publiquei numa revista.
90 Em seguida "adivinhei" e verti mais alguns poemas do livro. Um acaso fez cair uma dessas traduções nas mãos do então cônsul do Brasil em Budapeste, que me deu um volume de Bilac, outro de Vicente de Carvalho e três números antigos do *Correio da Manhã*.[9]

A este jornal mandei um recorte da "primeira poesia brasileira
95 vertida para o húngaro". Um dia, com grande surpresa minha, chegou-me um envelope volumoso coberto de selos exóticos e cheio dos poemas, ainda inéditos, de um jovem poeta carioca.

Essa mensagem foi seguida de outras, escritas por outros leitores do jornal. Havia entre os poemas remetidos uns valiosos, outros re-
100 gulares e alguns fracos. Mas faltava-me o fio condutor para me orientar naquela multidão de nomes novos e estabelecer uma escala certa de valores.

De certos poetas, tradicionalistas na expressão e na forma, não sabia se eram de 1850 ou contemporâneos. Ao mesmo tempo, to-
105 mava por originalíssimos alguns autores de quinze anos (de quem recebia os inéditos), por lhes desconhecer os modelos. Assim, quando afinal obtive um volume de Jorge de Lima,[10] a obra deste grande poeta não me deu mais a surpresa feliz de uma descoberta, pois já conhecera vários de seus discípulos.

---

(8)   Correia Júnior — lesser known Brazilian poet
(9)   Bilac — Olavo Bilac (1865–1918), the "prince of Brazilian poets," noted especially for patriotic and sensual verse; Vicente Carvalho (1866–1924), another poet of Brazil; *Correio da Manhã*, one of Brazil's oldest newspapers
(10) Jorge de Lima (1898–1953), outstanding poet of Brazilian Modernism, noted especially for works inspired in the Northeast

110   Ao lado dessas incertezas, havia as da língua, pois ainda continuava com o dicionariozinho da Sra. Ey, e um português-francês, não
muito melhor, de Simões da Fonseca, ambos feitos na Europa, e que
por isso ignoravam totalmente os brasileirismos. Aí tinha de recorrer
de novo ao sistema arriscado da conjetura.

115   Nem todas eram fáceis. No "Acalanto do Seringueiro", de Mário
de Andrade,[11] o *uirapuru* só podia ser pássaro. Mas quanto tempo
não levei para atinar que o *cabra resistente* do mesmo poema não
designava bicho, mas homem.

Noutros casos, a falta de noção equivalente no meio centro-
120   europeu tornava a tradução quase impossível. Tive de dar tratos à
bola[12] para fabricar um termo composto de três palavras (*kaucsukfa-
csapoló*) para verter o próprio nome do *seringueiro*.

O que, porém, me atrapalhava sobretudo eram as palavras mais
corriqueiras, mais simples. Os sábios glotologistas do meu café, em-
125   bora com relutância, tiveram de concordar comigo quando lhes
mostrei que uma das palavras brasileiras mais difíceis de traduzir e
encaixar num verso húngaro era *dezembro*. O nosso *december,*
etimologicamente idêntico, mas que evocava noções de gelo, neve e
miséria, não poderia sugerir a nenhum leitor húngaro a imagem de
130   um Natal carioca, tórrido e abafado. Ou então, que significava a palavra *Nordeste?* Foi necessário uma longa carta de Ribeiro Couto[13]
para dar-me uma idéia aproximativa do complexo sentido geográfico,
antropológico, sociológico e, sobretudo, poético, dessa denominação.
Tive menos sorte com um jovem adepto da poesia social em cujos
135   poemas encontrara inúmeras alusões aos *morros* cariocas. Respondeu
à minha consulta com uma lista de sinônimos: *colina, outeiro, etc.* Só
depois de nova troca de cartas cheguei a entender que, contrariamente
ao que se dava na minha cidade, onde os morros, cobertos de luxuosos
palacetes, só abrigavam gente rica, no Rio eles eram sinônimos de

---

(11)   Mário de Andrade (1890–1945), poet, novelist, musicologist, critic,
        leader of Modernism, foremost intellectual of early twentieth-century
        Brazil
(12)   dar tratos à bola — (colloq.) to rack one's brains
(13)   Rui Ribeiro Couto (1898–1963), Brazilian writer and diplomat

140 favelas, isto é, "conjuntos de habitações populares toscamente constru-
ídas e desprovidas de recursos higiênicos".

O aparecimento das traduções num volume intitulado *Mensagem
do Brasil* foi acolhido pela crítica com o interesse que o momento
permitia. (Estávamos em agosto de 1939.) Pela primeira vez na
145 Europa Central liam-se versos brasileiros e se podia entrever a
existência no Brasil, até então só conhecido como produtor de café, de
uma civilização digna de estudo e mesmo de admiração. O crítico
Jorge Bálint — que mais tarde os nazistas haviam de assassinar —
deu a seu artigo este título: "O Brasil chegou-se para mais perto".
150 Foi essa, realmente, a minha impressão durante três dias. No
quarto dia, os tanques alemães cruzavam a fronteira da Polônia. Uma
cortina de fumaça passou a esconder o Brasil, a poesia, a alegria de
viver.

Entretanto, ao cabo de quinze meses, cujos sofrimentos e angús-
155 tias não cabe relatar aqui, lá estava eu de malas prontas para conhecer
o Brasil, de perto. A viagem tinha de ser feita através de Portugal,
única saída da Europa já em chamas. Rumei para Lisboa com todas as
preocupações do exilado, mas algo consolado pela interessante
experiência lingüística à minha espera. Que mal me podia acon-
160 tecer, se já conhecia as formas mesoclíticas e o infinitivo pessoal?

Sofri, porém, decepção tremenda. Passei seis semanas em Lisboa
sem que conseguisse entender patavina da língua falada. Pegava do
jornal e compreendia-o perfeitamente; o porteiro do hotel ou o garção
do café diziam três palavras, e eu me via outra vez no mato sem
165 cachorro.[14] Humilhação ainda maior: os intelectuais portugueses, aos
quais fui apresentado, depois de uma tentativa frustrada de falarem a
sua língua comigo, recorriam ao francês. Assisti à representação de
uma peça de teatro, e saí tonto, sem ter compreendido o enredo; a uma
aula de colégio, sem saber se os alunos tinham respondido bem ou
170 mal; a uma defesa de tese na Faculdade de Filosofia, sem descobrir até
o fim qual fora o assunto focalizado pelo candidato. Que diriam os
filólogos de Budapeste, se me vissem em tais apuros?

Durante a minha permanência na capital portuguesa costumava
tomar diariamente determinado bonde e saltar no mesmo ponto, onde o

---

(14)   no mato sem cachorro — up the creek without a paddle

175 mesmo condutor lançava o mesmo grito. Sentava-me perto do homem,
apurava os ouvidos para entendê-lo, tudo em vão. Poderia perguntar, é
claro, mas não seria *fair play:* preferia saltar envergonhado e infeliz,
até que, na véspera da minha partida, veio a revelação. O condutor
gritava era *Restauradores;* apenas, suprimia três das vogais da
180 palavra, carregando nos *rr* e sibilando os *ss.*[15] Fui correndo verificar
na placa da esquina: tinha acertado! Mas já era tarde. No dia seguinte
embarquei no *Cabo de Hornos* com destino ao Rio de Janeiro, ator-
mentado por negros pressentimentos.
Cheguei uns 20 dias depois. Que alívio logo de entrada! O Brasil
185 recebia-me com uma linguagem clara, sem mistérios. Ainda não des-
embarcara, e já não perdia nenhuma das palavras do carregador, que,
em compensação, perdeu uma das minhas malas. Entendi igualmente o
funcionário da alfândega; e, de tão satisfeito, não lhe rebati a surpreendente afirmação de que o português e o húngaro eram línguas
190 irmãs. O deslumbramento continuou na rua, no primeiro táxi, no hotel.
O idioma que eu aprendera em Budapeste era mesmo o português!
(from *Como Aprendi o Português, e Outras Aventuras*[16]

Exercícios

A. *Perguntas:*

1. Antes de ir para o Brasil, onde morava o autor e o que fazia?
2. Como eram as línguas estudadas por seus amigos?
3. Que impressões da língua portuguesa, do autor e de outros, se
citam?

---

(15) Restauradores — one of Lisbon's main squares; the conductor probably
pronounced it something like "RR'shtaur'dor'sh."
(16) Abridgment prepared by the author.

4. De que aspectos da língua se admirava o autor quando a estudava?
5. Por que o autor começou a receber correspondência do Brasil?
6. Que dificuldades encontrava o autor para ler e traduzir textos brasileiros?
7. Quando foram publicadas as primeiras traduções de poemas brasileiros na Europa Central?
8. Por que a crítica húngara acolheu com interesse as traduções de Rónai?
9. Como morreu o crítico Jorge Bálint?
10. Por que o autor teve que deixar seu país de origem?
11. Qual foi a decepção do autor ao passar por Portugal? Dê alguns exemplos.
12. Qual foi a reação do autor ao chegar no Brasil e tomar contato com a língua falada?

B. *Certo ou errado?*

1. O autor lecionava grego e espanhol numa universidade de Budapeste.
2. Os amigos do autor estudavam línguas muito exóticas.
3. Nenhum escritor húngaro conhecido do autor conhecia a língua de Portugal.
4. Fenômenos sintáticos provocaram reações sentimentais no autor.
5. O primeiro livro brasileiro obtido pelo autor era uma antologia de contos.
6. Todas as palavras brasileiras eram fáceis de traduzir.
7. Uma carta ajudou o autor a compreender uma região do país.
8. O autor teve que abandonar Hungria antes de serem publicadas suas primeiras traduções.
9. Embora tivesse estudado muito, o autor teve dificuldades com a língua falada em Portugal.
10. Ao desembarcar no Brasil, o autor deu-se conta que também teria problemas com o português falado no Brasil.

C. *Traduções:*

1. Professor Rónai began to study Portuguese when he taught Latin and Italian at a high school in Budapest.

211

2. His patriotic pride was shaken when he found out that Portuguese also had a personal infinitive, which he had always thought was an exclusive treasure of Hungarian.
3. The translation of the simplest words gave him trouble; "December," for example, evokes notions of snow and ice in Hungarian, not the image of a hot and stifling Christmas in Rio.
4. "Morros" is a synonym for shantytowns, unlike the hills of his native city where rich people live in luxurious mansions.
5. In 1939, a few days after his translations were published, German tanks crossed the border of Poland and the Second World War began.
6. Soon Europe was in flames and a smoke screen concealed Brazil, poetry, and the joy of living.
7. After fifteen months of suffering and anguish, he was able to reach Lisbon, where he never managed to understand the pronunciation of the Portuguese, who often suppress vowels.
8. But when he finally arrived in Brazil he had no difficulty in understanding the clear tongue spoken by Brazilians.
9. Now he knew that the language he had learned in Budapest was really Portuguese! What a relief!

D. *Sugestões para exposição oral ou escrita:*

1. Com base nas informações dadas pela crônica (ou noutras informações que tiver obtido), fale das diferenças entre a língua falada em Lisboa e a falada no Rio de Janeiro.
2. Descreva seu próprio processo de aprendizagem do português.
3. Invente uma história de um professor da Austrália que se interessa pelo português e acaba indo para o Brasil.

34

Um Gênero Brasileiro: A Crônica

— Paulo Rónai —

Para qualquer brasileiro a palavra de "crônica" tem sentido claro e inequívoco, embora ainda não dicionarizado; designa uma composição breve, relacionada com a atualidade, publicada em jornal ou revista. De tal forma esse significado está generalizado que só 5 mesmo os especialistas em historiografia se lembram de outro, bem mais antigo, o de narração histórica por ordem cronológica.

Se não pode haver dúvida quanto ao sentido generalizado da palavra, nota-se alguma hesitação quanto à classificação técnica da noção designada por ela. É ou não é a crônica um gênero literário? 10 Críticos de valor negam-lhe essa categoria. A sua oposição fundamenta-se na ambigüidade desse tipo de composição que, segundo o pendor natural de quem o maneja, tende ora para o poema em prosa ora para o conto, ora para o ensaio ora para o comentário, e que, devido ao caráter passageiro dos próprios periódicos que o abrigam, 15 parece irremediavelmente condenado à transitoriedade.

Acontece, porém, de algum tempo para cá, que essas obrinhas indefiníveis estão sendo reunidas em volumes com freqüência cada vez maior e encontram grande aceitação por parte do público. Algumas destas coletâneas chegaram a ter várias edições e há mesmo 20 umas que estão sendo adotadas em escolas.

O que talvez explique a ojeriza de parte dos críticos é que a crônica escraviza alguns dos melhores escritores, desviando-os dos gêneros nobres da literatura em que se notabilizaram. Logo depois de um precioso romance de estréia, *O Encontro Marcado,* Fernando 25 Sabino se deixou devorar pela crônica; Rachel de Queiroz, autora festejada de *O Quinze, João Miguel, Caminho de Pedras,* e *As Três Marias* parece ter abandonado de vez o gênero que lhe deu fama, arrebatada pela crônica ela também. Há nessas críticas alguma cen-

30 sura aos próprios escritores que teriam preferido a facilidade ao esforço, o efêmero ao duradouro.

Censura-se ainda, na crônica, a desigualdade da produção. É claro
que um escritor obrigado a entregar suas duas laudas toda semana
(quando não dia sim dia não, no caso de jornais diários) não pode
produzir outras tantas obras-primas. Mesmo esse gênero leve, que
35 talvez nem seja um gênero, depende, com efeito, de inspiração. Mas
as coletâneas que representam uma seleção feita pelos próprios
autores, remedeiam em certa medida esse inconveniente.

Dito isto, tentemos distinguir algumas características comuns a
todas as crônicas. Não serão muitas, mas existem.
40 O ponto de partida da crônica é sempre um aspecto da atualidade.
Dentro desse critério poderá ser um evento de interesse geral ou um
acontecimento estritamente particular, tanto uma revolução que vira
tudo pelo avesso quanto uma ponta de conversa apanhada na rua.
Quer dizer que o passado, assunto por excelência da crônica antiga,
45 está por definição excluído da crônica moderna. Não que não
encontremos, de vez em quando, crônicas evocativas; mas em todas
elas, obrigatoriamente, as reminiscências são provocadas por alguma
contingência do momento.

O tamanho da crônica é fixo: varia entre uma ou duas laudas
50 datilografadas. Como no Brasil não se adotou ainda o sistema da contagem por palavras, fixa-se o número de linhas: de 30 a 60. É
inimaginável uma crônica de dez páginas. Observe-se ainda que as
crônicas de um autor possuem em regra geral o mesmo tamanho.
Compreende-se: ele tem à sua disposição um cantinho de jornal que
55 é sempre o mesmo, sempre a mesma superfície de papel branco a
encher de preto. Nesse sentido a crônica é um verdadeiro exercício de
estilo. As dimensões reduzidas do espaço disponível forçam o autor a
conter-se, impedem o derramamento e a tautologia, constituem um
antídoto da oratória patética e tropical.
60 Uma lei não escrita da crônica proibe terminantemente o uso do
jargão jornalístico. Organicamente ligado ao jornal, a crônica é como
que um oasis de onde os chavões da imprensa, os clichés, as frases
feitas, todas as características do estilo impresso, solene e empolado,
são rigorosamente excluídos. Embora ela mesma constitua por de-
65 finição um gênero impresso, a crônica paradoxalmente é sempre uma

amostra da língua falada, um repositório da linguagem coloquial e, por isso mesmo, uma verdadeira mina para os estudantes de português de outra nacionalidade.

Dentro de seus limites restritos a crônica não admite a tensão
70 dramática. Nem por isso o seu tom há de ser necessariamente frívolo, ou alegre sequer, já que muitas vezes o seu pretexto é a morte de alguém. Ainda nestes casos, será uma despedida antes que um necrológio, procurando evocar o falecido em suas atitudes características de todos os dias, seus gestos familiares, seus ditos chis-
75 tosos.

Como outra marca distintiva da crônica assinalemos o seu caráter inconclusivo. Ela não deve ter nem conclusão prática nem lição moral, a não ser pilhérica. Uma crônica moralizante condenaria o seu autor à pena máxima; a de ser jogada com enfado na mesa.

80 Não é a crônica um fenômeno inteiramente moderno; desde o fim do século passado ela foi praticada com espírito e graça por Machado de Assis, João Ribeiro, e alguns outros. Mas alcançou o seu florescimento completo graças ao desenvolvimento recente dos jornais, e mais ainda das revistas de tipo magazine. Uma de suas sub-espécies
85 é a crônica radiofônica, praticada com brilho por Dinah Silveira de Queiroz e Genolino Amado; mas em suas variantes essenciais continua ligada ao periodismo impresso.

Por estarem os jornais e as revistas mais importantes localizados no Rio de Janeiro, a crônica é necessariamente metropolitana, mais
90 particularmente carioca. Pode o autor não ser do Rio de Janeiro: Carlos Drummond de Andrade e Fernando Sabino são mineiros, Rachel de Queiroz cearense, Rubem Braga capixaba, Eneida paraense, Ledo Ivo alagoano — mas a sua página reflete forçosamente o momento carioca. Existem alguns cronistas excelentes em São
95 Paulo, tais como Luís Martins ou Helena Silveira; há outros bons espalhados pelo Brasil (Mauro Mota, Milton Dias, Mariazinha Congílio, etc.) — mas, graças à obra dos citados em primeiro lugar, e mais de Paulo Mendes Campos, Sérgio Porto, Manuel Bandeira, Ribeiro Couto (os três últimos já falecidos) e vários outros, ela
100 revela sobretudo o Rio de Janeiro visto por brasileiros de todos os Estados.

Acrescentemos outro predicado da crônica, completamente in-

voluntário, que é o seu valor de documento sociológico. Enquanto o novo romance carioca vive voltado para os problemas psicológicos,
105 focalizando as mais das vezes aspectos patológicos com particular ênfase no sexo, a crônica abrange a totalidade da vida: os costumes, as modas, os *slogans,* os problemas do momento, as preocupações urbanas, o tempo que faz, os assuntos mais corriqueiros. Sem dúvida alguma os historiadores do futuro hão de recorrer às crônicas para
110 reconstituírem a fisionomia do Brasil do nosso tempo.

Já pensei em compilar com duas ou três dúzias de crônicas escolhidas a dedo uma antologia que formasse uma *Introdução ao Brasil* para turistas interessados e imigrantes alfabetizados. Só não cheguei a apresentar a idéia a nenhum editor amigo foi por convencer-me em
115 tempo de que a sua realização seria obstada por um obstáculo sério. Com efeito, os viajantes sentimentais que deveriam ler essa coletânea com o maior proveito não sabem o português. Pois uma das características inconfundíveis da crônica é precisamente a sua quase intraduzibilidade. Tão enraizada está ela na terra de que brota, tão
120 ligada às sugestões sentimentais do ambiente, aos hábitos lingüísticos do meio, à realidade social circundante que, vertida em qualquer idioma estrangeiro, precisaria de um sem-número de eruditas notas de pé de página destinadas a esclarecer alusões e subentendidos, o que contrastaria profundamente com outra característica fundamental do
125 gênero, a leveza.

Pode eventualmente a crônica conter informações e divulgar noções, porém só de maneira acessória, displicentemente, como quem não quer nada, mas nunca num tom informativo.

Agora a última exigência da crônica, e talvez a mais importante:
130 para não sair do tom, o cronista deve ter talento, muito talento. Nada demonstra melhor a presença ou a ausência desse ingrediente indispensável do que a leitura das crônicas reunidas em volume por um autor: se lhe falta talento, aquelas páginas supostamente leves tornam-se pesadas que nem as de um tratado de Estatística, sua atualidade
135 metamorfoseia-se em anacronismo, os seus chistes caem no vácuo.

Feitas as contas, não hesitamos em considerar a crônica como um novo gênero da literatura brasileira, merecedor de interesse e de estudo.

(1967)

Exercício

A. *Responda:*

1. O que significa a palavra "crônica" para qualquer brasileiro?
2. Qual é o significado bem mais antigo da palavra?
3. Por que será que críticos de valor negam a classificação da crônica como um gênero literário?
4. Como é que a crônica "escravizou" alguns dos melhores escritores do Brasil?
5. Por que é difícil para os cronistas produzirem obras-primas?
6. Mencione algumas das características comuns a todas as crônicas, segundo o autor.
7. Por que é "inimaginável" uma crônica de dez páginas?
8. Por que a crônica é uma verdadeira mina para os estudantes de português de outra nacionalidade?
9. Explique como a crônica revelava sobretudo o Rio de Janeiro visto por brasileiros de todos os Estados do Brasil.
10. Por que a crônica tem valor de documento sociológico?
11. Por que o autor não chegou a fazer uma antologia de crônicas para turistas e imigrantes?
12. Qual é a última exigência da crônica, segundo o autor?
13. Qual é a conclusão do autor sobre a classificação da crônica?

35

A Crônica: Vinte e Cinco Anos de Evolução

— Richard A. Preto-Rodas —

Quem quiser compreender as características da crônica tem vários estudos à sua disposição, entre eles os trabalhos de Paulo Rónai, Gerald Moser, e Afrânio Coutinho.[1] Todos estão de acordo quanto à crônica como parente pobre da família literária e assim
5 fazem eco à observação de Machado de Assis quando afirma: "No banquete dos acontecimentos [a crônica é] a mesa dos meninos."[2] Pode-se até duvidar da própria legitimidade desse parente pobre, pois o professor Rónai acha que "[a crônica] talvez nem seja gênero." Mas não há dúvida quanto à gênese brasileira da crônica nas colunas
10 sobre efemeridades dirigidas a um público urbano no século XIX. Ao aparecer nos jornais do Império, a crônica já exigia brevidade, um assunto contemporâneo, e um estilo despretensioso. Portanto, desde os tempos do primeiro grande romancista brasileiro, José de Alencar (1829–77) e até o momento atual, a crônica tem servido de veículo
15 para expressar uma reação pessoal a acontecimentos do dia, quer sejam momentosos quer de pouca transcendência. Nas mãos de um escritor de talento um evento de porte intimida menos, ao passo que

---

(1)   Além do estudo do professor Rónai neste volume, vejam-se: Gerald M. Moser, "The 'Crônica': A New Genre in Brazilian Literature?" *Studies in Short Fiction,* Winter, 1971, pp. 217–29, e Afrânio Coutinho, *A Literatura no Brasil,* 2ª ed., Rio de Janeiro: Editora Sul Americana, 1971, vol. VI, pp. 105–23. Outro estudo do professor Coutinho aparece no volume IV das *Obras* de Raul Pompéia, Rio de Janeiro: MEC, 1983. Ver também: *Introdução à Literatura no Brasil,* Rio de Janeiro: Livraria São José, 1959, pp. 325–27.

(2)   Machado de Assis, *Obra Completa,* Rio de Janeiro: José Aguilar, 1962, Vol. III, p. 631.

Church of Bom Jesus de Matozinhos, Congonhas do Campo,
Minas Gerais (photo by and courtesy of Roy C. Craven, Jr.)

um momento trivial chega a revelar-se mais importante do que parece à primeira vista.

20   O cronista tradicional cria uma atmosfera de franqueza cordial
em que se compartilha com o "amigo leitor" uma visão algo agridoce
sobre o mundo. Como convém a tal cordialidade, o tom pode variar
contanto que evite tudo que cheira a hipérbole. Assim é que passa

Statues of the prophets by Aleijadinho (late 18th century), Congohas do
Campo, Minas Gerais (photo by and courtesy of Roy C. Craven, Jr.)

por cima de atitudes trágicas ou grotescas e foge tanto da farsa
25 hilariante quanto da verrina furiosa e dos moralismos sentenciosos.
Como observa o professor Rónai, o estilo espontâneo e pessoal e a
temática baseada no dia-a-dia brasileiro fazem com que a crônica
seja quase intraduzível, no que lembra a poesia. Porém, devido precisamente à temática quotidiana, a crônica exerce uma função pouco
30 poética quando surge como representação da realidade. Daí a relação
estabelecida pelo professor Rónai entre a crônica e a sociologia já
que aquela espelha "a totalidade da vida." É nessa função como
observação sociológica que repara Lindolfo Paoliello quando nota
que "Já no século XIX ... a crônica desempenhou impor-

35 tante papel como precursora de uma das escolas literárias que mais
contribuíram para projetar o romance e a literatura: o realismo."[3]
Fazendo ela mesma parte da realidade brasileira, a crônica por sua
vez também pode servir para ocasionar ... uma crônica. E efetiva-
mente seria possível organizar uma coletânea de crônicas cujo tema
40 principal fosse o papel da crônica na cultura brasileira.

Devido à estreita afinidade entre a crônica e a realidade, não deve
causar admiração que o modesto gênero literário tenha acompanhado
a dinâmica de uma sociedade em movimento. Como conseqüência,
outras características atribuídas à crônica de há vinte ou trinta anos
45 (i.e. dos anos 50 e 60) não são mais tão certas. Principal entre esses
atributos tradicionais que são hoje algo desatualizados é a preferência
quase universal pelo Rio de Janeiro como fundo e fonte de inspiração. Embora a "cidade maravilhosa" siga atuando como ímã cultural, não se pode ignorar as enormes mudanças centrífugas que vão
50 modificando o panorama cultural brasileiro e, forçosamente, a
crônica.

Não é por mero acaso que o maior *best-seller* brasileiro até hoje
seja *O Analista de Bagé,* uma coletânea de crônicas do gaúcho Luis
Fernando Veríssimo. O autor vive e escreve na sua cidade natal de
55 Porto Alegre, onde se dedica a uma temática brasileira, como se vê
em "O Flagelo do Vestibular," desde uma perspectiva e às vezes até
com uma dicção inconfundivelmente gaúchas. E não se deve ver no
caso de Veríssimo a exceção que prova a regra carioca. Como editor
da seção sobre a crônica no *Handbook of Latin American Studies,*
60 publicado pela Biblioteca do Congresso, recebo uma assombrosa
quantidade de coletâneas oriundas de todos os estados e cidades do
Brasil. Os temas são tão variados quanto as proveniências, havendo
crônicas do Mato Grosso sobre indígenas, do Pará sobre a floresta
ameaçada, de Vitória sobre a mania do cooper, de São Paulo sobre a
65 inflação, de Belo Horizonte sobre os efeitos da chuva ácida nas
estátuas esculpidas pelo Aleijadinho. O leitor deste volume pode
encontrar a Brasília de Márcio Cotrim e as situações ocorridas na
Florianópolis de Flávio José Cardozo, para citar mais dois exemplos.

---

(3) Lindolfo Paoliello, *O País das Gambiarras.* Rio de Janeiro: Editora
Record, 1986, p. 153.

Seria possível proporcionar ao leitor coletâneas inteiras dedicadas a
70 um só tema: o gaúcho rural, o futebol, os restaurantes, a agricultura, o
candomblé, as favelas, e os novos imigrantes do Vietnã e da Coréia.
Chega a ser desnorteante o efeito de tanta riqueza com toda a sensação de uma nação em plena efervescência.

Além de se emancipar da velha capital como base e repertório, a
75 crônica vai se modificando também com respeito ao ar de cordialidade que irradiava há uma geração. Mesmo quando se criticava a
injustiça e os males sociais, havia certa civilidade e compreensão
paciente que hoje são pouco evidentes na nova geração de escritores.
Claro, sempre houve uma corrente contestatória na crônica. No seu
80 estudo, o professor Moser cita vários representantes de uma atitude
censória, entre eles Rubem Braga ("mildly subversive," p. 227). Pois
bem, hoje a obra de Braga dá uma impressão de tanta generosidade
afetiva que o crítico português Baptista-Bastos descreve as crônicas
dele como "Os Arquivos da Ternura."[4] O próprio Rubem Braga
85 reconhecia que as suas crônicas são bem diferentes das mais modernas quando ele observou que as dele "São conversas douradas dos
anos 50." Na crônica de Lindolfo Paoliello onde aparece esta citação
o autor prossegue: "Como os tempos já não são dourados, adapta-se a
crônica."[5] E de fato como seria possível bater na tecla da cordiali-
90 dade ou tecer comentários geniais que tocam levemente na sátira
quando as crônicas versam sobre poluição galopante, esquadrões da
morte, desastres ecológicos, miséria e criminalidade, violência contra
crianças e mulheres, inflação, alienação, e toda a caterva (palavra
querida e muito significativa de Affonso Romano de Sant'Anna) de
95 problemas que afligem o Brasil como também assolam quase todos os
outros países do mundo moderno?

É até lícito conjeturar que a popularidade de antigas coletâneas
em novas edições, como as de Rubem Braga, se deva ao afã do leitor
de esquecer-se das atuais perplexidades sociais. O mesmo desejo ex-

---

(4) *Jornal de Letras* (Lisboa) 31 de outubro de 1989, p. 9. No mesmo número
lê-se que Rubem Braga é considerado "o maior cronista de nossa língua"
(p. 6). Braga morreu em 1990.

(5) Paoliello, p. 196. O autor apoia o *Jornal de Letras* com respeito a Rubem
Braga, afirmando que "Rubem Braga é o maior cronista brasileiro" v. p.
195.

100 plicaria tanta crônica moderna cheia de reminiscências e saudades, sentimentos nunca ausentes de todo na crônica do passado mas hoje tão frequentes que Marcelo Cerqueira pergunta: "Será que uma onda de nostalgia varre a nossa geração?" e se vê obrigado a lembrar que "a vida continua" exigindo que a enfrentemos com ainda mais doses de
105 genialidade, sentido de humor, e sobretudo, jeito, ingredientes todos que jamais faltaram na crônica e que são mais necessários que nunca.[6]

A abundância de crônicas provenientes de todo o Brasil é tal que talvez permita trocar "Um" por "O" no título do ensaio do professor
110 Rónai, "Um gênero brasileiro: a crônica". É certo que a crônica representa o gênero mais difundido no Brasil e o mais popular entre leitores. A "mesa dos meninos" de Machado de Assis continua sendo um fiel espelho da realidade nacional: como era nos augustos salões do pacato Rio de Janeiro do imperador Pedro II tal vai sendo no país
115 pluralista, descentralizado, e complexo que é o Brasil atual.

Exercícios

A. *Responda:*

1. Qual é o sentido da observação de Machado de Assis?
2. O que é que a crônica já exigia nos jornais do Império brasileiro?
3. Qual o principal entre os atributos tradicionais da crônica que hoje são algo desatualizados?
4. Quais alguns dos temas variados das crônicas de hoje, e quais as proveniências delas?
5. Como é que o ar de cordialidade de há uma geração vai se modificando na crônica?
6. Vistso que os tempos já não são dourados, como é que a crônica se adaptou?

---

(6) Marcelo Cerqueira, *O Jeito do Rio*. Rio de Janeiro: Philobiblion, 1985, pp. 57–58.

7. Que problemas que afligem o Brasil também afligem os Estados Unidos?

8. Que diferenças podem ser notadas entre as crônicas de Affonso Romano de Sant'Anna e as de Rubem Braga?

9. Como é que se pode ver que uma onda de nostalgia varre o Brasil de hoje?

10. Por que, segundo o autor, se poderia dizer que a crônica não é "um" gênero brasileiro mas "o" gênero brasileiro?

11. Em que sentido se pode dizer que a crônica de hoje continua sendo o que foi nos tempos do Imperador Pedro II?

12. As crônicas que você leu neste livro revelam um Brasil "pluralista, descentralizado e complexo"? Explique.

Appendix
Authors and Texts

Carlos Drummond de Andrade, leading twentieth-century poet, *cronista,* short-story writer; born in Itabira, Minas Gerais, 1902; died in Rio de Janeiro, 1987. "A Abobrinha" appears in the first edition of his *Cadeira de Balanço* (Rio de Janeiro: José Olympio, 1966).

Joaquim Maria Machado de Assis, novelist, short-story writer, *cronista,* poet, literary critic, dramatist; born in Rio de Janeiro, 1839, died in Rio de Janeiro, 1908. The *crônica* in this book, to which we have given the title "Abílio e Schopenhauer," appeared originally in his column, which had the general title of "A Semana," in the *Gazeta de Notícias* (Rio de Janeiro) on 16 June 1895; it has been reprinted in several modern editions of his works by such publishers as Aguilar, Agir, Jackson, and Cultrix.

Rubem Braga, *cronista,* journalist, diplomat; born in Cachoeiro de Itapemirim, Espírito Santo, 1913. Died Rio de Janeiro, 1990. "O Pessoal," "O Padeiro," and "É Domingo e Anoiteceu" appear in his *Ai de Ti, Copacabana!* (3d ed., Rio de Janeiro: Editora do Autor, 1964). "Os Jornais" appears in his *A Borboleta Amarela* (2d ed., Rio de Janeiro: José Olympio, 1956). "Aula de Inglês" is from his *Um Pé de Milho* (2d ed., Rio de Janeiro: Editora do Autor, 1964).

Paulo Mendes Campos, poet, *cronista,* journalist; born in Belo Horizonte, Minas Gerais, 1922. Died Rio de Janeiro, 1991. "Férias Conjugais" is from *Quadrante* (Rio de Janeiro: Editora do Autor, 1962). "Brasileiro, Homem do Amanhã " and "Dar um Jeitinho" are from his *O Colunista do Morro* (Rio de Janeiro: Editora do Autor, 1965).

Flávio José Cardozo, short-story writer, journalist, and *cronista,* was born in 1938 in Lauro Muller, Santa Catarina; his "Disque Amizade" and "No Cinema" are from *Beco da Lamparina* (Florianópolis: Editora Lunardelli, 1987).

Marcelo Cerqueira, a lawyer and writer, was born in Rio de Janeiro in 1938. "Abaixo a Pichação" is from *O Jeito do Rio* (Rio de Janeiro: Philobiblion Livros de Arte, 1985).

Márcio Cotrim has worked in writing, banking, and government. He was born in 1939 in Rio de Janeiro. His "Novas Galerias dos Estados" is from *O Outro Lado do Concreto Amado* (Brasília: Editora Thesaurus, 1987).

Eneida (Costa de Morais), short-story writer, poet, journalist, *cronista,* born in Belém, Pará, 1903, died in Rio de Janeiro, 1971. "A Revolução de 1930" is from her *Aruanda* (Rio de Janeiro: José Olympio, 1957).

Luís Martins, journalist, *cronista,* novelist; born in Rio de Janeiro, 1907; died in São Paulo, 1981. "Tempo Perdido" and "Pai, Filho, Neto " are from his *Futebol da Madrugada* (São Paulo: Martins, 1957).

Lindolfo Paoliello was born in 1946 in Ubá, Minas Gerais. His "Quando se Falava o Economês" is from *O País das Gambiarras* (Rio de Janeiro: Editora Record, 1968).

Sérgio Porto, *cronista,* journalist, humorist (wrote also under the name of Stanislaw Ponte Preta); born in Rio de Janeiro, 1923, died in Rio de Janeiro, 1968. "Éramos Mais Unidos aos Domingos" is from his *A Casa Demolida* (Rio de Janeiro: Editora do Autor, 1963).

Dinah Silveira de Queiroz, novelist, short-story writer, *cronista;* born in 1917 in São Paulo; died in 1982 in Rio de Janeiro. "Crônica do Mandiocal" is from her *Café da Manhã* (Rio de Janeiro: Olivé, 1969).

Rachel de Queiroz, novelist, *cronista,* journalist, born in Fortaleza, Ceará, 1910. "Carta de um Editor Português" is from her *100 Crônicas Escolhidas* (Rio de Janeiro: José Olympio, 1958). "O Padre Cícero Romão Batista" appears in her *A Donzela e a Moura Torta* (Rio de Janeiro: José Olympio, 1948).

João Ubaldo Ribeiro, novelist, journalist, and *cronista*. Born in 1940 in Salvador, Bahia. "Grilos Gramaticais" is from *Sempre aos Domingos* (Rio de Janeiro: Nova Fronteira, 1988).

Paulo Rónai, essayist, professor of languages and literatures, literary critic, scholar, translator, editor; born in Budapest, Hungary, 1907, and a naturalized Brazilian since 1945, Mr. Rónai died in 1992. "Um Gênero Brasileiro: A Crônica" is a shortened version of a lecture delivered at the University of Florida in the spring of 1967. "Como Aprendi o Português" is from *Como Aprendi o Português e Outras Aventuras* (Rio de Janeiro: Artenova, 1975).

Fernando Sabino, *cronista,* novelist, short-story writer, journalist; born in Belo Horizonte, Minas Gerais, 1923. "Cem Cruzeiros a Mais," "A Companheira de Viagem," and "A Mulher Vestida" appear in his *A Companheira de Viagem* (Rio de Janeiro: Editora do Autor, 1965); the revised version of "A Mulher Vestida" utilized in this book was supplied to us by the author. "O Brasileiro, Se Eu Fosse Inglês " is from *Gente* (Rio de Janeiro: Record, 1975).

Affonso Romano de Sant'Anna, poet, professor, critic, *cronista;* born in Belo Horizonte, Minas Gerais, 1937. "Aída e o 'Tem que Dar Certo' " is from *O Homem que Conheceu o Amor* (Rio de Janeiro: Editora Rocco, 1988). "Nem com uma Flor" and "O Comício de um Homem Só" are from *A Mulher Madura* (Rio de Janeiro: Editora Rocco, 1986).

Helena Silveira, *cronista,* short-story writer, journalist, dramatist; born in 1911 in São Paulo; died in 1984. "Raconto de Natividade" is from her *Sombra Azul e Carneiro Branco* (São Paulo: Cultrix, 1960).

Luis Fernando Veríssimo, *cronista,* journalist, and humorist, was born in 1936 in Porto Alegre, Rio Grande do Sul. "O Flagelo do Vestibular" is from *O Gigolô das Palavras* (Porto Alegre: Editora LP&M, 1982).

Vocabulary

The following types of words are not included in this vocabulary:

1. exact or near-exact cognates such as *central, magazine, atitude, essencial*
2. geographical and proper names
3. regularly formed feminine adjectives, plurals, diminutives, superlatives, and adverbs ending in *-mente*
4. regular past participles used as adjectives, unless they appear with special meanings
5. conjugated verb forms
6. articles, demonstratives, possessives, basic prepositions, and contractions
7. subject and object pronouns
8. days of the week and numbers.

adj. — adjective
adv. — adverb
aug. — augmentative
colloq. — colloquial
conj. — conjunction
contr. — contraction
dim. — diminutive
f. — feminine
fig. — figurative
fut. — future
imperf. — imperfect
indic. — indicative
inf. — infinitive
interj. — interjection
m. — masculine

m. and a. — masculine noun
   and adjective
mf. — masculine and feminine
pl. — plural
pluperf. — pluperfect
pop. — popular
pres. — present
pret. — preterit
pron. — pronoun
pp. — past participle
refl.v — reflexive verb
sing. — singular
subj. — subjunctive
superl. — superlative
v. — verb

abafado, -a (*adj.*) stifling, sultry

abaixo (*adv.*) below, down, under; inferior

—! Down with!

abalar (*v.*) to jolt, stagger, upset

abanar (*v.*) to shake, wave, agitate, waggle, flick

abancar(-se) (*refl.v.*) to sit down, take a seat

abandonar (*v.*) to abandon

abarrotar (*v.*) to fill up, crowd, cram, overload

abatido, -a (*adj.*) weakened, rundown, worn down

abeberar(-se) (*refl.v.*) to imbibe, soak, steep

abençoar (*v.*) to bless

aberto, -a (*adj., pp. of* **abrir**) open, frank; vast

abismado, -a (*adj.*) bewildered, engulfed, astounded

abismo (*m.*) chasm, the depths, abyss

abjeto, -a (*adj.*) abject, vile

ablução (*f.*) ablution

abóbora (*f.*) gourd, squash, pumpkin; (*dim., colloq.*) **abobrinha** old 1,000-*cruzeiro* bill

abordagem (*f.*) approach

abordar (*v.*) to approach, accost

aborrecer (*v.*) to abhor, detest, annoy, bore

abraçar (*v.*) to embrace

abraço (*m.*) embrace, hug

um — em an embrace to, regards to

abranger (*v.*) to encircle, cover, include

abrigar (*v.*) to shelter

abrir (*v.*) to open, unfold

absoluto, -a (*adj.*) absolute

absolvição (*f.*) absolution

absolvido, -a (*adj.*) absolved

absurdo, -a (*adj.*) absurd, ludicrous; (*m.*) absurdity

abundância (*f.*) abundance

abusar (*v.*) to abuse, misuse

acabar (*v.*) to end, finish

— de (*with infinitive*) to have just

acaboclado, -a (*adj.*) of mixed blood; of *caboclo* stock

acadêmico, -a (*adj.*) academic

acalanto (*m.*) rocking to sleep, lullaby

acalmar (*v.*) to calm down, lull

acanhamento (*m.*) timidity, shyness

ação (*f.*) action

acareação (*f.*) comparison, confrontation of witnesses

acariciar (*v.*) to caress, fondle, cherish, foster

acaso (*m.*) chance, hazard

por — by chance

aceitação (*f.*) acceptance, approval

aceitar (*v.*) to accept, take (what is offered)

aceito, -a (*adj., pp. of* **aceitar**) accepted

acenar (*v.*) to signal, invite (with a signal), wave at

acender (*v.*) to light (up), switch on (a light)

acerca (de) (*prep.*) about, concerning

acertado, -a (*adj.*) judicious, well-advised

acertar (*v.*) to find, hit the mark

acessório, -a (*m. and a.*) accessory; additional

achar (*v.*) to find, think, consider

— **de** to have an idea to

acidente (*m.*) accident

ácido (*m. and a.*) acid

acima (*adv.*) above

acolher (*v.*) to receive, greet, listen to

acompanhante (*mf.*) escort, companion

acompanhar (*v.*) to accompany, go along with

— **(-se) de** to have as companions

aconchego (*m.*) cuddle, coziness, warmth, comfort

aconselhar (*v.*) to advise

aconselhável (*adj.*) advisable

acontecer (*v.*) to happen, be a fact

acontecimento (*m.*) event, happening

acordar (*v.*) to awaken

acordo (*m.*) accord, agreement

de — com according to

estar de — to agree

acotovelar(-se) (*refl. v.*) to elbow, jostle

acréscimo (*m.*) increase, addition

acrônimo (*m.*) acronym

acreditar (*v.*) to believe, accredit

acrescentar (*v.*) to add, increase

acrescer (*v.*) to augment, increase, grow

açúcar (*m.*) sugar

acusado, -a (*adj.*) accused

adaptar (*v.*) to adapt

adepto, -a (*mf.*) believer, follower

adequado, -a (*adj.*) adequate

aderir (*v.*) to adhere, agree, approve

adiamento (*m.*) postponement, deferment

adiantar (*v.*) to advance, improve

não adianta it's no use

adiante (*adv.*) ahead, forward

adiar (*v.*) to postpone, defer, procrastinate, put off

adivinhar (*v.*) to guess

adjacência (*f.*) neighborhood, proximity

adjetivo (*m.*) adjective

administrador (*m.*) administrator

administrar (*v.*) to administer, administrate, govern

admiração (*f.*) admiration, surprise, wonder

admirador (*m.*) admirer

admirar(-se) (*v., refl. v.*) to admire, be surprised, be astonished

admirável (*adj.*) admirable

admitir (*v.*) to admit, allow, let in, tolerate

admoestar (*v.*) to admonish, caution

adolescência (*f.*) adolescence

adorar (*v.*) to adore, worship

adornar (*v.*) to adorn, decorate

adotar (*v.*) to adopt, approve, accept
adquirir (*v.*) to acquire
adro (*m.*) churchyard, church plaza
adulto, -a (*m. and a.*) adult
adusto, -a (*adj.*) fiery, very dry
advento (*m.*) advent, coming
advérbio (*m.*) adverb
adversário (*m.*) adversary, opponent, enemy
advertir (*v.*) to warn, call attention to
advogado (*m.*) lawyer
aéreo, -a (*adj.*) aerial, of air travel
aeroporto (*m.*) airport
aético, -a (*adj.*) unethical
afã (*m.*) toil, effort, anxiety
afagar (*v.*) to stroke, caress
afastar (*v.*) to withdraw, draw away
afazeres (*m. pl.*) affairs, tasks, chores
afeiçoar(-se) (*refl.v.*) to become attached
afetar (*v.*) to affect, impress
afetivo, -a (*adj.*) affectionate
afilhado (*m.*) godson, protégé
afinal (*adv.*) after all, finally
— de contas at last
afinidade (*f.*) affinity
afirmação (*f.*) affirmation
afirmar (*v.*) to affirm, state
afirmativo, -a (*adj.*) affirmative
aflição (*f.*) affliction, distress, anxiety
afligir (*v.*) to afflict, worry

aflito, -a (*adj.*) afflicted, worried, distressed, anguished
afoito, -a (*adj.*) bold, courageous, daring
afrontar (*v.*) to affront, confront, face, brave
agarrar (*v.*) to grab, seize, catch
agasalhar (*v.*) to shelter, cover
agastado, -a (*adj.*) irritated, annoyed
agência (*f.*) agency, branch office
agente (*mf.*) agent
agilidade (*f.*) agility
agitação (*f.*) agitation, shaking, commotion
agitar (*v.*) to agitate, shake, struggle, excite
aglomeração (*f.*) agglomeration, conglomeration, gathering
agonia (*f.*) agony
agonizante (*mf., adj.*) dying, moribund
agora (*adv.*) now
— mesmo right now
agosto (*m.*) August
agradável (*adj.*) pleasant, agreeable
agradecer (*v.*) to appreciate, thank
agradecido, -a (*adj.*) grateful, thankful
agrário, -a (*adj.*) agrarian
agregar (*v.*) to aggregate, accumulate, add
agressivo, -a (*adj.*) aggressive
agricultura (*f.*) agriculture
agridoce (*adj.*) bittersweet

agrupar(-se) (*v., refl.v.*) to gather, assemble, cluster

água (*f.*) water

aguardar (*v.*) to wait, wait for, look forward to

agüentar (*v.*) to tolerate, withstand, bear

ai (*interj.*) oh! ah! ouch!; — **de mim** woe is me

aí (*adv.*) there, at that moment, then
por — around, nearby

ainda (*adv.*) still, (as) yet; just — **há pouco** just a little while ago
— **outro dia** just the other day
— **que** even if, although

ajantarado, -a (*adj.*) dining, dinnerlike

ajoelhar(-se) (*v., refl.v.*) to kneel

ajudar (*v.*) to help, assist

ajuntar(-se) (*refl.v.*) to join together, congregate

ajustar (*v.*) to adjust, adapt, settle, agree upon

ala (*f.*) wing, branch (of an organization)

alagoano (*m.*) native of Alagoas state

alarde (*m.*) bragging, ostentation

albornoz (*m.*) burnoose

alcançar (*v.*) to reach

alcatrão (*m.*) tar

alcoólatra (*mf.*) alcoholic

alcoólico, -a (*adj.*) alcoholic

alcoolizado (*adj.*) saturated with alcohol, drunk

alegar (*v.*) to allege, claim, assert

alegre (*adj.*) happy, gay

alegria (*f.*) joy, happiness, cheerfulness

além (*m.*) the beyond
— **de** besides, in addition, other than

Alemanha (*f.*) Germany

alemão (*m.*) **alemã** (f.) German

alfabetizado, -a (*adj.*) literate, able to read

alfabeto (*m.*) alphabet

alfacinha (*f., dim. of alface* [lettuce], *colloq.*) native of Lisbon

alfaiate (*m.*) tailor

alfândega (*f.*) customhouse, customs

algarismo (*m.*) numeral, cipher, figure

algazarra (*f.*) clamor, uproar, hubbub, racket

algo (*pron.*) something, anything; (*adv.*) quite, rather

alguém (*pron.*) someone

algum, alguma (*adj.*) some

alheio, -a (*adj.*) alien, remote, distant, foreign, strange; someone else's

alho (*m.*) garlic

ali (*adv.*) there

aliás (*adv.*) incidentally, as a matter of fact, otherwise, rather, that is

aliança (*f.*) alliance, coalition

alienação (*f.*) alienation, estrangement

alienista (*mf.*) psychiatrist,

alienista — *continued*
alienist
alimentar (*v.*) to feed, nourish
alimento (*m.*) food, nutrition
alinhamento (*m.*) alignment
alinhar (*v.*) to align, line
alisar (*v.*) to smooth
alívio (*m.*) relief, alleviation
alma (*f.*) soul, mind, spirit
alô (*interj.*) hello
almoçar (*v.*) to have lunch, dine
almoço (*m.*) lunch, (early)
dinner
aloprado, -a (*adj.*) jittery, upset,
foolish
alteração (*f.*) alteration, change,
run-in, dispute, altercation
alterar (*v.*) to alter, change
altivez (*f.*) hauteur, arrogance
altivo, -a (*adj.*) haughty, proud,
lofty
alto, -a (*adj.*) high, tall, lofty,
great, superior, loud; (*m.*)
height, top; heaven
de — a baixo from top to
bottom, up and down
alto-falante (*m.*) loudspeaker
altruísmo (*m.*) altruism
altura (*f.*) height, altitude,
moment
a essa — at that point, then
aluguel (*m.*) rent, renting, letting
alumiar (*v.*) to illuminate,
brighten, give light to
aluno (*m.*) pupil, student
alusão (*f.*) allusion
alva (*f.*) dawn; (**n'alva,** poetic
for **na alva**)

alvo, -a (*adj.*) white, pure; (*m.*)
target, aim, object
alvorada (*f.*) dawn
alvoroço (*m.*) agitation, turmoil,
fuss
amado, -a (*adj.*) loved, favorite;
(*f.*) lover, beloved
amador (*m.*) amateur
amanhã (*m.*) tomorrow
depois de — day after
tomorrow
amanuense (*mf.*) scribe, clerk,
secretary
amar (*v.*) to love
amarelo, -a (*adj.*) yellow
amargo, -a (*adj.*) bitter
amargurado, -a (*adj.*) bitter,
hurt, afflicted
amarrar (*v.*) to tie, fasten
amável (*adj.*) amiable, lovable,
kind, pleasant, affable, friend
amazônico, -a (*adj.*) of or pertaining to the region of the
Amazon River; wild
ambição (*f.*) ambition
ambiente (*m.*) atmosphere, air,
environment
ambigüidade (*f.*) ambiguity
ambíguo, -a (*adj.*) ambiguous
ambos (*adj., pron.*) both
ambulante (*adj.*) roving, walking
ameaçar (*v.*) to threaten
amendoim (*m.*) peanut
americano, -a (*mf. and adj.*)
(North) American, of the
U.S.A.
amigo, -a (*mf. and adj.*)
friend, friendly

amiudar (*v.*) to happen frequently, crow at dawn
amizade (*f.*) friendship
amolar (*v.*) to hone, grind, annoy, pester
amor (*m.*) love
amostra (*f.*) sample, model, example
amplo, -a (*adj.*) wide, ample
amurada (*f.*) rail, wall
anacronismo (*m.*) anachronism
analfabeto, -a (*mf. and adj.*) illiterate
analisar (*v.*) to analyze
análise (*f.*) analysis
analista (*mf.*) analyst
anatômico, -a (*adj.*) anatomical
andamento (*m.*) progress, course, movement, tempo
andar (*v.*) to go, walk, be; (*m.*) floor of a building
   — **de gatinhas** to crawl
anedota (*f.*) anecdote, joke
anel (*m.*) ring
anfíbio, -a (*adj.*) amphibious
angélico, -a (*adj.*) angelic
angústia (*f.*) anguish, anxiety
animado, -a (*adj.*) animated, lively
animar (*v.*) to animate, stimulate, encourage
ânimo (*m.*) spirit, soul, temperament, courage
aniversário (*m.*) birthday, anniversary
anjo (*m.*) angel
ano (*m.*) year
   o — **que vem** next year

anoitecer (*v.*) to grow dark, fall (night)
anonimato (*m.*) anonymity
anônimo, -a (*adj.*) anonymous
anormalidade (*f.*) abnormality
anotação (*m.*) annotation, note
ânsia (*f.*) anxiety, eagerness
ansioso,-a (*adj.*) anxious
antídoto (*m.*) antidote
anteontem (*m.*) day before yesterday
anterior (*adj.*) former, before
antes (*adv.*) before, formerly, rather, preferably
antibiótico (*m.*) antibiotic
antigo, -a (*adj.*) old, ancient, former, by-gone
antipático, -a (*adj.*) antipathetic, unpleasant, obnoxious
antiquado, -a (*adj.*) antiquated, out-of-date
antologia (*f.*) anthology
antropológico, -a (*adj.*) anthropological
anular (*v.*) to annul, become null, void, cancel
anunciar (*v.*) to announce
anúncio (*m.*) announcement, advertisement
apagar (*v.*) to extinguish, put out
apaixonar (-se) (*refl. v.*) to fall in love
apaixonado, -a (*adj.*) passionate, amorous, in love
apanhar (*v.*) to catch, grab, pick up, get a beating
aparência (*f.*) appearance

aparecer (*v.*) to appear, show up
aparecimento (*m.*) appearance
aparente (*adj.*) apparent
apartamento (*m.*) apartment
apego (*m.*) tenacity, adherence;
  (*fig.*) loyalty
apelar (*v.*) to call, appeal
apenas (*adv.*) only, just, scarcely,
  hardly
apêndice (*m.*) appendix
apertar (*v.*) to press, tighten,
  squeeze
  — **a mão** to shake hands
  — **a campainha** to ring the
  bell
aperto (*m.*) squeeze, tightness,
  crush, crowd
apesar de (*prep.*) in spite of,
  despite
  — **dos pesares** in spite of all
apinhado, -a (*adj.*) crowded,
  jammed
apito (*m.*) whistle
aplaudir (*v.*) to applaud
aplauso (*m.*) applause
aplicação (*f.*) application,
  injection
aplicado, -a (*adj.*) applied,
  diligent
aplicar (*v.*) to apply, employ,
  put to use, inflict, inject
apodrecer (*v.*) to rot, decay
apontar (*v.*) to point out, aim at
após (*prep.*) after, since
aposentado, -a (*adj.*) retired
aposentadoria (*f.*) retirement
  pay, pension
aposição (*f.*) apposition,

juxtaposition
apostar (*v.*) to bet
apostolado (*m.*) apostolate,
  apostleship
apreciar (*v.*) to appreciate
apreensivo, -a (*adj.*) apprehen-
  sive, fearful
apregoar (*v.*) to announce, pro-
  claim, herald, preach
aprender (*v.*) to learn
aprendizagem (*f.*) apprentice-
  ship, learning
apresentação (*f.*) presentation
apresentar (*v.*) to present, bring
  out, introduce, exhibit, offer
apressado, -a (*adj.*) hurried,
  rushed, pressed
aprisionar (*v.*) to imprison
apropriado, -a (*adj.*) appropriate,
  fit
aproveitar (-se) (*v., refl. v.*) to
  use, take advantage (of)
aproximação (*f.*) approxima-
  tion, approach, drawing near
aproximado, -a (*adj.*) approxi-
  mate, near
aproximar (-se) (*v., refl. v.*) to
  approach, draw near, bring
  closer
aproximativo, -a (*adj.*) approxi-
  mate
aptidão (*f.*) aptitude, capacity
apurar (*v.*) to refine, perfect,
  learn, ascertain
apuro (*m.*) strait, trouble, difficulty, tight spot, verifying,
  checking
aqui (*adv.*) here.

por — this way, around here
ar (*m.*) air, look, appearance
— **condicionado** air conditioning
árabe (*mf. and adj.*) Arab
arbitragem (*f.*) arbitration, refereeing
arcaico, -a (*adj.*) archaic
ardente (*adj.*) ardent, burning
arder (*v.*) to burn
ardor (*m.*) burning, ardor
areia (*f.*) sand
argüir (*v.*) to accuse, censure, argue, reason
argumento (*m.*) argument, plot
aristocracia (*f.*) aristocracy
arma (*f.*) arm, weapon
armação (*f.*) frame, arming, gear
armamento (*m.*) armament, arm
armar (*v.*) to arm, load, set up, arrange
arquitetura (*f.*) architecture
arquivo (*m.*) archive
arraial (*m.*) hamlet, settlement, camp
arrancar (*v.*) to pull out, yank out, extract
arranjar (-se) (*v., refl. v.*) to arrange, manage, obtain, take care of oneself, fend for oneself
arrastar (*v.*) to drag, haul, pull, induce
arrebanhar (*v.*) to gather, round up
arrebatar (*v.*) to carry off, pull, snatch

arrebentar (*v.*) to burst, blast, break
arredores (*m. pl.*) surroundings
arregaçado, -a (*adj.*) rolled up
arrematar (*v.*) to end, finish; to yell, shout
arrependimento (*m.*) regret, repentance, sorrow
arrepiar (*v.*) to ruffle, scare, cause goosebumps, give shivers
arriscar (*v.*) to risk
arrojado, -a (*adj.*) bold, daring
arrombar (*v.*) to break in or down, to crash through
arroz (*m.*) rice
arrumar (*v.*) to arrange, fix up, tidy
artigo (*m.*) article
em — **de morte** (*m.*) at the point of death, *in extremis*
artista (*mf.*) artist, actor, actress
artístico, -a (*adj.*) artistic
árvore (*f.*) tree
asa (*f.*) wing
asinino, -a (*adj.*) asinine
aspas (*f. pl.*) quotation marks
aspecto (*m.*) aspect, appearance, look
assíduo, -a (*adj.*) assiduous, diligent
assanhamento (*m.*) (sexual) excitement, daring act, risky action
assanhar (-se) (*refl. v.*) to rage, get angry
assassinar (*v.*) to kill, assassinate
assassinato (*m.*) murder,

assassinato — *continued* assassination
assassino (*m.*) assassin, murderer
asseio (*m.*) cleanliness, neatness
assemelhar (-se) (*refl. v.*) to resemble, be like
assessor (*m.*) advisor, counselor
assim (*adv.*) thus, so, like this, like that
assinalado, -a (*adj.*) marked, notable, illustrious
assinalar (-se) (*v., refl. v.*) to mark, distinguish, designate, point out
assinar (*v.*) to sign, assign
assistência (*f.*) attendance, assistance, care, assembly, audience
assistir (*v.*) to attend, be present at, assist
assobiar (*v.; also* **assoviar**) to whistle
assobio (*m.*) whistling
associação (*f.*) association
assolar (*v.*) to desolate, lay waste to
assombroso, -a (*adj.*) scary, frightening
assumir (*v.*) to assume, take on
assunto (*m.*) subject, matter, argument, plot
assustador (*adj.*) frightening
assustar (*v.*) to frighten, scare, startle
   é de — it's startling
astúcia (*f.*) astuteness, cunning, guile
astuto, -a (*adj.*) astute, shrewd

atacar (*v.*) to attack
ataque (*m.*) attack
até (*prep.*) until, up to, even
atenção (*f.*) attention
atencioso, -a (*adj.*) thoughtful, attentive, courteous, sincere
atender (*v.*) to answer, attend to, notice, serve
atento, -a (*adj.*) attentive, careful
atestado (*m.*) certificate, written evidence
atestar (*v.*) to attest, certify, prove
atinar (*v.*) to hit the mark, guess right, catch on
atingir (*v.*) to touch, reach, hit
atirar (*v.*) to throw, hurl, shoot
   — **(-se)** (*refl. v.*) to throw oneself
ativo, -a (*adj.*) active
atividade (*f.*) activity
atlântico, -a (*adj.*) Atlantic
atlético, -a (*adj.*) athletic
atleta (*mf.*) athlete
atletismo (*m.*) athletics, track and field
atmosfera (*f.*) atmosphere
ato (*m.*) act
atômico, -a (*adj.*) atomic
atonicidade (*f.* neologism) not being tonic or stressed
atônito, -a (*adj.*) astonished
ato (*m.*) act
à-toa (see **toa**)
átono, -a (*adj.*) unstressed
ator (*m.*) actor
atormentar (*v.*) to torment
atração (*f.*) attraction

atrair (v.) to attract

atrapalhação (f.) confusion, fluster, getting in the way

atrapalhar (v.) to mix up, fluster, get in the way

atrás (adv.) back, behind, before

atrasar (v.) to delay

através (prep.) through, across

atravessar (v.) to cross, traverse, cross over or through

atrever (-se) (v., refl. v.) to dare

atrevido, -a (adj.) bold, daring, insolent

atribuir (v.) to attribute

atributo (m.) attribute

atriz (f.) actress

atropelar (v.) to trample, run down or over, knock down

atropelo (m.) trampling, upsetting, overturning; bustle

atuação (f.) action, performance

atual (adj.) present-day, current

atualidade (f.) the present, today, nowadays

atualizar (v.) to modernize, bring up-to-date

atuar (v.) to actuate, put into action, act, perform

atulhar (v.) to fill up, cram

au! au! (interj.) bow-wow!, arf! arf!

augusto, -a (adj.) august

aula (f.) class

aumentar (v.) to augment, increase, magnify

aumentativo, -a (adj.) augmentative

aumento (m.) increase

ausência (f.) absence

ausente (adj.) absent; (mf.) absentee, person not present

austero, -a (adj.) austere

autóctone (adj.) autochthonous, native

autarquia (f.) autarchy, autonomy

autobiografia (f.) autobiography

auto-estima (f.) self-esteem

automóvel (m.) automobile, car

automático, -a (adj.) automatic

autor (m.) autora (f.) author

autorama (m.) toy car track

autoridade (f.) authority

autoritarismo (m.) authoritarianism

autorizar (v.) to authorize

auxílio (m.) help, aid

auxiliar (v.) to aid, help

avó (f.) grandmother

avô (m.) grandfather

avaliar (v.) to appraise, evaluate

avançar (v.) to advance, move forward

ave (f.) bird, fowl

avenida (f.) avenue

aventar (v.) to air, ventilate, put forth

aventura (f.) adventure

aventurar (v.) to venture

averiguar (-se) (v., refl. v.) to ascertain, find out

avesso (m. and a.) otherside, wrong side, flip side, inside out, contrary, averse, back

avestruz (mf.) ostrich

avião (m.) airplane

avião — *continued*
— **a jacto** jet plane
avisar (*v.*) to warn, advise, notify
aviso (*m.*) notice, warning
avistar (*v.*) to sight, see
azar (*m.*) chance, luck, bad luck, adversity
azul (*adj.*) blue

babão (*m.*) driveler, dummy
bacalhau (*m.*) codfish
bacanérrimo, -a (*adj.*) superl. of **bacana**
bacana (*adj., colloq.*) great, wonderful, elegant, beautiful
bacia (*f.*) basin, bowl
bagana (*f.*) cigar or cigarette butt
bagunça (*f., colloq.*) mess, confusion, disorder
baiano, -a (*adj.*) of the state of Bahia
baioneta (*f.*) bayonet
bairro (*m.*) district, neighborhood, borough, part of town
baixada (*f.*) lowland, low stretch of land
baixar (*v.*) to lower, decree legally
baixo, -a (*adj.*) low, short
baixinho (*dim.*) quite short; in a low voice
bala (*f.*) bullet, ball, hard candy
balançar (*v.*) to swing, sway, roll back and forth, shake
balanço (*m.*) balancing, swaying, rocking

balão (*m.*) balloon
balbúrdia (*f.*) racket, hubbub
balde (*m.*) bucket, pail
bancário (*m.*) bank employee
banco (*m.*) bank; bench
bandeirinha (*m.*) lineman (in soccer)
bando (*m.*) band, faction, crowd, side, gang
banhar (*v.*) to bathe
banheiro (*m.*) bathroom
banho (*m.*) bath
banquete (*m.*) banquet
barão (*m.*) baron
barato, -a (*adj.*) inexpensive, cheap
barbaridade (*f.*) atrocity, absurdity, stupid act
bárbaro, -a (*adj.*) barbaric; (*colloq.*) wild, great
barca (*f.*) ferryboat, barge
barco (*m.*) boat, ship, vessel
barganha (*f.*) exchange, swap, bargain
barra (*f.*) bar, band, channel, straits
barreira (*f.*) obstacle, barrier, exit area of store
barriga (*f.*) stomach, belly
barrigudo, -a (*adj.*) potbellied, paunchy
barulho (*m.*) noise, racket, confusion
basear (*v.*) to base, ground, establish
bastante (*adj.*) enough, a lot; (*adv.*) rather, quite
bastar (*v.*) to be enough,

sufficient

bastardo (*m.*) bastard

batalha (*f.*) battle, fight, combat; (*fig.*) struggle

batalhão (*m.*) battalion

batalhar (*v.*) to battle, struggle

bate-papo (*m.*) friendly chat

bateção (*f.*) knocking, hitting, beating, pounding

batedor (*m.*) beater, forerider, scout

bater (*v.*) to strike, tap, knock, beat

— **a campainha** to ring the bell

— **o récorde** to break the record

— **para** to hurry off to

batina (*f.*) cassock

batizar (*v.*) to baptize

bê-a-bá (*m.*) the alphabet, ABCs

beato (*m.*) beatified person; pious fraud; fanatic

bêbedo, -a (*adj. also* **bêbado**) drunk

bebedouro (*m.*) drinking fountain, watering trough

beber (*v.*) to drink

bebericar (*v.*) to sip, drink, tipple

bebida (*f.*) drink

beiço (*m.*) lip

beija-flor (*m.*) hummingbird

beijar (*v.*) to kiss

beijo (*m.*) kiss

beira (*f.*) edge, border, rim

belas-artes (*f. pl.*) fine arts

beleza (*f.*) beauty

Que —! How beautiful! How wonderful!

bélico, -a (*adj.*) warlike, martial, bellicose

beliscão (*m.*) pinch, nip

belo, -a (*adj.*) beautiful

bem (*m.*) a good, that which is good, right; (*adv.*) well, quite, very

se — **que,** even if, although

bem-aventurado (*adj.*) blessed, very fortunate, very happy

bem-estar (*m.*) well-being, welfare

bemol (*m.*) flat (music)

bem-sucedido (*adj.*) successful

bênção (*f.*) blessing, benediction

benevolência (*f.*) benevolence, kindness

bens (*m. pl. of* **bem**) goods, property

bento (*pp. of* **benzer**) blessed, holy

benzer (*v.*) to bless, sanctify

benzinho (*mf.*) (*dim. of* **bem**) dear, beloved, darling, sweetheart

berrar (*v.*) to shout, bellow, roar

berreiro (*m.*) screeching, wailing, screaming, yells

berro (*m.*) bellow, shout, yell, roar

besta (*f.*) beast; imbecile, fool, jackass

besteira (*f.*) foolishness, nonsense

biblioteca (*f.*) library

bicada (*f.*) peck or blow with

bicada — *continued*
the beak (**bico**)
bicho (*m.*) animal, critter, insect, worm; unsociable person; expert
bicicleta (*f.*) bicycle
bicudo, -a (*adj.*) beaked, pointed
bigode (*m.*) mustache
bigodudo (*adj.*) mustached
bilheteira (*f.*) ticket seller
biquini (*m.*) bikini
bis (*m.*) repetition, encore
biscate (*m.*) odd job
biscoito (*m.*) cookie, biscuit
bispo (*m.*) bishop
bloquear (*v.*) to block, blockade
boa (*f. of* **bom**) good, well
boato (*m.*) rumor, gossip
bobagem (*f.*) nonsense, foolishness, drivel
bobeira (*f.*) silliness, foolish thing
bobo, -a (*adj.*) foolish, silly, simple
boca (*f.*) mouth
— **de fogo** cannon
botar a — **no mundo** to yell, holler, cry out publicly
bocado (*m.*) mouthful, bit, short time, little while
bocejar (*v.*) to yawn
boda (*f.*) (usually *pl.*) wedding, marriage
boiada (*f.*) herd of cattle
boîte (*French, f.*) night club
bola (*f.*) ball, sphere, globe
bolinho (*m.*) cupcake, small cake
bolo (*m.*) cake; wad of bills;

(*colloq.*) kitty, pot; crowd
bolsa (*f.*) purse, handbag
bolso (*m.*) pocket
bom (*adj.*) (*f.* **boa**) good, well
bomba (*f.*) bomb, pump
bombardear (*v.*) to bombard, bomb
bombardeio (*m.*) bombing
bombeiro (*m.*) fireman
bonde or **bond** (*m.*) streetcar, cable car
boneca (*f.*) doll, cute woman
boneco (*m.*) male doll, stick figure
bonito, -a (*adj.*) beautiful, pretty
boquiaberto, -a (*adj.*) openmouthed, astonished, amazed
borboleta (*f.*) butterfly
borda (*f.*) edge, border
bordo (*m.*) (*nautical*) board, side
a — on board, aboard
borrão (*m.*) blot, ink-stain
borracha (*f.*) rubber
bosque (*m.*) forest
botar (*v.*) to put, place, throw, set
— **abaixo** to break down
boteco (*m.*) saloon, café, little bar
botequim (*m.*) saloon, bar, "joint"
boxe (*m.*) boxing
boxeador (*m.*) boxer
braçal (*adj.*) manual
braço (*m.*) arm
bracejar (*v.*) to stretch, branch out, fling out (arms)
bradar (*v.*) to shout, cry out,

roar

branco, -a (*adj.*) white, blank

brandir (*v.*) to brandish, to wave

brasileirismo (*m.*) Brazilianism

brasileiro, -a (*mf., adj.*) Brazilian

brasilidade (*f.*) distinctively Brazilian character or quality, Brazilianness

bravo, -a (*adj.*) brave, wild, furious

bravura (*f.*) bravery, courage

breu (*m.*) tar

breve (*adj.*) brief, short; (*adv.*) soon

brevidade (*f.*) brevity

briga (*f.*) fight, quarrel, spat

brigar (*v.*) to fight, quarrel

brilhante (*adj.*) bright, brilliant, shiny

brilhar (*v.*) to shine

brilho (*m.*) brilliance

brincadeira (*f.*) joke

brincar (*v.*) to play, jump, joke

brinde (*m.*) toast, offering

brinquedo (*m.*) toy

brisa (*f.*) breeze

britânico, -a (*adj.*) British

brotar (*v.*) to bud, sprout

broto (*m.*) bud; (*colloq.*) teen-ager, especially a girl

bruto, -a (*adj.*) brute, rough, strong

buganvília (*f.*) bougainvillea

buraco (*m.*) hole

burel (*m.*) monk's habit of coarse woolen cloth

burrada (*f.*) herd of mules; (*col-loq.*) foolish act, mistake

burrice (*f.*) something silly, stupid

burro (*m.*) donkey, ass, dolt, dummy

buscar (*v.*) to look for, search

buzina (*f.*) horn

buzinar (*v.*) to honk

cá (*adv.*) here
    de lá para — from then to now, to the present

cabeça (*f.*) head; (*m.*) chief, leader

cabeleireiro (*m.*) hairdresser

cabelo (*m.*) hair

caber (*v.*) to fit in or inside, to be opportune

cabide (*m.*) hatrack, coat-hanger

cabimento (*m.*) propriety, fitness
    ter — (*v.*) to be right, make sense

cabo (*m.*) handle, corporal, cape, end

caboclo (*m.*) of mixed Indian and European blood; back-woodsman

cabra (*m., colloq.*) a man, hired gun, half-breed

cabral (*m., colloq.*) 1,000 *cruzeiro* bill

caça (*f.*) hunting, hunt, chase

caçador (*m.*) hunter

caçanje (*m.*) broken speech

cacete (*adj.*) bothersome, annoy-ing, dull, boring

cachaça (*f.*) (white) rum, sugar-cane brandy; booze, firewater

cachaceiro (*m.*) drunkard, heavy drinker

cachimbo (*m.*) pipe

cachoeira (*f.*) waterfall

cachorro (*m.*) dog, puppy

caçulo, -a (*m., f.*) youngest child

cada (*adj.*) each

cadê (*contr.* of **o que é de?**) where is? what became of?

cadeia (*f.*) jail, prison, chain

cadeira (*f.*) chair

caderneta (*f.*) notebook, account book

caderno (*m.*) notebook

café (*m.*) coffee

— **da manhã** (*m.*) breakfast

cafezinho (*m.*) small cup of espresso coffee

cair (*v.*) to fall

— **fora** (*colloq.*) to scram, walk out, leave

cais (*m.*) quay, dock, pier

caixão (*m.*) large box, chest; coffin

caixa (*f.*) box, safe

— **econômica** savings bank

caixote (*m.*) packing box, crate

cajazeira (*f.*) hog-plum tree

calamidade (*f.*) calamity

calar (*v.*) to silence, hush

— **a boca** to shut up, hold one's tongue

calar (-se) (*refl. v.*) to keep quiet, fall silent

calçada (*f.*) sidewalk, pavement; shoe

calçadão (*m.*) wide sidewalk

calção (*m.*) shorts, trunks

— **de banho** swimming trunks

calças (*f. pl.*) trousers, pants

cálcio (*m.*) calcium

calma (*f.*) calm

calmante (*m.*) tranquilizer

calmar (*v.*) to calm, be calm

calmo, -a (*adj.*) calm, quiet, still

calor (*m.*) heat, warmth

— **fazer** to be hot

caloria (*f.*) calorie

caloroso, -a (*adj.*) warm, enthusiastic, hot, heated

Calvário (*m.*) Calvary

cama (*f.*) bed

Câmara (*f.*) chamber

camarada (*mf.*) comrade, friend, pal

camelô (*m.*) street vendor, peddler

câmera (*f.*) camera; (*m.*) cameraman

caminhar (*v.*) to walk, march, travel

caminho (*m.*) way, road, highway

a — de on the way to

camisa (*f.*) shirt

campainha (*f.*) bell

campanha (*f.*) campaign

campeonato (*m.*) championship, tournament

campina (*f.*) field, meadow

campo (*m.*) field, country

canário-da-terra (*m.*) finch

canção (*f.*) song

candidato (*m.*) candidate

candomblé (*m.*) Afro-Brazilian syncretic religion

canetada (*f.*) act of writing with a pen

cangaceiro (*m.*) outlaw, social bandit

canhão (*m.*) cannon

cansado, -a (*adj.*) tired, weary, worn-out

cansar (*v.*) to tire

cansar (-se) (*refl. v.*) to tire; to become tired

cantada (*f.*) come-on, approach

cantador (*m.*) singer of popular songs, folk bard

cantar (*v.*) to sing, sing about, call out

cantarolar (*v.*) to hum, croon

canteiro (*m.*) bed of flowers or vegetables

canto (*m.*) corner, nook; song, chant; (*dim.*) **cantinho**

cantor (*m.*) singer, vocalist

cão (*m.*) (*pl.* **cães**) dog

capítulo (*m.*) chapter

capacidade (*f.*) capacity, ability

capar (*v.*) to prune, trim, castrate

capaz (*adj.*) capable, able

capela (*f.*) chapel

capeta (*m.*) imp, mischievous child

capim (*m.*) grass

capital (*f.*) capital city

capixaba (*mf. and adj.*) native of the state of Espírito Santo

capturar (*v.*) to capture

caráter (*m.*) character

cara (*f.*) face

carabina (*f.*) carbine, rifle

característica (*f.*) characteristic

característico, -a (*adj.*) characteristic

caracterizar (*v.*) to characterize

caramanchão (*m.*) bower, arbor, summerhouse, pergola

cardápio (*m.*) menu, bill of fare

carga (*f.*) charge
  por que cargas d'água for what strange reason

caridade (*f.*) charity

carinho (*m.*) affection, kindness

carinhoso (*adj*) affectionate

carioca (*mf. and adj.*) native of or pertaining to the city of Rio de Janeiro

carnaval (*m.*) Carnival

carne (*f.*) meat, flesh

carneiro (*m.*) sheep

carniceiro, -a (*adj.*) bloodthirsty

caro, -a (*adj.*) expensive, dear

carpir (*v.*) to lament, wail

carregador (*m.*) carrier, porter

carregar (*v.*) to carry off, load, transport
  — em to bear down on

carreira (*f.*) career

carro (*m.*) car, automobile

carta (*f.*) letter

cartaz (*m.*) poster

carteira (*f.*) wallet, card, ID

carteiro (*m.*) mailman

casa (*f.*) house, home
  — comercial firm, business establishment

casaca-de-couro (*m.*) cowboy jacket

casaco (*m.*) coat

casado, -a (*adj.*) married, wed

casal (*m.*) couple, pair
casamento (*m.*) marriage, wedding
casar (-se) (*refl. v.*) to marry, be wed
casarão (*m.*) mansion, edifice
casca (*f.*) peel, rind, shell
casebre (*m.*) shack, hut
caso (*m.*) case, instance, event, story
  em — de in the event of
  em todo — in any case
cassetete (*m.*) billy club, nightstick
castanha (*f.*) chestnut
castigar (*v.*) to punish
castigo (*m.*) punishment
catálogo (*m.*) catalogue
catástrofe (*f.*) catastrophe, disaster
catarse (*f.*) catharsis
catecismo (*m.*) catechism
categoria (*f.*) category, rank, distinction
caterva (*f.* Latin) mob, gang, multitude
cativeiro (*m.*) captivity, bondage, servitude
caturra (*mf.*) old fogy, stubborn old person, grouch
caturrice (*f.*) grouchiness, pigheadedness
causa (*f.*) cause
causar (*v.*) to cause
cavaleiro (*m.*) horseman, knight, cavalier
cavalheiro (*m.*) gentleman
cavalo (*m.*) horse

cearense (*mf. and adj.*) of the state of Ceará
cedo (*adv.*) early
cédula (*f.*) bank note, bill
cegar (*v.*) to blind, become blind
cego (*m. and a.*) blindman, blind
celebrar (*v.*) to celebrate
célebre (*adj.*) celebrated
celeste (*adj.*) celestial
célula (*f.*) cell
cem, cento (*m.*) one hundred
  — por cento one hundred per cent
cemitério (*m.*) cemetery
cena (*f.*) scene, sight, stage
cenário (*m.*) stage, setting
censo (*m.*) census
censório, -a (*adj.*) censorial
censura (*f.*) censure, criticism
censurar (*v.*) to censure, criticize
centímetro (*m.*) centimeter
centenário (*m.*) centennial
centena (*f.*) a hundred
cento (*m.*) one hundred
  aos centos by the hundreds
centrífugo, -a (*adj.*) centrifugal
centro (*m.*) center
cera (*f.*) wax
cerâmica (*f.*) ceramics
cerca (*f.*) fence
  — de (*adv.*) near, about
cercado, -a (*adj.*) surrounded, fenced in
cercar (*v.*) to fence in, enclose, surround
cerceamento (*m.*) pruning; restriction
cereja (*f.*) cherry

cerimônia (*f.*) ceremony
cerimonioso, -a (*adj.*) ceremo-
nious, formal
cerrado, -a (*adj.*) thick, dense,
closed
cerrar (*v.*) to close
certa (*f.*) certainty
  na — surely, certainly
certeza (*f.*) certainty
  ter — to be certain
certidão (*f.*) certificate
certo (*adj.*) correct, certain, true,
all right, fixed, definite
cerveja (*f.*) beer
cessar (*v.*) to cease, stop
cesto (*m.*) basket
céu (*m.*) sky, heaven
chá (*m.*) tea
chaga (*f.*) sore, wound
chagado, -a (*adj.*) covered with
sores, ulcerated
chaleira (*f.*) kettle, pot
chama (*f.*) flame
chamar (-se) (*refl. v.*) to call, be
called or named
champanha (*m.*) champagne
chão (*m.*) ground; floor
chapéu (*m.*) hat
chapa (*m., colloq.*) pal, buddy,
friend
chapeleira (*f.*) hatbox
charada (*f.*) charade
charuto (*m.*) cigar
chatear (*v.*) to bore, tire out,
weary, bother, annoy
chato (*m. and a., colloq.*) pest,
nuisance, bore; bothersome,
boring

chavão (*m.*) cliché, platitude
chave (*f.*) key
chefe (*m.*) boss, chief, head
chegada (*f.*) arrival
chegar (*v.*) to arrive, be enough,
bring near, reach, approach
  Chega! (*interj.*) That's
  enough!
  — a ser (*v.*) to get to be,
  become
cheio, -a (*adj.*) full
cheirar (*v.*) to smell, sniff
cheiro (*m.*) smell, aroma
cheque (*m.*) check
chique (*adj.*) chic, elegant
chispar (*v.*) to spark, flash
chiste (*m.*) witticism, jest, joke
chistoso, -a (*adj.*) funny, witty
chofer (*m.*) chauffeur, driver
choque (*m.*) shock
choradeira (*f.*) prolonged crying,
wailing
choramingar (*v.*) to cry, whine,
whimper
chorar (*v.*) to cry, weep
choroso, -a (*adj.*) tearful, sad,
weepy
chover (*v.*) to rain, pour
chuchu (*m.*) chayote;
  pra — (*colloq.*) very, awfully,
  plenty
chupar (*v.*) to suck, draw, drain
churrasco (*m.*) barbecue, grilled
meat
chuva (*f.*) rain
chuveiro (*m.*) shower
cidadão (*m.*) citizen
cidade (*f.*) city

ciência (*f.*) science
científico, -a (*adj.*) scientific
cigarro (*m.*) cigarette
cima (*f.*) top
  ainda por — in addition, moreover
  em — (de) on, on top of, over
  para — up, upward
  por — (de) over, above
cinema (*m.*) cinema, movies, motion-picture theater
cínico, -a (*adj.*) cynical
cinza (*f.*) ash
cinzeiro (*m.*) ashtray
circo (*m.*) circus
circular (*v.*) to circulate
círculo (*m.*) circle
circundante (*adj.*) surrounding
circunstância (*f.*) circumstance
circunstante (*m.*) bystander
cirurgia (*f.*) surgery
cismar (*v.*) to dwell on, meditate, muse, dream
citação (*f.*) citation, quotation, reference
citar (*v.*) to cite, quote
ciúme (*m.*) jealousy
cívico, -a (*adj.*) civic
civilidade (*f.*) civility
civilização (*f.*) civilization
civilizar (*v.*) to civilize
clarão (*m.*) glare, flash
claro, -a (*adj.*) clear, bright
  — que of course
classificação (*f.*) classification
classificado, -a (*adj.*) classified, qualified
classificar (*v.*) to classify

cláusula (*f.*) clause
cliente (*mf.*) client, customer, patient
clientela (*f.*) clientele, customers
clube (*m.*) club; clubhouse; team
coar (*v.*) to filter, percolate
coberto (*pp. of* **cobrir**) covered
cobertor (*m.*) blanket, bed cover
cobrador (*m.*) collector, ticket taker
cobrança (*f.*) charge, collection
cobrir (*v.*) to cover
coçar (*v.*) to scratch, rub
cocheiro (*m.*) coachman, driver
cochichar (*v.*) to whisper, murmur, buzz
coco (*m.*) coconut
cocô (*m., colloq.*) excrement
codinome (*m.*) code name
coibir (*v.*) to cohibit, deter, stop
coincidência (*f.*) coincidence
coisa (*f.*) thing
  — alguma nothing
  — nenhuma nothing, by no means, not at all
coitado, -a (*adj.*) poor, miserable, unfortunate
colégio (*m.*) (high) school
colaboração (*f.*) collaboration
colapso (*m.*) collapse
coleção (*f.*) collection
colecionador (*m.*) collector
colecionar (*v.*) to collect
colega (*mf.*) colleague, co-worker; pal, crony
coletânea (*f.*) anthology, collection of writings
coletividade (*f.*) group, com-

munity, collectivity
coletivo, -a (*adj.*) collective
colheita (*f.*) harvest
colher (*v.*) to gather, pick; (*f.*) spoon, spoonful
colina (*f.*) hill, incline
colo (*m.*) neck, lap
colocação (*f.*) placement, position, job
colocar (*v.*) to place, put, pose
colorido, -a (*adj.*) colored, colorful
colosso (*m.*) colossus
coluna (*f.*) column, pillar, mainstay, spine
colunista (*mf.*) columnist
comandante (*m.*) commander, captain of a ship
combate (*m.*) combat, battle
combater (*v.*) to combat, fight
combinação (*f.*) combination; arrangement, agreement
combinar (*v.*) to combine, agree upon
começar (*v.*) to begin, start
começo (*m.*) beginning, start
comédia (*f.*) comedy
comemoração (*f.*) commemoration
comemorar (*v.*) to commemorate
comenda (*f.*) badge, insignia, medal
comentário (*m.*) comment, commentary
comentar (*v.*) to comment on, discuss
comer (*v.*) to eat
comerciário (*m.*) tradesperson;

clerk
comerciante (*m.*) merchant
comércio (*m.*) commerce, business
cometer (*v.*) to commit
comício (*m.*) rally, public meeting, assembly
comida (*f.*) food; meal
comissário (*m.*) commissioner
comissão (*f.*) commission; committee
comitiva (*f.*) retinue, entourage, party
como (*adv., conj.*) how; as, as if, like
cômodo, -a (*adj.*) comfortable, suitable
comovente (*adj.*) moving, touching
comover (*v.*) to move, touch, affect
compacto, -a (*adj.*) compact, close, tight
companheiro (*m.*) companion, mate
companhia (*f.*) company
comparação (*f.*) comparison
comparar (*v.*) to compare
comparecer (*v.*) to appear, show up, attend
compartilhar (*v.*) to share
compartimento (*m.*) compartment, room
compensação (*f.*) compensation
compensar (*v.*) to compensate
competência (*f.*) competence, ability
competente (*adj.*) competent,

competente — *continued*
proper
competição (*f.*) competition
competir (*v.*) to compete; be
one's duty, be due
compilar (*v.*) to compile
complemento (*m.*) complement
completar (*v.*) to complete, fill
completo, -a (*adj.*) complete
complexo (*m.*) complex
complicação (*f.*) complication
complicar (*v.*) to complicate
compor (*v.*) to compose, put together, frame
comporta (*f.*) floodgate; (*pl.*)
wiles
comportado, -a (*adj.*) (well)
behaved
comportamento (*m.*) behavior,
comportment
comportar (*v.*) to allow, bear,
take
comportar (-se) (*refl. v.*) to behave oneself
composição (*f.*) composition
compostura (*f.*) composure
compra (*f.*) purchase, buy
fazer compras to go shopping
comprar (*v.*) to buy
compreender (*v.*) to understand
compreensão (*f.*) comprehension, understanding
compreensível (*adj.*)
comprehensible
compreensivo, -a (*adj.*) understanding, comprehensive,
including
comprido, -a (*adj.*) long, lengthy

comprimento (*m.*) length
comprimido, -a (*m.*) medicine
tablet, pill
comprometido, -a (*adj.*) com-
promised
compromisso (*m.*) commitment,
appointment, settlement
comprovar (*v.*) to prove,
corroborate
compulsão (*f.*) compulsion
computador (*m.*) computer
comum (*adj.*) common
comungar (*v.*) to take communion
comunhão (*f.*) communion
comunicação (*f.*) communication
comunicar (*v.*) to communicate
comunidade (*f.*) community
comunista (*mf. and adj.*) Com-
munist
conceder (*v.*) to concede, grant,
give
concerto (*m.*) concert, harmony
concluir (*v.*) to conclude
conclusão (*f.*) conclusion
concordar (*v.*) to agree
concreto, -a (*adj.*) concrete
concurso (*m.*) contest, con-
course, throng
condecoração (*f.*) decoration,
medal
condecorar (*v.*) to decorate, give
a medal
condenar (*v.*) to condemn
condição (*f.*) condition, circumstance
condicionar (*v.*) to condition

condoer (-se) (*v., refl. v.*) to condole, commiserate with
condução (*f.*) transportation
conduta (*f.*) conduct
condutor (*m.*) conductor, driver
conduzir (*v.*) to conduct, lead, carry
confabular (*v.*) to chat, converse
confederação (*f.*) confederation, alliance
conferir (*v.*) to confer, compare, verify, check
confessar (*v.*) to confess
confiança (*f.*) confidence, trust, faith
confiar (*v.*) to trust, have confidence, entrust
confidência (*f.*) confidence, trust, secret
confinado, -a (*adj.*) confined
confirmação (*f.*) confirmation
confirmar (*v.*) to confirm
confissão (*f.*) confession
conforme (*adv.*) according to, as
confortável (*adj.*) comfortable
conforto (*m.*) comfort
confrade (*m.*) colleague, associate
confundir (*v.*) to confuse
confusão (*f.*) confusion
confuso, -a (*adj.*) confused, doubtful
congresso (*m.*) congress, meeting
conhaque (*m.*) cognac, brandy
conhecer (*v.*) to know, be acquainted with, become familiar with
conhecido, -a (*mf.*) acquaintance

conhecimento (*m.*) knowledge, acquaintance, cognizance
tomar — to notice, pay attention to
conjetura (*f.*) conjecture
conjeturar (*v.*) to conjecture, guess
conjugal (*adj.*) conjugal, matrimonial
conjugar (*v.*) to conjugate, join, unite
conjunto (*m.*) group, set, whole
conotação (*f.*) connotation
conquanto (*conj.*) although, though
conquista (*f.*) conquest
consciência (*f.*) conscience
conseguinte (*adj.*) consequent
conseguir (*v.*) to succeed (in), get, manage to
conselho (*m.*) (piece of) advice
consenso (*m.*) consensus
conseqüência (*f.*) consequence
conserto (*m.*) repair, mending, fixing
conservador (*m. and a.*) conservative
conservar (*v.*) to preserve, keep, conserve
consideração (*f.*) consideration
considerar (*v.*) to consider
consoante (*f.*) consonant
consolar (*v.*) to console
consorte (*mf.*) consort, spouse
conspiração (*f.*) conspiracy
conspirar (*v.*) to conspire, plot
constante (*f.*) constant (something invariable or

constante — *continued*
unchanging)
constituir (*v.*) to constitute
construção (*f.*) construction
construir (*v.*) to construct, build
construtor (*m.*) constructor,
builder
consulado (*m.*) consulate
consulta (*f.*) consultation
consultar (*v.*) to consult
consumir (*v.*) to consume, take
up, eat
conta (*f.*) account, bill, tab
dar-se — to be aware of
fazer de — to pretend
fazer uma — to make out an
account
feitas as contas taking everything into account
tomar — **de** (*v.*) to take care
of, take over
contabilidade (*f.*) accounting
contacto (*m.*) contact
contagem (*f.*) count, score,
reckoning
contagiante (*adj.*) contagious
contanto (*conj.*) if, provided that
contar (*v.*) to tell, relate, count
— **com** to count on, expect
contato (*m.*) contact
conteúdo (*m.*) content
contemplação (*f.*) contemplation
contemplar (*v.*) to contemplate
contemporâneo, -a (*adj.*) contemporary
contente (*adj.*) happy, content
conter (*v.*) to contain, restrain
contestador (*m.*) one who con-

tests (policies, etc.)
contestatório, -a (*adj.*) contesting
contexto (*m.*) context
contingência (*f.*) contingency
continuar (*v.*) to continue
conto (*m.*) tale, short story;
1,000 *cruzeiros*
contorno (*m.*) contour, circuit
contrabandista (*mf.*) contra-
bandist, smuggler
contração (*f.*) contraction
contrafação (*f.*) counterfeiting
contramão (*f.*) wrong way (in
traffic)
contraposição (*f.*) contraposition
contrariar (*v.*) to oppose, contradict, refute, disprove
contrário, -a (*adj.*) contrary
contrastar (*v.*) to contrast
contratar (*v.*) to contract, make
a contract, engage, hire
contratempo (*m.*) contretemps,
mishap
contribuição (*f.*) contribution
contribuinte (*mf.*) contributor,
taxpayer
contribuir (*v.*) to contribute
contrição (*f.*) contrition
controlar (*v.*) to control
controvérsia (*f.*) controversy
contudo (*conj.*) nevertheless,
however
contundir (*v.*) to bruise
convencer (*v.*) to convince
convencionar (*v.*) to agree upon
conveniência (*f.*) convenience
convento (*m.*) convent
conversa (*f.*) conversation, chat

— **fiada** idle talk, chatter
— **mole** bla-bla, idle chatter
conversação (*f.*) conversation
conversar (*v.*) to converse, talk, chat
converter (*v.*) to convert
convicto, -a (*adj.*) convinced
convidado (*m.*) guest
convidar (*v.*) to invite
convir (*v.*) to agree, suit, be convenient, be fit
conviver (*v.*) to live together; to be on familiar terms with
cooper (*m.*) jogging
copa (*f.*) pantry, breakfast nook
copeiro (*m.*) waiter, pantryman
cópia (*f.*) copy; abundancy
copo (*m.*) drinking glass, cup
coquetel (*m.*) cocktail
cor (*f.*) color
  de — (*adv.*) by heart
coração (*m.*) heart
coragem (*f.*) courage
corajoso, -a (*adj.*) courageous
corcunda (*mf. and adj.*) hunch-back(ed)
corda (*f.*) rope, string, spring
  de — wind-up
cordialidade (*f.*) cordiality
coreano, -a (*mf. and adj.*) Korean
corneta (*f.*) bugle, trumpet
coro (*m.*) chorus, choir
  fazer — to sing a chorus, (fig.) repeat, agree with
coroa (*f.*) crown, wreath, garland; (*colloq.*) old person
coronel (*m.*) colonel
corpo (*m.*) body, corps

corporal (*adj.*) corporeal, pertaining to the body
correção (*f.*) correction
corredor (*m.*) corridor; runner, racer
correio (*m.*) mail, post office
correligionário (*m.*) correligionist; member of the same party
corrente (*adj.*) current
  do — of the current month
correr (*v.*) to run
correspondência (*f.*) correspondence
correspondente (*m.*) correspondent
corresponder (*v.*) to correspond
correto, -a (*adj.*) correct
corrida (*f.*) race, running, run, trip, ride
  — de cavalos horse race
corrigir (*v.*) to correct
corriqueiro, -a (*adj.*) commonplace, current
corrupção (*f.*) corruption
cortês (*adj.*) courteous
cortar (*v.*) to cut, cut off, shut off
  — caminho (*v.*) to take a short cut
corte (*f.*) court; (*m.*) cut, incision
cortejo (*m.*) cortege, procession
cortesia (*f.*) courtesy
cortina (*f.*) curtain
costa (*f.*) coast
costas (*f. pl.*) back (of body)
costear (*v.*) to coast, skirt
costumar (*v.*) to be used to, be accustomed to

costume (*m.*) custom
costumeiro, -a (*adj.*) customary, usual
cotidiano, -a (*adj.*) everyday, daily, quotidian
cotovelo (*m.*) elbow
cousa (*f.*) variant of *coisa*
covarde (*m. and a.*) coward, cowardly
coxa (*f.*) thigh
cozinha (*f.*) kitchen
cozinheiro (*m.*) cook, chef
cravar (*v.*) to rivet, fasten
— **os olhos em** (*v.*) to stare at
cravar (-se) (*refl. v.*) to penetrate, hold fast
crediário (*m.*) installment payment plan
credulidade (*f.*) credulity, gullibility
crença (*f.*) belief
crente (*mf.*) believer
crepúsculo (*m.*) twilight, dusk; (*fig.*) decline
crepe (*m.*) crepe, mourning band
crer (*v.*) to believe, suppose
crescer (*v.*) to grow
— **para cima** to take on (fight)
crescimento (*m.*) growth
cretino, -a (*mf., adj.*) cretin
criado (*m.*) servant
criança (*f.*) child
— **de peito** nursing child, infant in arms
criançada (*f.*) group of children
criar (*v.*) to create, foster, rear, raise

criatura (*f.*) creature, being, person
criminalidade (*f.*) criminality
criminoso, -a (*m. and a.*) criminal
crise (*f.*) crisis
cristão (*m.*) Christian
critério (*m.*) criterion
crítica (*f.*) critique, review, criticism
criticar (*v.*) to criticize
crítico (*m.*) critic
crível (*adj.*) believable
crônica (*f.*) chronicle, newspaper or magazine article or column
cronista (*mf.*) writer of *crônicas*, columnist
cronológico, -a (*adj.*) chronological
cruz (*f.*) cross
cruzado, -a (*m.*) 1980s Brazilian currency
cruzar (*v.*) to cross
cruzeiro (*m.*) monetary unit of Brazil, currency
cuidado (*m.*) care, caution, worry, concern
cuidadoso, -a (*adj.*) careful, attentive, diligent
cuidar (*v.*) to care for, take care of
cujo, -a (*adj., pron.*) whose
culinário, -a (*adj.*) culinary
culminar (*v.*) to culminate
culpa (*f.*) fault, blame
culpado, -a (*adj.*) guilty
cultivar (*v.*) to cultivate
culto (*m.*) religion, cult

cultura (*f.*) culture
cumpridor (*m.*) executor
cumprimentar (*v.*) to greet, compliment
cumprir (*v.*) to accomplish, fulfill, comply with
cúmulo (*m.*) height, culmination, top
é o —! that's the limit!
cura (*f.*) cure
curar (*v.*) to cure
curiosidade (*f.*) curiosity
curioso, -a (*adj.*) curious
curso (*m.*) course
curto, -a (*adj.*) short
curumim (*m.*) boy, urchin, youngster
curvar (-se) (*refl. v.*) to bow
curva (*f.*) curve
curvo, -a (*adj.*) curved
custar (*v.*) to cost; to be difficult or troublesome
— a to take a while, delay
custo (*m.*) price; difficulty, trouble
a todo — at any cost, by all means
cutucar (*v.*) to nudge, poke

daí (*contr.* of **de** + **aí**); hence, therefore, for that reason
E —? So what? What difference does that make?
dama (*f.*) lady, dame
dançar (*v.*) to dance
danado, -a (*adj.*) damned; ruined, spoiled
dano (*m.*) damage, injury; mischief
dantes (*contr.* of **de antes**) formerly, before
daqui (*contr.* of **de** and **aqui**) from here
— a in (a length of time)
dar (*v.*) to give, produce, be enough
— em to hit, come to be, become
— se to occur
— se com to get along with, be on good terms with
— com to run across, run into
— ʾo fora (*colloq.*) to shove off, hit the road, get out
data (*f.*) date
de longa — for a long time
datar (*v.*) to date
datilografar (*v.*) to typewrite (also **dactilografar**)
debaixo (*adv.*) under, underneath
debandada (*f.*) rout, flight
debelar (*v.*) to conquer, overcome
débito (*m.*) debt, debit
debruçar (-se) (*refl. v.*) to lean forward, lean on the elbows
década (*f.*) decade
decente (*adj.*) decent
decentralizado, -a (*adj.*) decentralized
decepção (*f.*) disappointment, let down
decerto (*adv.*) certainly, surely
decidir (*v.*) to decide
decisão (*f.*) decision

decisivo, -a (*adj.*) decisive, definite
declamar (*v.*) to declaim, call out
declaração (*f.*) declaration
declarar (*v.*) to declare, state
decolagem (*f.*) take-off (of an aircraft)
decorar (*v.*) to decorate, memorize, learn by heart
decorrer (*v.*) to pass, run, happen, occur, elapse
decreto (*m.*) decree
dedetizar (*v.*) to spray with DDT, disinfect
dedicar (*v.*) to dedicate
dedo (*m.*) finger
defeito (*m.*) defect
defender (-se) (*refl. v.*) to defend; manage to get, wangle
defesa (*f.*) defense
deficiente (*m. and a.*) deficient, handicapped
definição (*f.*) definition
definitivo, -a (*adj.*) definitive, conclusive
defronte (*adv.*) facing, in front
defunto (*m. and a.*) dead person, deceased
degrau (*m.*) step
degredar (*v.*) to exile, banish
degustar (*v.*) to taste
deitar (-se) (*refl. v.*) to lie down, go to bed
deixar (*v.*) to leave, let, allow
— **cair,** to drop
— **de** to fail to, stop, abstain from
Deixa comigo leave it up to

me, I'll do it
delícia (*f.*) delight, pleasure
delegacia (*f.*) police station
delegado (*m.*) delegate, deputy, district police chief
delegar (*v.*) to delegate
deleitoso, a (*adj.*) delightful, pleasant
deliberado, -a (*adj.*) deliberate
deliberar (*v.*) to deliberate
delicadeza (*f.*) courtesy, politeness, fragility
delicado, -a (*adj.*) delicate; polite
delicioso, -a (*adj.*) delicious, delightful
delimitar (*v.*) to restrict, limit
delírio (*m.*) delirium, delusion
delonga (*f.*) delay, procrastination
demônio (*m.*) demon
demais (*adv.*) too much, too many, very much
até — to excess
os — the rest, the other(s), the remaining
por — too much
demitir (*v.*) to dismiss, fire
democrático, -a (*adj.*) democratic
democracia (*f.*) democracy
demolir (*v.*) to demolish, destroy, tear down
demonstração (*f.*) demonstration, exhibition
demonstrar (*v.*) to demonstrate, prove
demora (*f.*) delay
demorada (*f.*) period resulting

from a delay

demorar (*v.*) to delay

demorar (-se) (*refl. v.*) to linger, be delayed

denominação (*f.*) denomination

denominar (*v.*) to denominate, name, call

dente (*m.*) tooth

dentista (*m., f.*) dentist

dentro (*adv.*) inside

denúncia (*f.*) denunciation, accusation, complaint

dependente (*mf. and adj.*) dependent

depender (*v.*) to depend

depois (*adv.*) after, afterwards, later, then

depositar (*v.*) to deposit

depreciar (*v.*) to depreciate, undervalue

depressão (*f.*) depression

derradeiro, -a (*adj.*) last, final

derramamento (*m.*) spilling; diffuseness

derreter (*v.*) to melt, thaw, liquefy

derrotar (*v.*) to defeat, overthrow

derrubar (*v.*) to tear, knock down, overturn

desabafar (*v.*) to free, express freely, give vent to feelings, get off one's chest

desabafo (*m.*) relief, release, act of freeing or expressing

desabalado, -a (*adj.*) headlong

desabar (*v.*) to tumble, cave in

desabotoar (*v.*) to unbutton, unfasten

desabrochar (*v.*) to unclasp, unfasten

desacato (*m.*) lack of respect, contempt

desadorar (*v.*) to detest

desafeto (*m.*) lack or loss of affection

desafio (*m.*) defiance, challenge

desagradável (*adj.*) disagreeable, unpleasant

desajeitado, -a (*adj.*) awkward, clumsy, stupid

desamparo (*m.*) abandonment, helplessness, distress

desandar (*v.*) to turn back, cause to regress, worsen

desaparecer (*v.*) to disappear

desastre (*m.*) disaster, accident

desatento, -a (*adj.*) negligent, thoughtless, absent-minded

desatualizado, -a (*adj.*) out-of-date

desbravador (*adj.*) pioneering, adventurous

descair (*v.*) to drop, droop, sag

descalço, -a (*adj.*) barefoot

descansado, -a (*adj.*) rested, untroubled

descansar (*v.*) to rest, set at ease

descendente (*mf.*) descendent

descer (*v.*) to descend, lower, come down, step down from

desclassificado, -a (*adj.*) disqualified

descoberto, -a (*adj., pp. of* **descobrir**) discovered, uncovered

descobrir (*v.*) to discover,

descobrir — *continued*
uncover
desconcerto (*m.*) disharmony,
derangement, disorder
desconfiado, -a (*adj.*) distrustful,
suspicious, doubting
desconfiança (*f.*) suspicion,
distrust
desconfiar (*v.*) to suspect, be
distrustful
desconhecer (*v.*) to be ignorant
of, be unaware of
desconhecido, -a (*mf., adj.*)
stranger; unknown
descontínuo, -a (*adj.*)
discontinuous
descontar (*v.*) to discount, cash
(check)
descontente (*adj.*) discontent,
unhappy
desconto (*m.*) discount, deduction
desconversar (*v.*) to change the
subject
descortinar (*v.*) to reveal, disclose, expose to view
descrença (*f.*) disbelief
descrever (*v.*) to describe
descuidado, -a (*adj.*) careless,
negligent
descuidar (-se) (*v., refl. v.*) to
neglect, disregard
desculpa (*f.*) apology, excuse,
pardon
pedir — to apologize, beg
pardon
desculpar (*v.*) to excuse, forgive
desculpar (-se) (*refl. v.*) to say
one is sorry, beg forgiveness

desde (*prep.*) from, since
desdizer (-se) (*v., refl. v.*) to contradict, deny
desdobrar (*v.*) to unfold
desejar (*v.*) to want, desire
desejo (*m.*) desire, wish
desembaraçado, -a (*adj.*) unen-
cumbered, free and easy,
unembarrassed
desembarcar (*v.*) to disembark
desembarque (*m.*) disembarka-
tion, landing
desembrulhar (*v.*) to unwrap,
unfold
desemparelhar (*v.*) to separate,
disunite
desempenhar (*v.*) to fulfill, discharge, carry out
desempregado, -a (*mf. and adj.*)
unemployed
desencadear (*v.*) to unchain,
unleash
desencontrar (*v.*) to cause (people) not to meet
desenho (*m.*) design, drawing,
cartoon
desenlace (*m.*) untying, outcome,
dénouement
desentender (*v.*) to misunder-
stand
desenvolto, -a (*adj.*) forward, at
ease, uninhibited
desenvolver (*v.*) to develop, grow
desenvolvimento (*m.*) development
desesperado, -a (*adj.*) desperate
desestímulo (*m.*) discouragement
desfechar (*v.*) to let fly, fire

desfigurar (*v.*) to disfigure
desfile (*m.*) parade
desfilar (*v.*) to parade
desfrutar (*v.*) to enjoy, relish
desfrute (*m.*) enjoyment
desgraça (*f.*) misfortune
desgraçado, -a (*adj.*) disgraced, unfortunate, wretched
designar (*v.*) to designate
desigual (*adj.*) unequal, uneven, lopsided
desigualdade (*f.*) inequality, unevenness, variation, irregularity
desilusão (*f.*) disillusionment, disappointment
desinibido, -a (*adj.*) uninhibited
desistir (*v.*) to desist, give up, renounce
desligar (*v.*) to disconnect, separate, hang up
deslocação (*f.*) dislocation, displacement
deslocar (*v.*) to displace, shift, dislocate
deslumbramento (*m.*) a dazzling, dazing (by light)
deslumbrante (*adj.*) dazzling, marvelous
desmanchar (*v.*) to undo, break up
— **um noivado** (*v.*) to break off an engagement
desmantelar (*v.*) to demolish, ruin, dismantle
desmentir (*v.*) to contradict, deny
desnorteamento (*m.*) getting off course, disorientation

desnorteante (*adj.*) confusing, misleading
desocupado, -a (*adj.*) unoccupied, idle
desordeiro, -a (*adj.*) disorderly, rowdy
desordem (*f.*) disorganization, disorder
desorientado, -a (*adj.*) confused, bewildered, disoriented, perplexed
despachar (*v.*) to dispatch, send off
despedida (*f.*) farewell
despedir (-se) (*refl. v.*) to say good-bye, take leave
despeito (*m.*) spite
a — de in spite of, in defiance of
despencar (*v.*) to fall, drop, topple
desperdício (*m.*) waste, extravagance, loss
despertador (*m.*) alarm clock
despertar (*v.*) to awake, arouse, stimulate
despesa (*f.*) expense, cost
despir (*v.*) to undress, take off
desprendido, -a (*adj.*) unfastened; unselfish
despretensioso, -a (*adj.*) unpretentious
desprezar (*v.*) to slight, disdain, scorn
desproporcional (*adj.*) out of proportion, disproportionate
desprovido, -a (*adj.*) lacking, destitute (of), deprived (of)

desquitar (*v.*) (law) to separate legally
desregramento (*m.*) irregularity, excess
destacado, -a (*adj.*) outstanding
destinar (*v.*) to destine, reserve
destinatário (*m.*) addressee
destino (*m.*) destiny, destination
destruir (*v.*) to destroy
desvão (*m.*) attic, hideout, hiding place
desvario (*m.*) madness, craziness, delirium, folly
desviar (*v.*) to divert, turn, separate
detalhe (*m.*) detail
detenção (*f.*) detention, arrest, confinement
deter (*v.*) to detain
determinar (*v.*) to determine
determinação (*f.*) determination, purpose, decision
determinado, -a (*adj.*) determined, certain, given
deturpar (*v.*) to defile, disfigure, distort
Deus (*m.*) God
devagar (*adv.*) slow, slowly
devastador (*adj.*) devastating
dever (*m.*) duty; (*v.*) to owe, be obligated, should, ought to
— + *infinitive:* indicates intention, supposition, an indeterminate future, necessity
devolução (*f.*) refund
devolver (*v.*) to give back, return
devorar (*v.*) to devour
devoto (*m.*) devotee, churchgoer

dezembro (*m.*) December
dezena (*f.*) ten, group of ten
dia (*m.*) day.
— **a-** — day by day, daily
— **útil** weekday, workday
— **de semana** weekday
— **feriado** holiday
— **sim** — **não** every other day
diabo (*m.*) devil; **Que** —! What the hell!
o — **era** the devil of it was
diagnóstico (*m.*) diagnostic
dialeto (*m.*) dialect
diálogo (*m.*) dialog
diante (*adv.*) before, in front
diário (*adj., adv.*) daily
dicção (*f.*) diction
dicionário (*m.*) dictionary
didático, -a (*adj.*) didactic, fit or intended to teach
difícil (*adj.*) difficult
diferença (*f.*) difference
diferente (*adj.*) different
dificuldade (*f.*) difficulty
difundir (*v.*) to diffuse, disperse, divulge
dignar (-se) (*refl. v.*) to deign, condescend
dignidade (*f.*) dignity
digno, -a (*adj.*) worthy
dileto, -a (*adj.*) dear, favorite
diligente (*adj.*) diligent
dimensão (*f.*) dimension
diminuir (*v.*) to diminish
diminutivo, -a (*m. and a.*) diminutive
diminuto, -a (*adj.*) minute, tiny
dinâmica (*f.*) dynamics

dinheiro (*m.*) money
diplomático, -a (*adj.*) diplomatic
diplomacia (*f.*) diplomacy
direção (*f.*) direction
direita (*f.*) right
direito, -a (*adj.*) right; (*m.*) law
direto, -a (*adj., adv.*) direct, directly, straight; diretas, direct elections
diretor (*m.*) director
diretriz (*f.*) directive
dirigente (*mf.*) director, manager
dirigir (*v.*) to drive, direct
dirigir (-se) (*v., refl. v.*) to head; to direct oneself, address
discípulo (*m.*) disciple
discórdia (*f.*) discord, contention, strife
discar (*v.*) to dial
disciplina (*f.*) discipline
disciplinado, -a (*adj.*) disciplined
disciplinar (*v.*) to discipline
disco (*m.*) phonograph record, disc
discordar (*v.*) to disagree
discreto, -a (*adj.*) discrect
discrição (*f.*) discretion, circumspection
discurso (*m.*) speech, discourse
discussão (*f.*) discussion
discutir (*v.*) to discuss, debate, argue
disfarçar (*v.*) to disguise, conceal
disparada (*f.*) dash, plunge, stampede
em — pell-mell, headlong
dispensar (*v.*) to dispense, distribute, exempt, do without

displicente (*adj.*) indifferent, lackadaisical
disponível (*adj.*) available, disposable
dispor (*v.*) to dispose, arrange
dispor(-se) (*refl. v.*) to get ready, be willing to
disposição (*f.*) disposition, inclination, tendency; disposal
disputa (*f.*) contest, match, dispute, argument
disputar (*v.*) to dispute, debate, argue
dissolução (*f.*) dissolution
dissuadir (*v.*) to dissuade, take out of
distância (*f.*) distance
distante (*adj.*) distant
distinção (*f.*) distinction, good breeding, discreetness
distinguir (*v.*) to distinguish, tell one from another
distintivo, -a (*adj.*) distinctive
distinto, -a (*adj.*) distinct, different, distinguished, illustrious
distração (*f.*) distraction, absent-mindedness, amusement
distrair (*v.*) to distract, divert
distribuição (*f.*) distribution, allotment, arrangement
distribuir (*v.*) to distribute
distrito (*m.*) district
ditado (*m.*) saying, proverb, dictation
ditador (*m.*) dictator
ditar (*v.*) to dictate
dito (*m., pp. of* dizer) saying
ditongo (*m.*) dipthong

divã (*m.*) divan, couch
diversão (*f.*) diversion, amusement
diverso, -a (*adj.*) diverse
divertimento (*m.*) amusement
divertir (-se) (*refl. v.*) to be amused, enjoy oneself, have a good time, have fun
dívida (*f.*) debt
dividido, -a (*adj.*) divided
divino, -a (*adj.*) divine
divisar (*v.*) to espy, perceive
divulgação (*f.*) divulgence, disclosure
divulgar (*v.*) to divulge, publicize, propagate
dizer (*v.*) to say, tell
   por assim — so to speak
   querer — (*v.*) to mean, to mean to say
doador (*m.*) donor
dobra (*f.*) fold, pleat
doce (*adj.*) sweet
dócil (*adj.*) docile, meck
documentação (*f.*) documentation
documento (*m.*) document
doçura (*f.*) sweetness
doença (*f.*) illness
doente (*adj.*) sick, ill
doer (*v.*) to ache, hurt, pain; to be ill
doidice (*f.*) madness, foolishness
doido, -a (*adj.*) crazy, mad, wild
   — varrido stark raving mad
dolorido, -a (*adj.*) painful, aching
doloroso, -a (*adj.*) painful

doméstico, -a (*a.*) domestic
dominação (*f.*) domination
dominante (*adj.*) dominant, dominating
dominar (*v.*) to dominate, overcome
domingueira (*f.*) Sunday affair
domingueiro, -a (*adj.*) of or pertaining to Sunday; festive
dominical (*adj.*) dominical
domínio (*m.*) dominion, command, control
dona (*f.*) lady, proprietress, prefixed title of respect for a woman
dono (*m.*) owner, master
donzela (*f.*) damsel
dor (*f.*) pain, ache, suffering, sorrow
   — de cabeça headache
dormir (*v.*) to sleep
dormitar (*v.*) to doze, drowze
dose (*f.*) dose, dosage
dotar (*v.*) to endow
dote (*m.*) natural talent
dourado, -a (*adj.*) golden
dous (*adj.*) variant of dois
doutor, -a (*mf.*) doctor, Ph.D., educated person
dragão (*m.*) dragon
dramático, -a (*adj.*) dramatic
dramatizar (*v.*) to dramatize
drenagem (*f.*) drainage
ducha (*f.*) shower
dúctil (*adj.*) flexible, ductile
dupla (*f.*) pair, duo
duplo, -a (*adj.*) double, duple
duradouro, -a (*adj.*) durable,

lasting
durante (*prep.*) during
durar (*v.*) to last, endure
duro, -a (*adj.*) hard, tough, arduous, harsh, stubborn
dúvida (*f.*) doubt
duvidar (*v.*) to doubt
dúzia (*f.*) dozen

eco (*m.*) echo
ecológico, -a (*adj.*) ecological
economês (*m.*) "Economese"
economia (*f.*) economy
econômico, -a (*adj.*) economic
economista (*mf.*) economist
edição (*f.*) edition, printing
edifício (*m.*) building
edificação (*f.*) construction; edification
editar (*v.*) to publish, edit
editor (*m.*) publisher, editor
editora (*f.*) publishing house
efeito (*m.*) effect, result
   com — in fact
efemeridades (*f. pl.*) daily news items
efêmero, -a (*adj.*) ephemeral, short-lived
efervescência (*f.*) effervescence
efetivo, -a (*adj.*) effective
eficiente (*adj.*) efficient
efígie (*f.*) effigy
efusão (*f.*) effusion
egípcio, -a (*adj.*) Egyptian
egresso (*m. and a.*) egress, departure, graduated
eis (*interj.*) here is, here are, behold

— tudo, that is all
eixão (*m.*) (*aug.* of **eixo**)
eixinho (*m.*) (*dim.* of **eixo**)
eixo (*m.*) axis, axle; thoroughfare
electrônica (*f.*) electronics
eleger (*v.*) to elect
eleitoral (*adj.*) electoral
elementar (*adj.*) elemental, simple, elementary
elemento (*m.*) element
elétrico, -a (*adj.*) electrical
eletrônico, -a (*adj.*) electronic
elevador (*m.*) elevator
elevar (*v.*) to elevate, raise
eliminação (*f.*) elimination
elocubração (*f.*) meditation
elocução (*f.*) elocution
elogiar (*v.*) to praise, to eulogize
elogio (*m.*) praise, compliment, eulogy
emancipar (*v.*) to emancipate
embaçado, -a (*adj.*) pale, dull, fogged up
embaixada (*f.*) embassy
embaixador (*m.*) ambassador
embaixo (*adv.*) below, under, down
embalar (*v.*) to rock or lull to sleep, to sway
embarcar (*v.*) to embark
embarque (*m.*) embarkation, departure
embasbacado, -a (*adj.*) gaping (in wonder), amazed
embelezado, -a (*adj.*) embellished
embora (*conj.*) although
   ir-se — to go away
emitir (*v.*) to emit, issue

emoção (*f.*) emotion
empáfia (*f.*) conceit, self-esteem, haughtiness
empenado, -a (*adj.*) warped, crooked
empoeirado, -a (*adj.*) dusty
empolado, -a (*adj.*) puffed up, bombastic
empolgar (*v.*) to hold the attention or interest; to excite, engross
— (se) (*refl. v.*) to get wrapped up in
empregada (*f.*) maid, servant girl
empregado, -a (*mf. and adj.*) employee, employed
empregar (*v.*) to use; to employ
emprego (*m.*) employment, job; use
empresa (*f.*) enterprise, undertaking, concern, company, firm
emprestar (*v.*) to lend, loan
empurrar (*v.*) to push, shove, impose upon
emudecer (*v.*) to grow mute, become silent; to silence
encabulado, -a (*adj.*) abashed, ashamed, shy, embarrassed
encadernar (*v.*) to bind (a book)
encaixar (*v.*) to package; to box
encaixotado, -a (*adj.*) packed in a box
encalorado, -a (*adj.*) (variant of acalorado) heated, lively, animated
encantado, -a (*adj.*) charmed,

delighted, enchanted, pleased
encantar (*v.*) to enchant, charm
encarar (*v.*) to face, confront
encargo (*m.*) duty, charge, task, commission
encarnar (*v.*) to encarnate, embody
encarregar (-se) (*refl. v.*) to undertake, take upon oneself, take charge
encenação (*f.*) staging
encenar (*v.*) to stage
encerrar (*v.*) to close, enclose, conclude, finish
encerrar (-se) (*refl. v.*) to shut oneself up, be closed
encher (*v.*) to fill
enciclopédia (*f.*) encyclopedia
encobrir (*v.*) to cover, hide, conceal
encomenda (*f.*) order, charge, commission, ordered article
encomendar (*v.*) to order something to be made, commission, charge with
encontrável (*adj.*) findable
encontrar (*v.*) to find, encounter, meet
encontrar (-se) (*refl. v.*) to find oneself
encontro (*m.*) encounter, meeting, appointment.
   marcar um — to make a date, agree to meet
encorpar (*v.*) to increase the body of
encostar (*v.*) to lean on, place against, dock, pull over

endereço (*m.*) address
endomingado, -a (*adj.*) dressed
in Sunday best
energia (*f.*) energy
enérgico, -a (*adj.*) energetic
enfado (*m.*) displeasure, annoy-
ance
ênfase (*f.*) emphasis
enfileirar (-se) (*refl. v.*) to line
up, be aligned
enfim (*adv*) finally, at last
enforcamento (*m.*) hanging
enforcar (*v.*) to hang
enfrentar (*v.*) to face, confront
engalfinhar (-se) (*refl. v.*) to
grapple, wrestle, tangle
engambelar (*v.*) to cajole,
wheedle
enganar (*v.*) to deceive, mislead,
delude
— **a fome,** to stay one's
hunger
enganar (-se) (*refl. v.*) to be
mistaken
engenharia (*f.*) engineering
engenheirês (*m.*) "engineerese"
engenheiro (*m.*) engineer
engenho (*m.*) ingenuity, inven-
tiveness, talent
engolir (*v.*) to swallow
engordar (*v.*) to gain flesh, fatten
engraçado, -a (*adj.*) amusing,
funny
engraxate (*m.*) shoeshine boy
engrossar (*v.*) to enlarge, swell,
thicken, become corpulent
enguiçar (*v.*) to break down,
stall, be out of order

enigma (*m.*) enigma, puzzle,
riddle
enigmático, -a (*adj.*) enigmatic
enjoado, -a (*adj.*) nauseated,
seasick
enleado, -a (*adj.*) entangled,
perplexed, confused
enorme (*adj.*) enormous
enquanto (*conj.*) while
enquête (*French, f.*) inquiry,
investigation
enraizar (*v.*) to root, be fastened
enredo (*m.*) plot, entanglement,
intrigue
enriquecer (*v.*) to enrich
enrolado, -a (*adj.*) rolled up,
complicated
ensaio (*m.*) essay
ensinar (*v.*) to teach, instruct
ensino (*m.*) teaching, instruction
ensurdecer (*v.*) to deafen, grow
deaf
entabular (*v.*) to begin, undertake, strike up
entanto (*adv.*) meanwhile
no — however, nevertheless
então (*adv., conj.*) so, then
ente (*m.*) being; person
entender (*v.*) to understand
entender (-se) (*refl. v.*) to declare
oneself
enterrar (*v.*) to bury
enterro (*m.*) burial, funeral
entrada (*f.*) entrance
dar — to enter, have something entered
entrar (*v.*) to enter
— **a** to begin to

entrar — *continued*
— **em,** to join in
entre (*prep.*) between, among, amid, in the midst of
entregador (*m. and a.*) delivery man, traitor; delivering, traitorous
entregar (*v.*) to hand over, deliver, turn in
entregar (-se) (*refl. v.*) to give oneself up, abandon oneself to
entrelaçar (*v.*) to interlace, interweave, braid
entreolhar (-se) (*refl. v.*) to eye one another
entretanto (*adv.*) meanwhile, however, on the other hand
entretendendo (neologism) **entre** + *gerund* of **tender**
entreter (*v.*) to entertain
entrever (*v.*) to glimpse
entrevista (*f.*) interview, meeting
entrevistar (*v.*) to interview
entupigaitar (*v.*) to confuse, mix up, tangle up
entusiasmado, -a (*adj.*) enthusiastic, excited
entusiasmar (*v.*) to excite, thrill, fill with enthusiasm
entusiasmar (-se) (*refl. v.*) to become enthusiastic
entusiasmo (*m.*) enthusiasm
entusiasta (*mf.*) enthusiast, fan
enunciado (*m. and a.*) enunciation; enunciated
envergonhado, -a (*adj.*) ashamed, embarrassed

enviar (*v.*) to send
enviuvar (*v.*) become a widow or widower
envolver (*v.*) to involve, to envelop, wrap, surround
enxaqueca (*f.*) migraine, bad headache
enxoval (*m.*) trousseau
enxugar (*v.*) to dry
episódio (*m.*) episode, story
época (*f.*) epoch, age, period, time
equilibrado, -a (*adj.*) balanced, sane
equipamento (*m.*) equipment
equipar (*v.*) to equip, outfit
equipe (*f.*) team
equivalente (*adj.*) equivalent
equívoco (*m.*) misunderstanding, mistake
ereto, -a (*adj.*) erect
erguer (*v.*) to lift, raise
erguer (-se) (*refl. v.*) to get up, rise, hold oneself up
erosão (*f.*) erosion
errar (*v.*) to wander, err, be mistaken
erro (*m.*) error, mistake
erudição (*f.*) erudition
erudito, -a (*adj.*) erudite
esbaforido, -a (*adj.*) breathless, panting
escabroso, -a (*adj.*) scabrous, rough, improper
escada (*f.*) stairs, steps
escala (*f.*) scale, stop (of flight)
escandalizar (*v.*) to scandalize, shock

escândalo (*m.*) scandal
escandaloso, -a (*adj.*) scandalous
escapar (*v.*) to escape
escasso, -a (*adj.*) scarce
esclarecedor (*adj.*) clarifying, enlightening
esclarecer (*v.*) to clarify, enlighten
escola (*f.*) school
escolar (*adj.*) school, scholastic
escolha (*f.*) choice
escolher (*v.*) to choose, select
— **a dedo** to pick and choose carefully, hand pick
escolta (*f.*) escort, guard
esconder (*v.*) to hide, conceal
escore (*m.*) score
escorraçar (*v.*) to expel, drive out
escova (*f.*) brush
escravidão (*f.*) slavery
escravização (*f.*) enslavement
escravizar (*v.*) to enslave, captivate
escravo, -a (*mf.*) slave
escrever (*v.*) to write
escrita (*f.*) writing, handwriting
escrito (*m. and a., pp. of* **escrever**) writing, written
escritor, -a (*mf.*) writer
escritório (*m.*) office, study
escritura (*f.*) writing, legal document, scripture
escrúpulo (*m.*) scruple; zeal
escrupuloso, -a (*adj.*) scrupulous
esculpir (*v.*) to sculpt, carve
escuridão (*f.*) darkness
escuro (*m.*) darkness
escutar (*v.*) to listen, hear, pay

attention
esforçar (-se) (*refl. v.*) to make an effort, strive
esforço (*m.*) effort, endeavor; strength
esgotar (-se) (*refl. v.*) to be exhausted, depleted; to peter out
esmagado, -a (*adj.*) crushed, broken, overwhelmed
esmola (*f.*) alms
esmoler (*m.*) almsgiver; (*colloq.*) mendicant
espaço (*m.*) space
— **em branco** (*m.*) blank space
espacial (*adj.*) spatial
espalhar (-se) (*v., refl. v.*) to scatter, strew, spread out
espancador (*m.*) bully, ruffian
espancamento (*m.*) beating
espancar (*v.*) to beat, drub, hit
espanhol (*adj.*) Spanish
espantado, -a (*adj.*) frightened
espantar (*v.*) to frighten, astonish
é de — it's scary
espanto (*m.*) astonishment; scare, fright
espantoso, -a (*adj.*) frightening, dreadful
esparramado, -a (*adj.*) scattered, spread
esparso, -a (*adj.*) sparse, scattered
especial (*adj.*) special
especialista (*mf.*) specialist
especializar (*v.*) to specialize
espécie (*f.*) species, kind
específico, -a (*adj.*) specific

especialização (*f.*) specialization
espectador (*m.*) spectator
especular (*v.*) to speculate
espelhar (*v.*) to mirror, reflect
espelho (*m.*) mirror
espera (*f.*) hope, expectation
   sala de — waiting room
esperança (*f.*) hope
esperar (*v.*) to wait, wait for,
   hope, expect
espesso, -a (*adj.*) thick, dense
espetacular (*adj.*) spectacular
espetáculo (*m.*) spectacle, show,
   performance
espiar (*v.*) to spy, look, peek
espírito (*m.*) spirit
espiritual (*adj.*) spiritual
espontâneo (*adj.*) spontaneous
esporte (*m.*) sports, athletics
   fazer — to engage in sports
esportivo, -a (*adj.*) sporting, pertaining to sports
esposa (*f.*) wife
espreitar (*v.*) to observe, peek,
   look
espumar (*v.*) to foam, froth
esquadrão (*m.*) squadron, squad
esquecer (-se) (*v., refl. v.*) to
   forget
esquerda (*f.*) left
esquerdo, -a (*adj.*) left
esquina (*f.*) street corner
esquisito, -a (*adj.*) strange,
   weird, odd
essência (*f.*) essence
estabelecer (*v.*) to establish
estabelecimento (*m.*) establishment

estabilidade (*f.*) stability
estacar (*v.*) to stop, check,
   exhaust
estacionamento (*m.*) parking,
   state of being stationary
estacionar (*v.*) to park, stop, remain stationary
estádio (*m.*) stadium
estado (*m.*) state
estalar (*v.*) to crack, snap, break
estar (*v.*) to be
   — de mal com, to be on bad
   terms, not to be on speaking
   terms with
estatística (*f.*) statistics
estatístico, -a (*adj.*) statistical
estatal (*adj.*) state; (*f.*) state
   corporation
estátua (*f.*) statue
estatueta (*f.*) statuette, figurine
estável (*adj.*) stable
estender (*v.*) to extend, give,
   spread, hold out
estereótipo (*m.*) stereotype
esticar (*v.*) to stretch
estilístico, -a (*adj.*) stylistic
estilo (*m.*) style
estímulo (*m.*) stimulus
estipular (*v.*) to stipulate
estirpe (*f.*) stock, strain, breed
estivador (*m.*) stevedore,
   longshoreman
estômago (*m.*) stomach
estória (*f.*) story, tale
estourar (*v.*) to burst, explode
estouro (*m.*) blast, explosion,
   burst
estragar (*v.*) to spoil, damage,

ruin, destroy

estrangeiro, -a (*mf. and adj.*) foreigner, stranger; foreign
no — abroad, overseas

estranhar (*v.*) to find strange; to wonder at

estranho, -a (*adj.*) strange; (*m.*) stranger

estratégico, -a (*adj.*) strategic

estrebaria (*f.*) stable

estréia (*f.*) premiere, first work

estreito, -a (*adj.*) narrow

estrela (*f.*) star

estremecer (*v.*) to shake, tremble

estridente (*adj.*) strident

estrito, -a (*adj.*) strict

estrondo (*m.*) roar, noise, rumble

estruturado, -a (*adj.*) structured

estudante (*mf.*) student

estudar (*v.*) to study

estudioso, -a (*mf. and adj.*) scholar; studious, scholarly

estudo (*m.*) study

estupefação (*f.*) stupefaction, bewilderment

estupendo, -a (*adj.*) stupendous

esvaziar (*v.*) to empty, drain

et caterva (*Latin*) and others, of the same ilk

eterno, -a (*adj.*) eternal

ético (*adj.*) ethical

etimológico, -a (*adj.*) etymological

etíope (*adj.*) Ethiopian

etiqueta (*f.*) etiquette

euforia (*f.*) euphoria

europeu (*m. and a.*), **européia**
(*f.*) European

evento (*m.*) event

eventual (*adj.*) eventual, occasional, fortuitous

evidência (*f.*) evidence

evidente (*adj.*) evident

evitar (*v.*) to avoid

evocar (*v.*) to evoke

evocativo, -a (*adj.*) evocative

evolução (*f.*) evolution

exagerar (*v.*) to exaggerate

exagero (*m.*) exaggeration

exame (*m.*) examination

examinar (*v.*) to examine

exato, -a (*adj.*) exact

exceção (*f.*) exception

exceder (*v.*) to exceed, surpass

exceder (-se) (*refl. v.*) to overdo, behave improperly

excelência (*f.*) excellence
por — par excellence

excelente (*adj.*) excellent

excessivo (*adj.*) excessive

excesso (*m.*) excess

exceto (*prep.*) except

excitar (*v.*) to excite

exclamar (*v.*) to exclaim

excluir (*v.*) to exclude

exclusivo, -a (*adj.*) exclusive

excursão (*f.*) excursion

excursionista (*mf.*) excursionist

executar (*v.*) to execute, carry out

exemplar (*m. and a.*) copy; exemplary

exemplaridade (*f.*) exemplariness

exemplificar (*v.*) to exemplify, illustrate

exemplo (*m.*) example
exercer (*v.*) to exercise
exercício (*m.*) exercise; fiscal
    year
exército (*m.*) army
exibicionismo (*m.*) exhibitionism
exibidor (*m.*) exhibitor
exibir (*v.*) to exhibit, show off
exigência (*f.*) exigency, require-
    ment, need
exigente (*adj.*) demanding
exigir (*v.*) to demand, require,
    need
exilado, -a (*adj.*) exiled
exílio (*m.*) exile
existência (*f.*) existence
existente (*adj.*) existent
existir (*v.*) to exist
êxito (*m.*) success
exótico, -a (*adj.*) exotic
expansivo, -a (*adj.*) expansive,
    outgoing
expectativa (*f.*) anticipation, ex-
    pectation, hope
expedição (*f.*) expedition
expediente (*m.*) business hours,
    office hours
experiência (*f.*) experience
experimentar (*v.*) to try, test,
    experiment
explanação (*f.*) explanation
explicação (*f.*) explanation
explicar (*v.*) to explain
explodir (*v.*) to explode
explorador (*m.*) explorer, ex-
    ploiter
explosão (*f.*) explosion
expor (*v.*) to expose, display, ex-

hibit, expound, explain
exposição (*f.*) exposition, explan-
    ation
expressão (*f.*) expression
expressar (-se) (*v., refl. v.*) to ex-
    press, express oneself
expressivo (*adj.*) expressive
exprimir (*v.*) to express
êxtase (*m.*) ecstasy, rapture,
    trance
extasiado, -a (*adj.*) rapt, enrap-
    tured, in ecstasy
extensão (*f.*) extension, range,
    extent, length
exterminar (*v.*) to exterminate
extinguir (*v.*) to extinguish
extinto, -a (*adj.*) extinct
extrair (*v.*) to extract, pull out,
    draw out
extraordinário, -a (*adj.*)
    extraordinary
extremo, -a (*adj.*) extreme
exuberante (*adj.*) exuberant
exultar (*v.*) to exult, rejoice,
    gloat
ex-voto (*m.*) votive offering

fã (*m.*) (sports) fan
fabricar (*v.*) to manufacture
fabuloso, -a (*adj.*) fabulous
face (*f.*) face, cheek
    em — de in view of, faced
    with
facho (*m.*) torch
fácil (*adj.*) easy
facilidade (*f.*) facility, ease
facilitar (*v.*) to facilitate, make
    easy

faculdade (*f.*) school [of university], faculty [ability]
fado (*m.*) fate, predestination; Portuguese song form
fala (*f.*) speech, talk
falácia (*f.*) fallacy
falar (*v.*) to speak, talk, say
falecer (*v.*) to die, pass away
falena (*f.*) night moth
falhar (*v.*) to fail, fall short, miscarry
falsificar (*v.*) to falsify
falso, -a (*adj.*) false
falta (*f.*) need, lack, absence
— **de respeito,** disrespectful remarks
por — de, for lack of
faltar (*v.*) to be lacking, be left; to fail
família (*f.*) family
fama (*f.*) fame, reputation, renown
familiaridade (*f.*) familiarity
familiarizar (*v.*) to familiarize
faminto, -a (*adj.*) hungry, starving
famoso, -a (*adj.*) famous
fanatismo (*m.*) fanaticism
fantástico, -a (*adj.*) fantastic
fardado, -a (*adj.*) uniformed
fardar (*v.*) to dress in uniform
farinha de mandioca (*f.*) manioc meal
farmácia (*f.*) pharmacy
faroeste (*m.*) Far West
farol (*m.*) lighthouse, beacon, headlight
farra (*f.*) fun, frolic, spree, binge

farsa (*f.*) farce
fartar (*v.*) to sate, be enough, fill up
fartar (-se) (*refl. v.*) to get full, become tired, fed up
farto, -a (*adj.*) full, ample, abundant
fascinação (*f.*) fascination
fascinante (*adj.*) fascinating
fase (*f.*) phase
fatal (*adj.*) fatal, inescapable, unavoidable
fato (*m.*) fact; event, occurrence; suit (of clothes)
de — in fact
favela (*f.*) (hillside) shanty town
fazenda (*f.*) farm, plantation, estate
fazendeiro (*m.*) planter, plantation owner, owner of a **fazenda**
fazer (*v.*) to make, do
— **(se)** (*refl. v.*) to become
faz muito tempo, long ago
— **calor,** to be hot
fé (*f.*) faith
feérico, -a (*adj.*) marvelous, magical, fairy-like
fechar (*v.*) to close, shut
fecundar (*v.*) to fecundate, fertilize, foment
feição (*f.*) feature, aspect, figure
feijão (*m.*) bean, cooked beans
feijoada (*f.*) Brazilian dish made of black beans, sausages, etc.
feio, -a (*adj.*) ugly, disagreeable
feira (*f.*) fair, open-air market
feito (*m. and a., pp.* of **fazer**)

feito — *continued*
deed; done, made
felicidade (*f.*) happiness, success
felicitação (*f.*) congratulation
felino, -a (*adj.*) feline
feliz (*adj.*) happy, fortunate
feltro (*m.*) felt
feminino, -a (*adj.*) feminine
fenômeno (*m.*) phenomenon
féria (*f.*) weekday, workday;
daily or weekly wage
férias (*f. pl.*) vacation
feriado (*m.*) holiday, day-off
ferida (*f.*) wound
ferir (*v.*) to wound, hurt, bruise,
pierce
— **os ouvidos** to grate on
one's ears
feroz (*adj.*) fierce, wild, ferocious
festa (*f.*) party, feast, festival,
celebration
festejar (*v.*) to celebrate, applaud, praise
fevereiro (*m.*) February
fiar (*v.*) to trust, spin, draw out
fibra (*f.*) fiber, thread
ficção (*f.*) fiction
ficar (*v.*) to stay, remain, be left;
to get + *adj.*
— **abaixo,** to lose, be defeated
— **bem,** to fit, be suitable,
look right
— **com,** to keep, hold onto
— **de,** to agree to
— **feio,** to look bad, not look
right
ficha (*f.*) file card, index card,
chip, token

fiel (*adj.*) faithful
fígado (*m.*) liver
figurão (*m.*) big shot, bigwig
figura (*f.*) figure, shape; person
filólogo (*m.*) philologist
fila (*f.*) line, row
filho (*m.*) son **filha** (*f.*) daughter
filme (*m.*) film, movie
filosofia (*f.*) philosophy
filósofo (*m.*) philosopher
fim (*m.*) end, objective
— **de semana** weekend
a — **de** in order to
por — finally
final (*adj.*) final, last
no — **das contas** in the long
run
finalizar (*v.*) to finalize
financeiro, -a (*adj.*) financial
fino, -a (*adj.*) fine, elegant, refined, thin, sharp, subtle, delicate, polite
fino-úgrico, -a (*adj.*) Finno-
Ugric
fio (*m.*) fiber, thread, wire; sharp
edge (*of a knife*)
firma (*f.*) firm, business
firme (*adj.*) firm, solid; (*adv.*)
firmly
fiscalizar (*v.*) to examine, in-
spect, control
fisco (*m.*) treasury, revenue
office
física (*f.*) physics
físico, -a (*adj.*) physical; (*m.*)
physique, build
fisionomia (*f.*) visage, counte-
nance, appearance, physiog-

nomy, look
fita (*f.*) band, tape
fitar (*v.*) to stare
fixar (*v.*) to fix, determine, set
fixo, -a (*adj.*) fixed, set
flagelado (*m.*) victim (of disaster)
flagelo (*m.*) scourge, whip
flagrante (*adj.*) flagrant, evident
em — red-handed
flor (*f.*) flower
florescimento (*m.*) florescence, blossoming
floresta (*f.*) forest
florido (*adj.*) in flower, flowery
florilégio (*m.*) anthology
fluminense (*adj.*) of or pertaining to the state of Rio de Janeiro
fluvial (*adj.*) fluvial, of or pertaining to river
focalizado, -a (*adj.*) focused
focalizar (*v.*) to focus
foco (*m.*) focus, focal point, center
fogão (*m.*) stove, hearth
fogo (*m.*) fire
pedir — to ask for a light
pegar — to catch fire
pegar — em to set fire to
tocar — to set fire
foguete (*m.*) rocket, missile
folclórico (*adj.*) folkloric
folga (*f.*) rest; vacation
dia de — day off
folha (*f.*) leaf, folio, sheet
fome (*f.*) hunger
passar — to go hungry

ter —, sentir —to be hungry
fonético, -a (*adj.*) phonetic
fonte (*f.*) fountain, source
footing (*English m.*) strolling ground, path
fora (*adv.*) out, on the outside; away
dar o — (*see* **dar**)
de — from somewhere else, from outside this city
— **de propósito** irrelevant, ill-timed
lá — out there
por aí — around, everywhere
forasteiro (*mf. and adj.*) foreigner, stranger; foreign
força (*f.*) force
por — de because of, due to
força-maior (*f.*) force majeure, irresistible or superior force, circumstance beyond one's control
forçar (*v.*) to force, obligate
forçoso, -a (*adj.*) forceful, necessary, inevitable
forjar (*v.*) to fabricate, make, invent, forge
forma (*f.*) form
de tal — in such a way
formação (*f.*) formation, education
formado, -a (*adj.*) formed, graduated from college
formalidade (*f.*) formality
formar (*v.*) to form
formoso, -a (*adj.*) beautiful
fornecer (*v.*) to provide, furnish
forno (*m.*) oven

fortaleza (*f.*) fortress, castle
forte (*adj.*) strong, robust, husky
fortuito, -a (*adj.*) fortuitous, accidental, unexpected
fortuna (*f.*) fortune
fósforo (*m.*) match
fotógrafo (*m.*) photographer
fracasso (*m.*) failure
fraco, -a (*adj.*) weak
frágil (*adj.*) fragile
França (*f.*) France
francês, -sa (*adj., m., f.*) French
franco, -a (*adj.*) frank, straightforward, free, sincere
franquear (*v.*) to free; to frank, to exempt from paying duties
franqueza (*f.*) frankness, openness
franzir (*v.*) to ruffle, gather, wrinkle
frase (*f.*) phrase, expression
— **feita** idiom, cliché
fraternidade (*f.*) fraternity, brotherhood
fraudar (*v.*) to defraud, cheat
frear (*v.*) to brake, control
freguês (*m.*) customer, client; customary dealer or supplier
freguesia (*f.*) parish, district
frenético, -a (*adj.*) frenetic, frenzied
frente (*f.*) front
na nossa — in our face, in front of us
freqüência (*f.*) frequency
freqüentar (*v.*) to frequent, visit, attend
freqüente (*adj.*) frequent

fresco, -a (*adj.*) cool, fresh
frio, -a (*adj.*) cold
friorento, -a (*adj.*) sensitive to cold
fritar (*v.*) to fry
frívolo, -a (*adj.*) frivolous
fronteira (*f.*) border, frontier
frota (*f.*) fleet
frustrado, -a (*adj.*) frustrated
fruta (*f.*) fruit
fruto (*m.*) fruit, product, result
fuga (*f.*) flight
fugir (*v.*) to flee, escape, run away
fulano (*m.*) John Doe, fellow, guy, so-and-so
fulgurante (*adj.*) glowing, sparkling, flashing
fumaça (*f.*) smoke, cloud of smoke
fumante (*mf.*) smoker
fumar (*v.*) to smoke
fumegante (*adj.*) smoky, smoking, steaming
função (*f.*) function
funcionário (*m.*) functionary, (government) employee
funcionamento (*m.*) working, functioning
funcionar (*v.*) to function
fundamentar, fundamentar (-se) (*v., refl. v.*) to base, base oneself
fundido (*adj.*) cast, molten
fundo (*m.*) bottom, depth, end, back
nos fundos in the back part (of a house), building

furar (*v.*) to perforate, puncture, pierce, put a hole in, break open

furibundo, -a (*adj.*) furious, enraged

furioso, -a (*adj.*) furious

futebol (*m.*) soccer

futilidade (*f.*) futility

futuro, -a (*m. and a.*) future

fuzileiro naval (*m.*) marine

gabarito (*m.*) gauge, caliber, answer sheet, capacity

gaiola (*f.*) cage

gaita (*f.*) harmonica, fife

galã (*m.*) romantic lead, gallant, lover

galão (*m.*) (*military*) stripe, braid

galeria (*f.*) gallery, arcade, passageway

galhardo, -a (*adj.*) gallant, chivalrous; graceful

galho (*m.*) branch; (*colloq.*) obstacle, problem

galinha (*f.*) hen, chicken

galo (*m.*) rooster, cock

galopante (*adj.*) galloping

galpão (*m.*) shed

ganhar (*v.*) to earn, win, gain, get

— **a vida** to earn a living

ganho, -a (*adj., pp.* of **ganhar**) gained, won, profited

garagem (*f.*) garage

garagista (*m.*) garage man

garantir (*v.*) to guarantee

garçom (*m.*) waiter

gargalhadas (*f. pl.*) guffaws, burst of laughter

garganta (*f.*) throat

garotada (*f.*) group of kids

garotão (*m.*) big kid; (*colloq.*) cool guy

garoto (*m.*) kid, youngster, boy, lad, teenager

garrafa (*f.*) bottle

gastar (*v.*) to spend, waste

gasto (*pp.* of **gastar**) spent, worn-out; (*m.*) expense, deterioration, expenditure

gastrite (*f.*) gastritis

gatinha (*f.*) kitten; (*colloq.*) cute girl

andar de gatinhas to crawl, go on all fours

gatinho (*m.*) kitten; (*colloq.*) cute guy

gato (*m.*) cat

gaúcho (*m.*) native of Rio Grande do Sul, cowboy

gaveta (*f.*) drawer

gazeta (*f.*) newspaper, gazette

gazetilha (*f.*) news section of a paper

geladeira (*f.*) refrigerator, icebox

gelo (*m.*) ice

gemer (*v.*) to moan, wail, lament, mourn

generalização (*f.*) generalization

generalizar (*v.*) to generalize

gênero (*m.*) genre, kind, class

generosidade (*f.*) generosity

generoso, -a (*adj.*) generous

gênese (*f.*) genesis

genial (*adj.*) of or pertaining to

genial — *continued*
genius, ingenious
genialidade (*f.*) geniality
gênio (*m.*) genius
genro (*m.*) son-in-law
gente (*f.*) people
   a — we (but may refer to any person, especially to the speaker)
gentil (*adj.*) polite, genteel, charming, kind, gentle
gentileza (*f.*) kindness, courtesy, politeness
genuíno, -a (*adj.*) genuine
geográfico, -a (*adj.*) geographic
geografia (*f.*) geography
gerânio (*m.*) geranium
geração (*f.*) generation
gerador (*m. and a.*) generator, generating
geral (*adj.*) general
gerar (*v.*) to generate
gerência (*f.*) management
gerente (*m.*) manager
gesticular (*v.*) to gesticulate, gesture
gesto (*m.*) gesture, deed, act
gigante (*m. and a.*) giant
gigantesco, -a (*adj.*) giant, huge
ginásio (*m.*) gymnasium, high school
ginástica (*f.*) gymnastics, exercise
girar (*v.*) to gyrate, turn, circulate
gíria (*f.*) slang, jargon
glória (*f.*) glory
globo (*m.*) globe, ball

glossário (*m.*) glossary
glotologista (*mf.*) glotologist (linguist)
goiabada (*f.*) guava paste, jam
gol (*m.*) (sports) goal
goleiro (*m.*) goalkeeper
golpe (*m.*) blow, hit, stroke
gordo, -a (*adj.*) fat, stout, big, huge
gorjear (*v.*) to warble
gorjeta (*f.*) tip, gratuity
gostar (*v.*) to enjoy; to taste, try
   — de to like, be fond of, care for
gosto (*m.*) taste, flavor, relish, pleasure, liking
   de mau — in bad taste
gostoso, -a (*adj.*) scrumptious, delicious, pleasant, agreeable
   no — in the enjoyment
goteira (*f.*) leak
governar (*v.*) to govern
governo (*m.*) government, administration
grã-fino, -a (*mf. and adj.*) upper-crust, swank people; fashionable, elegant, snobbish
graça (*f.*) grace, charm, wit
   de — free of charge
   graças a thanks to
   ter — to be funny
gracejo (*m.*) pleasantry, witticism, quip
graduação (*f.*) graduation (scale, ceremony)
graduado, -a (*adj.*) graduated, graded, ranked
grafado, -a (*adj.*) spelled, written

grafia (*f.*) writing
grama (*mf.*) gram; grass
gramática (*f.*) grammar
grande (*adj.*) big, large, great
grato, -a (*adj.*) grateful
grau (*m.*) degree, grade, step; award
gravado, -a (*adj.*) engraved, graven, recorded
gravata (*f.*) necktie
gravidade (*f.*) gravity, seriousness
grego, -a (*mf. and adj.*) Greek
greve (*f.*) strike
grevista (*mf.*) employee on strike
grilo (*m., colloq.*) problem, confusion, complication
gritar (*v.*) to shout, cry out
gritaria (*f.*) clamor, shooting, hubbub
grito (*m.*) cry, yell, shout
  aos gritos shouting, yelling, screaming
grosso, -a (*adj.*) gross, big, coarse, thick, swollen
grosseiro, -a (*adj.*) rude, crude, coarse, gross
grotesco, -a (*adj.*) grotesque, ridiculous
grupo (*m.*) group
guaraná (*m.*) Brazilian soft drink resembling cream soda
guarda (*mf.*) guard, military police; police officer
guarda-chuva (*m.*) umbrella
guarda-roupa (*m.*) wardrobe, clothes closet
guardar (*v.*) to guard, keep, retain, maintain

guerra (*f.*) war
guia (*f.*) passbook, guidebook, handbook; (*m.*) guide, directory
guiar (*v.*) to guide, drive
guichê (*m.*) window (in a ticket office, bank, etc.)
guisa (*f.*) guise, pretense
  à— de like; by way of
gurizada (*f.*) bunch of children

hábil (*adj.*) able, capable
habitação (*f.*) habitation, dwelling
habitante (*mf.*) inhabitant
hábito (*m.*) habit
halteres (*m.*) dumbbell
harmonia (*f.*) harmony
harmonização (*f.*) harmonizing
haver (*v.*) to have, possess; there to be
  — de + *inf.* implies future or obligation
hein (*interj.*) what? huh? eh?
helicóptero (*m.*) helicopter
herói (*m.*) hero
heróico, -a (*adj.*) heroic
herdeiro (*m.*) heir, successor
heresia (*f.*) heresy
heroísmo (*m.*) heroism
hesitação (*f.*) hesitation
hesitar (*v.*) to hesitate
hiato (*m.*) hiatus, separation (of vowels)
hidrópico (*m.*) person having dropsy
hierárquico, -a (*adj.*) hierarchical
hierarquia (*f.*) hierarchy

higiênico, -a (*adj.*) hygienic
hilariante (*adj.*) hilarious
hino (*m.*) hymn
hipérbole (*f.*) hyperbole
hipodérmico, -a (*adj.*) hypodermic
hipotético, -a (*adj.*) hypothetical
hipoteca (*f.*) mortgage
história (*f.*) history, story
histórico, -a (*adj.*) historic, historical
historiador (*m.*) historian
historiografia (*f.*) historiography
hoje (*adv., m.*) today
homônimo, -a (*adj.*) homonymous, having the same name
homem (*m.*) man
honestidade (*f.*) honesty
honesto, -a (*adj.*) honest
honorário, -a (*adj.*) honorary
honra (*f.*) honor
honrado, -a (*adj.*) honorable, honest, honored
honrar (*v.*) to honor
horário (*m.*) schedule
horóscopo (*m.*) horoscope
hora (*f.*) hour; time
   estar na — to be time
   na — de at the time
horrível (*adj.*) horrible
horrendo, -a (*adj.*) horrendous
horror (*m.*) aversion, horror
horroroso, -a (*adj.*) horrible, dreadful
horto (*m.*) vegetable garden
hóspede (*mf.*) guest
hóstia (*f.*) Host, consecrated wafer

humanidade (*f.*) humanity, human beings
humano, -a (*adj.*) human
humildade (*f.*) humility
humilde (*adj.*) humble, meek
humílimo (*superl. of* **humilde**) humble
humilhação (*f.*) humiliation
humilhado, -a (*adj.*) humiliated
humorístico, -a (*adj.*) humoristic
humorismo (*m.*) humor, joke
húngaro, -a (*mf. and adj.*) Hungarian

idade (*f.*) age
idéia (*f.*) idea
idêntico, -a (*adj.*) identical
identificar (*v.*) to identify
identidade (*f.*) identity
idioma (*m.*) language
idolatria (*f.*) idolatry
idôneo, -a (*adj.*) apt, qualified
ignaro, -a (*adj.*) ignorant, stupid
ignorância (*f.*) ignorance
ignorado, -a (*adj.*) unknown
ignorante (*adj.*) ignorant
ignorar (*v.*) not to know, be unaware of, be ignorant of, disregard
igreja (*f.*) church
igual (*adj.*) equal, alike, the same
igualdade (*f.*) equality
ilícito, -a (*adj.*) illicit
ilha (*f.*) island
ilhar (*v.*) to isolate
ilharga (*f.*) flank, side
ilogismo (*m.*) want of logic
iluminar (*v.*) to illuminate, light

up
ilustrar (*v.*) to illustrate
ilustre (*adj.*) illustrious, distinguished
ímã (*m.*) magnet
imagem (*f.*) image
imaginário, -a (*adj.*) imaginary
imaginável (*adj.*) imaginable
imaginação (*f.*) imagination
imaginar (*v.*) to imagine
imediato, -a (*adj.*) immediate
imenso, -a (*adj.*) immense
imigrante (*mf. and adj.*) immigrant
imitar (*v.*) to imitate
imobilizar (*v.*) to immobilize
impávido, -a (*adj.*) intrepid
império (*m.*) empire
impaciência (*f.*) impatience
impacientar (*v.*) to become impatient
impaciente (*adj.*) impatient
impedimento (*m.*) impediment, obstacle, offside
impedir (*v.*) to stop, impede
imperador (*m.*) emperor
imperativo, -a (*m. and a.*) imperative
imperfeito, -a (*adj.*) imperfect
império (*m.*) empire
impertinência (*f.*) impertinence
impiedade (*f.*) impiety, irreverence
implícito, -a (*adj.*) implicit
implicar (*v.*) to imply, implicate
imponente (*adj.*) grand, imposing
impor (*v.*) to impose, inflict, determine

importância (*f.*) importance
importante (*adj.*) important
importar (-se) (*v., refl. v.*) to matter, be of importance, take notice of, care about
importuno, -a (*adj.*) importunate, annoying
impossibilidade (*f.*) impossibility
impossibilitar (*v.*) to incapacitate, make unable, render impossible
impossível (*adj.*) impossible
imposto (*m.*) tax
— **de renda** income tax
impróprio, -a (*adj.*) improper
impregnar (*v.*) to impregnate, fill, imbue
imprensa (*f.*) press
imprescindível (*adj.*) necessary, essential
impressão (*f.*) impression, printing
impressionante (*adj.*) impressive
impressionar (*v.*) to impress
impresso (*m.*) printed leaflet, pamphlet
imprevisível (*adj.*) unpredictable
imprevisto, -a (*adj.*) unforeseen, unexpected
improvisação (*f.*) improvisation
impulso (*m.*) impulse
in extremis (*adj. Latin*) at the point of death
inacabado, -a (*adj.*) unfinished, incomplete
inadequado, -a (*adj.*) inadequate, unsuited, unfit
inadiável (*adj.*) urgent, not

inadiável — *continued*
postponable
inajeitável (*adj.*) impossible,
without solution
inarticulado, -a (*adj.*) inarticulate
incêndio (*m.*) fire
incômodo (*m.*) inconvenience,
nuisance
incapacidade (*f.*) incapacity
incapaz (*adj.*) uncapable
incerteza (*f.*) uncertainty
incerto, -a (*adj.*) uncertain
incessante (*adj.*) incessant
incidente (*m.*) incident
incitar (*v.*) to incite, impel,
encourage
inclinar (*v.*) to incline
incluir (*v.*) to include
inclusive (*adj.*) including
incoercível (*adj.*) irrepressible,
uncontrollable
incomodar (*v.*) to bother, annoy,
disturb
incompatível (*adj.*) incompatible
incompetência (*f.*) incompe-
tence, inability
incompreensão (*f.*) lack of understanding or comprehension
incompreensível (*adj.*) incompre-
hensible
inconclusivo, -a (*adj.*) incon-
clusive
inconfundível (*adj.*) unmistakable
inconsciência (*f.*) unconscious-
ness, unawareness
inconsciente (*adj.*) unconscious,
inconsiderate
inconsolável (*adj.*) unconsolable

inconveniente (*m.*) drawback,
disadvantage
incorporado, -a (*adj.*) incor-
porated
incréu (*m.*) unbeliever
incrível (*adj.*) incredible
incrementar (*v.*) to increase,
augment
incursão (*f.*) incursion, invasion
indígena (*mf. and adj.*) indige-
nous, native
indagar (*v.*) to ask, inquire,
investigate
indecência (*f.*) indecency, inde-
cent remark
indecisão (*f.*) indecision,
hesitation
indeciso, -a (*adj.*) undecided,
indecisive
indefinível (*adj.*) undefinable
indefinido, -a (*adj.*) indefinite
indenização (*f.*) indemnification,
recompense, compensation
independência (*f.*) independence
independente (*adj.*) independent
indescritível (*adj.*) indescribable,
beyond description
indicação (*f.*) indication
indicar (*v.*) to indicate
indiferente (*adj.*) indifferent
indignação (*f.*) indignation
indignado, -a (*adj.*) indignant
indigno, -a (*adj.*) unworthy,
shameful
índio (*m.*) Indian
indireto, -a (*adj.*) indirect
indiscreto, -a (*adj.*) indiscreet
indiscutível (*adj.*) unquestion-

able, certain
indispensável (*adj.*) indispensable
indivíduo (*m.*) individual
individualismo (*m.*) individualism
individualizar (*v.*) to individualize
indiviso, -a (*adj.*) undivided
indócil (*adj.*) undocile, unmanageable
indolente (*adj.*) indolent, lazy
indumentária (*f.*) clothing, apparel
indústria (*f.*) industry, big business
induzir (*v.*) to induce
inédito, -a (*adj.*) unpublished, unprecedented, unheard of
inelutável (*adj.*) ineluctable, irresistible, inevitable
inenarrável (*adj.*) unnarratable
inencontrável (*adj.*) not to be found
inequívoco, -a (*adj.*) unequivocal, clear
inerente (*adj.*) inherent
inesperado, -a (*adj.*) unexpected
inesquecível (*adj.*) unforgettable
inevitável (*adj.*) inevitable
infância (*f.*) infancy
infalível (*adj.*) infallible, certain
infantil (*adj.*) infantile, childish
infeliz (*adj.*) unhappy, unfortunate
inferir (*v.*) to infer
inferno (*m.*) hell
infinidade (*f.*) infinity
infinitivo (*m.*) infinitive
infinito (*m. and a.*) infinite
inflação (*f.*) inflation

inflexível (*adj.*) inflexible
influência (*f.*) influence
influenciar (*v.*) to influence
informação (*f.*) information
informante (*mf.*) informant
informar (*v.*) to inform
informativo, -a (*adj.*) informative
infração (*f.*) infraction
infringir (*v.*) to infringe
infrutífero, -a (*adj.*) unfruitful, fruitless
ingênuo, -a (*adj.*) ingenuous, simple, innocent, naïve
ingenuidade (*f.*) naïveté, ingenuousness
Inglaterra (*f.*) England
inglês, inglesa (*mf. and adj.*) English
ingratidão (*f.*) ingratitude
ingrediente (*m.*) ingredient
ingresso (*m.*) admission ticket, entry, ingress
inibitório, -a (*adj.*) inhibitory, inhibitive
iniciar (*v.*) to begin, initiate
iniciativa (*f.*) initiative
início (*m.*) beginning
inimaginável (*adj.*) unimaginable
inimigo, -a (*mf. and adj.*) enemy
injeção (*f.*) injection
injustiça (*f.*) injustice
injusto, -a (*adj.*) unjust, unfair
inocência (*f.*) innocence
inocente (*adj.*) innocent
inocular (*v.*) to innoculate
inofensivo, -a (*adj.*) inoffensive
inoportuno, -a (*adj.*) inopportune, inconvenient

inquérito (*m.*) inquiry, inquest
inquietação (*f.*) disquiet,
  restlessness
inquieto, -a (*adj.*) restless, un-
  quiet, uneasy
inquilino (*m.*) tenant
inquirir (*v.*) to inquire, question
insônia (*f.*) insomnia
insaciável (*adj.*) insatiable
insinuação (*f.*) insinuation
insinuar (*v.*) to insinuate
insistir (*v.*) to insist
insolação (*f.*) insolation,
  sunstroke
insolente (*adj.*) insolent
insopitável (*adj.*) irrepressible,
  unquenchable
inspiração (*f.*) inspiration
inspirar (*v.*) to inspire
instabilidade (*f.*) instability
instalação (*f.*) installation
instalar (*v.*) to install, settle
instante (*m.*) instant, moment
  a cada — every minute, all
  the time
instintivo, -a (*adj.*) instinctive,
  natural, spontaneous
instinto (*m.*) instinct
instituição (*f.*) institution
instituto (*m.*) institute, institution; employees' union
instrumento (*m.*) instrument,
  tool
instrutivo, -a (*adj.*) instructive
insultar (*v.*) to insult
insulto (*m.*) insult
insuportável (*adj.*) unbearable
insurrecional (*adj.*) insurrectional

intacto, -a (*adj.*) intact,
  untouched
integração (*f.*) integration
integral (*adj.*) complete, total,
  integral
integrante (*mf.*) member of a
  group
integrar (*v.*) to integrate, be part
  of
integridade (*f.*) integrity
inteiro, -a (*adj.*) entire, whole
inteligência (*f.*) intelligence
inteligente (*adj.*) intelligent,
  smart
intenção (*f.*) intention
intenso, -a (*adj.*) intense
intercalar (*v.*) to intercalate, in-
  terpolate, interpose
intercessão (*f.*) intercession
interditar (*v.*) to interdict,
  prohibit
interdito, -a (*adj.*) prohibited
interessante (*adj.*) interesting
interessar (-se) (*v., refl. v.*) to interest, matter; to be interested,
  get interested
interesse (*m.*) interest
interior (*m. and a.*) interior,
  inside; inner
intermediário (*m.*) intermediary
interminável (*adj.*) interminable,
  never ending
internar (*v.*) to intern, place
interno, -a (*adj.*) internal
interpelar (*v.*) to question,
  demand
interpretar (*v.*) to interpret
interrogação (*f.*) interrogation,

questioning

interrogar (*v.*) to ask, question, interrogate

interrogativo, -a (*adj.*) interrogative, questioning

interromper (*v.*) to interrupt

interrupção (*f.*) interruption

intervalo (*m.*) interval, gap, space

intervenção (*f.*) intervention

intervir (*v.*) to intervene

intimidar (*v.*) to intimidate

íntimo, -a (*adj.*) intimate

intitular (*v.*) to title, name, call

intrépido, -a (*adj.*) intrepid, fearless

intraduzível (*adj.*) untranslatable

intraduzibilidade (*f.*) untranslatability

intriga (*f.*) intrigue, plot

intrigar (*v*) to intrigue, plot

introdução (*f.*) introduction

intruso (*m.*) intruder, meddler

inúmero, -a (*adj.*) numerous, countless

inundar (*v.*) to flood, inundate, overflow

inútil (*adj.*) useless, pointless

invadir (*v.*) to invade

invariável (*adj.*) invariable

inveja (*f.*) envy

invejar (*v.*) to envy

invenção (*f.*) invention

inventar (*v.*) to invent, decide

inverno (*m.*) winter

inverossímil (*adj.*) hard to believe, unlikely, improbable

invertebrado (*m. and a.*) inver-

tebrate, spineless

inverter (*v.*) to invert, turn about

investida (*f.*) charge, attack

investigar (*v.*) to investigate

invocar (*v.*) to invoke

involuntário, -a (*adj.*) involuntary

ir (*v.*) to go

irmã (*f.*) sister

irmão (*m.*) brother

ironia (*f.*) irony

irônico, -a (*adj.*) ironic

irradiar (*v.*) to broadcast, radiate

irremediável (*adj.*) irremediable

irreparável (*adj.*) irreparable

irrepreensível (*adj.*) irreproachable

irresistível (*adj.*) irresistible, overwhelming

irresponsável (*adj.*) irresponsible

irritação (*f.*) irritation

irritar (*v.*) to irritate

isca (*f.*) fishing bait

isso (*pron.*) that

é — **mesmo,** that's it

por — therefore; because of that

por — **mesmo** for that very reason

isto (*pron.*) this

— é that is, i.e.

italiano, -a (*mf. and adj.*) Italian

já (*adv.*) now, at this very moment, already, right now, immediately

— **não** no longer

— **que** since, in view of the fact that

jacto (*also* **jato**) jet
jamais (*adv.*) never
janeiro (*m.*) January
janela (*f.*) window
jantar (*m.*) dinner; (*v.*) to dine, eat dinner
japonês, -a (*mf. and adj.*) Japanese
jardim (*m.*) garden
jargão (*m.*) jargon
jeito (*m.*) manner, way; ability, skill, trick
  dar um — jeitinho to find a solution, take a shortcut, maneuver
  de qualquer — in some way or another, no matter how
  de um — in such a way
  estar do mesmo — to be the same as ever
jejum (*m.*) fast
  em — on an empty stomach, observing a fast
jocoso, -a (*adj.*) jocose, joking
joelho (*m.*) knee
jogada (*f.*) play, move, throw
jogador (*m.*) player
jogar (*v.*) to play, gamble, bet, throw, move
jogo (*m.*) game
  — do bicho numbers game
jóia (*f.*) jewel, gem
jornada (*f.*) labor, day's trip, journey
jornal (*m.*) newspaper.
  — cinematográfico newsreel
jornalístico, -a (*adj.*) journalistic
jornalada (*f.*) pile of newspaper

jornaleiro (*m.*) newsboy; day laborer
jornalista (*mf.*) journalist, reporter
jovem (*mf. and adj.*) young person; young
juízo (*m.*) judgment, good sense, understanding
judeu (*m. and a.*) Jew, Jewish
jugo (*m.*) yoke
juiz (*m.*) judge, referee
juizado (*m.*) judgeship
  — de menores, juvenile court
julgar (*v.*) to consider, judge, think
junho (*m.*) June
juntar (*v.*) to join
junto, -a (*adj.*) next to, together, joined
juramento (*m.*) oath, vow
jurar (*v.*) to swear, vow
justiça (*f.*) justice
justificar (*v.*) to justify, uphold, defend
justo, -a (*adj.*) fair, just, right, exactly, exact, sound
juventude (*f.*) youth

lá (*adv.*) there
  — de dentro from inside
  — fora out there
  por — around
lã (*f.*) wool
lábio (*m.*) lip
laboratório (*m.*) laboratory
laço (*m.*) bow, tie
ladear (*v.*) to go alongside of, to flank

lado (*m.*) side, edge, direction
— **de cá** this side
do — de lá over there
por todos os lados everywhere
ladrão (*m.*) thief, crook
lágrima (*f.*) tear
laje (*f.*) flagstone, slab
lama (*f.*) mud
lambe-lambe (*m., colloq.*) street
photographer
lambuzar (*v.*) to daub, smear
lamentar (*v.*) to lament, regret
lâmpada (*f.*) lamp, light bulb
lampião (*m.*) street lamp
lançar (*v.*) to throw, hurl, toss,
release, launch
lanchar (*v.*) to snack
lanche (*m.*) snack, light meal
lanchonete (*f.*) luncheonette,
lunch counter
lanterna (*f.*) lantern, flashlight
lápis (*m.*) pencil
lar (*m.*) house, home, hearth
largar (*v.*) to let go, abandon,
quit, release
largo, -a (*adj.*) wide, broad
largura (*f.*) width, breadth
lastimar (*v.*) to lament, regret
lata (*f.*) tin can, pail, tin plate
latim (*m.*) Latin
latir (*v.*) to bark, yelp
lauda (*f.*) page
lavar (*v.*) to wash, bathe,
cleanse, launder, wash off
lavrar (*v.*) to plow, cultivate, till
leão (*m.*) lion
leal (*adj.*) loyal, faithful, honest,

fair
lecionar (*v.*) to teach, instruct,
give a lesson
ledo, -a (*adj.*) gay, happy
legal (*adj.*) legal; (*colloq.*) cool,
neat
tá — ? agreed?
legalizar (*v.*) to legalize
legenda (*f.*) sign, legend, subtitle
legitimidade (*f.*) legitimacy
legítimo, -a (*adj.*) legitimate
lei (*f.*) law
ser de — to be required by
law
leigo (*m. and a.*) lay person; lay
leilão (*m.*) auction
leite (*m.*) milk
leitor (*m.*) reader
leitura (*f.*) reading, reading
matter
lema (*m.*) motto
lembrança (*f.*) remembrance,
souvenir, memento
lembrar (-se) (*v., refl. v.*) to remember, recall
lenço (*m.*) handkerchief
lenda (*f.*) legend
lento, -a (*adj.*) slow
lépido, -a (*adj.*) cheerful, lively,
nimble
ler (*v.*) to read
letra (*f.*) letter
de poucas letras with little
education
letrado, -a (*adj.*) lettered, literate,
learned
Letras (*f. pl.*) Letters
letreiro (*m.*) sign

levantar (-se) (*v., refl. v.*) to raise, lift; to get up.
levar (*v.*) to carry, take, bring, take away, spend
— **a mal** to take offense, to take amiss
leve (*adj.*) light, superficial
leveza (*f.*) lightness, levity
leviano, -a (*adj.*) frivolous, inconsequent
libação (*f.*) libation
liberdade (*f.*) liberty, freedom
libertação (*f.*) liberation
libertar (*v.*) to free, to liberate
lição (*f.*) lesson
licença (*f.*) license, permit, authorization, consent
com — pardon me, excuse me
lícito, -a (*adj.*) licit, lawful
lidar (*v.*) to fight, cope, deal with
líder (*m.*) leader
liga (*f.*) connection; league
ligação (*f.*) connection
ligar (*v.*) to connect, fasten, link, bind, unite
— **importância a** to pay attention
ligeiro, -a (*adj.*) light, slender, slight
limitar (*v.*) to limit, restrain, confine
limite (*m.*) limit, boundary
limpeza (*f.*) cleanliness, neatness
límpido, -a (*adj.*) limpid, clear
limpo, -a (*adj.*) clean
linchar (*v.*) to lynch
lindo, -a (*adj.*) pretty, elegant, handsome, beautiful, lovely

língua (*f.*) tongue, language
lingüístico, -a (*adj.*) linguistic
lingüiça (*f.*) sausage
lingüista (*mf.*) linguist
linguagem (*f.*) language, specialized language
linguajar (*m.*) mode of speech, slang
linha (*f.*) line, thread
liquidar (*v.*) to liquidate, settle
lírico, -a (*adj.*) lyric, lyrical
lista (*f.*) list, roll, directory, menu card
literário, -a (*adj.*) literary
literatura (*f.*) literature
livraria (*f.*) bookshop, bookstore
livre (*adj.*) free, clear, at liberty, unoccupied, unrestrained
livro (*m.*) book
lixo (*m.*) trash, garbage
lobishomem (*m.*) werewolf
localizar (*v.*) to locate, situate, localize
locomotiva (*f.*) locomotive, engine
locomover (-se) (*refl. v.*) to move about
locutor (*m.*) broadcaster, announcer, speaker
lógica (*f.*) logic
lógico, -a (*adj.*) logical
logo (*adv.*) immediately, right away; later; therefore, then
até — so long, goodbye
— **à tarde** later in the afternoon
— **que** as soon as
logradouro (*m.*) public park

loja (*f.*) store, shop
longe (*adv.*) far, away
  de — from a distance
longínquo, -a (*adj.*) far away
  distant
longo, -a (*adj.*) long, lengthy,
  drawn out
  ao — de by, along
  longamente at length
lotação (*m.*) van used as a bus,
  jitney
louça (*f.*) china, dishes
louçã (*f. and a.*) loução (*m.*
  and a.) dapper, elegant
louco, -a (*adj.*) mad, insane,
  crazy; (*mf.*) crazy person
loucura (*f.*) madness
louro, -a (*adj.*) blond, golden-
  haired; (*mf.*) blond-headed
  person
louvar (*v.*) to laud, praise
lua (*f.*) moon
lúbrico, -a (*adj.*) lascivious,
  sensual
lucubrar (*v.*) to lucubrate, work
  hard at
lugar (*m.*) place, spot
lúgubre (*adj.*) lugubrious, dismal
luminoso, -a (*adj.*) luminous,
  clear, bright, brilliant
lusco-fusco (*m.*) dusk
luso, -a (*adj.*) Lusitanian,
  Portuguese
lustroso, -a (*adj.*) lustrous,
  glossy, magnificent
luta (*f.*) fight, struggle
lutador (*m.*) fighter
lutar (*v.*) to fight, struggle

luto (*m.*) mourning
luxo (*m.*) luxury
  de — deluxe
luxuoso, -a (*adj.*) luxurious
luz (*f.*) light
  dar à — to give birth to

má (*f. of* mau) bad, evil, inferior
maçã (*f.*) apple
macaca (*f.*) monkey
macaco (*m.*) monkey
machista (*m.*) "macho"
  individual
macho, -a (*adj., colloq.*) manly,
  virile; (*m.*) male (of animal)
maço (*m.*) maul, mallet; bundle,
  stack; pack (of cigarettes)
madame (*f.*) madame, lady
madeira (*f.*) wood
madrinha (*f.*) godmother
madrugada (*f.*) dawn, daybreak,
  early morning
  pela — in the early morning
maduro, -a (*adj.*) mature, ripe
mãe (*f.*) mother
mágico, -a (*adj.*) magical
mágoa (*f.*) sorrow, grief, sadness; hurt, bruise, sore
magote (*m.*) big group, crowd,
  multitude
  aos magotes en masse
magro, -a (*adj.*) thin, lean
maio (*m.*) May
maior (*adj.*) larger, largest,
  greater, greatest, bigger,
  biggest
  um maiorzinho an older kid
maioria (*f.*) majority, most

mais (*adj.*) more, any more
  a — in excess, too much, too
  many
  — de more than.
  — um (*pron.*) one more
  o — (*adj.*) the most
  por — que no matter how
  much
  sem — nem menos without
  more ado, for no reason
mais-que-perfeito (*m.*) pluperfect
maiúsculo (*adj.*) capital (letter);
  majuscule rather large
majoração (f.) increase
mal (*m.*) bad, evil, wrong, grief;
  (*adv.*) bad, badly, scarcely
  fazer — a to harm, wrong
mala (*f.*) suitcase
malandro (*m.*) idler, bum,
  loafer, good-for-nothing,
  hustler
malbaratar (*v.*) to squander,
  abuse
malho (*m.*) mallet
malícia (*f.*) malice, slyness, cunning; sly or suggestive remark
malicioso, -a (*adj.*) malicious
maloca (*f.*) communal Indian
  hut
maltratar (*v.*) to mistreat, abuse,
  treat badly, damage
maluquice (*f.*) craziness, foolish
  behavior
mamãe (*f.*) mother, mom
mamar (*v.*) to suckle, nurse
mandar (*v.*) to order, command,
  direct; to have done, send
mandioca (*f.*) manioc, cassava

mandiocal (*m.*) manioc field,
  manioc patch
maneira (*f.*) manner, way,
  habit
  de qualquer — in any case
manejar (*v.*) to handle, manage
manga (*f.*) sleeve
manhã (*f.*) morning
mania (*f.*) mania, idiosyncrasy,
  eccentricity
manifestar (*v.*) to manifest, display, declare
manso, -a (*adj.*) gentle, docile,
  tame
manter (*v.*) to maintain, keep
manusear (*v.*) to handle, finger,
  thumb (through)
mão (*f.*) hand
  de mãos dadas holding hands
mão-de-obra (*f.*) manual labor,
  labor force
máquina (*f.*) machine, press
maquinar (*v.*) to machinate,
  scheme, contrive, plot
maquinista (*mf.*) machinist
mar (*m.*) sea
maravilha (*f.*) marvel, wonder
maravilhoso, -a (*adj.*) marvelous
marca (*f.*) mark, sign, scar
marcante (*adj.*) remarkable,
  outstanding
marcar (*v.*) to mark, fix, score,
  watch, keep an eye on
  — um encontro to make a
  date, agree to meet
marcha (*f.*) march, progress
marchar (*v.*) to march, move, go
marcial (*adj.*) martial

março (*m.*) March
maré (*f.*) tide
margem (*f.*) margin, edge, bank
marido (*m.*) husband
mariscar (*v.*) to peck for food
marmanjo (*m.*) big guy, husky
  dude
marquês (*m.*) marquis
martelação (*f.*) hammering
martelada (*f.*) blow with
  hammer
martírio (*m.*) martyrdom, torment, affliction
mas (*conj.*) but
  — **qual** but really!
mascarado, -a (*adj.*) masked,
  disguised
mascarar (*v.*) to mask, disguise
masculino, -a (*adj.*) masculine
massa (*f.*) mass, dough, pulp,
  paste, putty
massacrado, -a (*adj.*) massacred,
  downtrodden
matar (*v.*) to kill
matemática (*f.*) mathematics
matéria (*f.*) matter, material,
  topic
materialista (*mf. and adj.*)
  materialist
matinal (*adj.*) morning, early-
  rising
matinê (*f.*) matinée
mato (*m.*) woods, forest, brush,
  thicket, country
matutar (*v.*) to mull over, think
  about, reflect, be worried
matutino (*m.*) morning newspaper; (*adj.*) morning

mau (*m.*), **má** (*f.*) bad, wicked
máximo, -a (*adj.*) maximum,
  largest, greatest
medalha (*f.*) medallion, medal
mediador (*m.*) mediator,
  go-between
mediante (*prep.*) by means of,
  through, by
medicamento (*m.*) medicament,
  medicine
medicina (*f.*) (discipline of)
  medicine
medicinês (*m.*) "Medicinese"
médico (*m.*) doctor; (*adj.*)
  medical
medida (*f.*) measure, degree,
  extent
  à — que as, while
médio, -a (*adj.*) medium, middle, mean
medir (*v.*) to gauge, measure,
  appraise
meditação (*f.*) meditation
meditar (*v.*) meditate
medo (*m.*) fright, fear, terror
  ter — to be afraid
medonho (*adj.*) frightful, dreadful, horrible
megafone (*m.*) megaphone
megalomaníaco, -a (*adj.*)
  megalomaniacal
meia-idade (*f.*) middle age
meigo, -a (*adj.*) gentle
meio (*m.*) middle, midst, environment, device; (*adj.*) half,
  middle, mean; (*adv.*)
  somewhat
  a — de in the midst of

meio — *continued*
  por — de by means of, through
meio-dia (*m.*) noon, midday
meio-fio (*m.*) curb (of sidewalk)
mel (*m.*) honey
melancolia (*f.*) melancholy
melancólico (*adj.*) melancholy, melancholic
melhor (*adj.*) better, best
  tanto — so much the better
melhorar (*v.*) to improve
melodia (*f.*) melody
membro (*m.*) member
memória (*f.*) memory
memórias (*pl.*) memoirs
mencionar (*v.*) to mention
mendigo (*m.*) beggar
meninada (*f.*) children, group of kids
menino (*m.*) child, young boy
menor (*adj.*) minor, smaller, smallest, lesser, least, slightest
menoridade (*f.*) minority
menos (*adj., prep.*) less, except
  a — que unless
  pelo — at least
  por — que no matter how little
mensagem (*f.*) message
mensal (*adj.*) monthly
mente (*f.*) mind
mentir (*v.*) to lie
mentira (*f.*) lie, falsehood
mentiroso, -a (*adj.*) lying, deceptive, false
mercê (*f.*) favor, grace, mercy
  — de thanks to

mercadoria (*f.*) merchandise
merecedor (*adj.*) deserving
merecer (*v.*) to deserve
mergulhada (*f.*) dive, act of diving
mergulhar (*v.*) to plunge, submerge, immerse, duck into
mergulho (*m.*) dive, plunge, dip
mérito (*m.*) merit
mero, -a (*adj.*) mere
mês (*m.*) month
mesa (*f.*) table
mesmo, -a (*adj.*) same; (*adv.*) really, even, exactly
  — assim even so
mesoclítico, -a (*adj.*) mesoclitic (between)
mesquinho, -a (*adj.*) meager, poor, wretched; stingy
mestre (*m.*) teacher, professor; master
metade (*f.*) half
metamorfosear (*v.*) to transform, metamorphose
meter (*v.*) to put, place
  — (-se) a entendido (*refl. v.*) to pretend to know it all
meticuloso, -a (*adj.*) meticulous
métier (*French*) vocation
Metrô (*m.*) metro, subway
metragem (*f.*) yardage in meters
  filme de longa — full-length film
metropolitano, -a (*adj.*) metropolitan
metro (*m.*) meter; movie house
mi (*m.*) mi, E (music)

miar (*v.*) to meow, mew
mil (*m. and a.*) one thousand
mil-réis (*m.*) old Brazilian monetary unit
milagre (*m.*) miracle; votive offering
milhão (*m.*) million
milhar (*m.*) thousand
militar (*m. and a.*) soldier, military (man)
mina (*f.*) mine, mining
mineiro, -a (*mf. and adj.*) miner; inhabitant of the state of Minas Geras
míngua (*f.*) want; lack
à — de lacking
miniatura (*f.*) miniature
minimizar (*v.*) to minimize
mínimo (*m. and a.*) minimum; least, slightest
no — at least
ministério (*m.*) ministry; department or branch of government
ministrar (*v.*) to minister; administer
ministro (*m.*) minister
minorar (*v.*) to lessen, reduce, diminish
minoria (*f.*) minority
minuano (*m.*) cold and dry southwestern wind
minúcia (*f.*) minute detail
minúsculo (*adj.*) lower case (letter)
minuto (*m.*) minute
miraculoso, -a (*adj.*) miraculous
miserável (*m. and a.*) wretch,

scoundrel; miserable, mean
miséria (*f.*) misery
missa (*f.*) Mass
mistério (*m.*) mystery
mister (*m.*) occupation, trade; necessity, need
misterioso, -a (*adj.*) mysterious
místico, -a (*adj.*) mystic, mystical
misto (*m. and a.*) mixture, blend; blended, mixed
misturar (*v.*) to mix, blend, mingle, join
mito (*m.*) myth
miúdo (*adj.*) little, small, tiny, precise, minute
pelo — precisely, in detail
mobília (*f.*) furniture
moça (*f.*) girl, young lady
mocidade (*f.*) youth
moço (*m. and a.*) boy, youth, young man; young
modéstia (*f.*) modesty
moda (*f.*) mode, manner, way, fashion
dar —, it is "in"
modalidade (*f.*) modality
modelo (*m.*) model, pattern
moderado, -a (*adj.*) moderate
moderno, -a (*adj.*) modern
modesto, -a (*adj.*) modest, unassuming, simple
modificação (*f.*) modification
modificar (*v.*) to modify, change
modismo (*m.*) idiom, idiomatic expression
modo (*m.*) way, method, mode
a — de like

modo — *continued*
de — **algum** not at all, in no way
de — **geral** by and large, in general
de — **que** so that, so as to, in order to
do mesmo — in the same way
moeda (*f.*) coin
mofino, -a (*adj.*) unfortunate, miserable, wretched
mole (*adj.*) soft, slow, sluggish, easy
moleque (*m.*) street urchin, ragamuffin, small black boy, youngster
molhar (*v.*) to wet, get wet
momento (*m.*) moment, minute
no — at present, at this moment, at that moment
a todo — constantly, at every moment
momentoso, -a (*adj.*) momentous, weighty
monólogo (*m.*) monologue
monótono, -a (*adj.*) monotonous
Monsenhor (*m.*) monsignor
montado, -a (*adj.*) mounted, assembled
montanha (*f.*) mountain
montepio (*m.*) life insurance, pension fund
monumento (*m.*) monument
mor (*adj.*) chief, principal; (short form of **maior**)
morada (*f.*) residence, home, dwelling
última — final resting place

morador (*m.*) dweller, resident, inhabitant
moralismo (*m.*) moralism
moralizante (*mf.*) moralizing
morar (*v.*) to reside, dwell, live
morder (*v.*) to bite
mordomia (*f.*) stewardship; (*colloq.*) perk, benefit, spoil of office, privileges
na — on easy street
morgado (*m.*) first-born, oldest son
moribundo (*m. and a.*) dying person; dying, moribund
moringa (*f.*) clay jug
mormaço (*m.*) mugginess, muggy weather
morrer (*v.*) to die
morro (*m.*) hill, knoll; hillside shantytown in Rio
morte (*f.*) death
morto (*m. and a., pp. of* **morrer**) dead body, the deceased; dead
— de dor dying of pain
mostrar (*v.*) to show, display, prove, indicate, signify
— se to "show off"
motivo (*m.*) motive, reason, cause
motivar (*v.*) to motivate
motocicleta (*f.*) motorcycle
motorista (*mf.*) driver, motorist
mouro (*m.*) Moor
móvel (*m. and a.*) piece of furniture; mobile
mover (*v.*) to move
movimentar (*v.*) to move, set in

motion

movimento (*m.*) movement, animation, traffic, lively business

muda (*f.*) seedling (tree)

mudança (*f.*) change

mudar (-se) (*v., refl. v.*) to change; to move

— **de assunto** (*v.*) to change the subject

— **de idéia** (*v.*) to change one's mind

mudo, -a (*adj.*) mute, silent

muito (*adj., adv.*) very, much, a lot

mulato (*m.*) mulatto

mulher (*f.*) woman, wife

mulo (*m.*) mule

multidão (*f.*) multitude, crowd

multiplicar (*v.*) to multiply

múltiplo, -a (*adj.*) multiple

mundo (*m.*) world

município (*m.*) municipality

muralha (*f.*) rampart, wall

murmurar (*v.*) to murmur

muro (*m.*) (outside) wall

encima do — to sit on the fence

músculo (*m.*) muscle

museu (*m.*) museum

música (*f.*) music

mutilado, -a (*adj.*) mutilated

mutilar (*v.*) to mutilate

mútuo, -a (*adj.*) mutual

nação (*f.*) nation

Nações Unidas, United Nations

nacionalidade (*f.*) nationality

naco (*m.*) chunk, piece

nada (*pron.*) nothing

nadar (*v.*) to swim, float

namorada (*f.*) sweetheart, girl friend

namorado (*m.*) sweetheart, boy friend

namorar (*v.*) to court, woo, go out with, flirt with, make love

namoro (*m.*) courting, love affair

não (*adv.*) no, not

a — **ser** unless, except

nariz (*m.*) nose

narração (*f.*) narration

narrar (*v.*) to narrate

narrativa (*f.*) narrative

nasal (*f. and a.*) nasal vowel; nasal

nasalizar (*v.*) to nasalize

nascedouro (*m.*) birthplace

nascer (*v.*) to be born

nascimento (*m.*) birth

natal (*adj.*) native, natal

natividade (*f.*) nativity

natural (*m. and a.*) native; natural

naturalidade (*f.*) naturalness, ease, poise

naturalização (*f.*) naturalization

natureza (*f.*) nature

de — by nature

naufrágio (*m.*) shipwreck

navegação (*f.*) navigation, shipping

navegante (*m.*) navigator

navio (*m.*) ship, boat, vessel

de — by ship

nazista (*mf. and adj.*) nazi

necessário, -a (*adj.*) necessary
necessidade (*f.*) necessity, need
necessitado (*adj.*) necessitated, needy
necessitar (*v.*) to need, make necessary
necrológio (*m.*) necrology, obituary
necrópole (*f.*) necropolis, cemetery
nefando, -a (*adj.*) nefarious
negar (*v.*) to deny, refuse
negativo, -a (*adj.*) negative
negociação (*f.*) negotiation
negociar (*v.*) to negotiate, deal, bargain, do business
negócio (*m.*) business, deal, matter, thing, concern
negro (*m. and a.*) black man, black
nem (*adv., conj.*) neither, not even
— **por isso** notwithstanding
— ... — neither ... nor
que — like
nenhum (*m.*), **nenhuma** (*f.*) no, none, not any
neolatino (*adj.*) neo-Latin
neologismo (*m.*) neologism
nervosismo (*m.*) nervousness
nervoso, -a (*adj.*) nervous
neta (*f.*) granddaughter
neto (*m.*) grandson
neve (*f.*) snow
ninguém (*pron.*) nobody, no one
nível (*m.*) level
nó (*m.*) knot, entanglement, complication

nobre (*adj.*) noble
nobreza (*f.*) nobility
noção (*f.*) notion, idea, concept
noite (*f.*) night, evening; (*dim.*)
noitinha dusk, twilight, nightfall
— **fechada** dark night
noiva (*f.*) fiancée; bride
noivado (*m.*) engagement
noivo (*m.*) fiancé; groom
nome (*m.*) name
nora (*f.*) daughter-in-law
nordeste (*m.*) northeast
nordestino, -a (*mf. and adj.*) Northeastern, Northeasterner
norma (*f.*) norm, rule, pattern
norte (*m.*) north
norte-americano, -a (*mf. and adj.*) North American, of the U.S.A.
nortês (*m.*) Northern dialect
nostálgico, -a (*adj.*) nostalgic
nota (*f.*) note, report, notice, bill
— **ao pé da página** footnote
notabilizar (-se) (*refl. v.*) to become notable or famous
notar (*v.*) to note, notice
notável (*adj.*) notable, remarkable, amazing
notícia (*f.*) news
noturno (*adj.*) nocturnal, night
novela (*f.*) novella; TV soap opera
novembro (*m.*) November
novidade (*f.*) novelty
novo, -a (*adj.*) new; **novamente** (*adv.*) newly, again
de — (*adv.*) again

que há de —? (*colloq.*) what's new?

nu, nua (*adj.*) naked, nude, bare

número (*m.*) number

numeroso (*adj.*) numerous

nunca (*adv.*) never

ó (*interj.*) Oh! Hey! Say!

oba (*interj.*) hey, hi

obedecer (*v.*) to obey, comply, yield

obediente (*adj.*) obedient

objetivo, -a (*adj.*) objective

objeto (*m.*) object

obra (*f.*) work, working, deed; handicraft

   estar em obras, to be under construction or repair

   — **-mestra** (*f.*) masterpiece

   — **-prima** (*f.*) masterpiece

obrar (*v.*) to work, make, effect

obrigação (*f.*) obligation, duty

obrigado, -a (*adj.*) obliged, obligated; (*interj.*) thank you!

obrigar (*v.*) to oblige, force

obrigatório, -a (*adj.*) obligatory, mandatory

obscuro, -a (*adj.*) dark, obscure

obsequiar (*v.*) to accommodate, oblige, display courtesy toward, charm, give

obséquio (*m.*) favor, kindness, small gift

observação (*f.*) observation

observar (*v.*) to observe

obstáculo (*m.*) obstacle

obstar (*v.*) to impede, thwart

obstinado, -a (*adj.*) obstinate

obstruir (*v.*) to obstruct

obter (*v.*) to obtain, get

óbvio, -a (*adj.*) obvious

ocasião (*f.*) occasion

ocasionar (*v.*) to occasion, bring about

ocioso, -a (*adj.*) idle, lazy

ocorrer (*v.*) to occur, befall, happen

óculos (*m. pl.*) eyeglasses

ocultar (*v.*) to hide

ocupação (*f.*) occupation

ocupar (*v.*) to occupy

ódio (*m.*) hate, rancor

ofender (*v.*) to offend

oferecer (*v.*) to offer, present

oferecimento (*m.*) offer, offering

oficiante (*m.*) officiant

oficina (*f.*) workshop, pressroom

oficio (*m.*) employment, profession; official letter

ojeriza (*f.*) ill will, aversion, grudge

olhada (*f.*) look, glance, sight

olhar (*v.*) to look, view, observe; (*m.*) look, glance

olho (*m.*) eye

ombro (*m.*) shoulder

onça (*f.*) wildcat, cougar, jaguar

onda (*f.*) wave

onde (*adv.*) where, in which

ônibus (*m.*) bus

ontem (*adv.*) yesterday

   — **à noite** last night

onus (*m.*) onus, burden

opção (*f.*) option

operação (*f.*) operation

operar (*v.*) to operate, perform

opinião (*f.*) opinion
oposição (*f.*) opposition
oposto, -a (*adj., pp. of* **opor**)
 opposed, opposite, contrary
opressão (*f.*) oppression
ora (*adv.*) now, presently; (*conj.*)
 but, however; (*interj.*) Well!
 Well now! Come now!
oração (*f.*) oration, speech,
 sentence, prayer
oratória (*f. and a.*) oratory
 (rhetoric)
ordem (*f.*) order, nature
 de — prática of a practical
 nature
ordenado (*m.*) salary
ordenar (*v.*) to order, ordain
ordinário, -a (*adj.*) ordinary
orelha (*f.*) ear
órfã (*f.*), **órfão** (*m.*) orphan
orfanato (*m.*) orphanage
orgânico, -a (*adj.*) organic
organismo (*m.*) organism, body
organização (*f.*) organization
organizar (*v.*) to organize
orgulho (*m.*) pride, vanity,
 haughtiness
orgulhoso, -a (*adj.*) proud
orientar (*v.*) to orient
origem (*f.*) origin
oriundo, -a (*adj.*) from, originating in
orquestra (*f.*) orchestra
ortodoxia (*f.*) orthodoxy
ortografia (*f.*) orthography,
 spelling
otimismo (*m.*) optimism
otimista (*mf.*) optimist

ótimo (*adj.*) superl. of **bom**; excellent, marvelous, great
ou (*conj.*) or
 — ... — either ... or
ouro (*m.*) gold
ousadia (*f.*) daring, boldness,
 "nerve"
ousar (*v.*) to dare, venture,
 presume
outeiro (*m.*) hill, knoll
outrem (*pron.*) somebody else,
 another person
outro (*pron., adj.*) other,
 another
 — dia the other day; another
 day
 outros tantos as many more
 um ao — each other, one
 another
outubro (*m.*) October
ouvido (*m.*) ear, hearing
ouvinte (*mf.*) listener, auditor
ouvir (*v.*) to hear, listen
ovação (*f.*) ovation
ovelha (*f.*) sheep
oxalá (*interj.*) God grant that,
 would to God, let's hope so

pacato, -a (*adj.*) peaceful,
 peaceable, quiet, tranquil
paciência (*f.*) patience
paciente (*mf. and adj.*) patient
pacífico, -a (*adj.*) peaceful,
 pacific
pacote (*m.*) package, parcel,
 bundle
padaria (*f.*) bakery, bread store
padecer (*v.*) to suffer

padecimento (*m.*) pain, affliction, suffering
padeiro (*m.*) bread man: baker
padim (*m.*) corrupted dim. of
padre
padre (*m.*) priest, father
padrinho (*m.*) godfather
pagadoria (*f.*) disbursement office, paymaster's office
pagamento (*m.*) payment
pagão (*m.*) pagan
pagar (*v.*) to pay
página (*f.*) page
pago (*pp. of* **pagar**) paid
pai (*m.*) father, dad; (*pl.* **pais**)
parents
país (*m.*) country, region
paisagem (*f.*) landscape, scenery
paisano (*m.*) civilian
paixão (*f.*) passion (as of ardor,
wrath, love, etc.)
palacete (*m.*) mansion, small
palace
palácio (*m.*) palace
palavrão (*m.*) "bad word," "cuss
word"
palavra (*f.*) word
tomar a — to take the floor
— de-ordem word of command, slogan, rallying cry
palco (*m.*) stage
palestra (*f.*) chat, conversation,
address
paletó (*m.*) coat, jacket
palha (*f.*) straw, cane (of chair
seat), dry grass
por dá cá aquela — for no
reason at all

palito (*m.*) matchstick,
tooth-pick
palma (*f.*) palm of the hand;
(*pl.*) applause
palmada (*f.*) slap, spank, swat
palmeira (*f.*) palm tree
palmo (*m.*) span (of hand)
palpite (*m.*) palpitation; guess,
hint, suggestion; unsolicited
opinion
pamonha (*m.*) boob, simpleton
pancada (*f.*) blow, hit
pandemônio (*m.*) pandemonium
panela (*f.*) pan, pot (cooking
utensil)
pânico (*m.*) panic
panificação (*f.*) bakery
pântano (*m.*) marsh, swamp,
mire
pão (*m.*), (*pl.* **pães**) bread, loaf
of bread
— dormido stale bread
pão-duro (*m., colloq.*) stingy
person, cheapskate
papa-mosca (*m., colloq.*) dope,
dummy
papai (*m.*) dad, daddy, papa
papel (*m.*) paper; part, role
papelão (*m.*) cardboard, heavy
paper
papo (*m.*) craw
bater o — (*colloq.*) to chat
levar um — to have a little
talk
par (*m.*) pair
a — de, up-to-date, informed
para (*prep.*) to, toward, for, for
the purpose of

parabéns (*m., pl.*) congratulations

paradoxal (*adj.*) paradoxical

paraense (*mf.*) native of the state of Pará

paraibano, -a (*mf.*) native of the state of Paraíba

paranóico, -a (*mf.*) paranoiac, paranoid

parar (*v.*) to stop, come to a standstill, pause

parceria (*f.*) partnership, co-authorship, association

  de — com in cahoots with

parecer (*v.*) to seem, appear, look

parecer (-se) (*refl. v.*) to resemble, look like

parecido, -a (*adj.*) similar

parede (*f.*) wall

parente (*mf.*) relative

parêntese (*m.*) parenthesis

paroara (*m.*) recruiter of rubber workers in Amazon area

parte (*f.*) part, place, party (involved person)

  à — apart, aside

  dar — to denounce, accuse

  de — a — on both sides, mutually

  por — de on the part of

participar (*v.*) to inform, notify, let know about; to participate

particípio (*m.*) participle

partícula (*f.*) particle

particular (*m. and a.*) private citizen; particular, personal, private

partida (*f.*) departure

partilhar (*v.*) to share, divide

partir (*v.*) to divide, break; to depart, leave

  a partir de from, since

parto (*m.*) childbirth, delivery

parturiente (*f.*) woman in labor

pasmar (*v.*) to astound, amaze, bewilder

  — (-se) (*refl. v.*) to be in awe, amazed

passageiro (*m. and a.*) passenger; passing, transitory, light

passagem (*f.*) fare, passage, ticket

passaporte (*m.*) passport

passar (*v.*) to pass, get along, go, go on, proceed to, convey, spend time

  — os olhos to glance, look over

  — um telegrama to send a telegram

  — fome to go hungry

passar (-se) (*refl. v.*) to elapse, transform

pássaro (*m.*) bird

passear (*v.*) to take a walk, promenade

passeio (*m.*) stroll, promenade; drive

passivo (*adj.*) passive

passo (*m.*) step, pace, gait

  ao — que whereas, while

pasta (*f.*) briefcase, folder

pastel (*m.*) turnover, pastry, pie

pata (*f.*) paw, foot (of animal), leg

patavina (*f.*) nothing, not a thing, "squat"

patético, -a (*adj.*) pathetic, moving, stirring

pato (*m.*) duck

pagar o — to pay the piper

patola (*f.*) claw (of crabs)

patológico, -a (*adj.*) pathological

patrão (*m.*) boss, employer, patron, owner

pátria (*f.*) native land, country, fatherland

patrimônio (*m.*) patrimony, inheritance, heritage

patriota (*mf.*) patriot

patriótico, -a (*adj.*) patriotic

patroa (*f.* of **patrão**) mistress, landlady; (*colloq.*) wife, mistress

patrulha (*f.*) patrol, detachment

pau (*m.*) wood, stick

pau-de-arara (*colloq.*) migrant worker from Northeastern Brazil; a truck to carry such workers

paulista (*adj.*) of or pertaining to the state of São Paulo; (*mf.*) a person from the state of São Paulo

paupérrimo, -a (*adj.*) superl of **pobre**

pausa (*f.*) pause

pavimento (*m.*) pavement, floor

pavor (*m.*) fear, horror

paz (*f.*) peace

fazer as pazes to make up, bury the hatchet

pé (*m.*) foot

a — on foot, walking

pecado (*m.*) sin

pecadora (*f.*) sinner

pecar (*v.*) to sin

pedaço (*m.*) piece, portion, scrap

pedestre (*m.*) pedestrian

pedido (*m.*) petition, call, request, order

pedir (*v.*) to ask for, request, seek, apply for, beg

pedra (*f.*) stone, rock

pedregulho (*m.*) gravel, rubble

pedreiro (*m.*) bricklayer, mason

pegar (*v.*) to catch, seize, grab, take, attach, cling, come upon

— -se com to cling to

peito (*m.*) chest, breast, bosom; heart

amigo do — bosom buddy

pele (*f.*) fur; skin, hide, bark, peel

peludo, -a (*adj.*) hairy, furry, shaggy

pena (*f.*) penalty, pity, compassion

penal (*m. and a.*) penalty; penal

penalizar (*v.*) to penalize

pender (*v.*) to hang

pendor (*m.*) leaning, inclination, propensity

pendura (*f.*) act of hanging something

na— (*colloq.*) to be flat broke

penetrante (*adj.*) penetrating

penetrar (*v.*) to penetrate, enter

penitência (*f.*) penitence, repentance, penance

pensão (*f.*) pension, board,

pensão — *continued*
boardinghouse, alimony
pensamento (*m.*) thought,
thoughts, mind
pensar (*v.*) to think, consider,
contemplate
— **em** to think of, think
about
pensativo, -a (*adj.*) pensive,
thoughtful
penteado (*m.*) hairdo, coiffure
pequena (*colloq.*) girlfriend,
sweetheart
pequeno, -a (*adj.*) small; (*m.*)
boy, lad
perambular (*v.*) to go about,
roam
perante (*prep.*) before, in front
of
perceber (*v.*) to perceive, see,
understand, sense
percorrer (*v.*) to go through, traverse, cross; peruse, search,
examine
perdão (*m.*) pardon, forgiveness
perda (*f.*) loss, waste
perder (*v.*) to lose, miss, waste
perdição (*m.*) perdition, doom
perdoar (*v.*) to pardon, forgive
peregrino (*m.*) pilgrim, traveler,
wanderer
peremptório (*adj.*) peremptory,
final, decisive
perfeito (*adj.*) perfect, complete
perfilar (*v.*) to outline, straighten
up
— **(-se)** (*refl. v.*) to stand up
straight, stand at attention

pérgula (*f.*) pergola, trellis
pergunta (*f.*) question
perguntador (*m.*) questioner
perguntar (*v.*) to ask a question
perigoso (*adj.*) perilous, danger-
ous, hazardous
periódico (*m.*) periodical
periodismo (*m.*) journalism
período (*m.*) sentence, phrase;
period
perito (*m., adj.*) expert, skillful
permanência (*f.*) permanence
permanente (*adj.*) permanent
permissão (*f.*) permission
permitir (*v.*) to permit, allow
permutar (*v.*) to permute,
exchange
perna (*f.*) leg
pernambucano, -a (*mf.*) native
of the state of Pernambuco
pernicioso, -a (*adj.*) pernicious
pérola (*f.*) pearl
perpetrar (*v.*) to perpetrate
perpétuo, -a (*adj.*) perpetual
perplexidade (*f.*) perplexity,
bewilderment
perplexo, -a (*adj.*) perplexed
perscrutar (*v.*) to scrutinize,
probe
persistir (*v.*) to persist
personagem (*mf.*) personage,
character (in a novel, play,
etc.)
personalidade (*f.*) personality
perspectiva (*f.*) perspective
persuasão (*f.*) persuasion
pertencer (*v.*) to belong, pertain,
relate

pertences (*m. pl.*) belongings
perto (*adv.*) near, close, beside, next to
perturbação (*f.*) perturbation, disturbance, turmoil, uneasiness
perturbador, -a (*adj.*) disturbing, perturbing
perturbar (*v.*) to disturb, trouble, worry
perverter (*v.*) to pervert
pesadelo (*m.*) nightmare
pesado (*adj.*) heavy, clumsy, stuffy, difficult, slow
pêsames (*m., pl.*) condolences, sympathy
pesar (*m.*) sorrow, grief; (*v.*) to weigh
pesca (*f.*) fishing
pescado (*m.*) catch of fish
pescar (*v.*) to fish
pescaria (*f.*) fishing, fishery
peso (*m.*) weight
pesquisa (*f.*) search, research, investigation
pesquisador (*m.*) researcher, investigator
pesquisar (*v.*) to search for, investigate, research
pêssego (*m.*) peach
pessimista (*m., f.*) pessimist
péssimo, -a (*adj.*) superl. of **mau;** extremely bad
pessoa (*f.*) person, individual; (*pl.*) people
pessoal (*m.*) personnel; (*colloq.*) folks, people; (*adj.*) personal
peste (*f.*) plague, pestilence, nuisance, pest
pia (*f.*) sink, washbasin
piada (*f.*) joke, witticism, wisecrack
pianista (*mf.*) pianist
picada (*f.*) puncture, peak, summit, trail
pichação (*f.*) writing grafitti, esp. with spray paint
pichador (*m.*) one who writes grafitti on walls
piedoso, -a (*adj.*) pious
pijama (*m.*) pajama
pilastra (*f.*) pilaster, pillar
pilhérico, -a (*adj.*) facetious, playful, mocking
pincel (*m.*) small brush
pinga (*f.*) drop (of liquid); (*colloq.*) rum, booze
pingar (*v.*) to drip, drop, dribble
pingüim (*m.*) penguin
pintor (*m.*) painter, artist
pintura (*f.*) painting
pior (*adj., adv.*) worse, worst
pipoca (*f.*) popcorn
piscar (*v.*) to wink, blink
pista (*f.*) track, trail, lane
pitoresco, -a (*adj.*) picturesque, colorful
placa (*f.*) metal plate (license, etc.), sign
plácido (*adj.*) placid
planar (*v.*) to plane, glide, soar
planear (*v.* [also **planejar**]) to plan, design, protect
plano, -a (*adj.*) smooth, level, even; (*m.*) plan, scheme
planta (*f.*) plant; sole; ground

planta — *continued*
floor; plot, plan
plantar (*v.*) to plant, implant, set
up, establish
plástico (*adj.*) plastic
platéia (*f.*) orchestra seats,
audience
pleno (*adj.*) full, complete, entire
em plena, in the middle of
pluralista (*mf.*) pluralist
pneu (*m.*) pneumatic, tire
pó (*m.*) dust, powder
pô (*interj.*) vulgar expression of
anger, impatience
pobre (*adj.*) poor, needy, miserable; (*mf.*) poor man, woman
pobreza (*f.*) poverty
poder (*m.*) power, authority; (*v.*)
to be able, can, may
a — de with the help of, by
means of, by dint of
a não — mais to the utmost,
to the limit
poema (*m.*) poem
poemeto (*m.*) large poem
poesia (*f.*) poetry
poeta (*m.*) poet
poético, -a (*adj.*) poetic
pois (*adv.*) then, why, how,
what, therefore, since, for, so,
as, because, seeing that, well
— bem very well, well then
— é that's right, so it is
— não why not, of course,
surely, by all means
polícia (*f.*) police force, police;
(*m.*) policeman
policial (*adj.*) police; (*mf.*) police

officer, constable
policiamento (*m.*) policing,
patrolling
política (*f.*) politics, policy
político, -a (*adj.*) political
poluição (*f.*) pollution
pomba (*f.*) dove; (*pl. interj.*)
Gosh!
pomposo, -a (*adj.*) pompous
ponderado, -a (*adj.*) judicious,
cool, sedate
ponta (*f.*) point, tip, bit, end,
peak, stub
pontapé (*m.*) kick
ponte (*f.*) bridge
pontificar (*v.*) to pontificate
ponto (*m.*) point, moment, period, stop (in telegram); taxi
stop
— de partida point of
departure
— de vista point of view
em — on the dot, sharp
entregar os pontos to give up,
throw in the towel, quit
pontual (*adj.*) punctual
população (*f.*) population
popular (*adj.*) popular, of the
people
popularidade (*f.*) popularity
pôr (*v.*) to put, place, set, lay
— abaixo tear down
— fora to throw away
porão (*m.*) basement, cellar
porção (*f.*) portion, share; large
quantity
uma — de a large number of
porco (*m.*) pig, pork

porém (*conj.*) but, however, nevertheless

porque (*conj.*) because, since, as

porta (*f.*) door, gate, doorway

portador (*m.*) bearer, porter

portanto (*conj.*) therefore, and so, insofar as

portão (*m.*) large door, gate, gateway; entrance

portar (-se) (*v., refl. v.*) to carry; to behave

portaria (*f.*) main entrance, hallway, vestibule, reception desk

porte (*m.*) postage; transportation; bearing, appearance

porteiro (*m.*) doorkeeper, porter

português, -sa (*mf. and adj.*) Portuguese; of or pertaining to Portugal
à — in the Portuguese manner

porvir (*m.*) future

pós-graduação (*f.*) graduate education

posição (*f.*) position

positivista (*mf.*) positivist

positivo, -a (*adj.*) positive

possibilidade (*f.*) possibility

possível (*adj.*) possible

possuir (*v.*) to possess, own

posterior (*m. and a.*) backside; back, posterior, later

posto (*adj., pp. of* pôr) placed, set; (*m.*) post
a postos on the job, ready for action

postular (*v.*) to postulate, solicit

póstumo, -a (*adj.*) posthumous

potência (*f.*) potency, power, might

pouco, -a (*adj.*) little, few, small; (*adv.*) slightly, not much, in a small degree; (*m.*) a bit
a — little by little
ainda há — just a little while ago
aos pouquinhos little by little
daqui a — soon
em — in a little while

poupar (*v.*) to save, economize

povo (*m.*) people, population

poxa (*interj.*) Gee! Golly!

pra (*contr. of* para) for
— cá over here
— lá de bom marvelous (literally beyond good)

praça (*f.*) plaza, public square
boa — (*colloq.*) nice guy, fellow

prado (*m.*) meadow, field; race track

praga (*f.*) curse, plague, misfortune, vermin, weeds

praguejar (*v.*) to curse, damn, swear

praia (*f.*) beach

pranto (*m.*) weeping, mourning, tears

prateleira (*f.*) shelf, rack

prática (*f.*) practice

praticar (*v.*) to practice, perform, carry out

prático, -a (*adj.*) practical

prato (*m.*) plate, dish

prazer (*m.*) pleasure, delight

prazo (*m.*) term, span, given pe-

prazo — *continued*
riod of time
precário, -a (*adj.*) precarious, uncertain; meager, scanty
precaução (*f.*) precaution
precavido, -a (*adj.*) wary, cautious, careful
preceder (*v.*) to precede, go before
preciosidade (*f.*) preciousness, richness
precioso, -a (*adj.*) precious, excellent; affected
precipitado, -a (*adj.*) impulsive
precipitar (-se) (*refl. v.*) to precipitate, throw headlong, hasten, rush
precisar (*v.*) to need, specify, require
preciso, -a (*adj.*) precise, necessary, exact
ser — to be necessary
preço (*m.*) price, value
preconceito (*m.*) prejudice, bias
precursora (*f. and a.*) precursor, precursory
predicado (*m.*) quality; predicate
prédio (*m.*) building
predomínio (*m.*) predominancy, predominance
predominar (*v.*) to predominate
preencher (*v.*) to fill in or up
prefeito (*m.*) mayor, prefect
prefeitura (*f.*) city hall
preferência (*f.*) preference
preferir (*v.*) to prefer, like better
preferível (*adj.*) preferable
pregar (*v.*) to nail, fasten, stick;

to preach
preguiça (*f.*) laziness, indolence, sloth
preguiçoso, -a (*adj.*) lazy, indolent, serene, calm
prejudicar (*v.*) to damage, harm, prejudice
prejuízo (*m.*) damage, harm, loss, injury
preliminar (*adj.*) preliminary, initial
prêmio (*m.*) prize, reward
prenda (*f.*) gift, present
prender (*v.*) to fasten, tie, bind, arrest
— **(-se)** (*refl. v.*) to catch, take hold
— **o cabelo** to set one's hair
prenome (*m.*) first or given name
preocupação (*f.*) preoccupation, worry, concern
preocupar (*v.*) to worry, obsess
— **(-se)** (*refl. v.*) to worry, be preoccupied
preparação (*f.*) preparation
preparar (*v.*) to prepare
preposição (*f.*) preposition
pré-recenseado, -a (*adj.*) prerecorded (in a census)
presença (*f.*) presence
presente (*m.*) present, gift; (*adj.*) present, at hand
de — as a gift, free
preservado, -a (*adj.*) preserved
presidente (*m.*) president, chairman
preso, -a (*adj.*) arrested, in pri-

son, imprisoned, held secure,
caught; (*m.*) prisoner

pressa (*f.*) rush, haste, hurry

às pressas in a hurry, hastily

estar com — to be in a hurry

pressentimento (*m.*) presentiment

pressentir (*v.*) to have a presentiment of, foresee

pressuposto (*m. and a., pp. of* **pressupor**) presupposition, plan; presupposed

prestar (*v.*) to lend, render, give

— **-se** (*refl. v.*) to lend oneself, be ready

— **atenção** to pay attention

não — to be no good

— **homenagem** to render homage

prestígio (*m.*) prestige

presumir (*v.*) to presume, suppose

pretérito (*m. and a.*) preterite

pretender (*v.*) to intend, have pretensions to

pretexto (*m.*) pretext

preto, -a (*adj.*) black, dark

prevalecer (*v.*) to prevail, predominate

prevenir (*v.*) to prevent, forewarn, advise

prever (*v.*) to foresee

pré-vestibular (*adj.*) prior to college entrance exam

previsão (*f.*) forecast

previsto, -a (*adj., pp. of* **prever**) foreseen, anticipated

prezado, -a (*adj.*) dear, esteemed

primário, -a (*adj.*) primary

primeiro, -a (*adj.*) first

primitivo, -a (*adj.*) primitive, original

primo, -a (*adj.*) prime, excellent; (*mf.*) cousin

primogenitura (*f.*) primogeniture

primor (*m.*) perfection, beauty

príncipe (*m.*) prince

principiar (*v.*) to begin

princípio (*m.*) principle; beginning, start

por — on principle

prioridade (*f.*) priority

prisão (*f.*) prison, imprisonment

prisioneiro (*m.*) prisoner

privado, -a (*adj.*) private

privilégio (*m.*) privilege

privilegiado, -a (*adj.*) privileged

pro (contr. of **para o**)

probabilidade (*f.*) probability

problema (*m.*) problem

processo (*m.*) procedure, process

procissão (*f.*) procession (especially religious)

proclamação (*f.*) proclamation

procrastinação (*f.*) procrastination

procrastinador (*m.*) procrastinator

procura (*f.*) search, quest, pursuit, effort, endeavor

a — **de** (*prep.*) in search of, looking for

procurar (*v.*) to look for, search for, try, look up

prodígio (*m.*) prodigy, marvel, wonder

produção (*f.*) production

produtor (*m.*) producer
produzir (*v.*) to produce
proeza (*f.*) prowess, feat
proferir (*v.*) to pronounce, call out, deliver
professor, -ra (*mf.*) teacher, professor
profeta (*m.*) prophet
profissão (*f.*) profession, occupation
profissional (*adj.*) professional
profundeza (*f.*) depth, profundity; keenness
profundo, -a (*adj.*) profound, deep
programa (*m.*) program, schedule
programar (*v.*) to program, schedule
progredir (*v.*) to progress, advance
progresso (*m.*) progress
proibir (*v.*) to prohibit, forbid
projetar (*v.*) to project
projeto (*m.*) project
promessa (*f.*) promise
prometer (*v.*) to promise
promissória (*f.*) promissory note
promissor (*adj.*) promising
promover (*v.*) to promote, advance, further
pronome (*m.*) pronoun
prontidão (*f.*) promptness, readiness, agility
prontificar (*v.*) to make ready, to offer
— (-se) (*refl. v.*) to volunteer
pronto, -a (*adj.*) ready, prompt,

quick; (*adv.*) promptly
de — immediately
pronúncia (*f.*) pronunciation
pronunciamento (*m.*) pronouncement
pronunciar (*v.*) to pronounce
propaganda (*f.*) advertising, propaganda
— de mão, flyer
propalar (*v.*) to divulge, disclose, make known, publish
propor (*v.*) to propose, offer, suggest, pose
proporcionar (*v.*) to provide
propósito (*m.*) purpose, aim, goal
a — by the way
de — on purpose
fora de — timed
proposta (*f.*) proposition, motion, condition, offer
proposto (*adj., pp. of* **propor**) proposed
propriedade (*f.*) property, ownership
proprietário (*m.*) owner, proprietor
próprio, -a (*adj.*) proper; one's own, particular, very, selfsame, appropriate
— de characteristic of
prosa (*f.*) prose; (*colloq.*) chatter; (*adj.*) boastful, proud
prosperar (*v.*) to prosper
prosseguir (*v.*) to continue, proceed
proteção (*f.*) protection
proteger (*v.*) to protect, favor,

back, guarantee
protestante (*mf. and adj.*)
protestant
protestar (*v.*) to protest, object
protesto (*m.*) protest, complaint
protetor (*m.*) protector
protocolo (*m.*) protocol, register,
docket
prova (*f.*) proof; test
provar (*v.*) to prove, show, demonstrate, test, sample
provável (*adj.*) probable
proveniência (*f.*) provenience,
origin
proveniente (*adj.*) originating,
coming from
providência (*f.*) providence;
provision
tomar —s to make arrange-
ments, do what is necessary
providencial (*adj.*) providential
província (*f.*) province, state, region, territory
provisão (*f.*) provision
provocar (*v.*) to provoke, cause,
stimulate, tempt
provocativo, -a (*adj.*) provocative
próximo, -a (*adj.*) next, nearby,
immediate; (*m.*) fellow man
prudência (*f.*) prudence
prudente (*adj.*) prudent
psicologia (*f.*) psychology
psicológico, -a (*adj.*) psychologi-
cal
publicação (*f.*) publication
publicar (*v.*) to publish
público, -a (*adj.*) public; (*m.*)
public, audience

pudera (*interj.*) no wonder, of
course; I wish
pugna (*f.*) fight, combat,
struggle
pulmão (*m.*) lung
pulo (*m.*) hop, jump
dar um — to stop by, drop in
pulso (*m.*) wrist, pulse
punhal (*m.*) dagger
punir (*v.*) to punish
pupilo (*m.*) pupil
pureza (*f.*) purity
puro, -a (*adj.*) pure
puxar (*v.*) to pull, draw, drag

quadra (*f.*) street block
quadrado (*m.*) square
quadrante (*m.*) quadrant, dial
quadro (*m.*) picture, chart;
square; team
quaisquer (*adj., pron., pl. of*
qualquer) any
qual (*pron.*) which, what, who,
whom, that; (*interj.*) nonsense;
(*adj.*) which, what one, what;
(*conj.*) as, like
cada — each one
mas — but, really!
qualidade (*f.*) quality
qualquer (*adj., pron., pl.* **quaisquer**) any; some; whatever
quando (*adv., conj.*) when
quantia (*f.*) amount, quantity,
sum
quantidade (*f.*) quantity
quanto, -a (*adj., pron.*) how
much, how many; all that, as
far as; (*interrog.*) How much?

quanto — *continued*
How many?
— **a** as for, with respect to
— **mais** above all, especially
tanto . . . — as much . . . as
quão (*adv.*) how, as
quarteirão (*m.*) city block, row of houses (joined together)
quartel (*m.*) barracks, military quarters
quartel-general (*m.*) general headquarters
quarto, -a (*adj.*) fourth; (*m.*) quarter, room (in a house)
— **de banho** bathroom
quase (*adv.*) almost
que (*adj. pron.*) that, which, who, whom; (*conj.*) that, than, as, for; (*prep.*) but, except; (*interrog.*) what? which? (*exclam.*) what!
— **nem** that not even; just like
— **tal** how about
quebra (*f.*) break, breaking off, loss
quebrado, -a (*adj.*) broken, fatigued, decrepit
quebrar (*v.*) to break, shatter, to interrupt, to fail
queda (*f.*) fall, ruin
quedê (*interrog.*) = **o que é de?** Where is? What's become of?
queimar (*v.*) to burn, scald
queixa (*f.*) complaint
queixar (-se) (*refl. v.*) to complain
quem (*pron.*) who, whom, the one who, whoever, whomever

quente (*adj.*) hot, biting, animated, bright
quepe (*m.*) military cap
querer (*v.*) to want, wish, desire
querido, -a (*mf. and adj.*) dear, beloved, precious
questão (*f.*) question, matter, subject, problem
fazer — to insist
questionário (*m.*) questionnaire
quiçá (*adv.*) perhaps
quieto, -a (*adj.*) quiet, calm
química (*f.*) chemistry
quinta (*f.*) garden, park
quinto, -a (*m. and a.*) fifth
quiosque (*m.*) kiosk, street stand
quitute (*m.*) delicacy, treat, tidbit
quotidiano, -a (*adj.*) daily, quotidian, day after day

rabisco (*m.*) scribble, scrawl
rabo (*m.*) tail, tail feathers; (*colloq.*) rump
raça (*f.*) race, breed, generation; origin
na — with force, forcefully
raconto (*m.*) narration, tale, story
radical (*adj.*) radical, fervent
radiofônico (*adj.*) for radio broadcasting
raiz (*f.*) root
ramo (*m.*) branch, offshoot, ramification
ranger (*v.*) to gnash, creak, squeak
rapadura (*f.*) lump of hard brown sugar

rapaz (*m.*) boy, young man, young fellow
rápido, -a (*adj.*) rapid, quick, fast; (*m.*) rapids, express train
raro, -a (*adj.*) rare, unusual; (*adv.*) seldom
rasgar (*v.*) to tear, rip, break
rastro (*m.*) footprint, trace
rato (*m.*) mouse, rat
razão (*f.*) reason, rationality, right, justice
ter — to be right
com — with reason, no wonder
razoável (*adj.*) reasonable
ré (*f.*) prisoner; (*m.*) re, D (music)
à — in reverse
reação (*f.*) reaction, response
reagir (*v.*) to react
real (*adj.*) royal, real, true
realidade (*f.*) reality
realismo (*m.*) realism
realista (*mf., adj.*) realist; realistic
realização (*f.*) realization, achievement, effect
realizar (*v.*) to realize, achieve, accomplish, take place
reanimar (*v.*) to enliven, revive, cheer up
reatar (*v.*) to retie, reestablish
rebanho (*m.*) flock
rebarbativo, -a (*adj.*) double-chinned, repellent, rhetorically ponderous
rebater (*v.*) to strike again, rebut, discount

rebelde (*m. and a.*) rebellious, defiant, obstinate, rebel
rebeldia (*f.*) rebellion, rebelliousness, defiance
recado (*m.*) message, errand, commission
dar conta do — to handle the job, "bring home the bacon"
recalcar (*v.*) to press down, re-press, restrain
recebedoria (*f.*) cashier's window, tax collector's office
receber (*v.*) to receive, accept, greet, entertain
— um cheque (*v.*) to cash a check
receio (*m.*) uncertainty, fear
receita (*f.*) income, receipts, prescription, recipe
receitar (*v.*) to prescribe, advise
recém (*adv.*) recently, lately, just
recenseado (*m.*) person who has been recorded in a census
recenseador (*m.*) census-taker
recenseamento (*m.*) census
recensear (*v.*) to take a census, register in a census
recente (*adj.*) recent
recepção (*f.*) reception
recinto (*m.*) premises, enclosure
recíproco, -a (*adj.*) reciprocal, mutual
recitar (*v.*) to recite
reclamante (*mf.*) one who complains
reclamar (*v.*) to complain, protest, claim, demand, require
recolher (*v.*) to gather, collect,

recolher — *continued*
receive, lodge, bring in
recolher (-se) (*refl. v.*) to retire,
withdraw to a secluded place
recolocar (*v.*) to replace,
reposition
recomeçar (*v.*) to begin again
recomendar (*v.*) to recommend
recomendável (*adj.*) recom-
mendable, advisable
recompensar (*v.*) to compensate,
reward, recompense
reconhecer (*v.*) to recognize,
realize, acknowledge
reconstituir (*v.*) to reconstitute,
reconstruct
reconstrução (*f.*) reconstruction
recordação (*f.*) remembrance,
recollection
recordar (*v.*) to remember, recall, be similar to
récorde (*m.*) record (sports)
recorrer (*v.*) to retrace, go over
again
— **a** to resort to, appeal to,
make use of
recortar (*v.*) to cut out (from periodical), trim, clip
recorte (*m.*) cutout, newspaper
clipping
recriação (*f.*) re-creation
recuperar (*v.*) to recuperate,
recover
recurso (*m.*) recourse, resource,
resort; (*pl.*) resources, means,
funds
recusar (*v.*) to refuse, reject,
object

redação (*f.*) composition, editorial room, editorial staff
rede (*f.*) net, hammock
redigir (*v.*) to redact, write,
compose
redor (*m.*) circuit, contour,
surrounding
ao — all around
em — around, about
em nosso — around us
reduzir (*v.*) to reduce, diminish,
decrease, diminish
reencontrar (*v.*) to find, meet
anew
reentrância (*f.*) groove
refeição (*f.*) meal
referência (*f.*) reference
referir (-se) (*v., refl. v.*) to refer,
tell, narrate, allude
refletir (*v.*) to reflect, ponder,
portray
reflexão (*f.*) reflection
reflexo, -a (*adj.*) reflex; (*m.*) reflex, reflection
reforçar (-se) (*v., refl. v.*) to rein-
force, strengthen
reforma (*f.*) reform; (*commercial*) renewal of a contract,
loan, mortgage
refrão (*m.*) refrain, chorus
refrear (*v.*) to curb, control
refrescar (-se) (*v., refl. v.*) to re-
fresh, freshen up
refresco (*m.*) soft drink
refutação (*f.*) refutation
regar (*v.*) to water, sprinkle
região (*f.*) region
régio, -a (*adj.*) regal, royal,

kingly
registrar (*v.*) to register, to
record
registro (*m.*) registration, record-
ing, register, registry
— **civil** civil registry, notary
public's office
regra (*f.*) rule, principle, model,
line, row
em — geral (*adv.*) generally,
ordinarily
regulamento (*m.*) regulation
regular (*adj.*) regular, so-so; (*v.*)
to regulate, control, guide
não — bem (*colloq.*) to be
nuts or crazy
— **(-se)** (*refl. v.*) to regulate or
guide oneself
rei (*m.*) king
réis (*m., pl. of* **real**) former
Brazilian money (*see* **mil-**)
reinado (*m.*) reign, kingdom
reinar (*v.*) to reign, prevail
reino (*m.*) kingdom, realm
reivindicar (*v.*) to demand,
claim, reclaim
rejeitar (*v.*) to reject
relação (*f.*) relation, relationship
relacionar (-se) (*v., refl. v.*) to relate, associate, enumerate; to
enter into relations
relâmpago (*m.*) lightning
relatar (*v.*) to relate, tell
relato (*m.*) account, report, story
religioso, -a (*adj.*) religious
relinchar (*v.*) to neigh
relógio (*m.*) watch, clock
— **de pulso** (*m.*) wristwatch

relutância (*f.*) reluctance
rematar (*v.*) to finish, finish off
remate (*m.*) finish, finishing
touch, climax, conclusion,
end
remediar (*v.*) to remedy, aid,
correct, treat, cure
remédio (*m.*) medicine, remedy,
help
remendar (*v.*) to mend, patch,
repair
remendo (*m.*) patch, repair
remeter (*v.*) to remit, send
remexer (*v.*) to stir, shake up,
rummage, ransack
reminiscência (*f.*) reminiscence
remoto, -a (*adj.*) remote
renda (*f.*) income, profit, rent;
lace
render (*v.*) to produce, yield,
conquer, render
— **(-se)** (*refl. v.*) to surrender,
give up
rendimento (*m.*) income, profit,
benefit
renegar (*v.*) to recant, deny,
disclaim
renovado, -a (*adj.*) renewed,
renovated
rente (*adj.*) near, short, close by
reparar (*v.*) to observe, notice;
repair, mend, restore
repartir (*v.*) to partition, divide,
share, distribute
repasto (*m.*) repast, feast,
banquet
repente (*m.*) burst; suddenness,
improvised folk verse

repente — *continued*
de — (*adv.*) suddenly, all of a
  sudden
repertório (*m.*) repertory
repetir (*v.*) to repeat
repleto, -a (*adj.*) full, replete
replicar (*v.*) to reply, answer
repor (*v.*) to restore, put back
reportagem (*f.*) report, reporting
repositório (*m.*) repository
repousar (*v.*) to repose, rest,
  relax
repreender (*v.*) to reprehend,
  reprimand, rebuke
repreensivo, -a (*adj.*) reprehen-
  sive, rebuking, reproving
representação (*f.*) representation
representante (*mf.*) representa-
  tive, agent
representar (*v.*) to represent; to
  act, play, portray
  — (-se) (*refl. v.*) to imagine
repressão (*f.*) repression
reprodução (*f.*) reproduction
reproduzir (*v.*) to reproduce
reprovação (*f.*) failure,
  disapproval
reprovado, -a (*adj.*) flunked
república (*f.*) republic
republicano, -a (*adj.*) republican
repugnar (*v.*) to be repugnant,
  oppose
requisição (*f.*) requisition
reserva (*f.*) reserve, reservation
reservar (*v.*) to reserve
resfriado (*m.*) common cold
residência (*f.*) residence, dwelling place

residente (*mf.*) resident
residir (*v.*) to reside, dwell
resignação (*f.*) resignation
resina (*f.*) resin
resistente (*adj.*) resistant, sturdy
resistir (*v.*) to resist, endure, last
resmungar (*v.*) to mumble,
  growl, grumble
resolver (*v.*) to resolve, settle,
  decide, solve
respectivo, -a (*adj.*) respective
respeitar (*v.*) to respect, honor
respeitável (*adj.*) respectable,
  honorable
respeito (*m.*) respect,
  consideration
  com — a with respect to,
  concerning
respeitoso, -a (*adj.*) respectful
responder (*v.*) to respond,
  answer, reply
responsabilidade (*f.*) responsibil-
  ity
responsabilizar (*v.*) to entrust,
  charge, to hold responsible
responsabilizar (-se) por (*refl. v.*)
  to answer for
responsável (*adj.*) responsible
resposta (*f.*) reply, answer,
  response
ressabiado (*adj.*) resentful, gone
  sour
ressaca (*f.*) undertow; (*colloq.*)
  hangover
ressentido, -a (*adj.*) sore, resentful, aggrieved, huffy
ressentimento (*m.*) resentment,
  grievance

ressoar (*v.*) to resound, reverberate, echo

ressuscitar (*v.*) to resuscitate, revive

restabelecer (*v.*) to re-establish

restar (*v.*) to remain over, be left over

restaurar (*v.*) to restore, repair

restaurante (*m.*) restaurant

resto (*m.*) remainder, rest; (*pl.*) remains, scraps, bits and pieces, leftovers
de — besides, actually

restrito, -a (*adj.*) restricted

resultado (*m.*) result, score, outcome

resultar (*v.*) to result, follow

resumo (*m.*) summary, brief, résumé, summing up

reticencioso, -a (*adj.*) reticent

retirar (-se) (*v., refl. v.*) to retire, withdraw, go home

retornar (*v.*) to return

retorquir (*v.*) to reply, answer

retrato (*m.*) portrait, picture, photograph

retrucar (*v.*) to retort, answer back, respond sharply

reumatismo (*m.*) rheumatism

reunião (*f.*) reunion, meeting, rendezvous

reunir (-se) (*v., refl. v.*) to re-unite, gather, assemble, meet

revelação (*f.*) revelation

revelar (-se) (*v., refl. v.*) to reveal (oneself)

rever (*v.*) to see again, examine, review

reverso (*m. and a.*) reverse, opposite; reversed

revezamento (*m.*) rotation, alternation, taking turns

revirar (*v.*) to turn over, upside down; rummage through

revisão (*f.*) revision, review

revista (*f.*) magazine, review, journal

revolta (*f.*) revolt, rebellion, disgust

revoltar (*v.*) to revolt, make indignant, outrage

revolução (*f.*) revolution

revolucionário, -a (*mf. and adj.*) revolutionary

revolutear (*v.*) to revolve, flutter, flit about

rezar (*v.*) to pray; to say, relate, tell

ribeirão (*m.*) stream

rico, -a (*adj.*) rich, wealthy

ridículo (*m. and a.*) ridicule, ridiculous act; ridiculous

rigoroso, -a (*adj.*) rigorous, strict

rim (*m.*) kidney

rima (*f.*) rhyme

ringue (*m.*) ring (boxing)

rio (*m.*) river

riqueza (*f.*) wealth, riches

rir (*v.*) to laugh

riscar (*v.*) to scratch out, cross out, strike through

risco (*m.*) risk, hazard, scratch mark

riso (*m.*) laughter, laugh, smile, grin

ríspido, -a (*adj.*) severe, harsh,

ríspido — *continued*
gruff
riste (*m.*) lance rest
em — ready for action
rito (*m.*) rite
robô (*m.*) robot
roça (*f.*) country, rural regions, plot of cleared land, small garden
roçado (*m.*) cleared land, manioc field
rodada (*f.*) round (of drinks); turn (of wheel)
rodar (*v.*) to spin, rotate, turn around, ride (in a car), roll (over)
rodear (*v.*) to surround, encircle, go around
roer (*v.*) to bite, chew, gnaw
rogar (*v.*) to pray, beg for, ask for
roído, -a (*adj.*) chewed, eaten away, corroded
romance (*m.*) novel, romance
romancista (*mf.*) novelist
românico, -a (*adj.*) Romance
romano, -a (*mf. and adj.*) Roman
romântico, -a (*adj.*) romantic
romantismo (*m.*) Romanticism
romeiro (*m.*) pilgrim
romper (*v.*) to tear, split, break
rondar (*v.*) to patrol, go the rounds, watch, prowl (around)
rosto (*m.*) face
rotina (*f.*) routine
rótulo (*m.*) label
roubar (*v.*) to rob, steal, take

away by force, despoil, rape
roubo (*m.*) robbery
roupa (*f.*) clothing, clothes
rua (*f.*) street
rugir (*v.*) to roar, bellow
ruído (*m.*) noise
ruidoso, -a (*adj.*) noisy
ruim (*adj.*) bad, wicked, evil, inferior
ruína (*f.*) ruin
rumar (*v.*) to steer, guide, head for
rumo (*m.*) route, direction, course
— a toward, in the direction of, headed for
rústico, -a (*adj.*) rustic

sábado (*m.*) Saturday
saber (*v.*) to know, be able, learn, find out about, hear about, know how to, have knowledge; to taste, please; (*m.*) knowledge, wisdom
— a to taste (like, of)
Sei lá! How should I know?
sabiá (*mf.*) thrush, songbird
sábio, -a (*adj.*) wise, knowing, clever, sharp; (*mf.*) scholar, scientist
sacerdote (*m.*) priest
sacramento (*m.*) sacrament
sacrificar (*v.*) to sacrifice, renounce, surrender, abandon
sacrossanto, -a (*adj.*) sacrosanct
sacudir (*v.*) to shake, toss, beat (for cleaning), throw
sagrado, -a (*adj.*) sacred, holy

sagüi (*m.*) marmoset, small South American monkey

saia (*f.*) skirt

saída (*f.*) exit, outlet

sair (*v.*) to go out, come out, leave, depart, get out, come loose, come from, deviate
— **(-se)** (*refl. v.*) to escape; to turn out

sal (*m.*) salt

sala (*f.*) room, parlor, hall

salão (*m.*) salon, hall, large room
— **de beleza** beauty parlor

saldar (*v.*) to settle, pay up

salesiano (*m.*) member of the Salesian order

saleta (*f.*) small hall, small parlor or drawing room

saliente (*adj.*) prominent, outstanding, impudent, bold

saltar (*v.*) to jump, skip, leap, omit, alight, get off

salvação (*f.*) rescue, salvation

salva (*f.*) salvo, volley, discharge of cannon

salvar (*v.*) to save, rescue
— **(-se)** (*refl. v.*) to be saved

salvo, -a (*adj.*) safe, saved, omitted; (*prep.*) save, except, unless

samba (*m.*) samba (dance/music)

sanduíche (*m.*) sandwich

sangrento, -a (*adj.*) bloody, bleeding

sangue (*m.*) blood

santeiro (*m.*) person who makes or sells images of saints

santo, -a (*mf. and adj.*) saint; holy, saintly, sacred

são (*adj.*) healthy, well, normal, sane, whole, upright

sapateiro (*m.*) shoemaker, shoeseller

sapato (*m.*) shoe

sarar (*v.*) to cure, heal

sátira (*f.*) satire

satisfação (*f.*) satisfaction; explanation

satisfazer (*v.*) to satisfy

satisfeito, -a (*adj.*) satisfied, happy

saudade (*f.*) longing, homesickness, nostalgia, yearning

saudar (*v.*) to salute, greet, acclaim

saúde (*f.*) health

se (*conj.*) if, provided, whether; (*refl. pron.*) him, her, it, one, yourself, you, themselves

seca (*f.*) drought

seção (*f.*) section, division, department

seco, -a (*adj.*) dry

secretaria (*f.*) secretariat, government department

secretário (*m.*) secretary, minister of state

secreto, -a (*adj.*) secret

século (*m.*) century

sede (*f.*) seat, headquarters

sede (*f.*) thirst
ter — to be thirsty

sedução (*f.*) seduction, enticement

segredo (*m.*) secret

seguinte (*adj.*) following, next, subsequent

seguir (*v.*) to follow, succeed, proceed

— **caminho** to set out, be on one's way

— **viagem** to continue on one's way

segunda (*short for* **segunda-feira**) Monday; (*f.*) second proof sheet

segundo, -a (*adj.*) second in place, position; (*m.*) second (of time); (*prep.*) according to

segurança (*f.*) security, assurance, guarantee

segurar (*v.*) to secure, make fast, safeguard, make sure of, grasp, hold

seguro, -a (*adj.*) sure, certain, safe, secure, firm; (*m.*) insurance.

seio (*m.*) breast, bosom, heart, core

seleção (*f.*) selection, all-star team

selo (*m.*) postage stamp, seal

selva (*f.*) rain forest, jungle

selvageria (*f.*) savagery

semana (*f.*) week

a — **passada** last week

a — **que vem** next week

semelhança (*f.*) similarity, resemblance

semelhante (*mf. and adj.*) peer, look-alike; similar

seminário (*m.*) seminary

sempre (*adv.*) always, ever, forever

senão (*conj.*) save, otherwise, or else; (*prep.*) except; if not; (*m.*) defect, stain, flaw

senhor (*m.*) sir, mister, gentleman, lord, owner

senhora (*f.*) lady, wife, Mrs.

senhorita (*f.*) Miss, young lady, girl

sensação (*f.*) sensation, feeling

sensacional (*adj.*) sensational

sensível (*adj.*) sensitive

senso (*m.*) sense

sensualidade (*f.*) sensuality

sentar (*v.*) to sit, seat oneself

— **(-se)** (*refl. v.*) to sit down

sentencioso, -a (*adj.*) sententious

sentido, -a (*adj.*) felt sad; (*m.*) sense, meaning, direction, idea, feeling

sentimento (*m.*) sentiment, feeling

sentir (*v.*) to feel, sense, perceive, smell

separação (*f.*) separation

separar (*v.*) to separate

sepultura (*f.*) grave, sepulcher

sequer (*adv.*) at last, yet, so much as, even

nem — not even, without even

não . . . — not even

ser (*v.*) to be; (*m.*) being, entity

serão (*m.*) night work, evening work, evening party

sereno, -a (*adj.*) serene, calm, tranquil; (*m.*) evening dew

série (*f.*) series

seriedade (*f.*) seriousness, gravity
seringa (*f.*) syringe, rubber
seringueiro (*m.*) rubber tapper
sério, -a (*adj.*) serious; (*adv.*) really
serra (*f.*) saw; mountain range, sierra
sertanejo (*m. and a.*) backlander, inhabitant of **sertão**; of or pertaining to **sertão**
sertão (*m.*) hinterland, back- lands, wilderness
serviço (*m.*) service, duty, work
servir (*v.*) to serve, satisfy, to be useful, be used
— **de** to serve as
— **se** (*refl. v.*) to help oneself;
— + **de** to use
servo (*m.*) servant
sessão (*f.*) session, sitting
sete (*adj.*) seven
— **palmos** (*colloq.*) "six feet under," casket
setembro (*m.*) September
sétimo (*adj.*) seventh
setor (*m.*) sector
seu (*pron.*) shortened form of **senhor**
sexo (*m.*) sex
si (*pron.*) him, her, it, one, your- self, your, themselves
sibilar (*v.*) to whistle
sigilo (*m.*) secret, secrecy
significado (*m.*) significance, meaning
significar (*v.*) to signify, show, mean
significativo, -a (*adj.*) significant

silêncio (*m.*) silence
silencioso, -a (*adj.*) silent
silvícola (*m.*) inhabitant of the forest, savage, aborigine
sim (*adv.*) yes; (*m.*) yea
simbolizar (*v.*) to symbolize
símbolo (*m.*) symbol
simpatia (*f.*) sympathy, friendli- ness, agreeableness
simpático, -a (*adj.*) congenial, likeable, delightful, agreeable, sympathetic, nice
simples (*mf. and adj.*) simpleton; simple, sincere
simplicidade (*f.*) simplicity
sina (*f.*) fate, doom, curse
sinal (*m.*) sign, signal, mark
— **-da-cruz** (*m.*) sign of the cross
sinalização (*f.*) traffic signs
sincero, -a (*adj.*) sincere
sinfônico, -a (*adj.*) symphonic
sinfonia (*f.*) symphony
singelo, -a (*adj.*) single, simple
Sinhô (*pron., colloq.*) form of **senhor**
sinistro, -a (*adj.*) sinister
sinônimo (*m.*) synonym
sintático, -a (*adj.*) syntactical
sintaxe (*f.*) syntax
síntese (*f.*) synthesis
sintomático, -a (*adj.*) symptom- atic
sinusite (*f.*) sinusitis
sirene (*f.*) siren
siri (*m.*) crab
sistemático, -a (*adj.*) systematic
sistema (*m.*) system

sítio (*m.*) site, location, farm, ranch, estate

situação (*f.*) situation, circumstance

situar (*v.*) to situate, place, establish, assign place to

só (*adj.*) alone, solitary, single; (*adv.*) only, merely

soalho (*m.*) wooden floor

soar (*v.*) to sound, echo, blow (*instrument*), ring

sob (*prep.*) under, below, subject to

soberbo, -a (*adj.*) proud, arrogant, superb

sobraçar (*v.*) to carry (something) under one's arms

sobrar (*v.*) to remain, be left over, to be excessive

sobre (*prep.*) over, above, on, upon

sobremesa (*f.*) dessert

sobretudo (*m.*) heavy overcoat; (*adv.*) principally, above all

sobrevivente (*mf.*) survivor

sobreviver (*v.*) to survive

sobrinho (*m.*) nephew

sóbrio, -a (*adj.*) sober, austere

sociedade (*f.*) society, association, company

sócio (*m., f.* **sócia**) member, associate, partner

sociologia (*f.*) sociology

sociológico, -a (*adj.*) sociological

sociólogo (*m.*) sociologist

socorrer (*v.*) to help, aid, succor

socorro (*m.*) succor, aid, help

sofá (*m.*) sofa, couch

sôfrego, -a (*adj.*) eager, avid

sofrer (*v.*) to suffer, endure, tolerate

sofrimento (*m.*) anguish, suffering

sogdiano, -a (*adj.*) Sogdian (of region in Iran)

sogra (*f.*) mother-in-law

sol (*m.*) sun

sola (*f.*) sole (foot)

soldado (*m.*) soldier

solene (*adj.*) solemn, formal

solicitar (*v.*) to solicit, petition, seek

solícito, -a (*adj.*) solicitous, concerned

solidariedade (*f.*) sympathy; unity, solidarity

sólido, -a (*adj.*) solid

solitário, -a (*adj.*) solitary, lonely, alone

soltar (*v.*) to release, set free, let go, loosen, emit, unleash

solteirão (*m.*) confirmed bachelor

solteiro, -a (*adj.*) unmarried, single; (*m.*) bachelor; (*f.*) single, unmarried woman

solto, -a (*adj.*) loose, free, unattached

solução (*f.*) solution, conclusion, decision

solucionar (*v.*) to solve

soluço (*m.*) sob, cry

som (*m.*) sound; (*colloq.*) music, song

soma (*f.*) sum, amount

sombra (*f.*) shadow, shade

sonegar (*v.*) to conceal, suppress, withhold
soneto (*m.*) sonnet
sonhar (*v.*) to dream, imagine
sonho (*m.*) dream
sono (*m.*) sleep, sleepiness, drowsiness
sonolento, -a (*adj.*) sleepy, somnolent
sonoro, -a (*adj.*) sonorous, resonant
sorrir (*v.*) to smile
sorriso (*m.*) smile
sorte (*f.*) destiny, fate, luck, fortune, lot
   dar — to be lucky, bring good luck
sorvete (*m.*) ice cream, sherbet
sossegado, -a (*adj.*) tranquil, calm, quiet, peaceful
sotaque (*m.*) accent
sozinho, -a (*adj., dim. of* só) all alone, by oneself
suado, -a (*adj.*) sweaty
subentendido (*m.*) implication
sub-espécie (*f.*) subspecies
subida (*f.*) ascent, climb, way up
subir (*v.*) to climb, go up, bring up, ascend, rise
súbito, -a (*adj.*) sudden, unexpected; (*adv.*) suddenly
subjugação (*f.*) subjugation
subjuntivo (*m.*) subjunctive
sublimação (*f.*) sublimation
sublinhar (*v.*) to underline
submeter (*v.*) to submit
subornar (*v.*) to bribe
suborno (*m.*) bribe, bribery

subseqüente (*adj.*) subsequent
substantivo (*m.*) noun
substituição (*f.*) substitution
substituir (*v.*) to substitute, replace
subterrâneo, -a (*adj.*) subterranean, underground
subúrbio (*m.*) suburb, urban fringe
suceder (*v.*) to happen, occur; to follow
sucessão (*f.*) succession
sucessivo, -a (*adj.*) successive
sucesso (*m.*) success, issue, outcome
suco (*m.*) juice; (*colloq.*) the greatest
sucupira (*f.*) hardwood tree
suficiente (*adj.*) sufficient, enough
sugerir (*v.*) to suggest, recommend
sugestão (*f.*) suggestion
sujar (*v.*) to soil, get dirty, spot, stain
sujeitar (-se) (*refl. v.*) to subject oneself to
sujeito (*m.*) subject; guy, fellow
sujo, -a (*adj.*) dirty, soiled, unclean; (*m.*) dirt, soil, second growth on cleared land
sul (*m.*) south
sulista (*mf.*) Southerner
sumir (-se) (*v., refl. v.*) to vanish, disappear
sungar (*v.*) to hitch up, raise, pull up
suor (*m.*) sweat
superar (*v.*) to overcome, sur-

superar — *continued*
mount, surpass
superfície (*f.*) surface, area
superior (*adj.*) superior, higher,
upper
superlativo (*m.*) superlative
superlotado, -a (*adj.*) over-
crowded
supor (*v.*) to suppose, imagine,
assume
suportar (*v.*) to support, stand,
tolerate, suffer
suposto (*pp. of* **supor**) supposed, assumed
supra-mencionado, -a (*adj.*)
above-mentioned
supremo, -a (*adj.*) supreme
suprimir (*v.*) to suppress, omit
surdo, -a (*adj.*) deaf, hard of
hearing, muffled
surgir (*v.*) to emerge, appear,
arise, break out
surpreendente (*adj.*) surprising
surpreender (*v.*) to surprise
surpresa (*f.*) surprise
surpreso, -a (*adj.*) surprised,
astonished
surrado, -a (*adj.*) worn, thread-
bare, seedy, beaten down
surto (*m.*) burst, outbreak,
eruption
suscetibilidade (*f.*) susceptibility
suspeita (*f.*) suspicion
suspeitar (*v.*) to suspect
suspender (*v.*) to stop, suspend
suspenso, -a (*adj.*) suspended
suspirar (*v.*) to sigh, sigh for,
long for

suspiro (*m.*) sigh
sussurro (*m.*) murmur, whisper-
ing
sustentar (*v.*) to sustain, support,
affirm, maintain
sustento (*m.*) sustenance, support, living
susto (*m.*) fright, fear, shock
sutil (*adj.*) subtle, delicate
sutileza (*f.*) subtlety

tá apocopation of **está**
taba (*f.*) Indian settlement
tabela (*f.*) table, list, price control list
tabuada (*f.*) table (math)
taça (*f.*) goblet, wineglass
tácito, -a (*adj.*) tacit
taipa (*f.*) mud wall
  casa de — mud hut
tal (*adj.*) such; (*pron.*) a certain
(person)
talão (*m.*) heel, stub, ticket
  — de cheques (*m.*) checkbook
talento (*m.*) talent
talvez (*adv.*) perhaps
tamanho, -a (*adj.*) so much,
such (a), so big (a); (*m.*) size
também (*adv.*) also, too, like-
wise, besides, moreover, as
well,
  — não not either, neither
tampouco (*adv.*) neither
tangerina (*f.*) tangerine
tanque (*m.*) tank
tanto, -a (*adj.*) so much, so
many, as many; (*adv.*) so
much

— **que** so much so that

um — a bit, somewhat

— **faz** whatever will do; it's all the same; it makes no difference

às tantas (*adv.*) suddenly

— . . . **como** (*adv.*) both, as much . . . as

— . . . **quanto** (*adv.*) as much . . . as; both . . . and

tão (*adv.*) so, such, a so very, so much

— **somente** only, just

tapa (*mf.*) rap, slap, blow

tapete (*m.*) carpet, rug

tarado, -a (*mf. and adj.*) degenerate; moronic

tarde (*f.*) afternoon; (*adv.*) late

tarefa (*f.*) chore, task, job assignment

tato (*m.*) sense of touch, feeling, tact

tautologia (*f.*) tautology, needless repetition

taxa (*f.*) tax, rate (of interest, inflation, etc.)

tcheremisso, -a (*adj.*) Cheremiss

teatro (*m.*) theater

tecer (*v.*) to weave

tecido (*m. and a.*) textile, woven

tecla (*f.*) key (piano)

técnica (*f.*) technique, know-how

tecnicista (*m., f.*) technician, "technicist"

técnico, -a (*mf. and adj.*) technician, coach; technical

tecnocracia (*f.*) technocracy

tecnocrata (*mf.*) technocrat

tecnológico, -a (*adj.*) technological

tédio (*m.*) tedium, boredom

teia (*f.*) web, tissue

teimar (*v.*) to be stubborn, obstinate; to persist

teimosia (*f.*) stubbornness, obstinacy, persistence

tela (*f.*) cloth, screen

telefonar (*v.*) to call on the telephone

telefone (*m.*) telephone

telefonema (*m.*) telephone call

telefônico, -a (*adj.*) telephonic

lista — telephone book

telégrafo (*m.*) telegraph, telegraph company

telegrama (*m.*) telegram

televisão (*f.*) television

telha (*f.*) tile, tiling, a roofing tile

telha-vã (*f.*) roof with no ceiling

tema (*m.*) theme, exercise

temática (*f.*) theme, subject maner

temente (*adj.*) fearing

— **a Deus** God-fearing

temer (*v.*) to fear, be afraid of

temeroso, -a (*adj.*) fearful, dreadful

temor (*m.*) reverence, deep respect; fear, dread, fright, awe

temperatura (*f.*) temperature

tempo (*m.*) time, opportunity, weather, tense (grammar)

a — on time; in time

em — by the way

temporada (*f.*) season

temporal (*m.*) storm, tempest
tenaz (*adj.*) tenacious
tenda (*f.*) tent
tendência (*f.*) tendency, inclination
tender (*v.*) to tend, lean, extend, hand to
tenente (*m.*) lieutenant
tênis (*m.*) tennis
tenro, -a (*adj.*) tender, young
tensão (*f.*) tension
tentação (*f.*) temptation
tentar (*v.*) to try, attempt
tentativa (*f.*) attempt
tênue (*adj.*) tenuous, slender, minute
teólogo (*mf.*) theologian
teoria (*f.*) theory
ter (*v.*) to have, possess, hold, get, be (impersonal use: **tem:** there is, there are)
— de, — que + infinitive, to have to, must
que é que tem? so what? What's the matter?
terceiro, -a (*adj.*) third
terço (*m.*) third
terminante (*adj.*) terminating, conclusive, categorical
terminar (*v.*) to terminate, end
terminologia (*f.*) terminology
termo (*m.*) term, expression, end, limit, period of time; neighborhood
terno (*m.*) dress suit of clothes
ternura (*f.*) tenderness
terra (*f.*) land, homeland, country, earth

terraço (*m.*) terrace, veranda
terremoto (*m.*) earthquake
terreno (*m.*) ground, land, field
terrestre (*adj.*) terrestrial, earthly
terrível (*adj.*) terrible
tese (*f.*) thesis
tesouro (*m.*) treasure, treasury
testa (*f.*) forehead
testamento (*m.*) testament, will
testemunha (*f.*) witness
testemunhar (*v.*) to witness
teto (*m.*) ceiling, roof
tevê (*f.*) = TV, television
texto (*m.*) text
tia (*f.*) aunt
tia-avó (*f.*) great aunt
tigela (*f.*) bowl, dish
tijolo (*m.*) brick
tijucano, -a (*mf.*) resident of Tijuca, a district of Rio de Janeiro; (*adj.*) from Tijuca
til (*m.*) tilde (˜) diacritical mark
time (*m.*) team
timidez (*f.*) timidity
tímido, -a (*adj.*) shy, timid
tinta (*f.*) ink, tint, tinge
tinturaria (*f.*) dry cleaner
tio (*m.*) uncle
típico, -a (*adj.*) typical
tipo (*m.*) type; (*colloq.*) fellow
tiquinho (*m., dim. of* **tico**) bit; (*colloq.*) tiny person, squirt
tirar (*v.*) to take (out, off, away), remove, draw, pull, win
tiro (*m.*) shot
tiros secos (*apparently a variant of* **tiros cegos**), random shots
tiroteio (*m.*) gunfire, firing,

volley

tísico, -a (*mf. and adj.*) consumptive

titulação (*f.*) titling

título (*m.*) title

  por todos os títulos by all measures

toa (*f.*) tow

  à — (*adv.*) aimlessly, (at) random, without direction, by chance or purpose, carelessly, for no special reason

  à-— (*adj.*) insignificant, worthless, thoughtless

toalha (*f.*) tablecloth; towel, cloth

tocar (*v.*) to touch, meet, come in contact, move, play (*music*); ring (*bell*); blow (*trumpet, whistle*)

  — a to fall to one's lot

todo, -a (*adj.*) all, whole, entire, every

toilette (*f. French*) washing and dressing, toilet

toldo (*m.*) awning

tolice (*f.*) foolishness, nonsense

tom (*m.*) tone

tomar (*v.*) to take, drink, eat, get

tomara (*interj.*) I hope so!

tomara (que), I hope that, would that, if only

tomo (*m.*) tome, book, volume

tona (*f.*) outer covering, surface

  voltar à — to come to the surface.

  à — afloat, to the top

tonto, -a (*adj.*) dizzy, silly

tontura (*f.*) dizziness

tópico (*m.*) topic

toque (*m.*) touch, contact

tórax (*m.*) thorax

tormento (*m.*) torment, torture, agony

tornar (*v.*) to return, answer, retort, render, make, cause to be

  — (-se) (*refl. v.*) to become, turn into

torneira (*f.*) faucet

torno (*m.*) turn, round, lathe

  em — around

tórrido, -a (*adj.*) torrid

torto, -a (*adj.*) crooked, lopsided, wrong, one-eyed, squint-eyed

tortura (*f.*) torture, agony

tosco, -a (*adj.*) rough, coarse

tossir (*v.*) to cough

tostão (*m.*) former small nickel coin of Brazil, a coin

totalidade (*f.*) totality, all

trabalhador (*m. and a.*) worker; hardworking, diligent, industrious

trabalhar (*v.*) to work

trabalho (*m.*) job, work, employment, occupation

traçar (*v.*) to trace, outline, sketch, delineate

traço (*m.*) trace, line, vestige, feature, marking (of a pen or pencil)

tradiçao (*f.*) tradition

tradução (*f.*) translation

tradicionalista (*m. and a.*) tradi-

tradicionalista — *continued*
tionalist
traduzir (*v.*) to translate
tráfego (*m.*) traffic
tragédia (*f.*) tragedy
trágico, -a (*adj.*) tragic
traição (*f.*) betrayal, treachery, disloyalty
trair (*v.*) to betray, be unfaithful to
trancar (*v.*) to lock
trançar (*v.*) to braid, walk about, crisscross
tranqüilidade (*f.*) tranquility
tranqüilizador (*adj.*) tranquilizing, soothing
transcendência (*f.*) transcendence
transcendente (*adj.*) transcendent, transcendental
transcorrer (*v.*) to elapse, pass (time)
transcrever (*v.*) to transcribe
transcrito, -a (*adj.*) transcribed
transeunte (*mf.*) pedestrian, passer-by
transferir (*v.*) to transfer
transformar (*v.*) to transform, change
transição (*f.*) transition
transigência (*f.*) agreeableness, compromise, concession
trânsito (*m.*) transit, traffic
transitoriedade (*f.*) transience, being fleeting, transitory
transmitir (*v.*) to transmit
transparência (*f.*) transparence
transplantar (*v.*) to transplant
transpor (*v.*) to transpose, shift, cross over
transportar (*v.*) to transport, carry
transporte (*m.*) transport, transportation, haulage
transviar(-se) (*refl. v.*) to go astray, stray, err
trás (*prep., adv.*) behind, after, back
tratado (*m.*) treaty, treatise
tratamento (*m.*) treatment
tratar (*v.*) to treat, handle, manage, take care of, deal with, address
— **(-se) de** to be a matter of, be a question of, concern, be about
trato (*m.*) treatment; (*pl.*) torment, torture, mistreatment
dar tratos à bola to rack one's brains
trave (*f.*) goalpost, crossbar
travessão (*m.*) dash, beam
trazer (*v.*) to bring, conduct, carry
trecho (*m.*) space, fragment, excerpt, passage
treinamento (*m.*) training, drilling, exercise
trem (*m.*) train
tremendo, -a (*adj.*) tremendous
trêmulo, -a (*adj.*) tremulous, trembling, shaky
tribo (*f.*) tribe
tribuna (*f.*) tribune
tribunal (*m.*) tribunal, court
tricô (*m.*) knitting
trimestral (*adj.*) quarterly

tripa (*f.*) gut, entrails, tripe
tripulação (*f.*) crew
triste (*adj.*) sad, gloomy, bleak
tristeza (*f.*) sadness
troca (*f.*) exchange
trocar (*v.*) to exchange, substitute, change
troco (*m.*) change (money)
 a — de for, in exchange for
tromba (*f.*) trunk, snout
trompaço (*m.*) blow with trunk
tropa (*f.*) troop, army, soldiers
trôpego, -a (*adj.*) halting, stumbling, shaky
tubular (*adj., colloq.*) "tubular," far-out
tudo (*pron.*) everything, all
tumba (*f.*) tomb
tumulto (*m.*) tumult, uproar
túmulo (*m.*) tomb
túnel (*m.*) tunnel, passageway
tupi (*mf. and adj.*) Tupy (tribe, language)
turba (*f.*) mob, rabble
turista (*mf.*) tourist
turvar (*v.*) to muddy, make turbid, dim

ui! (*interj.*) ow! ouch!
uirapuru (*m.*) organ-bird
uísque (*m.*) whiskey
uivar (*v.*) to howl
uivo (*m.*) howl
ultimato (*m.*) ultimatum
ultramarino (*adj.*) overseas, ultramarine
último, -a (*adj.*) ultimate, last, latest, extreme

úmido, -a (*adj.*) humid, damp, wet
unha (*f.*) nail (of finger or toe), claw, hoof
união (*f.*) union
único, -a (*adj.*) only, unique
unido, -a (*adj.*) united
uníssono, -a (*adj.*) unisonous, in unison; (*m.*) unison
unificado (*m.*) unified, common exam
unir (*v.*) to unite
universidade (*f.*) university
universo (*m.*) universe
urbanidade (*f.*) urbanity, politeness
urbano (*adj.*) urban
urgência (*f.*) urgency, haste
urro (*m.*) roar, howl, yell
 aos urros yelling
urso (*m.*) bear
usar (*v.*) to use, wear, be in the habit of
usina (*f.*) mill, factory, power plant
uso (*m.*) use, usage, custom
útil (*adj.*) useful
utilidade (*f.*) utility, usefulness
utilizar (*v.*) to use, utilize
uxoricídio (*m.*) uxoricide, wife killing

vã *f. of* **vão**
vacilar (*v.*) to vacillate, waver
vacina (*f.*) vaccination
vácuo (*m.*) vacuum, void, emptiness
vadio, -a (*adj.*) idle, lazy

vaga (*f.*) vacancy, opening
vagabundo (*m.*) vagabond, bum
vago, -a (*adj.*) vague, empty
vaia (*f.*) boo, jeer
vaivém (*m.*) coming and going
valente (*adj.*) brave, valiant
valer (*v.*) to be worth, to avail
  — **a** to help, be of use to
  de pouco — to be of little help
  não — **de nada** not to do any
  good
  — **-se de** to avail oneself, to
  make use of, have recourse to,
  take advantage of
válido, -a (*adj.*) valid
valioso, -a (*adj.*) valuable, of
  worth
valor (*m.*) value, worth
valoroso, -a (*adj.*) valorous,
  brave
vandalismo (*m.*) vandalism
vantagem (*f.*) advantage
vão (*adj.*) vain, useless, trivial
varanda (*f.*) veranda, porch,
  balcony
variação (*f.*) variation
variante (*f.*) variant, version
variar (*v.*) to vary
vários, -as (*adj.*) several, various
varrer (*v.*) to sweep, clean
várzea (*f.*) meadow
vascaíno (*m.*) member or fan of
  the Vasco da Gama Futebol
  Clube
vasculhar (*v.*) to sweep, search,
  rummage
vaso (*m.*) vase
vazio, -a (*adj.*) empty

veia (*f.*) vein
veículo (*m.*) vehicle
velhice (*f.*) old age
velho, -a (*adj.*) old, aged; (*colloq.*) parent, friend
velocidade (*f.*) velocity
veludo, -a (*m.*) velvet, velour
veludoso, -a (*adj.*) velvety
vencedor (*m.*) victor, winner;
  (*adj.*) winning, victorious
vencer (*v.*) to conquer, win, beat,
  overcome
vencido (*m.*) loser
vendedor (*m.*) vendor
vender (*v.*) to sell, vend
venerar (*v.*) to venerate
vento (*m.*) wind
ventre (*m.*) belly, abdomen
venturoso, -a (*adj.*) happy,
  fortunate
ver (*v.*) to see
  a meu — in my opinion, as I
  see it
  não poder — not to be able
  to bear
verão (*m.*) summer
verba (*f.*) fund, budget, budgetary allowance, clause
verbo (*m.*) verb, word
verdade (*f.*) truth
  de — real, true
  É — It's true
verdadeiro, -a (*adj.*) true, real
verde (*adj.*) green
vereador (*m.*) alderman
vergonha (*f.*) shame, disgrace,
  embarrassment
verificar (*v.*) to verify

vermelho, -a (*adj. and m.*) red
vero, -a (*adj.*) true
verrina (*f.*) lampoon, diatribe
versado, -a (*adj.*) practiced, accomplished
versar (*v.*) to deal with, examine, treat of
verso (*m.*) verse, line of poetry; reverse, back
vértebra (*f.*) vertebrae, backbone, spine
verter (*v.*) to pour, gush, spread; shed; translate
vesícula biliar (*f.*) gall bladder
véspera (*f.*) evening, eve, day before
vespertino (*m.*) evening newspaper
vestiário (*m.*) cloakroom, dressing room
vestibulando (*m.*) taker of college-entrance exam
vestibular (*m.*) college-entrance exam
vestido (*m.*) dress
vestígio (*m.*) vestige
vestir (*v.*) to dress, wear, be dressed in
vexame (*m.*) vexation, chagrin, mortification
vez (*f.*) time, occasion, turn, chance
às vezes occasionally, sometimes
as mais das vezes most of the time
chegou a minha — it's my turn

da segunda — the second time
de uma — once and for all
de — once and for all
de — em quando from time to time
em — de instead of
fazer as vezes de to play the role, take place of
mais uma — once more
outra — again
ter — to be useful
uma — ou outra once in a while
via (*f.*) road, way, track; direction; carbon copy
viagem (*f.*) journey, trip, voyage, travel
viajante (*mf.*) traveler
viajar (*v.*) to voyage, travel
vibrar (*v.*) to vibrate, ring
vida (*f.*) life, living
vidraça (*f.*) windowpane
vidro (*m.*) glass, pane, small bottle
vigília (*f.*) vigil, wakefulness
vigiar (*v.*) to watch, guard
vila (*f.*) town, village, villa, suburb
vingar (-se) (*v., refl. v.*) to avenge
vinho (*m.*) wine
vintém (*m.*) old minor Portuguese and Brazilian coin
não ter —, to be penniless
violência (*f.*) violence
violentado, -a (*adj.*) violated, raped

violento, -a (*adj.*) violent
vir (*v.*) to come
— ter a to end up in
— a to arrive at, come to
— abaixo to fall down
virar (-se) (*v., refl. v.*) to turn, reverse, turn over, become, turn into
— pelo avesso to turn inside out (or upside down)
virgindade (*f.*) virginity
virtude (*f.*) virtue
em — de due to, by virtue of, because of
visão (*f.*) vision
visita (*f.*) visit, call; visitor
visitante (*mf. and adj.*) visitor, visiting
visitar (*v.*) to visit
visível (*adj.*) visible, conspicuous
vista (*f.*) view, sight
pagar à — to pay cash
visto, -a (*pp. of* ver) seen, considered; (*m.*) visa
— que since, inasmuch as
vistoso, -a (*adj.*) showy, flashy, handsome
vítima (*f.*) victim
vitória (*f.*) victory
vitorioso (*adj.*) victorious, winning
vitrina (*f.*) window (of a store)
vitrola (*f.*) victrola, phonograph
viúvo (*m.*) widower; viúva (*f.*) widow
viva! (*interj.*) long live . . .
vivência (*f.*) existence, (grasp of) experience of life

vivente (*mf.*) mortal, living creature
viver (*v.*) to live, to be alive, to exist; to enjoy life
vivo, -a (*adj.*) alive
vizinho, a (*mf. and adj.*) neighbor, neighboring, next door
vizinhança (*f.*) vicinity, neighborhood; neighbors
política de boa — good-neighbor policy
vizinho (*m.*) neighbor
voar (*v.*) to fly
vocabulário (*m.*) vocabulary
vocábulo (*m.*) word
vocação (*f.*) vocation, calling
vogal (*f.*) vowel
voguis (*pl. of* vogul) Vogul (in Urals)
volante (*m.*) steering wheel
volta (*f.*) return, turn, revolution
à — de around
dar uma — to go for a stroll
dar — a to tour, fly around
de — back, returned
em — around
por — de approximately
voltar (*v.*) to return, turn
voltar a + *infinitive* to . . . again
— (-se) (*refl. v.*) to turn, turn around; veer
volume (*m.*) mass, volume, package
a todo — at full volume
volumoso, -a (*adj.*) voluminous
voluntário (*m.*) volunteer
volúpia (*f.*) voluptuousness, pleasure

vontade (*f.*) will, wish, desire; whim, caprice
à — at ease, at home
vôo (*m.*) flight
voto (*m.*) vow, wish; voting, voter
ex-votos (*m.*) votive offering
vovó (*f.*) *dim. of* **avó,** grandma
vovô (*m.*) *dim. of* **avô,** granddad
voz (*f.*) voice, word
em — **alta** out loud
vulto (*m.*) figure, form, shape

xarope (*m.*) syrup
xícara (*f.*) cup

zagueiro (*m.*) fullback (in soccer)
zangar (*v.*) to anger, annoy, irritate
— (**-se**) (*refl. v.*) to get angry
zelador (*m.*)) janitor, superintendent of a building
zona (*f.*) zone, district, region
zonzo, -a (*adj.*) dizzy, giddy

Library of Congress Cataloging-in-Publication Data

Crônicas brasileiras: nova fase / edited by Richard A. Preto-Rodas,
Alfred Hower, Charles A. Perrone.
    p.   cm.
"University of Florida Center for Latin American Studies."
ISBN 0-8130-1246-5 (alk. paper)
    1. Portuguese language—Readers.   I. Preto-Rodas, Richard A.
II. Hower, Alfred, 1915- .   III. Perrone, Charles A.
IV. University of Florida. Center for Latin American Studies.
PC5071.H6C76   1994   93-31340
469.86'421   dc20   CIP